エネルギー（上）

黒木 亮

角川文庫 17721

エネルギー　上　――目次

イスタンブール
黒海
アンカラ
カザフスタン
グルジア
アダナ
トルコ
トビリシ
ジェイハン
アルメニア
エレバン
アラル海
アゼル
バイジャン
バクー
レバノン
ベイルート
シリア
ウズベキスタン
イスラエル
ダマスカス
キルクーク
カスピ海
エルサレム
アンマン
イラク
ヨルダン
トルクメニスタン
バグダッド
アシガバート
テヘラン
クウェート
クウェート
イラン
カフジ
アフガ
ニスタン
バーレーン
サウジアラビア
マナーマ
カタール
ドーハ
ドバイ
アブダビ
アラブ
首長国連邦
紅海
マスカット
オマーン
サヌア
イエメン
アラビア海

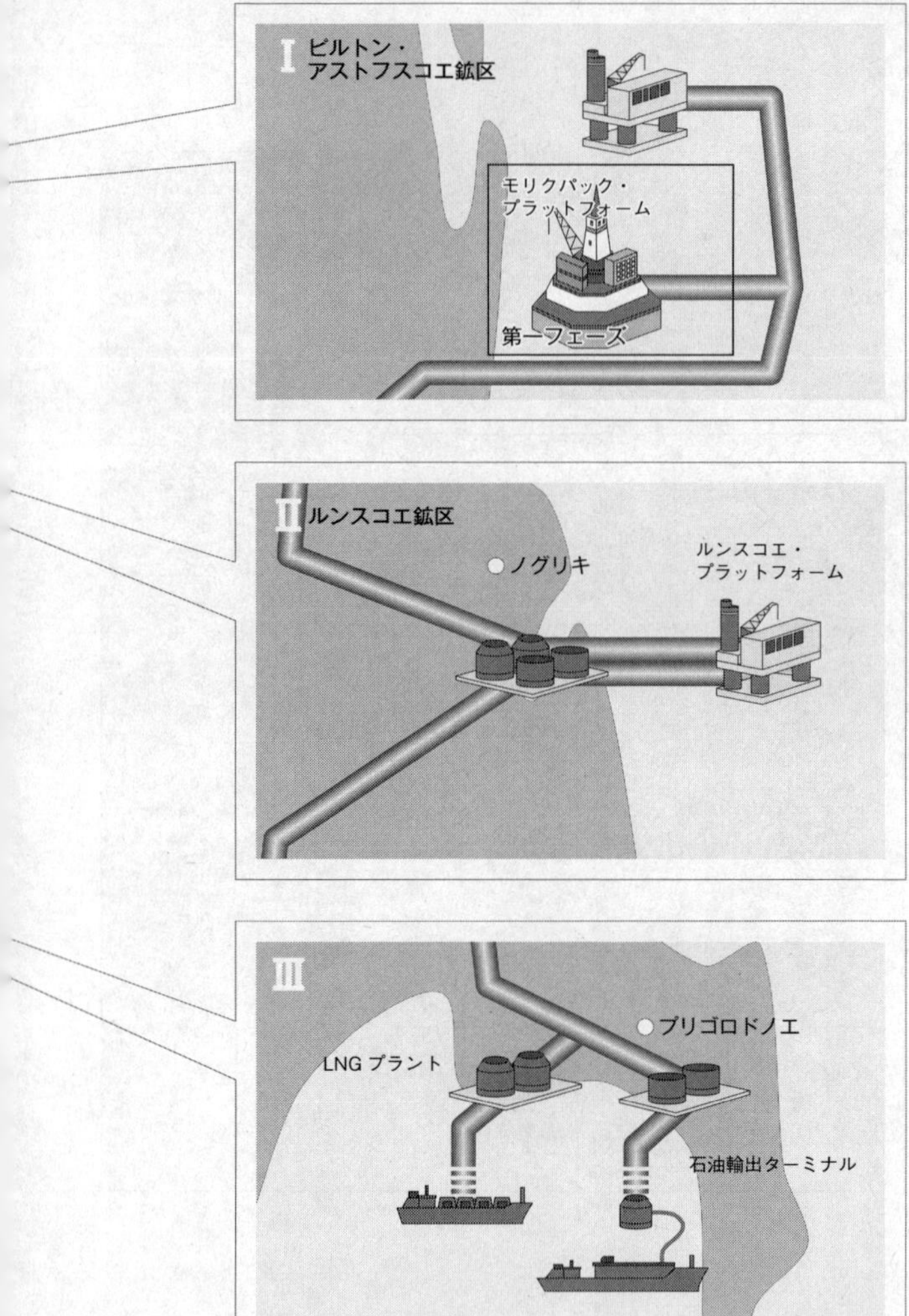
I ピルトン・
アストフスコエ鉱区
モリクパック・
プラットフォーム
第一フェーズ
II ルンスコエ鉱区
ノグリキ
ルンスコエ・
プラットフォーム
III
プリゴロドノエ
LNG プラント
石油輸出ターミナル

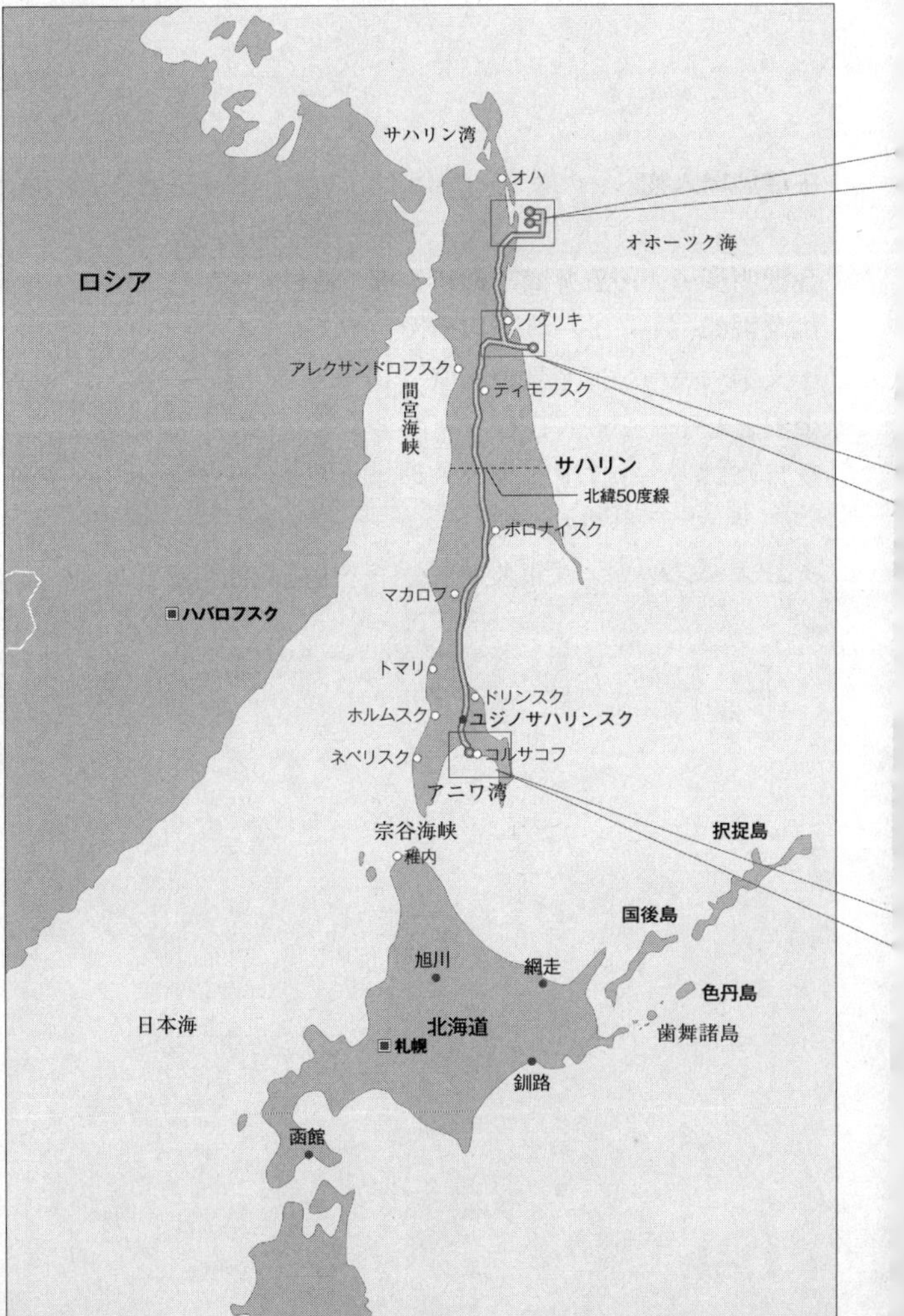

サハリン湾
オハ
オホーツク海
ロシア
ノグリキ
アレクサンドロフスク
ティモフスク
間宮海峡
サハリン
北緯50度線
ポロナイスク
マカロフ
ハバロフスク
トマリ
ドリンスク
ホルムスク
ユジノサハリンスク
ネベリスク
コルサコフ
アニワ湾
宗谷海峡
択捉島
稚内
国後島
旭川
網走
色丹島
日本海
北海道
歯舞諸島
札幌
釧路
函館

主な登場人物

金沢明彦………五井商事燃料本部の社員

亀岡吾郎………トーニチ取締役

十文字一………通産省の官僚

金沢とし子………ＮＧＯアース・ウィンズ・ジャパンのスタッフ

秋月修二………ＪＰモリソンのエネルギー・デリバティブ部門の幹部

チェン・ジウリン（陳久霖）………中国航油料ＣＥＯ

エネルギー　上

第一章　石油街道

1

真新しいエアバスA320型旅客機は、漆黒の闇の中で徐々に高度を下げていた。

ロンドン・ヒースロー空港を午後三時半過ぎに飛び立った機は、欧州大陸の地中海沿岸をなぞるように南東の方角に飛び続けてきた。

キャビン内は高速で風を切る機外のノイズで満ちている。

やがて両翼の下から車輪を出す鈍い機械音が聞こえ、機は木の葉のように高度を落として行く。

間もなく、ブリティッシュ・メディタレニアン航空六七〇一便は、接地の衝撃と共に機体を軋ませた。

旧財閥系の大手総合商社、五井《いつい》商事の英国現法で石油輸入を担当する金沢明彦《かなざわあきひこ》は、読んでいた本を閉じ、窓の外に視線を向けた。

暗い滑走路の彼方に、白い空港ビルが幻影のように浮き上がっていた。

ビルの手前には、尾翼に国のシンボルであるレバノン杉が描かれたミドル・イースト航空の白いエアバス機が二機駐機している。空港の外縁に沿って一定間隔で建ち並ぶ照明塔から、光がシャワーのように降り注いでいた。鈍いオレンジ色の光は、いかにも動乱の中東らしい。ここはかつて連合赤軍のメンバーたちが潜んでいたレバノンの首都ベイルートだ。

上空は真っ暗で、星は見えない。

視線を下げると、くすんだ灰色の滑走路。こぼれたジェット燃料で、あちらこちらに黒い染みができている。

機体のそばで、作業服姿の男たちが黙々と荷物の積み下ろしをしていた。全員が黒い髪で、黒い口髭をたくわえている。

深緑色の迷彩服を着た兵士が一人、飛行機のタイヤのあたりで周囲に油断のない視線を注いでいる。黒いベレー帽に黒い手袋。広い背中にはマシンガン。

夜の帳《とばり》の中に八月の中東のうだるような空気が淀んでいるような光景だった。

金沢は、窓外の暗い風景から再び機内に視線を戻す。

ビジネスクラスのキャビン内は白い蛍光灯の光が満ちていた。金沢は手にした本を再び開く。『石油の世紀』という分厚い本だった。マサチューセッツのケンブリッジ・エネルギー研究所のユダヤ人、ダニエル・ヤーギンが、七年の歳月をかけて書き上げたピューリッツアー賞受賞作だ。十九世紀後半から今日まで、人類が石油という怪物に翻弄されてきた歴史が、壮大な叙事詩として描かれている。本のカバーは、ロスチャイルド家の富の源泉となったアゼルバイジャンのバクー油田。グラビアには、コーカサスの石油資源支配の野望を胸に地図を凝視するアドルフ・ヒトラーや、東インド諸島の石油を確保するため真珠湾を攻撃した山本五十六提督の写真が掲載されている。

「イズ・ディス・ユア・バッグ？（これはあなたの鞄《かばん》ですか？）」

突然声をかけられ、金沢は現実の世界に還った。

シートにすわったまま見上げると、英国人女性客室乗務員が、座席の上の手荷物スペースを指差していた。

「イエス。ザッツ・マイン（そうです）」

英国人女性は頷き、今度は隣りの乗客に同じ質問をする。客室の前方に視線をやると、アラブ人男性パーサーが同じように一つ一つ手荷物の所有者を確認していた。ベイルートで半分以上の乗客が降りたので、爆発物が残されていないか警戒しているのだ。

金沢は腕時計をちらりと見て、席から立ち上がった。

時刻は夜の九時四十分。

金沢は中背で贅肉が少ない。髪を短かめに整え、縁《ふち》なし眼鏡をかけ、紺色のチノパンにブルーのポロシャツという軽装だった。

百二十四席ある機内のまばらな乗客の大半はアラブ人だが、欧米人も混じっている。途中の席にすわった鋼管輸出部の部長代理高塚《たかつか》は熱心に推理小説を読んでおり、通り過ぎた金沢に気づかない。もう一人の課長代理の方は、椅子に凭《もた》れてうたた寝をしていた。

客室後部のトイレ前のマガジン・ラックを一瞥すると、雑誌類はほとんどない。代わりに英語と見たこともないグルジア文字で書かれたグルジアの入国申請書の束が入れてあった。ブリティッシュ・メディタレニアン航空は英国航空系のエアラインで、中央アジアと中近東各地に就航している。

金沢はトイレで用を足し、席に戻った。

『石油の世紀』を開き、再び活字に視線を落とす。

読み進めて行くと、第二次大戦中にドイツ戦車隊を率い、北アフリカ戦線で果敢に戦った「砂漠の狐」ロンメル将軍の言葉があった。

『勇気があっても銃がなければ何もできない。

また、銃があっても弾丸がなければしようがない。

さらに、充分な石油を積んだ車両がなければ、銃も弾丸も役に立たない』

金沢はその言葉をじっと見詰める。

十四年前に大学を卒業した時、エネルギー・ビジネスに強い五井商事を就職先に選んだのは、ドイツだけでなく、石油が確保できないゆえに日本が太平洋戦争に突入したことを知っていたからだ。また、実家が北海道網走市の漁家で、オイルショックによる燃料価格の高騰に漁家の人々が悩む姿を見て育ったことも影響している。

飛行機が滑走路上をゆっくりと動き始めた。

彼方の黒い丘の上一面に、オレンジ色の灯火が揺れていた。ベイルートの町である。

気流のせいか、暗闇の中で明かりは絶え間なく瞬《またた》き続けている。

それは無数の鬼火のようだった。

着陸してからちょうど一時間後の午後十時四十分、機は再び暗い空へ舞い上がった。

水平飛行に移ったとき、客室内は再び地鳴りのように絶え間ない轟音で満たされていた。

金沢は『石油の世紀』を閉じ、安全のしおりや機内誌が入った目の前のマガジン・ラックから、英文の書類を取り出す。黒い金属製のクリップで留められた四十ページほどの書類は、イラク石油事業公社（State Company for Oil Projects、略称SCOP《スコップ》）向けに三億ドルの融資をするための契約書の草案《ドラフト》だった。ロンドンを出発する直前に東京本社の法務部から最終版としてメールで送ってきたものだ。

書類にはいくつか付箋が付けられていた。過去一ヵ月間、草案の修正を巡って金沢、鋼管輸出部、法務部、財務部の四者で侃々諤々《かんかんがくがく》のやり取りがなされていた。

付箋が付いた箇所の一つを開き、目で追って行く。

それは、原油の取扱いに関する条項だった。融資は五井商事が将来イラクから買い付ける原油代金を担保とする「プリペイメント（前払い）」方式である。

疲れのせいか、英文はなかなか頭に入ってこない。

腕時計を見るとロンドンの自宅を出てから十時間以上が経過していた。


ベイルートを離陸して約一時間後、金沢らを乗せたエアバスA320型機は、夜遅い時刻のクイーン・アリア国際空港に到着した。

ヨルダンである。

クイーン・アリアはフセイン現ヨルダン国王の三番目の妻で、一九七七年にヘリコプター事故で不慮の死を遂げた女性の名前である。

一歩機外に出ると、空港ビルに通じる通路にむっとする熱気がこもっていた。

「ようやくヨルダンですね」

通路で、金沢は後ろから来た鋼管輸出部の部長代理高塚に話しかけた。

腕時計を一時間巻き戻し、レバノン時刻からヨルダン時刻に変える。

「そうだね。……イラクは遠いなあ」

高塚が微笑した。

五井商事の一行は、明日イラクの首都バグダッドまで十時間の長距離ドライブをする。

高塚は金沢より五年次上の四十二歳。大学時代は棒高跳びの選手で、大柄で均整のとれた身体つきをしている。

三人の日本人はスラックスにポロシャツというカジュアルな服装で書類鞄を提げ、キャスター付きの小型スーツケースを引っ張って歩いて行く。

三十分ほど列に並んで入国審査を通過。

天井の高い到着ホールに出ると、夜ふけにもかかわらず人でごった返していた。出稼ぎや兵役を終えて帰ってきたらしいヨルダン人の男たちが、いたるところで両親や妻子と抱き合っている。男たちが姿を現わすたびに、女たちがアワワワァとアラブ特有の甲高い叫び声を上げていた。

「すげえな、こりゃ」

三人は夜の空港の熱気に圧倒されながら、ジャガイモを洗うような人ごみを掻き分けて進んで行く。

間もなく人ごみの頭上に、白い大きなプラカードが突き出されているのが目に入る。井桁のマークの中に五という数字を組み込んだ五井商事のロゴが鮮やかな赤色で描かれていた。出張で発展途上国に到着するたびに、ほっとさせられるマークだ。

「ハロー、ハッサン。アッサラーム・アレイクム」

高塚が右手を上げて、プラカードを手にしたヨルダン人運転手にアラビア語で挨拶をした。

空港ビルを出ると、八月上旬のアンマンのむっとする熱気がまとわり付いてきた。

五井商事アンマン事務所のワゴン車で二十分ほど走ると、道は下り坂になる。アンマンは七つの丘の麓《ふもと》にあるすり鉢状の都市で、中心部に行くほど土地が低くなっている。

まもなく車は、高級住宅街シュメイサーニー地区にあるマリオット・ホテルに到着した。アメリカ系で、十四階建ての五つ星ホテルだ。

ベージュ色の石板が敷き詰められたロビーはぴかぴかに磨き上げられていた。黒い革張りのソファーや観葉植物がバランスよく配置され、五番街のデパートのショールームのような高級感を醸し出している。

レセプションのヨルダン人スタッフたちは、紺色のぱりっとしたジャケットを着て、アメリカ訛りの英語を話す。この国はアラブ諸国の中でも欧米志向が強い。フセイン国王は、二番目の妻が英国軍人の娘、四番目の妻はパン・アメリカン航空元会長の娘という国際結婚だ。

「じゃ、これ部屋のキーです」

金沢より三年次下の鋼管輸出部の課長代理が真鍮《しんちゅう》製の鍵を差し出した。

商社では営業部門は別々に出張するのが普通だが、今回の目的地は治安が悪く、入国手続も複雑なイラクである。また、今回は鋼管輸出部の案件に海外原油部が協力する面もある。そのため、飛行機やホテルの予約などロジスティクス（移動に関する諸手配）の一切を鋼管輸出部がまとめて請け負っている。

部屋番号は六〇三だった。宿泊料金は一泊七十ディナール（約一万二千円）。

「明日は、朝六時に出発しますので、チェックアウトして、五時四十分にロビー集合ということでお願いします」

「わかりました」

金沢は頷いて、キャスター付きの小型スーツケースを引っ張りながらエレベーターへと向かう。

背後を振り返ると、鋼管輸出部の二人がロビーでダンボール箱を開けていた。

箱は先ほどアンマン事務所の運転手から渡されたものだった。中に十本ほどの大きなミネラル・ウォーターのボトルなど非常用の食料品の他、イラクの客先に渡す医薬品や小麦粉、インスタント・コーヒー、カレンダーといった土産品が入っている。

ロビーにしゃがんだ課長代理が箱にクビを突っ込まんばかりにして一つ一つ品物を取り出し、膝に手をあてて屈《かが》んだ高塚が上から覗き込むようにして数を確認していた。

（営業はいずこも大変だ……）

客室は新しく清潔で、アメリカの高級リゾート・ホテルのように豪華だった。

ベッドの上にすわって書類鞄を開き、透明なビニールのファイルから一枚のメモを取り出した。

「イラク出張にあたっての注意事項」というメモだった。

日付を見ると、ちょうど一年前の一九九六年八月。海外原油部が作ったもので、それが社内の各部署で使われている。

海外原油部は五井商事のイラク・ビジネスの先兵的存在である。

イラクがクウェートに侵攻したのは一九九〇年八月。それ以来、国連によってイラク原油の輸出は禁止されていた。イラク原油の日本向け輸出をほぼ独占的に取り扱っていた五井商事海外原油部は、一九九五年頃から現地に交代で張り付き、ビジネス再開の機会を窺ってきた。そして昨年(一九九六年)十二月に国連がイラク原油の輸出を限定的に解除すると同時に、日量四万バレルの輸入契約を獲得した。

「イラク出張にあたっての注意事項」というメモには、最初に「1. 携行品について」とあった。

①荷物はできるだけ最小限にまとめ、イラクで不要な物はアンマンのホテルにお預け下さい。

②カメラ、ビデオ、パソコン、携帯電話、トラベラーズ・チェックなど貴重品類は、すべてアンマン事務所にお預け下さい。

③電気カミソリはバグダッドで電源が使えない可能性がありますので、予《あらかじ》めアンマンで十分に充電して下さい。

④バグダッドのアル・ラシード・ホテルには、シャンプー、石鹸《せっけん》が用意されていません

ので、予め持参頂くか、アンマンのホテルに備え付けの物を持参下さい。
⑤ヨルダン側国境の免税店でタバコ、ビール、ウィスキー等を購入できます（イラクで密輸入品を買うより安全です）。
⑥イラクのホテル代は米ドルでしか支払えません。なるべく新札で持参下さい。

ホテル代は米ドル払いのみとあるのを見て、金沢の顔に苦笑が浮かぶ。

以前、アメリカを「大悪魔」呼ばわりするイランに出張したときも、吹き抜けになったホテルのロビーの高い天井から「Down with USA!（アメリカを倒せ！）」と書かれた巨大な垂れ幕が下がっていたが、いざホテル代を払おうとフロントに行くと「米ドル以外の支払いは受け付けません」という小さな張り紙がしてあった。

メモを一通り読み、ファイルに戻す。

眠りにつく前に、ロンドンの社宅にいる妻に短い電話をして無事を伝えた。受話器を置いた時、枕もとのデジタル式時計を見ると、赤い蛍光文字が午前一時三分と表示していた。


翌朝午前五時四十分、金沢らは予定通りホテルのロビーに集合した。

別の便で前日に東京から到着していた法務部と資材部の社員が合流し、一行は五人のグループになった。

ホテルの前に二台の大型車が停まっていた。

シボレーの「サバーバン」という頑丈なオフロード車である。全長五・六メートル、全高一・九メートル、V型八気筒エンジンの排気量は五七〇〇ccという鋼鉄の怪物だ。座席は大型旅客機のビジネスクラスのように広い。

車は地元の運輸会社のものである。一九九〇年の湾岸戦争後、イラクに行く唯一の手段がヨルダンからの陸路になったので、ヨルダン国内に運輸会社が雨後の筍のように作られた。

全員が一台に乗ることも可能だが、途中で一台が駄目になったとき乗り捨てられるよう、一行は二台に分乗した。金沢は高塚、資材部の若手と一緒の車になった。

運転手はイブラヒムというヨルダン人の中年男だった。

黒い髪に日焼けした茶色い肌。黒い口髭をたくわえ、薄茶色の眼鏡をかけていた。がっしりした身体に茶色い半袖シャツ、灰色のスラックス。

「この人、年《とし》いくつくらいですかね？」

金沢は隣りにすわった高塚に運転席のイブラヒムの背中を目線で示し、小声で訊いた。

「一見五十歳すぎだけど、アラブ人は老けて見えるからなあ」

高塚は小首をかしげる。

「まさか三十代ってことは……」

「そりゃいくらなんでも」

二人が話していると、「サバーバン」はゆっくりと走り始めた。

早朝の街はまだ薄暗い。

揺れる車の中で高塚が書類鞄《かばん》を開け、注意事項のメモを取り出した。

「1．携行品について」に続く「2．道中」という項目に視線を落とす。

①バグダッドまでは陸路約一〇〇〇㎞を車で移動します。所要時間は九〜十時間です。

《行程》アンマン→一・五時間→アル・サファウィ→一時間→アル・ルウェイシェド→一時間→国境→二時間→給油所→二・五時間→バグダッド。

②走行中はシートベルトを必ず締めるようにして下さい。

③途中で昼食のためにレストランには立ち寄りませんので、予めご承知おき願います。道中の食事用としてアンマンのホテルがランチ・ボックスを用意します（サンドイッチ、ゆで卵、フルーツ、ペプシ等）。

④ヨルダンの出国税（四ディナール）は払う必要がありません（入国後四十八時間以内に出国する場合はトランジットとみなされる）。

⑤イラク側の国境では係官がチップ等を要求してきますが、その場合は運転手に応対してもらうようにして下さい（入国時のエイズ検査代五十ドル等、すべての必要経費は運輸会社に払ってあります）。

⑥イラク入国カードの半券は絶対になくさないようにして下さい。

⑦バグダッドではヨルダンの車は市内を走れませんので、到着後事を乗り換えてホテルに向かって頂きます。

「エイズ検査っていうのは、実際はやらないんだよね？」

メモを手にした高塚が隣りにすわった金沢に訊いた。

高塚がイラクに行くのは七年ぶりだが、金沢はここ二年ほどの間に数度イラクに足を運んでいた。

「五十ドルは検査代というより、検査済みのスタンプを貰うための賄賂みたいなもんです」

と金沢。「原油の社員も検査をやられた人間はいません」

一行が乗ったシボレー・サバーバンはアンマン市内の坂道を進んで行く。

アンマンは旧約聖書にも登場する世界最古の街の一つである。標高は七五〇メートル前後で、石灰岩の丘の上に作られた白い都市だ。

街は高級、中級、一般の三つの地域に分けられ、高級地域にある建物は壁から屋根まですべて石灰岩で造る決まりになっている。中級地域の建物は道に面した側を石灰岩で作らなくてはならず、一般地域の建物は壁を白く塗らなくてはならない。

道路は広く、よく舗装され、清掃が行き届いていた。

「相変わらず近代的で清潔な街ですね」

徐々に白みつつある窓外を見ながら、金沢が高塚にいった。

「援助がたくさん入ってきてるんだろうなあ」


ヨルダンはチャーチルが地図上に線を引いて作った国である。

第一次大戦中、中近東でドイツの同盟国オスマン・トルコ帝国と戦っていた英国は、トルコ国内でアラブ民族に反乱を起こさせることを計画。トルコ皇帝からアラビア半島西部の聖地メッカの太守《シェリフ》に任ぜられていたハーシム家第三十七代当主フセインに白羽の矢を立てた。ハーシム家は、預言者ムハンマドの娘ファーティマに家系を発するアラブの名門だ。そして陸軍大尉であったトマス・エドワード・ロレンス、通称「アラビアのロレンス」を顧問として送り込んだ。

ロレンスは、六十三歳という高齢のフセインに代え、フセインの三男ファイサルをアラブ軍団長に任命。ダマスカスまで攻め上り、一九一八年にダマスカスでアラブ政府独立の宣言を行なった。

しかし、英国と東アラブ地域割譲の密約を結んでいたフランス軍が一九二〇年にダマスカスに進軍したため、アラブ軍は退却を余儀なくされた。これに対し、フセインの次男で大アラブ国家樹立の野望に燃えていたアブダッラーが激怒。軍を率いてアラビア半島を出発し、一九二一年三月、アンマンに到着し、野営に入った。

このときエジプトのカイロにいた英国植民地相ウィンストン・チャーチルは一計を案

じ、英国がフランスとの密約で譲り受けたパレスチナをヨルダン川の西と東に分割。東側をトランス・ヨルダンと名づけ、アブダッラーを首長に任じた。道路らしい道路もなく、英国からの補助金を除けば収入もない、文字通り不毛の砂漠地帯だった。

一九四六年、トランス・ヨルダンは正式に独立し、現在のヨルダンとなった。

正式な国名はヨルダン・ハーシム王国（Hashemite Kingdom of Jordan）。現国王のフセイン・ビン・タラールは初代国王アブダッラーの孫で、ハーシム家第四十代の当主である。

国の人口は五百二十万人。その半分以上をパレスチナ人が占めている。国土面積は北海道の一・一倍ほどだが、その九五パーセントが砂漠である。リン鉱石が採れる以外は見るべき産業もない。失業率は慢性的に二〇パーセント前後で、国の収入の大半を出稼ぎ労働者の送金と外国政府からの援助に頼っている。

五井商事の一行を乗せた二台の大型車は、十分ほどでアンマン市街を抜けた。

三十分もすると、周囲に人家も見えなくなり、前後左右一面の土漠になった。砂と石が転がっているだけの茶色い茫漠《ぼうばく》とした大地だ。

やがて東の地平線から真っ赤な太陽が姿を現わし始めた。

気温が上昇し始め、ドライバーのイブラヒムが車内の冷房を一段と強くする。

東の方角に向かって走っていたので真正面から朝日が差し込んできて、金沢らは目の上に手をかざした。

土漠の中の灰色の一本道は片側一車線で中央分離帯もない。

この道は「石油街道」である。石油を満載したタンクローリー車がイラクの方向から何台も走ってきて、金沢らの車とすれ違う。

ヨルダンは原油を一〇〇パーセント、イラクに依存しており、国連の認可の下、供給量の半分を特別価格で、残りの半分を無償で受け取っている。

すれ違うローリーの運転手のほとんどがヨルダン人だ。皆一様に「カフィーヤ」と呼ばれる赤と白の市松模様の布で頭をすっぽり覆っている。「カフィーヤ」はもともとはベドウィンとよばれる遊牧民の衣装だ。

道は右側通行で、イラクから帰ってくる側がこぼれた石油で黒く染まっていた。

この石油街道は、国連の経済制裁下にあるイラクにとっても第一の物資搬入ルートであり、生命線とも呼ぶべき道だ。

「ところで、イラクの油はよく売れるの？」

高塚が訊いた。

「『バスラ・ライト』のニーズは高いですね」

と金沢。

イラク原油には二種類ある。南部の各油田の生産原油をブレンドした「バスラ・ライト」と北部油田の生産原油をブレンドした「キルクーク」だ。このうち日本に入ってくるのが「バスラ・ライト」である。原油の性状（密度、API度、動粘度、流動点、硫黄分等）も留分性状（蒸留して得られるガソリン、灯油、軽油などの比率）も中東の代表的油種であるサウジアラビアのアラビアン・ライトに似ているが、若干軽質（したがって若干良質）だ。五井商事はこれを日本石油や昭和シェル、ジャパンエナジーといった元売《もとうり》会社に販売している。

「客は良質だから買いたがるわけ？」

「というより、調達先の分散ですね」

特定の地域や国に調達先が偏っていると、一朝有事の際に原油が入ってこなくなるリスクがある。

「元々日本の製油所は中東の重質油に対応できるように作られてますから、あえて軽い油を求める必要はないんです」

「うちは今、イラク原油はどれくらい扱ってるの？」

「半年のターム契約で四万BD《ビーディー》です」

日量四万バレルを半年間引き取る契約という意味だ。

「ということは、バレル当たり仮に十八ドルとして……」

高塚が小型電卓を叩く。「半年間でざっと一億三千万ドル（約百五十五億円）か」

「もうちょっと扱いたいところなんですけどね」

湾岸紛争前、五井商事は日量二〇万バレルのイラク原油を輸入していた。しかし、昨年十二月に再開されたイラクの石油輸出は、国連の「Oil for Food Programme（石油・食糧交換計画）」の下で、食糧、医薬品、その他の民生品を購入するために限定され、輸出金額についても半年で二十億ドル（約二千四百億円）という上限が設けられている。

「話は変わりますけど」

と金沢。「例の融資契約書は原油代金のプリペイメント（前払い）方式になってますけど、SCOP《スコップ》（イラク石油事業公社）が受けてくれる可能性はどれくらいあるんですか？」

今回の出張で鋼管輸出部は、SCOPに対して三億ドルの融資を提案する。それは海外原油部が引き取るイラク原油の代金を担保にするものだった。その融資で、鋼管などを輸出しようと目論んでいる。

「SCOP自体はすごく興味を示してる」と高塚。

「でも、国連や国の認可をいくつも取らなけりゃならないでしょ？」

「うん。ただ、この方式をベースに話し合いをしたいといってきたってことは、向こうにも何らかの見通しがあるんじゃないかと思うんだ」

「うーん……でも、ロング・ショットって感じはしますよねえ」

金沢は考え込む表情。「今のところ、原油代金で購入できるのは、人道的物資に限られてるわけですし」

「ただ、ここのところ制裁緩和の動きもあるから、可能性がある所には布石を打っておきたいんだ」

「なるほど。……で、真の狙いは、例のリテンションですか？」

「まあね」

それは鋼管輸出部にとって七年来の懸案事項だった。

鋼管輸出部はかつてＳＣＯＰから請け負い、全長八〇〇キロメートルのパイプラインを完成させた。イラクからサウジアラビアの紅海側の都市ヤンブーまで延びるパイプラインで、総額は約一千億円。五井商事はパイプを出荷するごとに輸出代金を受け取っていたが、最後の五パーセントのリテンションが残っていた。リテンションとは工事代金のうち完工保証的な部分で、パイプラインに石油が無事流れるのを確認して支払われる。ところが、開通式の十日ほど前になってイラクがクウェートに侵攻したため、支払いが凍結された。リテンション分約五十億円は英国の民間銀行の信託口座《エスクロウ・アカウント》に入ったままで、何とかそれを受け取るべく高塚たちはあの手この手でイラク側と交渉してきた。今回の三億ドルの融資提案も、イラクに対して協力的な姿勢を示し、交渉を前進させることが一つの狙いである。

「ＳＣＯＰとずーっと話してるんだけど、イラクは国連の制裁で相当金繰りに苦労してるみたいなんだ」と高塚。

「そうでしょうねえ」

「『オイル・フォー・フード』の金だけじゃ、とても足りないらしい」

金沢が頷く。

（しかし、イラクは国連のがちがちの制裁下にあるし……果たしてどうなることか）

金沢はフロントグラスに視線を戻す。

一本道が土漠の中をどこまでも真っ直ぐに伸びていた。

（この一〇〇〇キロの道の先に、その答えがあるのか……）

2

五井商事の一行がイラクへ向かっていた頃、バグダッドからさらに北東へ七〇〇キロ余りに位置するイランの首都テヘランは、朝の八時を回ったところだった。

標高一二三二メートルの高原都市の空気は乾燥し、砂漠から吹かれてきた茶色い砂《すな》埃《ぼこり》が舞っていた。

「……いやあ、さすがにトーニチさんのゲストハウスは立派だねえ」

来客用のテーブルで、ワイシャツにノーネクタイの男が室内を見回した。

広々とした部屋の中央に、日本の衛星放送を二十四時間観ることができる畳一枚大の巨大なフラットスクリーンのテレビが置かれていた。三方の壁には、四つ切サイズの写真パネルがずらりと飾られている。何かの調印式の写真、トーニチが納めたアフワズ製鉄所の全景、黒い僧衣のラフサンジャニ前大統領と談笑するトーニチの幹部……。

「いやいや、立派だなんて滅相もない。下位の総合商社のゲストハウスなんて、こんなもんですわ」

テーブルの向かいにすわった太り肉《じし》の男が早口のだみ声でいった。

男の名は亀岡《かめおか》吾郎《ごろう》。総合商社トーニチの取締役中東総支配人である。一目でオーダーメードとわかるワイシャツの左腕に紺色の糸でGKのイニシャルが入っている。青い絹のネクタイはフランスのブランド品だ。

傍らにはトーニチのテヘラン駐在員事務所長が控えていた。生真面目そうな顔をした四十男である。

「さあさあ、おひとつどうぞ」

亀岡がテーブルの上の白い磁器の皿を相手の目の前に差し出した。皿の上には、イラン名物のキャビアを山盛りにした軍艦巻きがずらりと並んでいる。艶やかなぬめりを放つ灰黒色の最高級品だ。

「キャビアか。いいねえ」

若い男は舌なめずりせんばかりの表情。

十文字一《ともんじはじめ》という名の通産官僚であった。年齢は三十代後半。現在は資源エネルギー庁に出向し、石油政策担当企画官を務めている。出身は東大文学部。経済官庁である通産省では、東大法学部、同経済学部出身者より格下に扱われ、それに対する反発心をバネに仕事に邁進《まいしん》してきた。長身で面長。野心に満ちた小さな目に、銀縁眼鏡をかけていた。

「で、どおっしたか？　サウジの方は？」

亀岡がだみ声でいった。

早口なので「どうでしたか？」が「どおっしたか？」と聞こえる。

「いやー、暑かったねえ」

十文字ははぐらかすように答えた。ぞんざいな口をきいているのは、俺はお前より上だぞという精一杯の虚勢だ。

テヘラン事務所長は顔に不快感を滲ませたが、亀岡は平然と受け流した。

「今だと、五十度くらいっすか。……で、いかがっしたか、利権延長の方は？」

「いかがっしたか？」は「いかがでしたか？」の早口。

相手のはぐらかしも意に介さず、ぐいぐい押して行くのが亀岡流だ。

十文字は、二〇〇二年二月二十七日に期限切れになるアラビア石油のカフジ油田の採掘権の延長交渉にサウジアラビアを訪問し、帰路、イランの石油情勢視察のためテヘランに立ち寄ったのだった。

「あれは、難しいねえ」

キャビアの軍艦巻きを頬張った十文字は渋い表情。

「サウジの奴らは『日本はサウジへの投資が少ない、少ない』と盛んにいってくるけど……あいつら本当に利権を延長する気があるのかねえ」

味噌汁をすする面長の顔に、焦りと不快感が滲み出ていた。

テーブルの上には日本人板前の手になる銀ダラの西京焼き、サトイモの煮付け、ホウレン草のお浸し、納豆、焼き海苔などが並べられ、さながら日本の高級旅館の朝餉《あさげ》である。ゲストハウスは出張者やメーカーの技術者用宿泊施設だが、取引先や賓客の接待もできるようになっている。

「橋本総理も十一月にサウジに行かれるそうですな」

「えっ、知ってんの？　相変わらず地獄耳だねえ」

亀岡は東京の名門都立高校の出身。同級生には複数の国会議員や高級官僚、上場企業幹部がおり、人脈をフルに使って政財界に情報網を張り巡らしている。

室内では業務用クーラーが低く唸っていた。八月のテヘランは炎暑が続く。

「ところであの写真はいつの？　ずいぶん古そうだけど」

十文字が箸で壁の写真の一つを指した。

まだ四十代前半と思しい亀岡が、何かの調印式で、書類にサインするイラン人と日本人を背後から見守っている写真だった。

「あれは一九八三年ですな。オイル・スキームでニュージーランドの羊の肉を売ったときのものですわ」

羊肉の輸出代金をイラン原油で受け取るバーター取引だ。

「ほう、オイル・スキームで」

「まあ、額はたいしたことありませんがね。ホメイニ革命やイラ・イラ戦争で日本の商社が一斉に撤退していた時期ですから、イランにはずいぶん感謝されました」

当時亀岡はテヘラン駐在員事務所長だった。イラン・イラク戦争（一九八〇～一九八八年）の戦火の中、次々と商談を取りまとめ、商社業界では七～八位のトーニチをイランにおける日系商社ナンバーワンへと躍進させた。

「あれは？」

十文字が別の写真を指差す。

黒い帽子に白い口髭のイランの高僧らしい人物と亀岡が応接室で向き合っている写真だった。

「あれは今度大統領になるハタミ師ですな。お会いしたのは三年ほど前ですかなあ。あの頃は大臣を辞任されて、ラフサンジャニ前大統領の顧問をやられてました」

自分の茶碗をテーブルに置き、早口で説明する。

「その隣りの写真はですな、去年カーグ島の原油出荷基地の近代化を請け負ったときのもので、額は二百億円ほどですな。それからその隣りは、テヘラン市にバスを百台納入したときのものですわ」

いずれも亀岡が写真の中心に写っていた。

「それからあっちの写真ですがね……」

憑《つ》かれたような早口で次々と説明して行く。

壁に飾られた数十枚のパネル写真は、さながら亀岡吾郎記念館だった。

朝食を終えると、亀岡とテヘラン事務所長は十文字をゲストハウスの前で見送った。

すでに気温は三十度近く、二階建てのゲストハウスの前の道は太陽光線で白く焼き付き、付近の木々はうっすら砂埃をかぶっていた。

正面には、標高五六七一メートルのダマバンド山が雄姿を見せていた。

「じゃ、この車、遠慮なく使わせてもらうよ」

十文字は黒塗りのベンツに乗り込んだ。トーニチ・テヘラン駐在員事務所の社有車であった。

砂埃を上げてベンツが走り去ると、テヘラン事務所長が舌打ちした。

「聞きしにまさる態度のでかさですね」

「所詮は気の小さい男だ」

と亀岡。「越前の豪雪地方の出で、実家はかなり貧しいらしい」

「そうなんですか？」

「父親は小さな染色工場を経営していたが、オイルショックで倒産したそうだ」

「ほう……」

「役所の手当てを貯め込むために、日本でも海外でもアゴアシは必ず商社にたかってくる」

亀岡の言葉にテヘラン事務所長が頷く。

「貧しさと学歴コンプレックスをバネに生きてきた男だな。……だが、いずれどこかで躓《つまず》くだろう」

「そうでしょうね」

二人は踵《きびす》を返し、ゲストハウスへと戻る。

「ところで、アラ石の権益延長交渉は、やっぱり難しいんですか？」

「まず無理だろう」

亀岡はにべもなくいった。「サウジは石油産業はすべて国有化するつもりだ。アラ石とテキサコの利権に手を付けないのは、外国との契約を反故にして悪評を立てられたくないからだ。アラ石の利権が残っている理由は、それしかない」

世界最大の産油国サウジアラビアは、一九三三年に石油の生産をカリフォルニア・スタンダード石油に委ねた。同社が現地に設立した石油会社は、一九四四年にアラムコ(Arabian American Oil Company)と改称。その後、テキサコ、エクソン、モービルが資本参加し、アラムコは米メジャー四社体制で運営されるようになった。サウジアラビア政府は一九七二年から八〇年にかけて段階的にアラムコを国有化。現在は一〇〇パーセント国営になり、社名もサウジアラムコと改称された。同社はサウジの原油生産で約九七パーセントのシェアを占め、残りをアラビア石油とテキサコが生産している。テキサコの利権は二〇一〇年までである。

「アラ石は、油田の追加投資や現地社員の幹部登用の面でも、テキサコにかなり見劣りしてるようだな。だからサウジ側の支持も得られん」

食堂のテーブルに戻った亀岡がいった。

日本人の板前が静岡産の煎茶を二人に運んできた。

「通産省の連中は『サウジが利権を延長しないのはけしからん！』と憤慨してるようですね」

テヘラン事務所長が煎茶をすすりながらいった。

「役人的発想だな。通産省が乗っ取ってから、アラ石も民間的嗅覚を失ったな」

アラビア石油は「アラビア太郎」と異名をとった実業家、山下太郎が音頭を取り、石坂泰三（経団連会長）、小林中（日本開発銀行総裁）、石橋正二郎（ブリヂストン社長）、桜田武（日清紡績社長）ら財界人が後押しして設立した会社である。エジプトのナセル大統領が一九五六年七月にスエズ運河を国有化し、英仏軍と武力衝突したのをきっかけに、アラブ諸国で反欧米の気運が高まる中、同社はサウジアラビアとクウェートから石油採掘権を獲得した。一九六〇年に大型のカフジ油田を掘り当て、石油生産を行なってきた。初代社長山下太郎から第三代社長水野惣平までは民間出身者である。しかし、一九七六年に通産官僚の大慈弥嘉久が社長に就任してからは、歴代の通産次官の天下り先になっている。

「アラ石は役割を終えて大往生を遂げるんだ。それが通産省の連中には見えとらん。天下り先を失くすことだけを怖れている」

そういって亀岡は煎茶をすすった。

「しかし……これで『日の丸油田』も終わりですか」

テヘラン事務所長がため息を漏らす。

アラビア石油の生産量は日量二八万バレルで、日本の全石油消費量の六・七パーセントに相当する。自主開発原油としては、アラブ首長国連邦(UAE)で操業するジャパン石油開発と並び、最大級だ。

「まあ、残念なことではあるな」

亀岡はしんみりした顔でいった。

「『石油の一滴は血の一滴』だからな」

第一次大戦のさなか、フランス大統領ジョルジュ・クレマンソーが米国大統領トーマス・ウッドロー・ウィルソンに石油の緊急支援を求めた時の言葉である。近代戦争では石油の確保が最重要課題とされ、日本も米国の石油禁輸に対抗してインドネシアの石油を海軍機動艦隊の燃料として確保するため、太平洋戦争に突入した。一九七三年の第一次石油危機の際も、この言葉が叫ばれ、三木武夫副総理が中東諸国に赴き、懸命の「油乞い外交」を展開した。

3

「『石油の一滴は血の一滴』？　……今どきそんなこという人いるんですか？　そりゃ、化石ですな！」

黒い硬質プラスチックのディーリング・フォンを耳に当てたまま、秋月修二《あきづきしゅうじ》は嗤《わら》った。真ん丸いフレームの眼鏡の下の両目が野生の肉食獣のようにぎらついていた。

「第一次石油危機からもう四分の一世紀です。その間に石油の性格は激変してますよ」

目の前のデスクには、コンピューター・スクリーンが五つ。色とりどりの数字やチャートが刻々と変化し、エネルギー・デリバティブや石油市場の動きを伝えている。「アクセス」と呼ばれるNYMEX（ニューヨーク・マーカンタイル取引所＝世界最大の原油と石油製品の先物市場）の夜間取引《ナイト・マーケット》のページや、プラッツ（Platts＝米国マグロウヒル・グループのエネルギー商品市況情報会社）のページが開かれていた。

手元には、関数用電卓や英文のマーケット・レポート、スクリーンの横に招き猫の置物が置かれ、その下に街で買った宝くじが五枚ほど挟み込んである。妻子と一緒に実家のある長崎市に帰省し、長崎くんちを観たときの写真も飾ってあった。

「今やVLCC（超大型タンカー）で世界中から低コストで原油が運べる時代で、油田なんか持っていなくても、いくらでもマーケットから買えますからねえ」

話しながら、黒い革の背もたれが付いた椅子をくるりと回転させた。

次の瞬間、視界がぱっと開ける。

マラッカ海峡の青い水平線一杯にちりばめた金平糖のように、赤、青、黒、白など、大小さまざまな貨物船やタンカーが百隻くらい浮かんでいた。中東原油がアジア市場へと運ばれて行く「海の石油街道」だ。

「アメリカのメジャーだって、資源ナショナリズムでみんな中東産油国から追い出されて、あの辺にはもうほとんど利権を持ってません」

そこは米系投資銀行、JPモリソン（JP Morrison & Co.）のトレーディング・フロアーであった。シンガポールのウォール街、シェントン・ウェイ（珊頓大道）に建つ高層ビルの二十三階である。

JPモリソンは、メリルリンチやモルガン・スタンレー、ゴールドマン・サックスと並ぶウォール街屈指の巨大投資銀行《バルジブラケット》だ。創業は十九世紀の終わり頃で、二十世紀初頭には製鉄、製紙、電気事業など幅広い産業分野に投資し、金融資本による経済支配の象徴となった。一九二九年の世界恐慌を契機として定められたグラス・スティーガル法により、証券部門が分離されたが、その後もウォール街で最も格式の高い金融機関として君臨している。

赤道直下の太陽が中天高く上り、時刻は午後一時を回ったところだ。

「原油の可採埋蔵量にしても、第一次石油危機のときに『あと三十年分しかない。二十一世紀に石油はなくなる！』ってみんな大騒ぎしてましたけど、油層の水平掘削や深海底の生産が可能になって、今や四十年分じゃないですか。埋蔵量は時間とともに増えるんですよ」

三十七歳の秋月はスカッシュが趣味で、小柄で敏捷そうな体型をしている。

「もう油田獲得に血眼になる時代じゃないです。市場のボラティリティ（変動）をいかにヘッジするかです」

電話の相手は、日本の航空会社だった。

周囲には、最新のコンピューター機器をフル装備したトレーディング・デスクがずらりと並び、欧米、インド、アジア系など様々な人種のセールスマンやトレーダーたちが電話したり、スクリーンを凝視したりしている。総勢約三百人。

「えーっと、それで、今日のマーケットですが……」

秋月はデスクに向き直り、キーボードを叩いてスクリーンに目を凝らす。

ワイドカラーの真っ白なワイシャツに、フェラガモの高級ネクタイ。銀色のバックルが付いた革靴はニューヨーク製だ。普段はネクタイはしていないが、今日はこれから客に会う予定である。

「ケロシンがちょっと弱いですね」

ケロシンは無色で燃えやすい液体燃料である。これに各種留分（原油の成分）を調整配合したものがジェット燃料で、給油系の目詰まりの原因になる水分や、煙点（smoke point＝煙を生じない炎の高さ。〇・一ミリメートル単位で表示）や氷結点（freeze point）について厳格な規格がある。

「今、いくらぐらいですか？」

東京にいる航空会社の調達部員が訊いた。

「三十二ドル八十、二十三ドル三十ですね」

一バレル当たり、二十二ドル八十セントで買い、二十三ドル三十セントで売り、という意味だ。前日比二十セント程度下がっている。

「かなり下げてますね」

「モルガン・スタンレーとマッコーリーが低い買いを入れてきてます」

マッコーリー（Macquarie Bank）はオーストラリアの投資銀行で、石油や金属、綿花など商品取引に強い。

「彼らカーゴでも買うんですかね？」

ケロシンは取引量が少ないので、わずかの売買で急騰・急落する。そのため、買いや売りの予定がある業者は、予め意図的な高値や安値を付け、価格を操作しようとする。カーゴはタンカーの一つの仕切りのことで、一カーゴは五〇万バレル。

「もしくは、コレクション（価格の揺り戻し）でしょう」

ケロシンはここのところ高値で推移していたので、市場で揺り戻しが起きてもおかしくない。

しばらく相場の見通しを話し合ってから、相手が用件を切り出した。

「4Q97（フォース・クオーター、ナインティ・セブン）のブレントのオファー貰えます？　数量は一〇万バレル・パー・マンスで」

この日本の航空会社は、日本の大手元売石油会社からジェット燃料を調達しており、価格はJCC（Japan Crude Cocktail＝財務省の貿易統計における原油の月間平均輸入価格）にリンクしている。ブレント（北海油田産原油）はJCCと価格の相関性が高く、かつ流動性が高い（取引量が豊富）ので、ヘッジ手段として用いられる。

「ちょっとお待ちを……」

秋月はキーボードを叩いて別のスクリーンを開く。

きれいに色分けしたエクセルのスプレッド・シートが現われた。縦軸に期間、横軸にWTI、BRENT、DTD（dated brent＝特定引渡日ブレント）、DUBAI、TAPIS（マレーシア原油）と油種が並び、それぞれのスワップ・プライスが表示されている。原油担当トレーダーが常時価格を更新している社内用の目安価格表《インディケーション》だ。

（二十ドル八十セントか……）

秋月は航空会社との電話を保留にし、目の前のタッチパネルで原油のトレーダーを呼び出す。近くにすわっているが、こういうときはいちいち席まで行っていられない。

「ハイ、ギブ・ミー・ユア・オファー・フォー・ブレント・フォー・フォース・クオーター・ナインティ・セブン・フォー・ハンドレッド・ケイ・パー・マンス（今年第４四半期のブレントのオファー価格を月量一〇万バレルでくれるか？）」

オープン・ボイスのマイクで訊いた。

「オゥケーイ……イッツ・トゥエンティ・セブンティ」

てくる。


デスクのスピーカーから南アフリカ系白人トレーダーの声がラジオ放送のように流れ
価格は二十ドル七十セント。

市場全体が下げているので、目安価格表《インディケーション》より下げてきた。

「サンキュー。アイル・カム・バック・スーン（すぐ返事する）」

秋月は保留になっていた電話を戻す。客に提示する値段を瞬時に決めていた。

「二十ドル七十五です」

「二十ドル七十五……」

電話の向こうの相手は一瞬考える。「わかりました。それでダン（取引）します」

「有難うございます」

スワップ取引成立である。

日本の航空会社は、今年（一九九七年）十～十二月の三ヵ月間、一バレル当たり二十ドル七十五セントの固定価格を月一〇万バレル分払い続け、JPモリソンからブレントの実勢価格を受け取る。航空会社は受け取った実勢価格を石油の元受会社に払うことによって、ブレント（ひいてはJCC）の価格変動リスクを回避することができる。

一方、秋月は客とトレーダーの間で一バレル当たり五セントの鞘を抜き、総額で約一万五千ドル（約百七十七万円）の収益をセールス・チームにもたらした。大きな取引ではないが、塵も積もれば山となる。

「じゃ、これからコンファメーション（取引内容確認書）を送ります」

そういって秋月は電話を切った。

「ザ・カスタマー・トゥック・ユア・オファー（取引成立だ）」

マイクでトレーダーに告げる。

「オーケー」

南アフリカ人トレーダーの答えを確認し、秋月はマイクのスイッチを切った。

すぐに口頭で約定した取引内容をタイプし、航空会社にEメールで発信する。

続いて社内のチケット（取引内容入力票）用スクリーンを開き、取引を入力する。

チケットは、オペレーション（バックオフィス）部門、ドキュメンテーション部門、トレーダーに配信され、オペレーション部門は会社の帳簿に取引を入力し、ドキュメンテーション部門は航空会社とのスワップ契約書を作成し、トレーダーは自分のポジションに取引を入れる。

チケットを入力し終え、秋月は腕時計を見た。

（そろそろミーティングの時間か……）

予め用意してあった英文のプレゼンテーションを手に、立ち上がった。

ワイシャツ姿のままトレーディング・フロアーを横切り、エレベーターへと向かう。

赤道直下のシンガポールでは、ビジネスで上着を着る必要はない。

地上階（日本でいう一階）で大きなガラスの自動扉を出ると、全身に湿気がまとわりついてきた。

付近には青や緑のガラスをふんだんに使った摩天楼群がそそり立ち、四角く切り取られた青空から、太陽が容赦なく照りつけてくる。

熱帯性常緑樹や椰子の木が並ぶ通りを歩くのは、全人口の七八パーセントを占める華人の他、白人、アラブ人、マレー人、インド人、日本人など。

ここは民族が出会う「アジアの十字路」だ。

（ラッフルズ・ホテルでミーティングとは……北京から来たお上りさんらしいぜ）

今ひとつ気乗りしないミーティングだった。

秋月は大陸系中国人嫌いだ。学生時代に旅行した北京のバスの中で、中国人が落とした小銭を親切心で拾ってやろうとして「你干什么《ニーガンシェンマ》？（何をする）！」と足で手を踏みつけられたのが引き金になった。

もう一つの理由は、ミーティングの相手が中国の国営企業の子会社であることだった。中国政府は、国営企業とその子会社に対し、リスクヘッジ目的以外のデリバティブ取引を禁じている。

（投機をしてくれなけりゃ、儲からないんだよなあ）

心の中でぼやいた時、通りの向こうから、黄色とモスグリーンに車体を塗り分けたタクシーがやって来た。

シンガポールは、かつて人口三百人ほどの貧しい漁村だった。スマトラ島の王子がやって来た時、従者がライオンに似た動物を目撃して「シンガ（獅子）だ！」と叫んだことから、王子は島を「シンガプラ」と名付けた（プラはサンスクリット語で「都市」）。一八一九年にこの地に上陸し、英国の植民地として開拓したのが、東インド会社の野心的な社員、トマス・スタンフォード・ラッフルズである。

ラッフルズの名を冠したホテルは、シェントン・ウェイから車で五分ほどの場所にある。高さ八メートルのマーライオンが水を噴き出しているマリーナ・ベイの近くである。開業は一八八七年。白亜の三階建てで、全百三室すべてがスイートという豪華ホテルだ。付近は街路樹や広々とした芝の公園が広がり、重厚なシティ・ホールやゴシック式のセント・アンドリュース教会が建ち並ぶ異国情緒溢れる一角である。

『ウェイターが注文を聞いて立ち去ると志乃が言った。

「ああいう若者を、その昔サマセット・モームは愛したのよ」

ラッフルズ・ホテルはモームが長期間滞在し、そこで執筆したということでも世界的に有名なのだった。モームにちなんだ「ライターズ・バー」という名の、重厚な書斎を連想させるバーもある。』

（森瑤子「ラッフルズ・ホテル」より）

中国人の男は、秋月を「ライターズ・バー」で待っていた。

バーはホテルの一階右手にある。ロビーから続く細長い空間で、濡れたような茶色い光沢を放つ木の床にコロニアルな木製のテーブルと椅子が並べられている。壁際には骨董品のような書棚が置かれ、英語の本と一緒に、サマセット・モーム著『夜明け前のひととき』（井出良三訳）や井出良三著『モーム文学の魅力』といった本がガラス扉の内側におさめられている。

三階まで吹き抜けの天井は高く、金色のシャンデリアと、茶色いプロペラ型扇風機が一定間隔で下がっている。

「ミスター秋月か？」

テーブルの一つにいた男が立ち上がった。

年齢は三十代半ば。中年太りの兆しがあり、額は頭頂部まで禿げ上がっていた。眉毛は濃く、口元に不敵な微笑を浮かべている。襟が白いバーバリーの贋物《にせもの》のポロシャツを着ていた。

「チェン・ジウリンだ」

握手しながら値踏みするような視線を浴びせてきた。

一緒にいた白人の大男と、別の中国人の男も立ち上がり、秋月と握手を交わした。

チェンの名刺には、China Aviation Oil（Singapore）Corporation Limited と社名があり、裏をひっくり返すと「中国航油（新加坡）股份有限公司執行董事兼総裁陈久霖」と中国語で印刷されていた。日本語に訳すと、中国航油料（シンガポール）社、CEO兼マネージング・ディレクターである。もう一人の中国人は財務部長だった。

「シンガポールにはいつ来られましたか？」

秋月が微笑を浮かべて訊いた。獲物が寄って来るまでは、リラックスして待つのが肉食獣の流儀だ。

「七月一日だ。ようやく体制も整ってきたので、そろそろ本格的にビジネスを始めようというところだ」

早口で単語を細切《こまぎ》れにする北京語《マンダリン》風の英語でいった。英語を勉強した中国人は態度が傲慢で、日本語を勉強した中国人は謙虚といわれるが、チェンはまさに前者だ。

「燃料担当のトレーダーもようやく決まったんでね」

そういって傍らのオーストラリア人を見た。フランケンシュタインのような大男だった。

（見事な間抜け面だ）

秋月の視線が冷ややかな光を帯びる。

資本金二十一万ドルという、立ち上げたばかりの弱小中国企業に就職するトレーダーなどろくでもない。市場の最前線にいる投資銀行や商品取引業者のトレーダーたちは精気に満ちたオーラを発しているが、目の前の大男はスクラップ寸前の中古機械のようだった。

「オフィスはどちらに？」

「『サンテック・シティ』三号棟の三十一階だ」

チェンが中庭を視線で示した。芝生の上に頭部が燃えるような赤で身体が黒のキゴシタイヨウチョウが遊び、ヤシの木とホテルの白壁の別棟が見える。別棟の赤茶色の瓦屋根の彼方に、シンガポールの新都心ともいえる「サンテック・シティ」の高層ビル群が聳えていた。

「ところで、ＪＰモリソンはよく知ってるが、ミスター秋月はどういう経歴かね？」

「私は一九八三年に日本の大学を卒業して住之江商事に就職しました」

「日本で三番目の総合商社だな？」

「そうです」

「そこで何を？」

「メタル（金属）トレーダーです」

「住之江商事でメタル・トレーダー……」

チェンは一瞬記憶を手繰る表情。「……すると浜川の部下か⁉」

丸い眼鏡をかけた秋月は微笑し、頷いた。

「ほーう、あんたはあの『ミスター・ファイブ・パーセント』の下にいたのか」

チェンが驚きと好奇心が入り混じった表情をした。

浜川泰男はかつて住之江商事のスター・トレーダーだった。世界の銅地金の五パーセントを握って相場を動かし、「ミスター・ファイブ・パーセント」の異名を取った。しかし、相場の読みを誤り、無理を重ねた末に、二千八百五十二億円の損失が昨年（一九九六年）六月に明るみに出た。現在は刑事被告人の身である。

「ただ、私は一九九〇年にフィブロのオーストラリア現法に転職しましたから、事件のずっと前に住之江商事は辞めています」

フィブロはソロモン・ブラザーズ傘下の商品取引業者である。

「その後、ロンドンのメリルリンチで石油のトレーディングをやり、二年ほど前からこちらでエネルギー・デリバティブのセールス・ヘッドをやらせてもらってます」

「三十歳ぐらいからずっと外資にいるわけか、しかも海外で。……終身雇用の日本人の中で、あんたのようなキャリアは珍しいな」

チェンは秋月の名刺に視線を落とした。秋月の肩書きはマネージング・ディレクターである。

「まあ、水が合っていたのかもしれません」

ディールをとことんまでやり抜く性格の秋月にとって「売りよし、買いよし、世間よし」の「三方よし」の日本の商社は物足りなかった。

「ところで、我々が取引させて頂けるとしたら、当面はスワップと先物ですか？」

中国航油料の業務は中国の空港で使用するジェット燃料の輸入である。購入価格の変動をヘッジしたければ、スワップや先物を使わなくてはならない。

「まあそうだな。……将来的には、オープンポジションを取って、収益を追求しようと思ってるが」

チェンの言葉に秋月は一瞬自分の耳を疑った。

(オープンポジションだと？　この男、いったい何をいってるんだ？)

市場の変動に晒《さら》される裸のポジションを取るのは中国政府が禁じている。

「トレーディングなんてものはな、イージーなゲームだよ」

チェンは傲然といい放った。「ある程度経験があるトレーダーを雇って、トップがしっかり見ていれば、儲けられるものだ。俺はここに来る前に色々調べて、そう確信したね」

(この男、北京大学の専攻はベトナム語で、今までやってきた仕事も通訳がほとんどと聞いているが……)

「俺は賭け事も嫌いじゃないしな」

丸顔の中国人はにやりと嗤い、音を立ててコーヒーをすすった。

「まあ、精々お手柔らかに頼むよ」

ロイヤルドルトンの白い磁器のコーヒーカップを皿に戻し、チェンはいった。

「あんたは日本人だから、シンガポール人よりは信用できるだろう」

「………」

「シンガポール人なんてのは、西洋人だからな」

傍らにオーストラリア人がいるのも気にせず、吐き捨てるようにいった。

相手の自信に満ちた顔を眺めながら、秋月の嗅覚がこれは商売になるかもしれないと告げていた。デリバティブで儲けられるのは、まったくの素人相手でも、まったくの玄人相手でも駄目だ。生半可な知識の自信家を相手にするのが一番なのだ。

(もしかするとこの男、第二のニック・リーソンになってくれるかもしれん……)

目の前の中国人の顔が、一九九五年二月に日経平均先物の博打で十億ドル余りをすって、英国屈指のマーチャント・バンク、ベアリング・ブラザーズを倒産させた同行シンガポール支店のトレーダーに見えてきた。

(そういえば、リーソンも若禿げだったな)

秋月は心の中で笑いを噛み殺した。

第二章　イラク原油

1

アンマンを早朝に出発した二台のシボレー「サバーバン」は、時速一四〇キロ前後で順調に走り続けていた。

がっしりした体格の中年ヨルダン人、イブラヒムは前傾姿勢で前方をひたと見据え、ハンドルを操っている。イラクまで一〇〇〇キロの道のりを一人で運転する「炎のドライバー」である。時おり片手ハンドルになって、眠気覚ましにマルボロをふかしたり、紅茶を飲んだりする。

車内には前川清の渋い歌声が流れていた。古い演歌のカセットテープによる日本人へのサービスである。

溲れた石油で黒ずんだ片側一車線の道路の両側は、見渡す限りの土漠である。

土漠は様々な表情を見せる。

どこまでも真っ平らで茶色の景色が続いていたかと思えば、一面に黒い石が転がっているる地獄の河原のような風景が現れたりする。遠くに低い丘が見えることもある。時おり、数十～百戸程の民家からなる集落も現れるが、どうやって生活の糧《かて》を得ているのか分からない。

（まるで『スター・ウォーズ』の世界だな……）

金沢明彦は飽かず景色を眺めていた。

道の右側に一定間隔で高圧鉄塔が立ち並び、遥か彼方まで続いている。燃料の安いイラクで作られた電気をヨルダン側に運ぶための送電線らしい。

二台の大型オフロード車の後部には、万一に備えて大きなペットボトルのミネラル・ウォーターがたっぷり積み込んである。

時おりイラク側から走ってきた石油のローリーやトラックがすれ違う。車高が高いので少し怖い。

「『カフィーヤ』を見ると、サウジにいた頃を思い出すなあ」

トラックがすれ違った時、高塚がいった。

ローリーやトラックの運転手たちはみな一様に「カフィーヤ」と呼ばれる赤と白の市松模様の布で頭を覆っていた。サウジアラビアでも、人々は「カフィーヤ」を頭に被《かぶ》って丸い輪で固定し、布の端を背中まで垂らしている。

「アルコバールにいた頃の話なんだけど……」

サウジアラビア東部の港町だ。近くのダハランにサウジアラムコの本社があり、石油輸送や掘削用パイプの引き合いがしょっちゅうあるので、鋼管輸出部の社員が常駐している。

「うちの中東支配人がサウジでしょっ引かれたことがあってさ」

「えっ、どうしてですか？」

後ろの座席にすわった資材部の若手社員が訊いた。二十代後半で、タイヤの海外輸出を担当している。金沢や高塚らのイラク出張の話を聞きつけ、同行を願い出てきた。

「中東支配人はリヤドに駐在してたんだけど、中東地区の所長会議でバーレーンに行ったんだ」

金沢と資材部の社員は興味津々。

「バーレーンは、ホテルの部屋によくコンプリメンタリー（無料サービス）のウィスキーが置いてあるだろ？」

「そうですね。ジョニ赤が多いですね」

バーレーンでは酒が飲める。

「当時のドバイの所長が酒好きの人だったんで、中東支配人は渡そうと思って自分の書類鞄の中にウィスキーのボトルを入れたんだ。それをすっかり忘れて、サウジに帰ってきたらしい」

「ありゃー！」

サウジアラビアは厳格な禁酒国である。

「税関で検査されて『あっ！』と慌てたけど、時すでに遅し」

高塚は肩をすくめた。「運が悪いことに、仕事でしょっちゅうサウジとバーレーンを往復してたから常習犯と思われて、有無をいわせず留置場行きだ」

「サウジの留置場って、すごい所なんでしょ？」

「うちのイエメン人運転手がパスポート不携帯でぶち込まれて、身請けに行ったことがあるけど、八畳くらいのスペースに三十人くらい押し込まれてたよ。クーラーなんか当然ないから、夏場は軽く四十度を超えるだろうな」

金沢と資材部の若手は顔をしかめる。

「で、中東支配人はどうなったんです？」

「留置場に入れられる前に、一ヵ所だけ電話してよいといわれたので、うちのリヤド事務所に電話して助けを求めたんだ。ちょうどラマダン（断食月）明けの休暇前で、海外旅行に出かけていた人が多かったけど……」

リヤド事務所が中心になって各方面に連絡したところ、タイヤのビジネスで五井商事が日頃親しくしているアル・ジョメという豪族グループに連絡がついた。サウジアラビア建国の際に、サウド家に力を貸した有力一族で、リヤドで日本の大手自動車会社の販売代理店などを経営している。一族の総帥《シェイク》は休暇でスイスに滞在中だったが、グループの社員が電話で連絡し、総帥がスイスからサウジアラビアの警察に電話を入れ、中東支配人は無事解放されたという。

「お礼は何かしたんですか？」

「三菱電機のオーロラビジョンだよ」

高塚がにやりと笑った。

「そりゃ高くつきましたね！」

三人は愉快そうに笑った。

「サウジといえば……」

高塚が別の思い出話を始める。

超長距離のドライブではやることがない。自然と四方山話で時間をつぶすことになる。

午前八時二十分、道路標識は「イラク国境まで一一七キロメートル」。

間もなく、道端に商店や茶店《ちゃみせ》が現れ、二台の「サバーバン」は停車した。

道の両側にずらりとトラックやタンクローリーが駐車しており、国境貿易が活況なのがよく分かる。

店は簡素な木造平屋建てやテントで、食料やベドウィンの民芸品を売っている。代金はヨルダン・ディナールでもイラク・ディナールでも払える。

頭上から、灼けつくような太陽光線が降り注いできていた。

金沢らは、茶店で砂糖入りのミント・ティーを飲み、念のためトイレに行った。

休憩の後、二台の「サバーバン」は再び走り出す。

黒や灰色の羊を百頭くらい連れたベドウィンが、道路から五〇メートルほど離れた土漠の中に現れた。頭に「カフィーヤ」を巻き、長い上着を着ていた。羊たちは俯《うつむ》いて何か食べているが、高速で走っている車の中からは、一面の黒い石ころが見えるだけである。

「何食べてるんだろうな？」と高塚。

「苔か何かですかねえ」と後ろの資材部の若手。

その後も、羊を連れたベドウィンが何組か見られた。国家や国境とは一切関わりなく、悠久の遊牧生活を送っている人々である。

車のバックミラーにぶら下げられた、ビニールケース入りの小さなコーランのアクセサリーが小刻みに揺れていた。ダッシュボードの上には、お祈り用のマットが畳んで置かれている。

景色は再び、土漠になる。石ころもなく、山も丘もない。どこまでも真っ平らな薄茶色の風景。金沢は、『デューン～砂の惑星』というSF映画のシーンを思い出した。

午前十時半すぎ、二台の「サバーバン」はヨルダン側の国境に到着した。

土漠を突っ切ってどこまでも延びるハイウェーの脇に、金網で囲まれた白いバラックの建物がいくつもあり、周囲に税関検査を待つトラックが百台以上停まっていた。

前方彼方には、大きなゲートのあるイラク側の国境が見える。

イブラヒムが一行六人のパスポートを手に車を降り、出国手続に向かった。

免税店は薄暗く、埃《ほこり》っぽかった。ガラスのケースの中に、一昔前の型のラジカセやカメラ、香水、万年筆などが並べられていた。あるだけましといった感じの店だ。

金沢たちは、イラクの客先に渡すタバコを買った。

出国手続をすませたイブラヒムも買い物に加わった。それとなく様子を窺っていると、タバコと香水を買った。

「香水なんかどうするんだろうね？」

高塚が金沢に囁いた。

「イラクの女にやるんじゃないですか」

「なるほど……。しょっちゅう往復してたら、女の一人もできるだろうなあ」

ちらりと見えたパスポートの生年月日は一九五七年生まれ。高塚より二歳若い四十歳だ。

二台の「サバーバン」は、あっという間に、幅二キロメートルの中立地帯を通過し、銃を持った兵士たちが警備するイラク側国境に到着した。

イラク国旗が高いポールの上に翻《ひるがえ》っていた。

赤、白、黒の三色に、緑の三つ星と「アラーは偉大なり」というアラビア文字。

コンクリート造りの国連の「Oil for Food Programme」の管理事務所もあった。

入国手続の間、五井商事の五人は平屋の建物の中で待つ。入り口に粗末なガラスケースがあり、それが免税店だった。化粧品や皿が置いてあるが、数年間誰も買ったことがなさそうな雰囲気である。

「一気に貧しい国に来た感じだなあ」

「経済制裁で相当疲弊してるんでしょうね」

高塚と資材部の若手が言葉を交わした。

通された部屋は七十畳ほどのがらんとした空間。壁に民族衣装を着たサダム・フセインの大きな肖像画が掛けられ、壁際に沿って古いビニール張りのソファーが置いてあった。エアコンは家庭用が一台あるきりで、室内は蒸し暑い。五人の日本人は汗を流し、四方山話をしながら、手続が終わるのを待った。

入国手続は約四十分で終了した。制服姿のイラク人検査官がやってきて「早く手続をしてやったから、チップをくれ」とせがむ。金沢は予め打ち合わせた通り、五人分で十ドル渡した。


一行が乗った二台の車がイラク側に入ると、すぐ標識があった。

「バグダッドまで五五一キロメートル」

ヨルダンとイラクは時差が一時間あるので、金沢たちは腕時計の針を進めた。

道は中央分離帯がある片側三車線の堂々たるハイウェーで、ヨルダン側の片側一車線の田舎道とは雲泥の差である。飛行機の滑走路にも使えるように造られたハイウェーは、現代の「アッピア街道」だ。

イブラヒムが車の速度を一気に一六〇キロに上げ、景色が飛ぶように過ぎ去って行く。

「大国に来たって感じですねえ」

資材部の若手が嘆息した。

「この道さ、韓国の現代建設が造ったんだよ」

高塚がいった。「例のイラクからヤンブーの石油パイプラインは、サイペム（イタリアの石油・ガス関連の建設会社）や現代建設と組んでやったんだけど、現代の人がイラクのハイウェー建設の苦労話をよくしてたよ。クーラーもろくにない飯場で韓国人労働者を寝泊りさせたとか、強度を高めるのにコンクリートを厚くしたんで、乾きづらかったとか」

金沢と資材部の若手が頷く。

「国連の制裁が始まって、イラクから外国人はほとんど引き上げたけど、現代建設の駐在員は今でもバグダッドとバスラに残っているそうだ」

「何のためにです？」

「建設工事で、まだ途中のがいくつかあって、制裁が解けたらいつでも再開できるよう、建設機械をメンテ（維持管理）するためだ。建機は定期的にメンテしないと使えなくなるから。時々、現代の副社長がキムチを持って、励ましに行ってるそうだ」

「バスラにもですか……凄いですね」

バスラはイラク南部の石油積み出し港だ。夏場は気温が五十度を超え、駐在員は精神と肉体の両面で耐久生活を強いられる。

太陽が高く上り、景色が白っぽく見える。外気は軽く四十度を超えている。

ハイウェーにはゴミはほとんど落ちていない。しかし、タイヤの黒い破片や古タイヤが、そこらじゅうに転がっている。事故が多いのだろう。

道路脇の所々に、現代建設が作った東屋《あずまや》のようなベンチがあるが、無論人は誰もいない。

車内では、全開にしたクーラーの音をバックに、前川清の歌声が流れていた。

国境から二時間くらいは、集落もなく、ひたすら土漠が続いた。

ヨルダン領のような休憩エリアもない。

イブラヒムのタバコと紅茶の頻度が上がった。疲れで眠気が忍び寄ってきているようだ。

ハイウェーの前方に逃げ水が揺らめく。

快晴だが、地平線付近の空は砂が舞って茶色く染まっている。

(到着まで、あと一時間くらいか……)

腕時計の針が午後三時を回った頃から、ハイウェーの両側にナツメヤシの木や、日乾し煉瓦の家などが現れ始めた。

さらに進むと、緑はぐんと増え、人や牛の姿も見られるようになった。

街が徐々に現れ、建物の密集度も高まって行く。

市街に入る手前に、黄土色の高い煉瓦塀に囲まれた、大きくて陰気な建物があった。アブグレイブ刑務所である。王制時代（一九二一〜一九五八年）に、イギリス人が設計したイラク最大の刑務所だ。

午後四時すぎ、二台の「サバーバン」はバグダッドのタクシー溜りに到着した。

一行は二台のタクシーに乗り換える。免許の関係で、「サバーバン」は市内を走ることができないからだ。


バグダッドは、アッバース朝（七五〇〜一二五八年）第二代のカリフ、アル・マンスール（在位七五四〜七七五年）が建設した都市である。メソポタミアの「肥沃な三日月地帯」の中心にあり、東西通商の要衝だった。第五代カリフ、ハールーン・アル・ラシードの時代が全盛期で、「千夜一夜物語」などの文化、芸術が花開いた。アッバース朝滅亡後、モンゴル軍やチムールの侵略を受けて衰えたが、十六世紀にオスマン帝国の支配下に入り、一九二一年にイラク王国が樹立されると再び首都になった。その後、一九五八年に共和制が樹立され、一九六八年にバース党がクーデターで権力を掌握、一九七九年にサダム・フセインが大統領に就任した。

人口は約五百四十万人。市内を貫流するチグリス川はトルコを源流とし、イラクを南北に縦断してペルシャ湾に注ぎ込む大河である。川の東岸が繁華街で、バザール、バグダッド大学、シーア派の聖地カーズィミーヤ・モスクなどがある。大統領府、鉄道駅、国際空港は西岸にある。市街地南部には、ホテル、レストラン、各国大使館が多い。

五井商事の一行の宿泊先は、アル・ラシード・ホテルだった。

チグリス川東岸に建つ十四階建て、全三百九十室の大型ホテルだ。外壁はそっけない薄茶色で、ウエハースを立てたような薄型の建物である。一九八二年に、非同盟諸国会議開催のために造られたもので、ちょうど四分の一世紀が経っている。

正面入り口の床には、縦二メートル・横三メートルほどのジョージ・ブッシュ前米国大統領のモザイク画が埋め込まれていた。「ブッシュは犯罪人である」と英語とアラビア語で書かれ、宿泊客はブッシュの顔を踏んづけてホテルに入る。ただし、国連の査察団などが来るときは、カーペットで隠すという。

五井商事の一行が到着したときも、カーペットがかけられていた。金沢がベルボーイに見せてよと促すと、男はがばっとカーペットをめくり、スーツ姿で歯を食いしばったブッシュ元大統領の上半身が現れた。金沢が「どうしてカーペットで隠してたの？」と英語で訊くと、ベルボーイは「さっき雨が降ってたから」という答え。高塚たちが「ほんとかねえ」と笑った。

入り口ホールは三階まで吹き抜け。白い大理石造りで、壁にはアラベスク模様が穿《うが》たれていた。水晶型のランプが葡萄の房のように集まったシャンデリアが全部で八つ。あちらこちらに背広や民族衣装姿のサダム・フセインの肖像画が飾られている。

ホテルは一九九三年一月に、米軍のトマホーク・ミサイルに被弾し、四人の死者と多数の怪我人を出した。ホールで、そのときの様子がパネル展示されていた。レセプション・エリアも天井が高く、アーケードのように長い堂々たる造りである。

ただし、照明は貧弱で、薄暗い。発電所の新設や補修ができないため、電力が不足しているのだ。

金沢の部屋は七〇五号室だった。

がらんと広い部屋で、質素な木の内装である。机、ツインベッド、テレビ、壁にアラビア文字の抽象画。冷蔵庫の中はカラ。部屋代は一泊四十八ドルで、この他、朝食代として毎日六万ディナール（約三十三ドル）を強制的に払わせられる。

その日、一行は夕食をホテル内のレストランですませ、早めに就寝した。

2

翌朝、目を覚まして部屋のカーテンを開けると、眼下にバグダッドの街がパノラマのように展開していた。

色の少ない街である。灰色と、薄茶色と、くすんだ緑色の三色しかない。

古びた町である。建物が低く、高くても精々十階建てである。近代的な高層ビルが林立する他の中東産油諸国の首都に比べ、ずいぶん地味な景観だ。遠くに団地や、宇宙ステーションのような形をした灰色の給水塔、モスクのドームなどが見える。

地上を絨毯のように覆《おお》っているナツメヤシの木々が、中近東にいることを思い出させる。

彼方の稜線の右手四分の一ほどが、オレンジ色の朝日の中に浮かぶ灰色のシルエットになっていた。

朝食は、一階の奥にあるカフェテリアに用意されていた。

水気のないキュウリ、乾きかけたトマト、バナナ、グレープフルーツ、オリーブ、チーズ、パン、蜂蜜、卵料理、干からびたハム。油の質が悪いので、パンや卵料理はごてっとしている。

「結構、外人が来てるんだな」

高塚が、カフェテリアにいる欧米人ビジネスマンたちに視線をやる。五井商事の五人以外に、三組の外国人グループがいた。

「去年の十二月に、『オイル・フォー・フード』で原油の輸出が一部再開されてから、かなり増えました」

金沢がいった。「半年間で二十億ドルの原油代金のうち、賠償金と国連の経費を差し引いた十三億ドルが商売になりますから」

イラクとの交易は、一九九〇年八月六日に採択された国連安保理決議六六一号で全面的に禁止されている。唯一の例外が「Oil for Food Programme」で、制裁がイラク国民に余りに激しい疲弊をもたらしているという世界的批判の高まりに呼応して始められた。

「石油開発の方も、イラクは、フランス、ロシア、中国なんかに利権を与えて、アメリカを牽制しようとしてます」

「うかうかしてると、やられるな」

高塚はコーヒーのマグカップを手に表情を引き締める。

湾岸紛争以前、日本の対イラク貿易で五井商事は圧倒的な強さを発揮し、「サダムの友人」と揶揄されるほどだった。他社の後塵を拝すわけにはいかない。


八時過ぎに、金沢、高塚、鋼管輸出部の課長代理、法務部の社員の四人はスーツ姿で、二台のタクシーに分乗した。資材部の若手は別行動だ。

白とオレンジ色の二色に塗られたタクシーは、大きな「革命記念動植物園」を右手に見ながら、ダマスカス通りを東の方角に走って行く。

間もなくアーラー橋に差しかかった。薄茶色に濁ったチグリス川は、市内でも五〇〇メートルほどの川幅があり、ちょっとした海のようだ。

橋を渡ると、繁華街のアル・ラシード通り。

バグダッドは、過去十五年ぐらいがすっぽり抜け落ちたような街だった。車窓から通りを眺めていると、一九八〇年代前半にタイムスリップしたような錯覚に襲われる。一九八〇年九月から八八年八月まで続いたイラン・イラク戦争と、一九九〇年に勃発した湾岸紛争とそれに続く国連制裁で、新しい建物がほとんど建設されていない。灰色のコンクリート造りの建物が多く、その大半が薄汚れている。交通量はそこそこあるが、車はすべて二十年ぐらい前の古い型だ。あちらこちらがへこみ、錆び、塗装が剝げている。菓子、食料品、衣料品などを売る商店は結構あるが、長いこと手入れされておらず、一様にくたびれている。

街のいたるところに、サダム・フセインが溢れていた。様々な服装、様々なポーズ、様々な年齢の、絵や写真、銅像である。ビリヤード屋は、ビリヤードをするサダム・フセインの大きな看板を掲げていた。本人が四十歳くらいの頃の、まだ贅肉がついていない顔がお気に入りなのか、これが一番多い。

SCOP《スコップ》（イラク石油事業公社）のビルは、ホテルから車で十分余りだった。場所は、チグリス川東岸の防衛省の少し北である。高架道路がビルを回り込むように旋回し、回り終えたところで地上に接していた。

ゲートは無骨な鉄格子。

銃を提《さ》げた兵隊たちは、スーツ姿の四人をすんなり通してくれた。

受付は、掘っ立て小屋だった。木の床は割れ、天井で錆びたプロペラ型扇風機が熱い空気をかき回していた。五井商事の四人は、政府のイラク再建基金に一人百ディナール（約七円）を強制的に寄付させられ、「شركة（シャリカート＝会社）」と書かれた名札を貰った。

待合所を出ると、ビルの真ん前に、高さ四メートルほどの、黒いサダム・フセイン像があった。ベレー帽をかぶり、軍服を着て、腰に拳銃を提げ、右手を高く挙げて群集に呼びかけている姿である。

四人は正面入り口からビルに入った。

「今日は、総裁が直々に出てくるそうですよ。相当気合が入ってますね」

天井の高い入口ホールの一角にある待合スペースで、鋼管輸出部の課長代理がいった。

「サダム・フセインにも、五井商事からファイナンスのオファーが来てると報告が行ってるかもな」

ハンカチで汗を拭きながら、高塚が笑う。

イラクと五井商事の結び付きを強めたのは、一九七九年にイラクを訪問したエネルギー部門出身の副会長だ。ハムダーニ第一副首相から「俺はオリエントだ。東洋人は信義を守る。五井商事が信義を守って対応してくれるなら、我々も信義をもって応える」といわれ、即座に「我々も信義を守ります」と応じた。その直後、ハムダーニは、サダム・フセインに粛清されたが、処刑直前の閣議で「我々は五井商事と提携した」と報告していた。半年後に副会長が訪問すると、ハムダーニの後を継いだターハ・ヤシン・ラマダン（現副大統領）が「約束は生きています」と告げた。

当時、イラクは一九七五年十二月に、石油産業を完全国有化したため、欧米と国際的係争になっており、五井商事を利用しようとした。五井商事は、その火中の栗を拾ったのである。欧米の石油メジャーが引き取りを拒否したイラク原油を引き取り、バグダッドのビル建設を数十億円の赤字で引き受けた。そして、その後数年間で、二千億円以上の建設工事を受注し、対日原油の半分近い日量二〇万バレルを取り扱うようになった。

「ここにも結構外人がいますね」

法務部の社員が周囲を見ながら呟くようにいった。

同じ待合スペースに、スーツケースを持った中国人らしい男がすわっており、時おり無遠慮な視線を投げかけてくる。会議室に通じる廊下にはイタリア人らしいグループがいた。


三十分ほど待たされてから、四人は一階にある会議室に通された。

総裁は、小柄で痩せた六十歳くらいの男性だった。

白髪混じりのすだれ頭で、口髭を生やしていた。白いワイシャツに茶色のネクタイ、安っぽいズボンに、安っぽい革靴。威厳たっぷりの人物が出てくると思っていた金沢は、拍子抜けした。国営企業の総裁というより、仕立て屋のおやじに見える。

「融資契約書の件については、財務部長から聞きました」

握手の後、総裁が切り出した。英国で教育を受けているので、訛りの少ない英語だった。

傍らに、財務部長を務める初老の男がノートと鉛筆を手に控えていた。

「残念ですが、現在イラクは国連のエンバーゴ（制裁）下にあり、こうした契約書にサインすることはできません。交渉の議事録も、覚書も、作ることは望みません」

言葉は丁寧だが、突き放すような口調だった。

「エンバーゴが近々解除される可能性があるということで、我々は話し合いをしてきたと思うのですが……何か状況が変わったのでしょうか？」

高塚が訊いた。

「我々はエンバーゴの解除が近いと考えている。解除されると、ＳＣＯＰを取り巻く状況はがらりと変わる」

総裁がいった。「どのプロジェクトに優先順位をつけるかは、その時にならないと分からない。また、ファイナンスのオファーも、数多く受け取ることになるだろう。融資条件も、今五井商事が提示しているより、遥かによくなるはずだ」

「しかし、解除後は皆忙しくなります。そのときのためにも、今のうちから……」

「それは確かにそうかもしれない。しかし、我々は、あなたがたに、今からドアの間に足を入れるような真似をしてほしくない」

（これは、かなり様子が違うぞ……）

金沢と法務部の社員が顔を曇らせた。

「この話は、過去一年間やってきて、山の六合目まで登ってきたところです。今、ここでやめるのは、お互いにもったいないと思います」

鋼管輸出部の課長代理がいった。

「その論法だと、エンバーゴが解除されたら、あなたがたは『我々はこの話を二、三年やってきた』というだろう。我々はそういう精神的な拘束を受けたくない」

しばらく押し問答が続いた。

やがて総裁は、隣りにすわった財務部長に、アラビア語で指示を始めた。

自分の発言を箇条書きで書き取らせ、変な嫌疑をかけられないよう、証拠にするつもりらしい。　イラク政府の高官は命がけだ。

初老の財務部長は、総裁の言葉を復唱しながら懸命に鉛筆を走らせる。

「五井商事がファイナンスを付けるからといって、我々は五井商事から高い値段でパイプ（鋼管）を買いたくない。ファイナンスもパイプも、価格は競争力がなくてはならない」

そういうと総裁は立ち上がり、会議室から出て行ってしまった。

五井商事の四人はなす術もなく、小柄な後姿を見送った。

ミーティングは終わりのようだ。

「せっかく用意してきたんですから、これだけでも受け取って下さい」

鋼管輸出部の二人は、契約書の草案を「重いので」とか何とかいいながら置いて帰ろうとした。しかし、初老の財務部長は、顔こそ笑顔だが、頑として受け取らなかった。

一時間後――

五井商事の四人は、別の会議室でSCOPの法務部長と向き合っていた。当初、総裁と大筋合意した上で、契約書の詳細を詰めようと考えて組んだミーティングだった。先方からは、財務部長、計画部長も出席した。常に複数の人間が出てくるのは、相互監視のためだ。

過去一年間の話し合いでSCOP側の中心人物を務めてきた五十歳ぐらいの法務部長は、オックスフォード大学で法学修士号を取得した人物だった。

「国内外の政治的状況が変わって、色々やりづらいが、我々は五井商事と話し合いを続けるよう指示されている。ただ、日本がイラク問題で常にアメリカを支持していることは、政府として非常に残念なことだと考えている」

髪がやや長く、欧米人風の整った風貌の法務部長は淡々といった。

「我々は、日本の工業技術の優秀さを知っている。日本はもう少し政治的な努力をしたらよいのではないか」

いつになく歯切れが悪く、公式発言に終始し、契約書の詳細には一切触れない。

五井商事側は、何かが起きたのだと直感して、議論は避け、相手のいい分を聴くことにした。

「何かあれば、私のオフィスの方に連絡してほしい」

法務部長は、二度繰り返し、ミーティングを締めくくった。

相手が契約書の草案を受け取ってくれたのが、五井商事側にとって唯一の成果だった。


「ありゃ、絶対何かあったな。きっと石油省の態度が変わったんだ」

ビルを出るとき、高塚がいった。

SCOPは石油省傘下の公団だ。政府内で総裁より上は石油省の次官と石油大臣で、その上はターハ・ヤシン・ラマダン副大統領とサダム・フセインしかいない。

「総裁は、一切コミット（約束）できないって態度でしたね」

鋼管輸出部の課長代理がいった。年齢は金沢より三歳下の三十四歳。ずんぐりむっくりの日本人的体形だが、帰国子女で、米国訛りの英語を話す。

「本当に制裁解除が近いのかな？」

「近いんですかねえ……。確かに人の出入りは、以前より増えてましたが」

課長代理は、融資契約書の交渉のため、過去一年で三回SCOPを訪れている。

「法務部長が『何かあれば、私のオフィスの方に連絡してほしい』って、繰り返してましたね」

金沢がいった。

「あれは意味ありげですね。きっと、手土産を渡してほしいってことでしょう」

課長代理は、バグダッドに来るたびにインスタント・コーヒーやパンスト、医薬品といった手土産を持参し、法務部長に渡していた。部長の父親がリューマチなので、医薬品は特に感謝されていた。

「じゃあ、オフィスに電話するか？」と高塚。

「うーん……オフィスは、やっぱりマズいんじゃないすか」

課長代理は考え込む。「……自宅に電話しましょう」

「大丈夫か？　盗聴されてるだろ？」

かつて、食糧公団の技官に、娘の入院費用を用立ててくれと頼まれ、三百ディナール（一九八一年当時で約二十四万円）を渡し、アブグレイブ刑務所などに六百八日間繫がれた日本人商社マンがいた。

「お渡ししたい書類がある、っていいますよ」


五井商事の一行は、タクシーで来た道を戻る。

間もなく二台のタクシーは、サドゥーン通りにある、オフィスビルの前に停まった。

サドゥーン通りは、チグリス川東岸のタハリール（解放）広場から南へ延びる道で、商店やオフィスが多い。

ドアを開けて入ると、雑然とした事務所で、男三人、女一人のイラク人が働いていた。

五井商事が、現地事務所代わりに使っている「ファリードの事務所」だ。湾岸紛争勃発後、五井商事バグダッド駐在員事務所は閉鎖され、現地社員だったファリードというイラク人が、備品を引き継いで事務所を開いた。家電メーカーなどいくつかの日本企業の代理店もやっている。アフリカの僻地にある下位の総合商社のオフィスといった感じである。

「ここに来ると、商社マンの原点を見る思いですね」

ずんぐりむっくりの課長代理が微笑した。

五つある事務机の上に、古い型のパソコン、電話、使い込まれた文房具や書類、アラビア語と英語の辞書、名刺入れ、タイヤメーカーの記念品のタイヤの形をした灰皿などがごちゃごちゃと載っている。

室内には、テレックス・マシーン、扇風機、ラジカセ、ラジカセの周りに一九八〇年代の日本の流行歌のカセットテープ、地球儀、イラクの人形、富士山と桜の絵が付いたグリーティング・カード。書棚の上に、「寄贈JAL」という銀色のプレートが台座に付いたゴルフコンペの優勝カップ。

室内には北島三郎の「函館の女《ひと》」が流れていた。日本人へのサービスのようだ。表のサドゥーン通りから、自動車の排気音や警笛がひっきりなしに聞こえてくる。

壁には、イラクの地図、アラビア語のイラク政府組織図、アラブ風の絵、日本企業のカレンダーなどが、ごてごてと張られている。

ファリード氏は四十代半ば。引き締まった身体付きの、頭の切れそうな男性である。

五井商事の四人は、握手をし、紅茶を振舞われた。

高塚が、オフィスの真ん中あたりに二台並ぶテレックス・マシーンの前に腰かけ、スイッチを入れて、カチャカチャ叩き始めた。今日の面談結果を本社に報告するためだ。テレックスの表題は「灰皿の件」。イラク向け債権を指す部内の符牒である。

「灰皿」にしたのはほとんど意味はなく、符牒を何にしようかと話していたとき、目の前に灰皿があっただけだ。

（それにしても、なぜＳＣＯＰの態度が激変したんだ？　原油の方にも、何か影響が出るんだろうか……？）

キーを叩く高塚の姿を眺めながら、金沢は嫌な予感に捉われていた。

3

翌日の午前中、金沢は一人で別の国営公社を訪問した。

イラク石油輸出公社であった。英語名は、State Oil Marketing Organization、略称ＳＯＭＯ《ソモ》。石油輸出を一手に扱う、サダム・フセインのマネー・マシーンだ。

五井商事は、ＳＯＭＯに昔から深く食い込んできた。一九七〇年代後半、肩痛で苦しんでいたＳＯＭＯの総裁を、赤坂の東洋鍼医に三日間通わせて治し、「この医者をイラクに連れて行きたい！」と感激させたこともある。

ＳＯＭＯのビルは、ＳＣＯＰと同じ敷地内に並んで建っていた。五井商事が清水建設と組んで一九八〇年に建てたものだ。

一階正面のガラスケースの中に、巨大な伊万里焼の壺が展示してあった。ビルの新築祝いに、五井商事が日本の石油会社数社と一緒に寄贈したものである。

金沢は、過去二年間、ここに何度も足を運んだ。

石油輸出が再開されると噂され始めた一九九五年頃から、海外原油部の社員が一〜二ヵ月交代でバグダッドに張り付き、ＳＯＭＯに日参して「是非、うちに売って下さい」と訴えた。

その日、金沢は総裁室に案内された。

（普段は、会議室なんだが……）

一九九四年以来、ＳＯＭＯの総裁の座にあるサダム・ジブン・アル・ハッサンは、サダム・フセインの従兄弟。大統領の故郷であるティクリート（バグダッドの北西一四〇キロメートルにある人口約二万八千九百人の町）の出身だ。石油のことは何も知らないが、サダム・フセインの指示を受け、原油の販売先を決めている。

昨年（一九九六年）十二月に始まった「Oil for Food Programme」は、石油の輸出代金の使い途は国連が管理するが、石油を誰に売るかはイラク政府、すなわちＳＯＭＯが自由に決められる。

総裁室は二階にあった。

手前に応接セット、奥に執務机が置かれていた。執務机の背後にサダム・フセインの肖像画とスタンドに掲げたイラク国旗があり、政府機関の中では例外的に、衛星放送が入る大きなテレビや、国際電話が備えられている。

スーツ姿の総裁は中背の小太り。頭頂部の頭髪は薄く、鼻の下に髭をたくわえた中年男だ。どことなくサダム・フセインを思わせる強面《こわもて》で、ほとんど笑わない。

「この度は、石油を売っていただき、有難うございました」

握手の後、スーツ姿の金沢が切り出した。「おかげさまで、日本の石油会社も大変喜んでいます。私どもは、日本が貴国の原油の安定消費地になるよう、引き続き努力して行きたいと思っています」

日量四万バレル・期間半年のターム契約は、今年九月に更新される予定だ。

金沢の言葉を、総裁の傍らにすわった原油第二部長がアラビア語に訳す。

SOMOの原油販売部門は一部と二部に分かれ、日本やアジア諸国は二部の担当である。部長は常日頃、自分たちの意向がまったく顧みられず、いつも政治的圧力で原油の販売先が決められると嘆いている。

総裁がアラビア語で何かいい、それを原油第二部長が英語に訳す。巻き舌の強い、アラブ訛りの英語である。

「五井商事の長年の努力には感謝する。しかし、残念ながら、今後、貴社に石油を売ることはできない」

（えっ⁉）

「それは……九月スタート分のことでしょうか？」

金沢は内心の動揺を抑え、努めて冷静に訊いた。

「そうだ」

「しかし、それは……」

二人の顔を見ながら、言葉の接ぎ穂を探す。「……我々の方では、ＳＯＭＯからの原油供給を当て込んで、日本の元売り五社とすでに契約しています。今さら売れないといわれても困ります」

イラクから原油が買えなければ、欧州のトレーダーなどから手当てして、供給責任を果たさなくてはならない。

イラク原油は、ＳＯＭＯが毎月一回発表するＯＳＰ（official selling price）という価格で輸出される。五井商事はＯＳＰでＳＯＭＯから原油を買い、それに一定のプレミアム（口銭《こうせん》）を乗せて元売りに売る。トレーダーから買えば、彼らにプレミアムを払わなくてはならないので、利幅は縮小し、損が出る可能性もある。

「いったい、理由は何なのでしょうか？」

金沢の縁なし眼鏡の下の両目に、むっとした気配が浮かんでいた。

「日本は、イラクに対する国連制裁の解除を支持していない」

「しかし、原油を買わせていただくのは、契約です。契約は守っていただかないと困ります」

「貴社だけではない。オランダとイギリスの会社にも売らない」

第一次（一九九六年十二月～一九九七年六月が契約期間）の「Oil for Food Programme」でSOMOから石油を買ったのは、モービル、シェブロン、テキサコ（以上米国）、エルフ・アキテーヌ、トタール（以上フランス）、BP（英）、アングロ・ダッチ（英蘭）、アジップ（伊）、ルークオイル（露）、レプソル（西）などだ。

「アメリカや他の欧州の国については、どうされるのでしょうか？」

「日本、オランダ、イギリス以外は、今のところ決定は出ていない」

他の国の会社とは契約を更新するということだ。

「それは、おかしいんじゃないでしょうか？　特に、アメリカは、イラク制裁の急先鋒ではないですか」

「政府の決定だ」

「日本の元売り各社は、現在原油調達先の多様化を進めています。世界有数の埋蔵量を持つ貴国との原油取引再開は、彼らにとって長年の希望でした。このような一方的な契約打ち切りは、貴国の信用にとってもマイナスです」

「その点は我々も十分承知している。しかし、今回の決定は政府の政治的判断なのだ。貴社には気の毒だが、了解してもらいたい」

その日の晩——

「……敵性国家に指定されたってことなんだろうなあ」

パスタをからめたフォークを手に、高塚がいった。

「アメリカを懐柔し、日英蘭を切り崩そうって魂胆なんでしょうね」

金沢は渋い顔で、深皿のリゾットをすくった。

「それで、どうしたの？」

「今日は、総裁と一時間近く押し問答をして、そのあとファリードのオフィスから東京にテレックス打って終わりです。明日、本社の反応を待って、対応します」

金沢の言葉に高塚が頷いた。

五井商事の五人は、バグダッド市街のイタリアン・レストランで夕食をとっていた。店の名前は「イル・パエゼ（田舎）」。内装は山小屋風で、テーブルクロスは洒落た赤と白の格子縞である。

「しかし、この店、国連制裁下の国とは思えませんね」

法務部の社員が店内を見回す。

アップライト・ピアノがあり、若いイラク人男性が、アメリカン・ポップスを演奏していた。イラク人の客たちは、皆きちんとした身なりで、表情に余裕がある。

「こんな店に来るイラク人なんて、みんな悪いことしてるんじゃないの」

高塚の言葉に一同が笑った。

「確かに、密貿易は盛んみたいですね」

資材部の若手社員がいった。背が高く甘いマスクの、今風の商社マンである。「今日、タイヤ市場を見てきましたけど、ドバイ経由で密輸されたインドネシアやマレーシア製のタイヤが次々と運び込まれてましたよ」

「石油もペルシャ湾から相当密輸されてるみたいですね」

金沢がいった。

「国境のトラックの列だって、大半がヨルダンやシリアとの密貿易だろ?」

そういって高塚はパスタを口に運ぶ。

「ヨルダンやドバイにサダム・フセイン一族の息のかかった会社があって、それがダミーになって、LC（輸入信用状）開いたりしてるらしいですね」

と鋼管輸出部の課長代理。

「ところで、SCOPも同じような状況ですか?」

金沢が訊いた。

「日英蘭とは距離を置くそうだ。……ただ、石油生産設備を補修しなけりゃならないから、機材は喉から手が出るほどほしがってる」

「しかし、『オイル・フォー・フード』じゃ買えないんでしょ?」

「買えない」

高塚が首を振った。「使途が食糧や医薬品に限定されてるからな」

「悩ましいですね」

「悩ましいよ。『灰皿』の話をするどころじゃないよ」

「ほんと、五十億円の『灰皿』返してほしいすよ」

課長代理の言葉に、一同は笑った。


翌朝——

金沢がファリードの事務所に行くと、東京の海外原油部からテレックスが入っていた。

『JIJYOU RYOUKAI SUZUKISAN TO KEIYAKUENCHOU UNA KOUSHOUSARETASHI KIPPOUKAKUSHU
（事情了解　鈴木さんと契約延長　ウナ交渉されたし　吉報鶴首）』

「鈴木さん」はSOMOを意味する符牒、「ウナ」はウナ電の「ウナ」で、至急の意味。「吉報鶴首」は、吉報を鶴首して待つ。

とにかく頑張れという意味だ。

（やれやれ……）

金沢は旧式のテレックス・マシーンの前から腰を上げ、空いているデスクの受話器を取り上げた。手帳を開き、SOMOの原油第二部長の電話番号を押す。

4

五井商事の一行がバグダッドに来て一週間が過ぎた。

法務部と資材部の社員、鋼管輸出部の課長代理は一足先に帰国し、残っているのは金沢と高塚だけになった。

金沢はSOMOに、高塚はSCOPに日参し、話し合いを続けていた。石油省にも足を運んだが、「我々は、日本のpolitical behaviour（政治的振舞い）のお蔭で被害を蒙《こうむ》っている」と一方的にまくし立てられただけだった。

二人は、毎朝ファリードの事務所で本社からのテレックスを確認し、だいたい午前中に相手と面談を行ない、再びファリードの事務所に戻り、テレックスで面談結果を報告するのが日課だった。

バグダッドは夏の真っ盛りである。

街中のナツメヤシの木が、葡萄の房のような黄金色の実をたわわに付け、うっすらと埃をかぶった緑の葉ごしに見える空は抜けるように青い。空気が乾燥しているので、あまり汗は出ないが、日中は四十度以上の熱風が吹き、体力の消耗が激しい。

その日も金沢は、SOMOとの面談を終え、ファリードの事務所でテレックス・マシーンに向かった。

ちょうど昼の礼拝を呼びかけるアザーンが、戸外で聞こえていた。
「アッラー・アクバル（アラーは偉大なり）
アシュハド・アン・ラー・イラーハ・イッラッラー（アラーの他に神はなし）
アシュハド・アンナ・ムハンマダン・ラスールッラー（ムハンマドは神の使徒なり）
……」
モスクの拡声器から流れ出る抑揚豊かなアザーンを聞きながら、金沢は、旧式のテレックス・マシーンにテープをセットする。幅一・五センチほどのテープは、映画フィルムのように直径三〇センチほどに巻かれている。
Eメールの発達でテレックスは姿を消しつつあるが、金沢が入社した頃、東京本社のオペレーターたちは夜明けまでキーを叩いていた。
五井商事のテレックスは、まず「ZCZC」で通信文の始まりを示す。続いて「NO―B」。Nは燃料本部、Oは海外原油部、Bはイラクなど中東諸国を担当するチームを示す。その後に、三桁の通し番号。最初の桁は各社員に数字が割り当てられており、0番台はチームの責任者を務める部長代理。通し番号に続けて、ハイフンの後に、リファー（言及）する電文の三桁の通し番号。
イラクでは、まず間違いなく当局に盗読されているので、符牒を使わなくてはならない。
「HONJITSU SAIDO SUZUKISAN TO HANASHITA…

「……（本日、再度鈴木さん（＝SOMO）と話した……）」

金沢は、アルファベットの白い塗料が磨り減って、溝だけになった黒いキーを叩く。

鑚孔《さんこう》（孔開け）式のテープに、丸い孔《あな》が開いて行く。

「……SUZUKISAN MO WARUI TO OMOTTEIRU YOUSU ARI……（鈴木さんも、悪いと思っている様子あり……）」

SOMOは、四万バレルを六ヵ月間延長するのは駄目だが、何らかの妥協をしてもよいという態度を見せ始めていた。

「……ASU SAKAYA KANKEISHA NIMO HANASHI WO KIITEMIMASU YAMADASAN TACHI NI YOROSHIKU……（……明日、酒屋関係者にも話を聞いてみます。山田さんたちによろしく……）」

「酒屋」は日本大使館、「山田さん」は、日本の元売り石油会社を表わす符牒である。

金沢は、通信文の終わりを示す「NNNN」とキーを叩いた。

出来上がったテープを引っ張って発信用の穴に通し、送信ボタンを押す。


イラクの公的機関は、午前八時から午後二時までが仕事時間なので、金沢の仕事も午前中か午後の早い時刻に終わってしまう。昼食の後はやることがなく、ホテルで昼寝をするか本を読んで夕食まで過ごす。

その日も、Tシャツ姿でベッドの上に寝ころがり『石油技術者たちの太平洋戦争』という本を読んでいた。ページは、昭和十七年二月に、三菱石油の技術者玉置明善（のちに千代田化工建設社長）が、台湾の高雄から南方に向かう船中で、「正体不明の、ずいぶんと元気のよい兵士たち」に出会った箇所だった。

『かかとにスプリングの入った半長靴をはき、腰のベルトには手投弾を二個ずつはさみ、デッキの上で宙返りや、高跳びやら、サーカスもどきの訓練をしていた。同行の軍政部の宮地は、「一体どこの部隊なのか」と不思議がっていたが、玉置は、口には出せなかったが、これが噂に聞いていた落下傘部隊だと感じていた。』

七ヵ月後に大ヒットした「空の神兵」で歌われた陸軍挺進団の落下傘部隊であった。当時、日本では石炭が主要なエネルギー源で、石油は全エネルギー消費の七パーセントにすぎなかった。しかし、そのほとんどが軍事用と船舶輸送用だった。そして全石油消費量の八割を米国、一割をオランダ領東インド諸島（インドネシア）からの輸入に頼っていた。

昭和十六年八月、米国が対日石油の全面禁輸に踏み切ると、日本は、軍艦や戦車、戦闘機がただの鉄の塊になる危機に直面した。すでに国際連盟を脱退し、満州国を建国し、仏領インドシナに進出し、日独伊三国軍事同盟を結んで米英仏ソと睨み合っていた日本にとって、石油の確保は死活問題だった。

その頃、スマトラ島南東部のパレンバンに大油田があり、米国のスタンダード石油などが製油所を操業していた。二つの製油所の精製能力は日量約八万バレル。当時の日本の全製油所の精製能力（九万バレル弱）にほぼ匹敵した。

昭和十七年二月十四日午前、落下傘部隊はパレンバンを急襲した。

『一〇〇機におよぶ大編隊が河口上空に達したのは十一時二十分。予想していた通りに、朝霧はいったんは層積雲となったが、すでに層雲に変わっており、地平線に平行して長く重なっていた。（中略）挺進部隊はムシ河沿いに飛行を続け、やがてパレンバン上空に達した。飛行場周辺やムシ河南岸沿いに多数構築されたトーチカから高射砲、高射機関砲の砲撃がいっせいに開始された。挺進部隊は砲撃にひるむことなく、降下を開始した。パレンバンの空には、三〇〇をこえる落下傘でバラの花模様が画かれた。第一梯団が飛行場東南のジャングルの中へ降下したのは十一時二十六分、第二梯団は同じく三十分に降下を完了した。』

「藍より蒼き、大空に大空に、たちまち開く百千の、真白き薔薇の花模様、見よ落下傘空に降り、見よ落下傘空を征く……」

金沢の頭の中で、フランス留学経験を持つ高木東六が作曲した「空の神兵」のメロディーが流れ出す。戦時歌謡曲には珍しいシャンソン調で、南洋の空のように明るい。

部屋のドアがノックされた。

「金沢君、サダム・タワーでも見物に行かないか？」

高塚がドアを開けて顔をのぞかせた。


陽が傾き始める時刻だった。

二人はホテル前でタクシーを拾い、チグリス川西岸に建つ「サダム・タワー」に向かった。湾岸紛争で破壊されたテレビ塔に代えて、一九九四年に建てられたものだ。

「昔のテレビ塔はアメリカ軍に破壊されたが、イラクのエンジニアの力で、前より遥かに大きい塔を建てた。Only Iraqi engineers!（イラクのエンジニアだけで！）」

中年のタクシー運転手は、後部座席の二人に、激しいアラブ訛りの英語で力説する。

話しているうちに段々興奮してくるようで、右手を振り回して叫びだした。

「Only Iraqi engineers!」

「こいつ、ちょっと危ないな」

白のポロシャツ姿の高塚が苦笑いした。

サダム・タワーは、ホテルから車で十分ほどの距離だった。

高さは二〇五メートル。先の尖った細い塔の上部に丸い展望台が付いており、上海タワー（東方明珠廣播電視塔）に少し似ている。

二人は狭いエレベーターに乗って、展望台まで上がった。

回廊のような展望台には、外国人やイラク人の家族連れが見物にきていた。ガラスもなく、バグダッドの街が一望の下に見下ろせる。

空から見たバグダッドは、薄緑色の絵のような都市だった。広大な平野にナツメヤシの木が絨毯のように敷き詰められ、それらの間に、都市が壮大なスケールで広がっている。メソポタミア文明発祥の地で、かつてアッバース朝の科学と芸術が花開いた街の貫禄を備えている。

塔のすぐそばにサダム・フセインの宮殿があった。乾いて白茶けた広い土地を高い塀で囲み、プールやラスベガス風の建物が点在していた。

「マイケル・ジャクソンの『ネバー・ランド』みたいですね」

眼下の宮殿を見ながら、金沢がいった。

「まあ、ある意味で、似たもの同士かもな」

高塚が笑った。

「ところで、この塔も密輸で造ったのかな？」

「ドイツの会社が資材を輸出したそうです」

「なるほど。……実は、うちもSCOPから密輸をやれといわれたよ」

高塚はポケットから折り畳んだ紙を取り出した。A4判で三枚の紙だった。

「これは……石油生産設備のショッピング・リストですね？」

金沢が見ると、エクセルのスプレッドシートに、チュービング・パイプ、ケリー・スピンナ、リトリーバブル・パッカー、サクション・パイプ、ベル・ニップル、それらの部品などが、仕様、数量とともにびっしりと記されていた。品目は全部で六十以上ある。

「これ、全部でいくらぐらいなんですか？」

「たぶん、四、五十億円じゃないかな」

「金はどうやって払うつもりなんです？」

「ドバイの銀行口座に金があるそうだ。たぶん、石油を密輸した金だ」

「…………」

「これをやれば、リテンションの金を解放してくれるそうだ」

「やるんですか？」

イラクとの交易は国連安保理決議六六一号で全面禁止されている。社内のコンプライアンスを通るはずがない。

「ちょっと難しいな」

高塚は、何かを考えている表情。

「いずれにせよ、東京に帰って相談してみるよ」

日は傾き、山の稜線がオレンジ色に染まっていた。

間もなく、日没の礼拝を呼びかけるアザーンが、モスクから聞こえてきた。

二人はホテルの食事に飽きていたので、街なかで鶏の丸焼きを買った。一羽三千ディナール(約二百円)だった。一緒に買った生のオレンジジュースは五百ディナールだが、輸入品であるシリア製ペプシコーラは四千ディナールもした。

街で会うイラク人は、人懐こく、気立てが優しかった。話すときは皆一様に微笑を浮かべる。その微笑が悲しげで、屈託があった。

二人はホテルの部屋で鶏に塩を振り、手づかみで食べた。

二日後、高塚はヨルダン経由で日本に帰って行った。

金沢は、一ヵ月間バグダッドに残り、SOMOと交渉を続けた。相手がようやく、三ヵ月だけなら契約延長を考えてもいいといい始めたとき、東京の海外原油部からやって来た別の社員にバトンタッチした。

第三章　イラン巨大油田

1

一九九七年十二月三日、水曜日——

金沢が、海外原油部の社員にＳＯＭＯとの交渉を引き継いで、三ヵ月が経った。

その日、東京は快晴で、平均風速約五メートルという風の強い日だった。

一週間ほど前の山一証券の破綻で株式市場は動揺が続き、京都では前々日から地球温暖化対策を話し合う第三回国連気候変動枠組条約締約国会議（京都会議）が十日間の予定で開催されていた。

永田町の国会議事堂内では、第百四十一回臨時国会の衆議院決算委員会が開かれていた。

木製の机や壁は磨き上げられ、シャンデリアが広々とした室内に光を降り注いでいた。

「……先月、十一月十九日の読売新聞に『北極に消えた千百九十一億円』『石油公団ずさん支出』こういうことで記事が出ておりました。私たまたまこの問題を調査しておりまして、さもありなん、こういう感覚を持ったのでございます」

質問者は、新進党の石垣一夫、六十六歳。大阪府議を二十年務め、昨年大阪十区から衆議院に初当選した。

「石油公団の、不良資産というか、回収不能と予想される金額は、合計四千二十九億円に上る、このように考えられます。年々不良資産が累積している。こういう実態でございますけれども、通産大臣、今のわたしの申し上げました実態について、お認めになりますか？」

通産大臣の堀内光雄が立ち上がった。発言者席でマイクに向かって口を開く。

「今の数字、実態につきまして、公団のほうからまず説明をさせてよろしゅうございますか？」

参考人席から、石油公団総裁の小松國男が立ち上がった。小柄で地味な、典型的役人タイプの人物で、前職は通産省の審議官である。

「それでは、今、石垣先生ご指摘の……」

小松は、用意したメモを見ながら慎重に話し始める。

「……損失に対しまして、生産中の成功企業からの配当や、利息等の事業収入が累計で七千七十億円ございます。こういうことで、実際にはその損失をカバーして、なおかつ財務面では問題がない状況にある、かように認識しております」

官僚的詭弁《きべん》であった。

大臣席で発言を聞いていた堀内も眉をひそめた。

（公団運営にかかる経費を無視して、粗利益だけを述べてるじゃないか……）

堀内は、東証一部上場の富士急行の社長を長く務め、現在は会長職にある。『例解経営分析実務』や『生産性の測定と適正分配』といった著書もあり、企業財務に明るい。

石垣議員も激しく総裁に嚙み付いた。

「あなたがおっしゃった七千七十億円の六五パーセントは貸付金利息なんですよ！　本当は受取配当金と受取利息が逆にならなければいかんわけですよ。それでこそ初めてこの開発事業が成功していると大見得を切れるわけです。これは大見得を切れるような内容ではないですよ！　どうですか⁉」

これに対して小松総裁は、石油公団のスキームでは融資の方が出資より多いと説明。

しかし、石垣議員は納得しない。

「今、総裁から色々とお話がございましたけれども、こういう不良資産の増大、あるいはまた回収不能金額の増大について、通産大臣としてどのようにお考えですか？」

リムの上部が黒縁の眼鏡をかけた渋い風貌の堀内光雄大臣が発言者席に立つ。

「ただいまのご質問でございますが、数字的な問題でございますので、エネルギー庁長官のほうから説明をさせていただきます」

「いやいや、数字的な問題はいいですよ」

石垣議員が間髪入れずにいった。

「こういう不良資産が増加し、さらにまた回収不能金額が増加しているという、この現状について、大臣としてどうお考えですか?」

「色々とただ今のご質問を拝聴いたしておりまして、石油開発というものは極めて高いリスクを伴うものでございますが……」

堀内の答弁は歯切れが悪い。「……今の特殊法人の改革の問題と兼ね合わせて考えますと、ディスクロージャーの問題がやはりもう少ししっかりしなければいけないというふうに思いますし、会計結果に対する監査体制というものも、もう少ししっかりして、そういうものについて明確にご回答申し上げられるような体制作りが必要ではないかというふうに感じているところであります」

堀内自身、総裁の答弁に納得していなかった。

石垣議員は追及の手を緩めない。

石油公団が投融資をした石油開発会社で、二、三年という短い期間で解散している会社が多いことや、日本鉱業(株)系列の石油開発会社十社が、総額六十四億円の投融資を受けながら、ほとんどが六年以内に解散している事実を指摘した。

「それから、天下りの問題なんですけれども、いわゆる通産官僚のかた、私の調査によりますと、解散した会社の社長がいわゆる通産官僚というのが非常に目につくわけであります。九人おります、元通産官僚。その中で、まず一つ例を挙げてみたいと思いますが、元事務次官の和田敏信氏。この方は十二社も解散させておりますね。また、その金額は二百六十七億円」

石垣議員は出席者の手元に配った資料をかかげて示す。

「いわゆる高級官僚の天下りというのが、今、世間の大きな指摘を受けておりますけれども、今後、天下りは自粛すべきじゃないか、このように考えるのですけれども、これは大臣、どうですか？」

「色々事情があったのだろうと思いますが……わたしも、この表を初めて見まして、ちょっと問題な気がいたしますが、何しろそれぞれに事情があったと思いますから、担当のほうから……」

堀内は、参考人として出席していた資源エネルギー庁石油部長の林良造に、質問を振るのがやっとだった。


石油公団は自主開発原油獲得を目指し、昭和四十二年（一九六七年）に設立された。民間企業による石油の探鉱・開発を支援するため、費用の七〇パーセントまでを公団を通じ政府が負担する。公団は民間の石油開発会社から持ち込まれる案件を審査し、投融資の可否を決めるが、民間側は通産官僚の天下りを受け入れることで、審査を甘くさせた。結果的に、民間は公団を石油探鉱という博打を張るための資金源にし、通産省はそれら民間石油開発会社を巨大な天下りの受け皿にしてきた。

その問題が、十一月十九日付けの読売新聞などで大きく報じられた。

取り上げられたのは、北極石油（西田彰社長＝元中小企業庁計画部長）で、公団が六割、残りを石油精製会社など四十一社が出資している。公団から千百九十一億円もの投融資を受け、北極海で探鉱事業を行うカナダ企業に融資し、生産された石油で返済してもらう契約をしたが、商業採算ベースに乗らないため石油の生産はいまだ始まっておらず、休眠状態にある。しかも、カナダ企業に融資した七百七十億円のうち三百五十億円の使途が不明で、一九八四年に国会でも問題とされた。

2

千代田区霞が関一丁目に聳える通産省ビル十一階の秘書官溜りを左手に見ながら、薄紫色のやわらかなカーペットを踏みしめて通路を進むと、正面に大きな木の扉があり、扉の上部に「通商産業大臣室」と銀色の文字がある。

広い室内に入ると、窓際の角にある大臣の執務机脇に掲げられた日の丸がぱっと目に入る。壁には世界地図、執務机の上には、地球儀、「通商産業大臣堀内光雄」という木製のプレート、未決・既決の箱などが置かれている。

衆議院決算委員会が終わって間もないある日、堀内は委員会に出席した時から頭を離れない疑問を解き明かそうと、石油公団の財務資料を熱心に眺めていた。しかし、特段おかしいところは見当たらなかった。

ワイシャツ姿の堀内は、しばらく思案してから、机の左脇にある灰色の受話器を取り上げた。

「あー、堀内だ。ちょっとな、石油公団が出資してる開発会社の決算書を全部持って来てくれんか、過去三年分のな。……そうだ、全部の会社のだ」

数日後、資源エネルギー庁の幹部たちが、一台の台車を押して大臣室にやって来た。

「大臣、決算書をお持ちしました」

山のような書類が台車の上に載っていた。

「こんなにあるのか？」

ワイシャツ姿の堀内が驚いた表情をした。

積み上げると高さ三メートルくらいになりそうだった。

「はい、全部で百十二社分あります」

幹部の顔に、どうだお手上げだろう、といった薄ら嗤いが浮んでいた。

堀内は逆に闘志をかき立てられた。

「わかった。下がってもらって結構だ」

エネ庁の幹部たちが退出した後、堀内はいくつかの決算書を手に取って眺めた。

やがて席に戻り、電話で秘書官の一人を呼んだ。

「この書類な、俺の自宅に送ってくれ」

やってきた若い秘書官に堀内は命じた。

じっくり時間をかけて、自らすべての決算書を分析するつもりだった。

通産省と石油公団は完全に一体だ。官僚に調査を指示すると、何年たっても正確な数字が出てこない。

堀内は年が明けた一九九八年の一月から、自宅で山のような決算書の分析を始めた。

やがて、公団が重大な問題を抱えていることが明らかになってきた。
①公団が投融資し、存続中の百十二の石油開発会社のうち、赤字会社は百二に達する。
②これらの会社に、一兆三千億円という巨額の不良債権が存在し、いずれ公団の負担になる。
③公団は粉飾決算を行なっている。開発会社に対して棚上げを認めた金利を資産計上したり、放棄した金利や減免した貸付金をバランスシートに反映させず、脚注処理している。
④石油開発会社との馴れ合いや怠慢で、放棄すべきでない債権も放棄している。たとえば、出光石油と共同出資した「新日本海石油」の清算において、回収すべき未収金利四十億円を放棄し、民間側に利益供与した。
⑤北サハリンの鉱区でまだ石油を一滴も生産していない「サハリン石油開発協力」に対

し、理由なく百五十億円の貸付金減免をする一方、社長に退職慰労金二千三百九十万円を支払った。

⑥石油開発会社に多数の通産官僚が天下っている。元事務次官の徳永久次は、石油公団総裁を務めた後、石油開発会社数社の社長を経て、八十九歳という高齢の現在も、「新南海石油」の相談役で、鎌倉の自宅から品川の会社まで運転手付きの車で通っている。

⑦出資会社の中で最大の損失を抱えているのは、「自主開発原油のチャンピオン」といわれる「ジャパン石油開発」（アブダビで操業中）で、現時点で清算すると、最低でも五千三百六十億円の損失が出る。

石油公団が湯水のように金を使えるのは、「石特会計」（石炭並びに石油及びエネルギー需給構造高度化対策特別会計）に豊富な財源を持っているからだ。

一般会計は、税収や国債発行などによる歳入を、社会保障や教育、防衛などの歳出に充てるが、特別会計は、国民年金保険料、車検登録料、道路・空港施設使用料といった受益者負担的性格が強い財源を、特定の事業に充てる。実質的な国会審議も財務省の査定もなく、各省庁が自由に使える「官僚の財布」だ。

石特会計は、原油や重油の関税収入や、石油税を財源としている。

堀内は四ヵ月を費やした分析結果を、官僚たちの頭ごしに公表した。

『石油公団、不良資産一兆円〜堀内通産相、小松國男総裁を更迭へ』

『石油公団、不良資産一兆円超す〜出資会社整理へ、債務超過・小松総裁が辞表』

読売新聞と毎日新聞の朝刊一面に、いきなり大きな見出しが躍ったのは、一九九八年六月十日、水曜日のことであった。

通産官僚たちにとって、寝耳に水の出来事だった。石油公団を所管する資源エネルギー庁の石油部長でさえ「新聞で初めて知った」と呆然とした。

通産省全体に激震が走った。

それでなくても数年前に起きた「四人組」事件（熊谷通産相と四人の幹部が、前通産次官棚橋祐治の流れを汲む内藤正久産業政策局長の追い落としを図った事件）以来、人事を巡る内部抗争が続いており、組織の屋台骨がぐらついていた。

その無秩序の中に登場したのが、エネ庁十文字《ともんじ》とトーニチ亀岡のコンビだった。

3

その年（一九九八年）の暮れ——

「……エネ庁の石油部にバランスシートを読める人間がいたら、大臣に決算書を全部渡すなんて、馬鹿なことはしなかったろうにな」

ベーコンエッグにナイフを入れながら、ワイシャツ姿の十文字一《ともんじはじめ》が苦々しげにいった。

スーツの上着は椅子の背もたれにかけてある。

高価なマホガニー材が壁や天井にふんだんに使われたレストランであった。フロアーのあちらこちらに観葉植物や蘭がさりげなく配置されている。

「まあ、『堀内論文』が、政治家に一切言及してなかったのが、不幸中の幸いだったよ」

「そうっすな。日中石油開発とかジャパン石油開発とか、不良化した案件はほとんど政治家がらみですからな」

テーブルの向いにすわったトーニチの亀岡吾郎は、真っ白なワイシャツにブルーのエルメスのネクタイ。去る四月に、中東総支配人の任を終えて帰国し、本社でエネルギー部門などを担当する常務になった。エジプト・アレキサンドリア市の製鉄所プロジェクトを成功させた鉄鋼部門の同期入社の男に競り勝ってのトップ昇進であった。

「公団がらみのプロジェクトで、政治家が受け取ったコミッションを暴露したら、一大疑獄事件に発展してたぜ」

二人は、新宿新都心にある外資系ホテルのレストランで朝食をとっていた。

客は外国人ビジネスマンが中心で、密会の場所にはもってこいだ。

「まあ、狂人もやっと出てったし、ちょっとはマシになるだろう」

通産官僚たちは、堀内光雄を陰で「狂人」呼ばわりしていた。その堀内は、石油公団の実態をマスコミにリークした翌月の七月三十日、橋本内閣退陣・小渕内閣発足に伴い、通産大臣を退任した。

「で、イランで面白い話があるんだって？」

十文字が銀縁眼鏡の下の小狡《こずる》そうな目で亀岡を見た。

亀岡は、思わせぶりに頷き、脂身たっぷりのベーコンを口に運ぶ。昔から油っこい食べ物が好みである。

「どうやら、巨大油田が見つかったらしいですな」

「ほーう……どれくらいの埋蔵量なわけ？」

「二六〇億バレルですわ」

「二六〇億バレル!? そりゃでかい！」

イランは世界第五位の石油埋蔵量を誇る。これまで確認されているのは総量で九三〇億バレル。新油田はその四分の一以上のサイズだ。

「どんな油？」

十文字が顎をしゃくる。

「重たいやつですな。APIで十の後半から二十の前半ってとこです」

API度は米国石油協会（American Petroleum Institute）が定めた原油と石油製品の比重を示す単位である。水の比重を十とし、数値が高いほど軽質である。原油の場合、三十九度超が「超軽質」、三十四～三十八度が「軽質」、二十九～三十三が「中質」、二十六～二十八が「重質」、二十六未満が「超重質」で、軽いほどガソリンや灯油など高価な製品留分が多く、価格も高い。

「サルファー（硫黄分）は？」

「イラニアン・ヘビー並みでしょう」

イラン原油には「イラニアン・ライト」という中質油と「イラニアン・ヘビー」という重質油の二つがある。前者は一・四四パーセント、後者は一・五五パーセントの硫黄分を含む。硫黄分が一パーセント以下の原油を「スウィート（甘い）」、それより硫黄分が多い原油を「サワー（酸っぱい）」と呼ぶ。

「まあ、日本向きか」

中東原油を多く輸入してきた日本の製油所は、重質で高硫黄分の原油に対応できる設備を備えている。

「今、うちが開発の優先交渉権を貰えるよう、ＮＩＯＣ（National Iranian Oil Company＝イラン国営石油会社）と話してるとこですわ」

「トーニチさんだけじゃ、無理でしょ？」

十文字の顔に馬鹿にしたような嗤いが滲む。

下位商社のトーニチはバブル崩壊後業績が低迷し、去る八月のロシア危機の後は、資金調達にさえ苦労している。

「まあ、わたしらもね、一社でやるより日の丸連合でやったほうがいいと思いますね」

亀岡がだみ声の早口で応じた。踏みつけられてもめげないのが持ち味だ。

「やるとしたらインペックス（インドネシア石油）か石油資源開発を使う手か……」

十文字が思案顔でいった。

両方とも通産省の息のかかった国策石油開発会社だ。ただし、両社のトップは通産省の同期入省同士で、ライバル意識が異常に強い。

「石油公団さんが出資や融資をしてくれると、有難いですな」

亀岡は、石油公団を存続させたい通産官僚の琴線に触れる。

「で、これから、どんな具合に話が進むわけ？」

「まずは優先交渉権を獲ることですな。それを獲ったら、今度は油田の権益獲得交渉です。こっちの方は最低でも二年はかかるでしょう」

「二年……長いなあ」

十文字は渋い表情。早く決着して、自分の手柄にしたいのが本音だ。

「イランの商売は、倦《う》まず弛《たゆ》まずです。ペルシャ四千年の歴史が相手ですからな」

アーリア系のイラン民族が北方からイラン高原に移動してきたのは紀元前二千年から同千年頃。彼らはパルサ地方（現在のイラン・イスラム共和国ファールス州）に定着したので、ペルシャと呼ばれるようになった。

「それでですな、イランの人たちは、何かお土産がほしいそうですわ」

「お土産？」

「サイン・ボーナスです」

油田の開発においては、利権獲得時に地元政府に「サイン・ボーナス」という礼金を払う。金額は、大型の油田の場合、数億ドルにも達する。

「優先交渉権にサイン・ボーナスなんているの？」

「まあ、一千万ドル（約十一億五千万円）ってとこでしょう」

「トーニチさんで出せない？」

「うちも社内規則が厳しくてですな。利権獲得時なら問題ないんですがね」

優先交渉権を獲得しても、利権獲得に漕ぎ着けられる保証はない。

「うーん、じゃあどうするんだよ？」

「オイル・スキームで行きましょう」

亀岡がずんぐりむっくりの身体を乗り出すようにいった。

将来購入する原油代金を担保にして、イランに融資する方式で、亀岡吾郎の得意技だ。イラン政府の意向を受け、過去三回（一九九三年八百六十億円、九四年二千六百億円、九八年六百億円）取りまとめた。融資には通産省の貿易保険である海外事業資金貸付保険を付ける。

「金額は？」

「どーんと三十億ドル（約三千四百五十億円）でいかあっすか？」

亀岡が威勢よくいった。

「三十億ドル？　貿易保険の枠、あったかなあ？」

「輸銀でやったらいいじゃないスか、輸銀で」

「そうか、輸銀って手があるか……」

輸銀（日本輸出入銀行）は、輸入金融やアンタイド・ローンなど、貿易保険を必要としない融資メニューを複数持っている。商業銀行より貸付金利が低く、期間も長いので、イラン側に十分メリットがある。

十文字は、通産省の貿易経済協力局資金室に在籍したことがあり、貿易保険や輸銀の融資制度については熟知している。

「それからですな、ユダヤのほうにも仁義を切っておかなけりゃなりませんな」

「ユダヤ……？」

十文字が怪訝な顔をした。

「イスラエル・ロビーですよ。中東のあの辺でプロジェクトをやるときは、意見を摺《す》り合わせておかんと、後で足を掬《すく》われますからな」

「ああ、なるほどね」

十文字は知っている振りをした。

「まあ、そっちのほうは、うちのワシントン事務所の方で抜かりなくやっとりますから」

トーニチは、米国最大のイスラエル・ロビー「ＡＩＰＡＣ《アイパック》（The American Israel

Public Affairs Committee＝米国イスラエル公共問題委員会)」の幹部と緊密な関係を構築し、イスラエルの周辺国でプロジェクトをやる場合は、必ず米国政府の出方を探っている。

「しかし、二六〇億バレルか……楽しみだねえ」

十文字がにんまりした。

「久々の大型日の丸油田になりますなあ。どーんと行きましょう、どーんと」

亀岡が景気よく煽り、十文字が何度も頷く。

アラ石のカフジ油田の利権延長の見通しも立たず、石油公団も解体のおそれがある通産省と、手柄を立てたい十文字と、がむしゃらに商売に突き進む亀岡と、重質高硫黄の油田開発に外国企業を引っ張り込みたいイランの思惑が重なり合った瞬間であった。

4

十文字と亀岡が新宿のホテルで密談をした日の晩――

「チャイナ・エイビエーション・オイル（中国航油料）の益々の発展を祈って」

イタリア製のグリーンの半袖シャツ姿の秋月修二がシャンペングラスを掲げた。

周囲に集まった米系投資銀行JPモリソンの同僚や中国航油料のトレーダーたちが、ワインやシャンペングラスを掲げる。

「サンキュー。サンキュー、エブリバディ」

ラコステのポロシャツ姿のチェン・ジウリン（陳久霖）が、やや上気した顔でグラスを掲げた。禿げ上がった額に太目の身体。中国航油料の三十七歳のCEOである。

目の前のプールはたっぷりと水を湛《たた》え、水中からの照明で青い宝石のように輝いている。プールサイドでは、シンガポール人のメイドたちが、バーベキューの準備を始めたところだ。

陽はかなり傾いたが、赤道直下のシンガポールの気温はまだ二十七、八度ある。風はようやく涼しくなってきた。

「ジウリン、今日は来てくれて有難う。みんなも喜んでるよ」

秋月がチェンにファーストネームで呼びかけた。

「こちらこそ光栄だ。……それにしてもあんたの家は、驚くべき豪邸だな」

秋月の自宅は、シンガポール中心部を東西に走るオーチャード・ロードから歩いて数分の場所にある。都心とは思えない静かな場所で、塀の向こうに椰子の木やシャングリラ・ホテルの大きな建物が見える。

「JPモリソンっていうのは、そんなに給料がいいのか？」

「まあ、百万ドル、二百万ドルの年俸は当たり前だね」

それを聞いてチェンは嘆息した。

自分が中国で得ていた年収は四万六千元（約六十四万円）だった。

「あなたの会社も実績主義なんだろ？」

「ああ……まあそうだな」

チェンの返事は歯切れが悪い。現地採用のトレーダーなどは、欧米型の実績主義の年俸制だが、自分自身の給与は親会社の手前もあってそれほど高くない。

「今年は目標を達成したわけだし、ＣＥＯのあなたの給料も実績に応じてどんどん上げるべきじゃないか」

秋月は煽るようにいった。

約一年半前に活動を開始した中国航油料は、今年、目標である売り上げ一億ドルを達成した。税引前利益は約七百十万シンガポールドル（約四百三十万ドル）だった。

「うむ。……ただ、ジェット燃料ビジネスは頭打ちだからな」

中国航油料の主要な業務は、中国国内の百三十九の空港で使用するジェット燃料の輸入だ。しかし、昨年に始まったアジア通貨危機と中国国内の石油精製能力の増強で、売り上げは伸び悩んでいる。

「ジェット燃料の輸入だけじゃなく、ディーゼルやガソリン、それからデリバティブで儲けたらいいじゃないか。ゼアラー・ヒュージ・オポチュニティーズ！（儲ける機会は腐るほどある！）」

「もちろん俺もそっちの分野へ業務を拡大して行く予定だ。……これまで、あんたがたに吸い取られてた分も、少しは取り返させてもらうぜ」

不敵な顔で秋月を見た。中国航油料は、去る九月にシンガポール政府からAOT(Approved Oil Trader)の資格を与えられ、いっぱしのトレーダーとして認知された。

「どうぞ、どうぞ。お客様に儲けていただくのは、我々の喜びとするところです」

秋月はさらりと応じた。

プールサイドに続く広いレセプションルームでは、秋月のスカッシュ仲間の欧米人や、華僑の実業家、取引先である日本の航空会社や船会社の社員、彼らの夫人たちなどが賑やかに談笑している。

プールサイドから、肉が焼ける匂いが漂い始めた。客たちが三々五々バーベキューの方へ流れて行く。

チェン・ジウリンも皿に大きなTボーンステーキを取ってかぶり付いた。

「うむ、これはいい肉だ」

夢中になって肉を貪《むさぼ》る。くちゃくちゃと音を立てて食べる姿は湖北省の農民そのままだ。

周囲で中国航油料の大柄なオーストラリア人トレーダーたちも肉を頬張り、ワインをがぶ飲みしていた。

(食え、食え。食ってうんと太れ、中国の豚め。そのうち俺が屠《ほふ》ってやる)

秋月は、飼育場の豚を見るような視線でチェンたちを眺めた。

数日後――

「シュウ、中国航油料の取引がだいぶ増えてるんだが……」

ＪＰモリソンのトレーディング・デスクにすわった秋月のそばに、審査担当者《クレジット・オフィサー》がやってきた。痩身で生真面目そうな顔のシンガポール人男性だった。

「何か問題でも？」

小柄で敏捷そうな体形の秋月が視線を向ける。

「先物の売りと買いを両方やってるけど、こんなヘッジニーズがあるのか？　投機じゃないのか？」

ワイシャツにネクタイ姿の男は、中国航油料の取引データを手に持っていた。

ここのところ、中国航油料のケロシンとブレントの先物取引が急増していた。前者は長いもので一年程度、後者は二年程度。両方ともＪＰモリソンとのＯＴＣ（相対取引）である。

「中国の国営企業は、投機目的のデリバティブ取引を政府から禁じられているのは、知ってるだろ？」

ＣＳＲＣ（China Securities Regulatory Commission＝中国証券監督管理委員会）は、たとえシノペック（中国石油化工集団公司）やシノケム（中国中化集団公司）といった巨大企業でも、ヘッジ目的でしかデリバティブ取引を認めていない。

「心配するな。中国航油料はマーケットからジェット燃料を買って、親会社である

China Aviation Oil Supply Corporation（略称ＣＡＯＳＣ）に売ってる。リファイナリー（製油所）と同じで、買いと売りの両方のヘッジニーズがあるんだ」

「しかし、中国航油料のジェット燃料の輸入量は年間七九〇万バレル程度だろ？　うちだけで六〇〇万バレル分以上をヘッジしてるけど、他社との取引はないのか？　他社ともやって、オーバーヘッジになってるんじゃないか？」

「ヘッジ取引の大半はうちだ」

「そうなのか？」

シンガポール人男性は疑り深そうな表情。

「まあ、気をつけて見とくよ」

秋月は話を打ち切った。

審査担当者が遠くの方に行ったのを目で追いながら、秋月は吐き捨てるように独りごちた。

「ふん、連中がどこのハウスと取引してるかなんて、いちいち気にしてられるか！」

5

約三ヵ月後の一九九九年三月――

五井商事の金沢明彦は、アンマン（ヨルダンの首都）のマリオット・ホテルの正面玄関前で、シボレーの大型オフロード車「サバーバン」から降り立った。

時刻は、正午を三十分ほど過ぎたところだった。

全身が疲れでずっしり重く、睡眠も不足していた。

その日、金沢はバグダッドのアル・ラシード・ホテルを早朝に出発。「炎のヨルダン人ドライバー」イブラヒムの運転で、一〇〇〇キロの石油街道を突っ走り、ヨルダンに戻って来た。

バグダッドを発ったのは、朝の四時だった。

外はまだ真っ暗で土漠は真空地帯のように空気が澄み、上空は煙るような星空だった。

ヘッドライトで視界が利くのは精々一〇〇メートルだ。イブラヒムは暗闇の中を時速一六〇キロでぶっ飛ばすので、フロントグラスを見ていると、まるでドライビング・ゲームだった。何かの間違いで道に障害物があると、確実に即死である。

(イスラム教徒は、死んだら天国に行くと教えられているから、生に無頓着なのか……?)

途中、真っ暗だというのに、道の真ん中でヒッチハイクをしている男がいて、冷や汗をかかされた。

怖い思いを我慢していると、やがて背後で朝日が昇り始めた。

陽の光に照らされ、土漠が燃え上がるような赤茶色に染まっていった。道は片側三車線の立派なハイウェーで、まるでアリゾナ砂漠の真っ只中を走っているようだった。

途中の入出国手続と休憩を含め、九時間半でヨルダンに戻って来た。

経済制裁で疲弊したイラクから戻って来ると、一九八〇年代から現代へタイムトンネルを潜り抜けたようである。アンマンの街は近代的で、走っている車も真新しい。イスラエルとイラクの間で木の葉のように翻弄されている小国とはとても思えない。

今回のバグダッド滞在は一週間だった。

SOMO《ソモ》（イラク石油輸出公社）に輸出打切りを通告されたのは、一年七ヵ月前。その後、数ヵ月間すったもんだ交渉した末、当初日量四万バレルで六ヵ月を予定していた契約を三ヵ月間だけ延長する妥協が成立した。足りない三ヵ月分は、販売を予定していた元売り各社に頭を下げ、勘弁してもらった。

商社と元売りとの原油販売契約は、最初の供給者（すなわちSOMO）が供給することが前提になっている。SOMOが契約に反して船積みをしなかった場合は、フォースマジュール（不可抗力）で、法律的に商社に供給義務はない。商社が「すいません。こんなことになりました」と平身低頭すると、元売りは「ふざけるな！　どこか別のところから探して持ってこい！」と一応怒りはするが、最後は「しょうがないね」となる。

国連の管理の下でイラク原油を輸出する「Oil for Food Programme（石油・食糧交換計画）」は半年ごとに延長され、現在第五次に入った。金額は半年間二十億ドルから五十二億六千万ドルへと大幅増。イラク政府は当初、米国政府の懐柔を狙って米国系石油会社に原油を売ったが、効果がないと知ると、安全保障理事会でイラクを支持するロシア、フランス、中国への輸出を増やすようになった。その三カ国に次ぐのが、近隣友好国であるトルコだ。
一方、日本企業は一九九七年八月に排除されて以来、買えないままでいる。五井商事は取引復活を目指し、定期的に社員が交代でバグダッドに通い、SOMOや石油省と話し合っていた。

しかし、取引再開の目処は立たず、金沢の今回の訪問も成果がなかった。

アンマンの高級住宅街シュメイサーニー地区に聳える白亜の十四階建てのマリオット・ホテルは、相変わらずニューヨークの五番街かロンドンのパークレーンのホテルのようにぴかぴかだった。

金沢は部屋に荷物を置いた後、エレベーターで二階に下りた。

二階には会議室が五つほどある。いずれも灰色地に紅色の花模様のカーペットが敷かれ、艶やかな木製のテーブルと椅子が備えられ、天井の照明はシャンデリア風という高級感のある部屋だ。

会議室の一つのドアが開け放たれ、日本人や韓国人、アラブ人などの姿が見えた。日本人は五井商事鋼管輸出部部長代理の高塚と、ずんぐりむっくりの課長代理。韓国人は現代建設の幹部だった。皆、手持ち無沙汰な表情で言葉を交わしたり、タバコを吸ったりしている。

隣りの会議室はドアが閉められていた。

（やってるな……）

金沢は心の中で呟く。

高塚たちは、ＳＣＯＰ（イラク石油事業公社）に頼まれた石油生産設備修復用の機材の密輸を、ドバイにある貿易会社を仲介人に立ててやろうとしていた。

すでに十回を超える交渉がアンマンで行われていた。

閉め切られたほうの会議室には、実際に機器を製造する外国企業の担当者と、ＳＣＯＰの人間が入って、仕様や価格の交渉を行なっている。ショッピング・リストの機材は、日本、米国、ドイツ、ルーマニア、ロシア、中国などの企業が製造しており、それら企業の担当者が過去一年以上にわたって、入れ替わり立ち替わりアンマンにやって来ていた。

マリオット・ホテル内のイタリアン・レストラン「ヴィラ・メディテラーノ」は会議室と同じ二階にある。

ショールームのように真新しいレストランで、床は薄茶色の石板が敷き詰められ、壁はつや消しの薄茶色である。アーチ型の広い窓からは屋内プールの青い水が揺らめくのが見え、まるでカリフォルニアかイタリア南部にでもいるようだ。

従業員もきびきび働いており、イラクのホテルとは雲泥の差がある。

金沢はイカの唐揚げとキノコのリゾットを注文した。

ビールを頼み、一人でささやかな慰労会をしていると、高塚と課長代理が韓国人らと一緒に入ってきた。交渉が一段落したようだ。

「おっ、金沢君、来てたのか。ここ、いいか？」

二人は金沢のテーブルにすわった。

「どう、ＳＯＭＯのほうは？」

高塚が訊いた。

「全然駄目です」

金沢は首を振った。「イラクは、米国追従の日本に油を売る気はまったくないですね」

「そういうのって、やっぱりサダム・フセインが決めてるわけ？」

「副大統領のターハ・ヤシン・ラマダンと石油相のアメール・ラシードが提案なり報告なりをして、最終的にフセイン自身が決定してます」

「じゃあ、うちは今、イラク原油は一切扱ってないの？」

「一応、ヨーロッパのトレーダー経由で買って、日本に売ってます」

「鞘はほとんど取れないだろ？」

「実績作りが目的ですから。状況が変わって、イラクからまた買えそうになったとき『うちはこれだけ売ってきました』っていうためです」

「なるほど」

「ただ、イラクに行くのは、そろそろやめようって話が出てます。ほとんど効果ないですから」

高塚たちが注文したピザが運ばれてきた。アンチョビーやオリーブがトッピングされていた。

「ところで、交渉は順調ですか？」

リゾットをスプーンですくって金沢が訊いた。

「進んではいるけど、あと四、五回はアンマンに来ないといけないだろうなあ」

「機器だけ売らされて、リテンションを解放してくれないリスクはないんですか？」

「船積書類と送金依頼書を引き換えるから」

リテンション分五十億円は英国の民間銀行の信託口座《エスクロウ・アカウント》に入っており、SCOPの依頼で五井商事と現代建設に送金する。

「機器の金額はやっぱり四、五十億円ですか？」

「あの後、SCOPが色々追加してきたから、八十億円近くなるよ」

「結構でかいですね」

「喉から手が出るよ」

高塚が苦笑した。「しかし、こんな話、コンプライアンス（法令遵守手続）を通るはずないからなあ」

国連決議に反する密輸なので、五井商事が契約に関与することはできない。メーカーなどに声をかけたり、交渉のサポートをするだけだ。儲けも一切ない。機器の輸出は、ドバイにあるイラク政府の息のかかった商社が実行する。会議室にいたアラブ人は、その商社の幹部だ。

「トーニチあたりだったら、やるんでしょうね」

「そういえば、トーニチがウズベクの世銀がらみのプロジェクトで調べられてるらしいな」

「へえ、どんな話なんです？」

金沢は興味を引かれた表情。

「世銀が融資する綿花栽培改善プロジェクトで、政府の役人に賄賂を贈ったらしい」

「ウズベキスタンにトーニチですか……あっても全然おかしくない組み合わせですね」

「まあ、うちみたいにお堅いことばかりいってるより、連中の方がよっぽど商社マンらしいけどな」

「亀岡吾郎の世界ですねえ」

亀岡の名前は、五井商事の社内でもよく知られている。商売を引っ掻き回されて悪くいう者と、あれこそ真の商社マンと褒め称える者が相半ばする。

「亀岡のおっさん、通産省をたきつけて、イランの油田開発をやろうとしてるらしい」

高塚がいった。鋼管輸出部は石油やガスのパイプラインを売るのが商売なので、世界じゅうの油田やガス田の開発動向を追いかけている。

「例の埋蔵量二六〇億バレルとかいう話でしょ？　あれ、うちにも来ましたよ」

「うちは、ノーサンキューです。『バイバック』ですからね」

「やらないの？」

イラン政府が外国企業と結ぶ石油開発契約は「バイバック」と呼ばれる。外国企業が費用全額負担で探鉱と開発を行うが、生産段階に入ったところで役割は終わり、その後は、NIOC（イラン国営石油会社）から生産された原油を受け取って、探鉱・開発費用と一定の利益率（年率一〇パーセント程度）を回収する。回収期間は通常五〜七年。二十世紀前半に一般的だった利権《コンセッション》契約は期間数十年から百年で、現在一般的な生産物分与契約《プロダクション・シェアリング》が二十五年程度であるのに比べて、極端に短い。また、石油価格が上昇しても外国企業には何のメリットもない。

「要は、キャペックス（設備投資）とオペックス（営業費用）にIRR（内部収益率）一〇パーセントかそこらを乗せたのを石油であげるから、後は出てって下さいって話ですからね」

「それじゃ、ほとんど単なる機器売りですね」

ずんぐりむっくりの帰国子女の課長代理がいった。

「それを通産省は『日の丸油田』と呼ぶ、か」

そういって高塚は、ピザを口に入れる。

金沢が昼食を終え、部屋に戻ると、ベッドサイドの電話のメッセージランプが点灯していた。

ボイス・メールをチェックすると、上司である英国五井商事のエネルギー部長から、折り返し電話をしてほしいという伝言が入っていた。

「あー、金沢か。ごくろうさん」

時差二時間遅れのロンドンは正午を回ったところだった。昼食は通常十二時半からなので、部長は席にいた。

「どうだったＳＯＭＯは？」

「相変わらずです。やっぱり見込みはないですね」

答えながら、何の用事だろう、と思う。

ＳＯＭＯとの話し合いは、始めから結果が見えていた。

「そうか。……実は、電話したのはな、四月一日付けで日本に帰ってもらうことになった」

「はい」

ロンドン勤務も五年になり、帰国の辞令は予想していた。

「どの部署ですか？」

「サハリン・プロジェクト部だ」

「サハリン・プロジェクト部……分かりました」

五井商事がライバル商社である東洋物産、英蘭系スーパーメジャー、アングロ・ダッチ石油、米国の準大手石油会社アキレス・オイルと組んで進めている超大型プロジェクト「サハリンB」を担当する部署である。

第四章　サハリン銀河鉄道

1

東京に帰任した翌月の一九九九年五月、金沢は函館からサハリン（旧樺太）に向かう飛行機の中にいた。

機体は旧ソ連製のアントノフ24型。自動操縦装置はなく、四十人乗りの小型プロペラ機にパイロット二人、機関士一人、ナビゲーター一人の計四人が乗り込んでいる。

キャビン内はプロペラの騒音がもの凄く、何かの実験室の中にでもいるようだ。

金沢の隣りに、薄手のセーターを着た三十代前半の日本人男性がすわっていた。日本輸出入銀行の営業第四部でサハリン・プロジェクト向け融資を担当している人物だった。プロジェクトが順調に進行しているかどうかの確認のため、現地実査に行くところである。

離陸して三十分ほどすると、機内食サービスが始まった。

「なんか、食べづらいですね」

「ええ」

金沢と輸銀の担当者は苦笑を交わした。

北海道製のサンドイッチは美味だが、飛行機が小刻みに振動しているので、プラスチックのテーブル上をコーヒーカップが紙相撲のように動く。

やがて、機は宗谷海峡の青い海の上に抜け出た。

海上を三十分ほど飛び続けると、眼下に茶色いごつごつした島影が見えてきた。サハリン島だ。島の水際が打ち寄せる浪で白く縁取られていた。

「すごい森林ですねえ」

輸銀の担当者が、島全体を覆う鬱蒼とした原始の森を見て嘆息した。

日露戦争後のポーツマス条約（一九〇五年）で島の北緯五十度以南が日本に割譲され、第二次大戦終了まで日本領だった時代には、日本の製紙会社が島内各地に工場を建て、豊かな森林資源を利用した。

函館を離陸して二時間後、サハリン航空機は、州都のユジノサハリンスク空港に着陸した。空港には、ロシア国旗と同じ白、水色、赤の三色に塗られたサハリン航空のアントノフ七、八機やウラジオストク航空のツポレフが駐機しており、風景は完全にロシアだった。

入国審査と通関を経て到着ホールに出ると、中年ロシア人男性が二人の名前を書いたプラカードを掲げていた。五井商事、東洋物産、アングロ・ダッチ石油、アキレス・オイルが出資するサハリン・リソーシズ・デベロップメント社の運転手だった。

時差が日本より二時間先のサハリンは午後三時を回ったところである。気温は十度ちょっとで、山々の頂には白い雪が残っている。

空港からユジノサハリンスク市街までは車で二十分ほどだった。

その日の晩、二人はユジノサハリンスク駅に向かった。

市街地の西にある駅舎は、二階建ての典型的な旧ソ連風建築で、刑務所のような灰色のコンクリート造りである。屋根は鉛色のトタン葺きで、正面中央の大時計の針は二本ともどこかに消え失せている。

がらんとした待合ホールで、一般旅行者や迷彩服の兵士たちがプラスチックの椅子にすわって列車を待っていた。厳しい北国の暮らしと労働で、表情や服装はくたびれている。

ロシアの鉄道切符はすべてモスクワ時刻で記されているので、ホールの壁には時差七時間遅れのモスクワ時刻の時計が掛かっていた。

ホームに出ると、九両編成の「サハリン号」が停車していた。

グリーンとグレー二色の車体の寝台列車である。TG16型ディーゼル機関車に牽引され、北サハリンの石油・ガス開発の拠点ノグリキまで、六一三キロを十四時間かけて走る。

出発の三十分ほど前から乗車が始まり、二人は六号車に乗り込んだ。

コンパートメントは四人一部屋である。上下二段のベッドが通路を挟んで左右に備え付けられ、窓際に小さなテーブルがあった。同室者は四十歳くらいの太ったロシア人女性と二十代後半のロシア人青年で、青年のほうは英語を流暢に話した。米国のエクソン(今年モービル社と合併予定)やサハリン石油ガス開発社(伊藤忠商事、丸紅、石油資源開発が出資)が北サハリンで行なっている「サハリンA」プロジェクトで工事を請け負っている米国のフルオー社のITエンジニアだという。

午後八時四分、定刻通り「サハリン号」はユジノサハリンスク駅を出発した。列車の窓は埃《ほこり》がこびり付いて薄茶色に汚れ、雨滴の跡が無数に付いていた。窓の向こうは荒涼とした蒼い夕暮れである。林も家も朽ちかけたダーチャ(別荘)も煙突も川も山も、薄青色の墨で塗りつぶされている。時おり、車の赤いテールランプや鉄道信号の白い光が、薄青色の風景の中で異様な輝きを放つ。

列車はごとんごとんと鈍く重い音を立てながら北へ北へと走って行く。

ロシア人青年は韓国製のカップラーメンを作ってすすり始め、太ったロシア人女性は青いステテコのような部屋着姿になってアーミーナイフで梨を剝き始めた。

金沢はウォッカの封を切り、小ぶりのグラスでちびちびやり始めた。ウクライナ産の「Nemiroff」という銘柄で、白樺の実が入っている。

「よかったら、少しどう?」

金沢がウォッカの瓶を向かいにすわったロシア人青年に示すと、相手は「キャンプの中はドライ・ポリシーなので」と手を振った。

ドライ・ポリシーとは飲酒の禁止のこと。一九八九年三月に、アラスカのプリンス・ウィリアム湾でエクソンの大型タンカー、バルディーズ号が座礁し、二六万バレルの原油を流出させ、野生生物保護区や国立公園を数千キロにわたって汚染するという事故を引き起こしたが、バルディーズ号の船長は乗船前に飲酒していた。それが一つの契機となって、石油各社はＨＳＥ（health, safety and environment）基準を厳格にし、石油関連施設での飲酒を厳禁し、抜き打ち検査も行うようになった。

「ウォッカは結構残って、ブリーズテスト（呼気検査）でひっかかる可能性があるから……僕はこれさ」

青年はロシアで現地生産している「ミラー」という銘柄のビールの小瓶を示した。

「一杯いただけますか？」

金沢の隣りで文庫本を読んでいた輸銀の担当者が紙コップを差し出した。

金沢は頷いて、紙コップにウォッカを注ぐ。

「ちょっと甘くて、バニラの香りがしますね」

ウォッカを一口飲んだ担当者がいった。

「その本は？」

金沢が訊くと、相手は文庫本のカバーを外した。

藍色の表紙に銀色で列車と無数の星が描かれていた。

宮沢賢治の『銀河鉄道の夜』であった。

「この列車に乗って読もうと思って持ってきたんです」

輪銀の担当者はにっこりしていった。

大正十二年（一九二三年）七月、二十六歳の宮沢賢治は樺太を訪れた。旅の目的は、王子製紙にいる友人に教え子の就職を依頼するためだった。それはまた、八ヵ月前に肺結核で二十四歳の生涯を閉じた妹とし子の鎮魂の旅でもあった。宗谷海峡を対馬丸で渡った賢治は、大泊（現コルサコフ）で王子製紙に勤務する友人に会った後、鉄道に乗って約一〇〇キロ北にある白鳥湖まで足を延ばした。この時の旅をもとに書かれ、死後原稿が発見された『銀河鉄道の夜』は、死者に会うために銀河を旅する童話で、主人公ジョバンニを乗せた列車が最初に停まる停車場が「白鳥の停車場」だった。

『わびしい草穂やひかりのもや　緑青は水平線までうららかに延び
雲の累帯構造のつぎ目から　一きれのぞく天の青
強くもわたくしの胸は刺されてゐる
それらの二つの青いいろは　どちらもとし子のもってゐた特性だ
わたくしが樺太のひとのない海岸を　ひとり歩いたり疲れて睡ったりしてゐるとき
とし子はあの青いところのはてにゐて　なにをしてゐるのかわからない

（宮沢賢治・オホーツク挽歌より）』

（妹、か……）

金沢はふと、自分の妹のことを思い出した。名前は奇しくも、とし子だった。九歳年下で、今年三十歳になる。札幌の大学を卒業した後、平和維持活動をするNGOに入って、カンボジアなどでボランティアをしていた。今は、米国ロサンゼルスのホームレス・シェルターで炊事や掃除の仕事をしながら、地元の大学で環境問題を勉強している。

（あいつ、これからどうするのかなあ……）

兄の自分から見ても、とし子は純粋無垢で天使のようなところがある。

（世界の平和を願うのもいいけど、自分の将来もそろそろ心配しないと）

とし子はまだ独身である。色白の整った顔立ちなので、男性にアプローチされることもあるようだが、本人はまったく結婚する気はないらしい。

徐々に暗さを増して行く窓外をぼんやり眺めながら、金沢はウォッカグラスを重ねた。

やがてトイレに行くために立ち上がった。

コンパートメントを出ると通路になっている。

列車の進行方向右側の窓の先はオホーツク海だが、地平線とも水平線ともつかぬものが一本、単調な黒い線になって見えるだけだった。

客車の後部にあるトイレに行く途中、開け放った他のコンパートメントの中の様子が見えた。

ロシア人の若者たち四人が酒を飲みながらラジカセを聴いていたり、家族らしい三人連れが紅茶を飲みながら菓子を食べたりしていた。石油関係者も多く、いかにも知識労働者風のインド人と白人の男性がテーブルの上に置いたラップトップでDVDを観たり、上の寝台で横になった米国人風の眼鏡の男が英文の書類を読んだりしていた。

ここはサハリン石油街道だ。

トイレの前に、銀色の筒に蛇口が付いた給湯器があった。

アジア風だが、彫りの深い顔をした青年が紅茶を淹れていた。金沢の顔を見て「日本人？」と訊く。そうだと答えると、自分は「サハリンA」プロジェクトの現場で溶接工をやっているトルコ人だと名乗った。敬虔なイスラム教徒らしく、手に緑色のコーランを持っていた。金沢が酒を飲んでいるのに気付くと、眉をひそめ、「酒はよくない」といって自分のコンパートメントへと去って行った。

午後十時頃になると、窓の外はほぼ真っ暗になった。

目を凝らしてやっと真っ黒な地上と、まだ多少青みがかった空の区別がつく。列車内も静かになってきた。やがてロシア人青年と太ったロシア人女性が上の寝台に上がって行き、金沢と輸銀の担当者は茶色いビニール張りのソファーの上に布団とシーツを敷いて、横になった。

朝七時過ぎに目覚めたとき、列車はティモフスク（Тымовское）という小さな駅に停車中だった。木材の集散地である。すでに北緯五十度線を越え、北サハリンに一〇〇キロメートルほど入り込んでいた。

向かいの寝台の輪銀の担当者も目を覚まし、寝たまま腕時計を見ていた。上の段のロシア人青年はまだ規則正しい寝息を立てている。

目覚めて二十分ほどしてから、列車は再び走り出した。

窓外には白樺、カラ松、エゾ松などの林が広がり、雪解け水を満々と湛《たた》えた川や湿地帯が現れる。島の南部に比べると気温はかなり低いようで、雪がたくさん残っている。地面にフキノトウや白い穂先の猫柳の木が生えていた。

（猫柳を見るなんて、高校卒業以来だなあ）

金沢は高校卒業まで故郷の北海道網走市で暮らした。

遠くには、雪を頂いた青い峰々がどこまでも連なっていた。

サハリンは自然の宝庫である。オオワシやエトピリカなど珍しい鳥類が生息し、夏から秋にかけて無数の鱒や鮭が産卵のために川を遡上し、オホーック海では蟹、海老、鱈などが獲れる。

廊下に出ると車掌が乗客に飲み物を販売していた。

金沢も「コーフェ、パジャルスタ（コーヒーをお願いします）」と片言のロシア語で頼む。

紺色のマントにブーツを履いた、KGBの女スパイ風の車掌は頷き、インスタントコーヒーを入れたカップに給湯器の湯を注ぐ。一杯十二ルーブル（約六十円）である。

午前十時五分、「サハリン号」は終点ノグリキ（Ноглики）駅に到着した。

北緯五十二度に近いオホーツク海沿岸、ニィスキー湾に注ぐトゥィミ川の河口に開けた町である。人口は一万七千人。「ノグリキ」という地名は、地元の少数民族であるニブヒ族の言葉で「油臭い川」を意味し、付近の油田地帯に向う基地になっている。

ノグリキの駅舎は家畜の飼育場のようだった。

白いペンキが剝げ落ち、灰色の煉瓦が剝き出しになっていた。駅の周囲のカラ松林はすっかり葉を落とし、茶色い影と化している。

外気はひんやりしており、遥か遠い北の地にやって来た実感がする。

駅前に、マイクロバスやランドクルーザーなど、出迎えの車が五十台以上集まっていた。

フルオー社のロシア人青年は、トヨタの白いマイクロバスに乗り込んだ。車両前部に青い四角にサハリン島の形を白く染め抜き、赤いAの文字があるマークが付いていた。「サハリンA」プロジェクトの専用車だ。図面を入れるプラスチックの筒やパソコンを肩にかけた白人やインド人など七、八人が乗っている。列車の中で会ったトルコ人青年は毛糸の帽子を被っている。疲れているのか、皆無表情で、前方をぼんやり眺めている。

金沢と輪銀の担当者はトヨタのランドクルーザーに迎えられた。灰色の車体の側面に、青と黄色二色でサハリン島の地図を描いた、サハリン・リソーシズ・デベロップメント社の丸いマークがあった。

駅からノグリキ空港までは車で数分。

空港ビルは平屋で、屋根に「АЭРОВОКЗАЛ（空港）」という赤い文字があった。だだっ広い敷地をカラ松の林が、黒い屏風のように取り囲んでいる。滑走路で黒や茶色の野良犬が数匹うろついていた。

二人は「サハリンB」で働くイギリス人やアメリカ人八人と合流し、空港の一室で、宇宙飛行士のように、首から下をすっぽり覆うドライスーツを着る。極寒の海に落ちても一定時間耐えられる保温性があり、発見しやすい黄色い蛍光色の生地で作られていた。手荷物・身体検査を受け、空港の一角に駐機中の大型ヘリコプターへと向かう。

ヘリコプターは「Ｍｉ－８ＭＴＶ型」。全長二五・二メートル、全高五・六五メートル。尻尾の長い太ったトンボのような形で、大きな羽根を重そうに垂らしていた。ロシア製軍用ヘリコプターで、アンゴラ、チャド、モザンビークなどで使われたのと同じタイプである。輸送人員は二十四人。そばで見ると重量感と威圧感がある。

頭以外は真っ黄色の十人は座席にすわり、頭にヘッドフォーン型の騒音よけを着ける。

プロペラが回転し始めると、丸い窓の外の地上の水溜りが風圧で吹き飛ばされる。ヘリコプターはふわりと垂直に浮き上がった。

目的地は、ノグリキの北約二二〇キロメートルの洋上に位置する「モリクパック」である。イヌイット語で「大波」を意味する原油生産プラットフォームだ。

「サハリンB」プロジェクトは、一九九四年にロシア政府とPSA(production sharing agreement=生産物分与契約)が結ばれた。開発段階は第一フェーズと第二フェーズに分かれ、第一フェーズは「モリクパック」での日産九万バレルの原油生産である。

ヘリコプターは低空で飛行を続けた。

右手に流氷に埋め尽くされたオホーツク海、左手に黒々とした樹海と白い雪を頂いた山々が見える。その大地を切り拓くように、眼下から地平線の彼方まで、一本の鉄道線路が真っすぐに延びている。昭和初期に、日本人が石油輸送に使っていた二三八キロメートルの軽便鉄道である。

その光景を眺めながら、金沢は深い感慨に捉われた。

(日本人は……時代を超えて、ここにやって来る運命なのか)

かつて日本は北樺太で石油を採掘していた。

大正六年(一九一七年)の「十月革命」で成立したソビエト政府は、外国の干渉と内戦並びに未曾有の飢饉で疲弊した国土を復興するため、天然資源を外国企業に委ねて開発する方針を打ち出した。当時、日本は北樺太の石油資源に重大な関心を抱いていた。

海軍が艦船燃料を石炭から石油へ転換中で、石油の確保が緊急の課題だったからだ。

大正八年、久原鉱業、三菱鉱業、日本石油など五社は「北辰会」を設立。海軍の支援を受けて、北樺太東海岸のボアタシンとノグリキで試掘に着手した。大正十二年にはオハで油田を発見。大正十四年に日ソ基本条約、翌年コンセッション（利権）契約が締結された。北辰会の権益を受け継ぐ北樺太石油（株）が設立され、オハ、エハビ、カタングリなどで原油の採掘を行なった。ちなみに、同社の歴代社長は三人共、元海軍中将である。

同社の原油生産量は昭和八年（一九三三年）に日量三八六〇バレルのピークに達し、日本への持ち込み量は、ソ連国営石油会社からの購入分と合わせ、日量六二六〇バレルになった。同年の国内原油生産量は日量三八九〇バレル、輸入量は二万一〇三〇バレルだったので、北樺太石油は日本の原油調達の二五パーセントを担っていたことになる。

しかし、契約遵守意識の低いソ連側の思惑と嫌がらせに翻弄され続けた果てに、権益は昭和十九年（一九四四年）に終了した。


金沢らを乗せた大型ヘリコプターは、強風で機体を軋ませながら、北サハリン東部海岸の複雑な海岸線を縫うように一時間半ほど飛行を続けた。

やがて遠くの海上に、原油生産基地が蜃気楼のように現れた。

沖合い一六キロメートルに位置する「モリクパック」だ。一九八四年に石川島播磨重工業が製造し、以前はカナダ沖北極海のボーフォート海で使用されていた。そこでの役割を終えたあと、ベーリング海から太平洋を曳航《えいこう》され、ロシア沿海州の工場でサハリン沖の深度に合わせて改造され、さらに韓国の大宇重工業で艤装《ぎそう》を施され、昨年八月、現場に到着した。

縦横一一一メートルの氷山のような白いデッキが、白と青の流氷の海と鮮やかなコントラストを作っていた。中央付近に、赤と白の縞模様に塗られた高さ七〇メートルの掘削リグが立ち、その周囲に、石油からガスを分離処理する施設や、百六十四人を収容する居住施設があり、夥《おびただ》しい数のパイプラインが張り巡らされている。本体の重量は三万七〇〇〇トン強で、土台のロシア製コンクリートの空洞部分に二七万八〇〇〇立方メートルの砂を詰め、深さ三〇メートルの海底に固定されている。あと一ヵ月半ほどで原油の生産が開始され、ガス分離処理施設の櫓《やぐら》の上にガスを燃やす赤い炎が点る。

二キロ離れた海上に、大型タンカー「オハ号」が浮かんでいた。全長二七四メートル、重量一四万五二〇〇トンで、韓国の大宇重工業製である。「モリクパック」で生産された原油は海底パイプラインで「オハ号」に送られて貯蔵され、ここから別のタンカーで消費地に向けて積み出される。

ヘリコプターは爆音を上げながら、滑り止めの太いロープを張り巡らせたヘリポートに向かって徐々に高度を下げて行った。

2

金沢と輸銀の担当者は「モリクパック」に数時間滞在した。

基地内の会議室で、アングロ・ダッチ石油から出向しているイギリス人が、輸銀の担当者に対してプロジェクトの進行状況についてプレゼンテーションを行った。「サハリンB」の財務委員会（Financial Advisory Committee）のメンバーで、金融機関の窓口にもなっている金沢も同席した。会議室は板張りの簡素な部屋で、ロシア語や英語で「禁煙」の表示がいくつもあり、消火器が備え付けられていた。

昼食は基地内の食堂でとった。メインはビーフストロガノフと温野菜。ロシア風コンポット（果実の砂糖煮）とコーヒーも出た。その後、金沢は輸銀の担当者について、生産設備、緊急用脱出装置、砂を入れて重くするロシア製の土台内部などを見て回った。

夕方、二人は再びヘリコプターに乗ってノグリキに戻り、空港近くにある「サハリンA、B」共用のコンテナ風平屋建て宿泊施設に投宿。二人一部屋で、輸銀の担当者が「南極観測基地みたいですね」といった。

翌日、二人は夜行列車でノグリキを発ち、次の日の朝、ユジノサハリンスクに戻った。

ユジノサハリンスクでも金沢は、輸銀の担当者がサハリン・リソーシズ・デベロップメント社でプロジェクトの現状について説明を受けるのに同席し、LNG基地建設予定地を案内した。建設予定地はユジノサハリンスクから南に車で一時間ほどのプリゴロドノエという場所である。緩やかに弧を描く海岸線に浪が打ち寄せ、付近の丘に日露戦争当時の石碑が転がっていた。「遠征軍上陸記念碑　陸軍中将正四位勲二等吉江……書」という文字が読めた。鉛色の浅瀬で、地元の人が一人、海藻を採っていた。陸地は草木がぼうぼうと生え、遠くに朽ちかけた木造家屋が十軒ほどある集落があった。

翌日の午前中、金沢は輸銀の担当者を空港で見送り、サハリン・リソーシズ・デベロップメント社のランドクルーザーで、サンタ・リゾート・ホテルに向かった。場所はユジノサハリンスク市街の東で、ガガーリン文化公園裏手にある市内随一の高級ホテルだ。

会議室のテーブルの周囲に、二十人ほどの男たちと、二人の女性がすわった。「サハリンB」財務委員会のミーティングである。

財務委員会は、サハリン・リソーシズ・デベロップメント社の財務部や法務部の社員と、株主（プロジェクト・スポンサー）四社、すなわち、アングロ・ダッチ石油、アキレス・オイル、東洋物産、五井商事からそれぞれ二、三名が出席して、二ヵ月に一回程度、ロンドン、ハーグ、ユジノサハリンスク、東京などで開かれている。

サハリン・リソーシズ・デベロップメント社の最高意思決定機関は役員会で、その下に上流部（Upstream Division）、財務部（Financing Division）、営業部（Marketing

Division)、LNG部（LNG Division）などがあり、それぞれの部に対応して株主同士が話し合う委員会（Advisory Committee）が設けられている。また、役員会とロシア連邦政府・サハリン州政府の代表者からなるスーパーバイザリー・ボードがあり、十二人のメンバーの全会一致を原則に、プロジェクトの年間作業計画や予算の承認等を行なっている。

「サハリンB」プロジェクトの歴史は一九八六年に遡る。

ソ連との話し合いにもとづき、米国のエンジニアリング会社マクダーモットが二つの鉱区の開発作業を手がけることになり、そこに東洋物産船舶海洋部が資機材の販売やファイナンスでの役割を狙って参入した。その後、油田とガス田のオペレーターが必要になり、東洋物産と親しかった米国の石油会社アキレス・オイルが一九九一年に招かれた。翌年、アングロ・ダッチ石油と五井商事も加わって五社体制になった。

ロシア政府とサハリン・リソーシズ・デベロップメント社の間でPSA（production sharing agreement＝生産物分与契約）が締結されたのは一九九四年である。二年後の一九九六年に、PSAの規定に従って「商業化宣言」がなされ、第一フェーズであるピルトン・アストフスコエ鉱区の本格開発が始まった。翌年、日本輸出入銀行、欧州復興開発銀行（EBRD）、米国海外民間投資公社（OPIC）と、それぞれ一億千六百万ドル、合計三億四千八百万ドルの融資契約に調印。同年、マクダーモットが撤退し、出資比率は現在の、アキレス・オイル三七・五パーセント、東洋物産とアングロ・ダッチ石油各二五パーセント、五井商事一二・五パーセントとなった。

一九九八年八月、「モリクパック」がピルトン・アストフスコエ鉱区に設置された。約八億ドルを投じた第一フェーズはほぼ完成し、あと一ヵ月半でファースト・オイルが生産される。タンカーが氷で航海できない冬季を除く、年半年間の季節操業で、当面、日量六万〜七万バレルを生産する予定である。原油は「サハリン・ヴィーチャーズ・オイル」と名付けられ、国際市場で販売される。「ヴィーチャーズ（Витязь）」はロシア語で「勇士」という意味だ。

プロジェクトは、第二フェーズに進むところである。

規模は第一フェーズの十倍以上。総額約八十五億ドルを投じて、ノグリキ沖合いのルンスコエ鉱区のガス田を開発し、LNGを生産する。また、ピルトン・アストフスコエ鉱区にもう一つ石油生産プラットフォーム（生産能力・日量七万バレル）を建設し、両鉱区から陸上まで原油を輸送するパイプラインを敷いて通年生産を実現する。

「……昨年八月以来、多くの商業銀行がロシアの社内格付けを引き下げ、ロシア向け債権に引当金を積むようになりました」

会議用テーブルの中央で、痩せた若禿げのイギリス人がプロジェクターで映し出された表を見ながら説明をしていた。サハリン・リソーシズ・デベロップメント社のファイナンシャル・アドバイザーを務める米国の大手金融機関、ロックフェラー銀行のバイス・プレジデントだ。名前はスティーブ。

テーブル周囲の株主四社の人々の視線がじっとスクリーンの表に注がれている。

「やっぱり、モラトリアムの影響は、でかいんですよね」

金沢の隣りにすわった二十八歳くらいの男が囁いた。本店財務部で「サハリンB」を担当しているプロジェクト・ファイナンスの専門家だ。

昨年（一九九八年）八月十七日、ロシア政府は、突如債務のモラトリアム（支払い停止）を宣言した。骨子は、①ルーブルの交換レートの下限を、一ドル当たり九・五ルーブルに引き下げ、②年末までに満期が到来するGKOなど短期国債は返済せず、別の国債に切り替え、③民間債務の九十日間の支払停止、であった。ロシアの信用格付けは直ちに引き下げられ、世界の金融市場は大混乱に陥った。

「……民間商業銀行が本プロジェクトに融資できるのは、ECAやIFCのBローン（協調融資）しかなく、またボンド（債券）による資金調達は現状不可能です」

ECAはExport Credit Agencies（各国の貿易保険）の保険付き融資、IFCは世界銀行グループの対民間投融資機関International Finance Corporation（国際金融公社）のこと。

第二フェーズでは、必要資金約八十五億ドルのうち、二十一億ドル程度を金融機関からノン・リコースのプロジェクト・ファイナンスで調達し、残りを株主四社が資本金として出資する予定である。

「したがって、第二フェーズのファイナンス組成に当たっては、ECAやIFCの役割が重要になります。現状で考えられるレンダー（貸し手）の構成ですが……」

　スティーブが手元のパソコンのキーボードを操作し、スクリーンの映像を変える。

　融資の内訳のシミュレーションが現れた。

　総額二十一億五千万ドルのうち、日本輸出入銀行が八億ドル、OPICが二億ドル、EBRDのAローン（直接融資）が一億五千万ドル、IFCのAローンが一億ドル、Bローン（協調融資）とECAがそれぞれ四億五千万ドルとなっていた。

　プレゼンテーションを続けるスティーブの隣りに、同僚のブルースという名のイギリス人がすわっていた。ロックフェラー銀行のアドバイザリー・チームは、この二人が中心で、スティーブが技術面、ブルースが営業面を担当している。

「中国がLNGのオフテイカー（買い手）でファイナンスが組成できるかな？　ロックフェラー銀行の意見を聴きたいんだが」

　テーブル中央にすわった初老の男がいった。東洋物産からサハリン・リソーシズ・デベロップメント社に出向し、CFO（最高財務責任者）を務めている日本人である。頭髪も眉毛も白く、ワイシャツの袖口からラクダの下着が覗いていた。

　LNGは通常二十年程度の長期契約で販売され、プロジェクト・ファイナンスはその販売代金を担保にする。

「販売先はCNOOCですか？」

スティーブが訊いた。

ＣＮＯＯＣ（China National Offshore Oil Corporation＝中国海洋石油総公司）は、中国三大石油会社の一つだ。

「イエス。日本の電力、ガス会社にも購入を打診しているが、どうも反応が芳しくない」

日本人ＣＦＯが答える。

「そうですか……。ＣＮＯＯＣだけでは無理だと思います」

スティーブは難しそうな表情。「中国はまだ様々な不安定要因があり、国際的信用力が不足しています。金融機関は中国のオフテーク（購入契約）を十分な担保とは見なしません」

「なるほど……そうだろうね」

初老の日本人ＣＦＯは渋い表情になる。

ＬＮＧの販売見通しが立たず、プロジェクトは足踏み状態に陥っている。

「第二フェーズを、ピルトン・アストフスコエ鉱区の第二プラットフォーム建設とＬＮＧ生産設備の二つに分けて、とりあえず前者だけファイナンスする手もあると思いますが」

スティーブの隣りにすわったブルースがいった。

石油生産プラットフォームであれば、生産した石油をスポット市場で販売してすぐに現金化できるので、ファイナンスは得やすい。

「それは一つの考え方だけど……」

東洋物産財務部の男が発言する。五年以上前から「サハリンB」に関わっており、プロジェクトを熟知している人物である。「四億ドルとか五億ドルのファイナンスをアレンジする手間やコストを考えたら、シェアホルダーズ・エクイティ（スポンサーの出資金）でやった方が効率的だよ」

ブルースの提案は、手数料ほしさでもあった。アドバイザー契約では、ファイナンス組成ごとにロックフェラー銀行に融資総額の〇・三パーセントの成功報酬が支払われることになっている。

「第二フェーズのファイナンスについては、当面、LNGのマーケティング動向を見ながら、状況に応じて判断するしかないでしょう」

初老のCFOが結論づけるようにいった。

「スティーブ、ブルース、プレゼンテーションを有難う」

そういって二人の方を見た。

「非常によくまとまっていて、分かりやすいプレゼンだった」

アキレス・オイルのアメリカ人男性がいった。四角い顔にオールバックの金髪で、がっしりした身体つきである。隣りに同僚のアメリカ人女性がすわっていた。

「アイ・スィンク・ロックフェラー・ディド・ア・グッド・ジョブ（ロックフェラー銀

行はいい仕事をしたと思う）」

スティーブとブルースは、微《かす》かに顔を上気させた。

「じゃあ、次の議題に行きましょう。今年のキャッシュフロー（資金繰り）の実績と予定は、手元にお配りした資料の通りです」

初老の日本人ＣＦＯの英語はたいして上手くないが、物怖じせずに堂々と喋る。

「これ、キャッシュ・バランス（手持ち現金）が多すぎるんじゃないのか？」

資料から視線を上げたアキレス・オイルのアメリカ人がいった。「ユジノとモスクワの銀行に三千万ドルもある。カントリーリスクの観点からも望ましくないと思うが」

「これは、第一フェーズの日本輸出入銀行、ＥＢＲＤ、ＯＰＩＣの融資を、早めにドローダウン（引き出し）したためです」

白髪の日本人ＣＦＯが答える。

「ロシア危機を理由に、金融機関が渋ると困るので、早めにドローダウンしました。今後数ヵ月間に支払いがかなりあるので、八月末には残高は九百万ドル程度になります」

ロシア危機の後、各金融機関はロシアが対外債務のリスケジューリング（繰延べ）を求めてくるのではないかと大いに心配し、ＥＢＲＤはロシア中央銀行に「ＥＢＲＤの融資はリスケジューリングの対象外」という念書を差し入れさせた。

「それでも九百万ドルはかなり大きい数字だから、ロシア国内の預金残高は五百万ドルくらいにして、残りはオフショア（海外）の口座に移した方がいいと思う」

「わかりました。そうします」

日本人ＣＦＯは、隣にすわった経理担当のイギリス人に、「問題ないね？」という風に目配せし、若いイギリス人が頷いた。

「今年、一億五千万ドルの資金不足が生じる見込みになってますが、株主からのブリッジ・ローン（つなぎ融資）でカバーするわけですね？」

縁なし眼鏡をかけた金沢が訊いた。

資金繰り表では、今年の総支出額は約二億八千万ドルになっていた。半分程度が「モリクパック」をはじめとする原油生産設備への投資と掘削費用で、残りは販売・一般管理費と融資に係るＤＳＲ（debt service reserve account＝支払準備資金口座）の積み立てに使う。一方、収入は、原油の販売代金が約一億三千万ドルあるだけで、不足分一億五千万ドルは、株主四社からのつなぎ融資でカバーする。

「そうです」

日本人ＣＦＯが頷いた。「キャペックス（capital expenditure＝設備投資）とオペックス（operating expenses＝販売・一般管理費）にコストオーバーランが発生し、油価も予想していたほど回復していません。社内でも経費削減に努めてますが、当初予算比約七千万ドルが不足します」

アキレス・オイルのアメリカ人の男が、話を聞きながら真剣な表情で電卓を叩いていた。ブリッジ・ローンは、出資比率に応じて資金を負担しなくてはならない。

原油価格は、ＷＴＩが十六、七ドル、ドバイとブレントが十四、五ドルで推移している。

「油価がこんな状況じゃ、プロジェクトが成り立たないですよねえ」

五井商事の財務部の若手がぼやく。「うちの会社でも、キャペックスを少し抑えろっていう議論が出るかもしれないなあ……」

隣りにすわった金沢が頷く。

「ＤＳＲの三千五百万ドルは、現金を積む代わりにＬＣ（信用状）でもいいんじゃないの？」

アングロ・ダッチ石油の男が訊いた。ひょろりと背が高い年輩のイギリス人で、名前はイアン・ジョンストン。隣りで、部下の若いオランダ人女性が懸命にメモの鉛筆を走らせている。

ＤＳＲは融資に対する一種の担保で、元利金支払い予定額の一定割合を予め別口座に積み立てるものだ。

「イエス。可能です」と日本人ＣＦＯ。

「ＬＣの発行手数料はどれくらい？」

「年率〇・二五パーセントくらいだろうね」

「じゃあ、ＬＣでいいんじゃないの？」

「ただ、発行銀行に株主からの保証書か念書差し入れを求められる可能性があると思うけど」

「なるほど……」

ジョンストンが考え込む。

「現金を積むにせよ、LCでやるにせよ、年末のバランスシートに影響するわけだよな……」

アキレス・オイルのアメリカ人はため息まじり。

いつも親会社の財務諸表にどのような影響が出るか、また、SEC（米国証券取引委員会）にどんな報告をしなくてはならないかなどを神経質なほど気にしている。

「これについては、本社に諮《はか》った上で、態度を決めたい」

アキレス・オイルのアメリカ人の男がいい、テーブル周囲の人々が頷いた。

「えーと、それでは次……」

日本人CFOが、手元の資料を繰る。

「前回の会議で、五井商事から要請があった、第1四半期の弁護士費用の内訳は、予めお配りした資料の通りです」

「すいません、よろしいですか？」

金沢の隣りにすわった財務部の若手がすかさず手を挙げた。

「以前から申し上げているように、サハリン・リソーシズは、弁護士費用の使い方をもっときちんと管理すべきだと思います」

横長のフレームの上半分が黒縁になった今風の眼鏡をかけた若手は、強い口調でいった。

「ウィ・アー・コントローリング・イット（我々はきちんと管理している）」

日本人CFOの一人おいて隣りにすわった中年男がいった。

サハリン・リソーシズ社の法務部長であった。アキレス・オイルから出向している太ったアメリカ人で、おかっぱ風の頭髪の両目が小狡そうである。

「そうでしょうか？　たとえばこの中で、サハリン・リソーシズがボンド（債券）を発行する場合、五井商事と東洋物産が親会社で問題がないか、米国の一九四〇年投資会社法の規定を調べるのに三十四時間を費やしています。この費用が総額で二万四千三百ドルかかっています」

財務部の若手は手元資料を読み上げるようにいった。

「昨年八月にロシア危機が発生して、その直後に、S&Pとムーディーズがロシアの長期債の格付けをトリプルCとB2に引き下げ、ロシアで事業をやっているサハリン・リソーシズがボンドの発行なんかできっこないのは、ロックフェラー銀行の説明を聞くまでもありません。誰がこんなことを調べろと命じたんですか？　しかも三十四時間もかけて」

「私が命じた。私が必要だと思ったからだ」

法務部長の開き直った答えに、室内の多くの人々が眉をひそめた。

「調査に当たって、五井商事や東洋物産は、何らの情報提供も求められていません。我々の情報提供なしに、正しい法律判断ができるとは思えませんが」

「…………」

「法律事務所からの報告書は入手しているんですか？」

「そういうものはない」

「じゃあ、メモか何かですか？」

「いや、メモもない」

「メモもない？　そんなはずないと思いますけどね」

財務部の若手は、むっとした表情。

「法律事務所の内部で調査をし、メモを作ったとしても、それをすべてクライアントに見せるわけではない」

（そんな馬鹿な！　二万四千三百ドルも払って）

金沢も呆れた。

「私は、あなたが経費をちゃんと管理してるとは、どうしても思えないんですが」

「ウィ・アー・コントローリング・イット（我々はきちんと管理している）」

会議室の一同は、二人のやりとりをじっと見守っている。

「じゃあ、これは何なんです⁉」

五井商事の若手財務部員が、弁護士費用内訳表の一ヵ所を激しく指で叩いた。

「トゥー・アワーズ・フォー・サーチング・ミッシング・ドキュメント（行方不明の書類を捜した時間、二時間）。こんなものまで我々が払わなくてはならないんですか⁉」

その途端、おかっぱ頭の法務部長の顔が強張った。

会議室内で、呆れと、驚きと、ため息が交錯した。

3

「まったく、あの法務部長、とんでもない奴ですよ！」

翌日の午前中、ユジノサハリンスクの街を歩きながら、五井商事財務部の若手が憤慨した。

「確かにあれはひどいね。法律事務所とつるんでるんじゃないか？」

スーツ姿の金沢がいった。手に黒い革の書類鞄を提げていた。

白樺並木の広い通りの名前は「共産党大通り（カムニスティーチェスキー・プロスペクト）」。日本時代は通りの端に樺太神社があったので「神社通り」と呼ばれていた。

「裏で金を貰ってるとか、そこまでいかなくても高額の接待なんかを受けてる可能性は十分あると思いますね。必要もない調査をさせたり、別のプロジェクトのミーティングの時間までチャージさせてるんですから」

財務部の男の言葉に金沢は頷く。

「ところで、今のニューヨークの法律事務所は、どういう経緯で雇われたわけ？」

「あれはアキレス・オイルと親しいってことで、彼らが引っ張ってきたんです」

「なるほど」

「一応ロンドンとモスクワにもオフィスを構えてるんで、他のスポンサーも、まあいいかと。……しかし、あんなひどい癒着をしてるとは予想外でした」

財務部の若手は苦々しい顔つき。

「タイミングを見て、別の事務所に変えるべきですよ」

金沢は、そうだね、といいながら、相手の横顔を見る。

財務部の若手は、横長のフレームの上半分が黒縁の眼鏡をかけ、すらりとした身体に黒っぽいスーツ。商社マンというより、音楽関係者に見える。パソコンに滅法強く、海外に留学していたわけでもないが、英語の議論にもまったく物怖じしない。英語は学生時代に来日した外国人の観光案内をするサークルでの実戦で身につけたという。

（こういう商社マンが出てきたんだなあ……）

二人は、雪を頂いた標高一〇四五メートルのチェーホフ山を正面に見ながら、東の方角に歩いていた。

ユジノサハリンスクは、吹き溜まりのようなロシア辺境の街である。ソ連時代に造られた灰色の団地が建ち並び、中古の日本車がたくさん走っている。政府関係の建物には、白、水色、赤のロシア国旗が翻り、埃っぽい道端で女たちがピロシキを売っている。街ではアジア系の顔をよく見かける。日本軍によって連れて来られた韓国人たちの子孫である。

通りの右手に、天守閣風の茶色い瓦屋根を持つ帝冠様式のビルが現れた。旧樺太庁博物館で、現在はサハリン州立郷土博物館になっている。三階建てで、入り口の左右に狛犬《こまいぬ》が置かれていた。これは戦後、樺太神社から移し換えられたものだ。その脇に、日露戦争と第二次大戦で使われた大砲二門が置かれていた。

金沢と財務部の若手は、一人四十ルーブル（約二百円）の入場料を払って、中に入った。昭和十三年に建てられた石造りの建物は老朽化し、薄暗かった。

内部は、サハリン州の自然、歴史、文化、産業などに関する展示の他、日露戦争や第二次大戦の写真や地図、武器などが陳列してあった。

「これ、昭和天皇ですね」

二階の一室の壁の写真を財務部の若手が指差した。

大正十四年四月に、豊原市（現ユジノサハリンスク市）に行幸した裕仁皇太子の写真だった。丸い眼鏡をかけた学生のような若者で、馬に跨《また》がった姿やオープンカーに乗った写真が壁に展示されていた。日本髪を結い、着物に下駄で歩く女性たちの写真もあった。

すぐそばに、昭和四年当時の豊原市の市街図があった。豊原駅（現ユジノサハリンスク駅）前には、北海屋ホテル、三井生命、栗原商店、交番、樺太鉄道事務所などがある。

「この町は、本当に日本人が暮らしていたんだなあ」

町は真岡通り（現サハリンスカヤ通り）を中心に北八丁目から南二十二丁目、大通り（現レーニン通り）を中心に西八条から東十四条まで碁盤の目に区画されていた。

地図には一軒一軒の名前が記されており、無数の民家の他に、松岡靴鞄店、斉藤病院、中山金物店、菅公堂書店、景徳寺、大山肉店、播州屋呉服店、石田鶏卵店、カフェーマリモ、樺の湯、協同タクシーといった名前がある。また、樺太庁、豊原第二尋常小学校、憲兵分隊、樺太弁護士会館、火葬場などもあり、当時の暮らしぶりを窺い知ることができる。


「ところで、アキレスのアメリカ人は、ずいぶん神経質そうな感じだね」

博物館を出たところで金沢がいった。

建物の前はちょっとした庭になっている。財政難で補修ができず、花壇の石垣は崩れ、雑草が生えていた。

「何かというと、本社の意向を訊かないといけないとか、SECに報告しなきゃならないとか、そういう発言が多いね」

「そもそもこのプロジェクトは、体力的にしんどいんでしょう」

財務部の若手がいった。「アングロ・ダッチみたいな巨大メジャーじゃないですから」

アキレス・オイルは、米国の大手鉄鋼メーカー傘下の石油会社で、本社はペンシルベニア州ピッツバーグにある。エクソン、アングロ・ダッチ、モービル、BP、シェブロン、テキサコの「メジャー」に次ぐ「インデペンデント」と呼ばれる石油会社の一つだ。実力的には、「メジャー」六社が大人だとすれば中学生くらいの感じである。
「アングロ・ダッチは、オペレーターシップを取りたくて、うずうずしてるだろうね」

「『プロジェクト・ロベルタ』っていう社内コードまで付けて、オペレーターシップを取ろうとしてますよ」

オペレーターはプロジェクトの顔であり主役である。メジャーのアングロ・ダッチにとって、インデペンデントのアキレス・オイルに主導権を握られていることはプライドが許さない。また、「アキレスごときに、この巨大プロジェクトが仕切れるのか」という不信感も持っている。

「アングロ・ダッチの会長が、アキレスのCEOと二、三度メシ食って、説得しようとしたって話です」

「で、駄目だったわけ？」

「『サハリンB』は、アキレスの今のCEOが始めた、マイ・ベイビーですからね」

「なるほど」

「ただ、CEOが変わったら、どうなるか分かりませんよね」

その日、二人は市内にある「豊原」という日本食レストランで昼食し、午後から「サハリンB」財務委員会の会議に出席した。

二日目は、ロックフェラー銀行抜きの、株主だけのプライベート・セッションだった。

「……では、ロックフェラー銀行をどうするか、ご意見をお願いします」

ワイシャツの下にラクダの下着を着た白髪の日本人CFOがいった。

五月下旬だというのに、ユジノサハリンスクの気温は七、八度しかない。

「プロジェクトが足踏み状態で、月に七万五千ドルのリテイナー（月ぎめ報酬）を払い続けるのは、率直にいって難しいと思う」

東洋物産の男が、重苦しい口調でいった。

この日の会議は、ロックフェラー銀行とのアドバイザー契約をどうするかが重要議題だった。同銀行に対しては、現在、七万五千ドルのリテイナー・フィーが払われている。

「ロックフェラー銀行を雇い続ける必要はない。彼らに今やらせる作業はない」

アキレス・オイルのアメリカ人が強い口調でいった。「アドバイザー契約の規定では、一ヵ月の事前通知で契約解除できるようになっている。解除には何の問題もない」

金沢は、軽いショックを受けた。

（昨日は、『ロックフェラー・ディド・ア・グッド・ジョブ』と手放しで賞賛していたのに……。アメリカ人て、こういう人種なんだなあ）

「確かに、こういう状態で、毎月七万五千ドルずつ出て行くのは辛いよね」

アングロ・ダッチ石油のジョンストンがいった。ちょっと斜に構えて哲学者風の話し方をするのが、いかにもイギリス人だ。

「ただ、これからも電話で彼らに色々訊きたいことが出てくるだろうし、そのとき罪悪感を感じるようなことにはなりたくないなあ」

一同が頷く。

「我々が質問したとき彼らも嫌な思いをしないように、最低限のものは払ったらどうでしょう？」

金沢がいった。

「最低限て、いくらぐらい？」

「うーん……」

ジョンストンの問いに、金沢は考えこむ。

「五千ドルでいいんじゃないか？」

アキレス・オイルのアメリカ人が、こともなげにいった。

室内の空気が凍りつく。

（七万五千ドルから一気に五千ドル……）

他の人々もショックを受けたようである。

この手のリテイナー・フィーは、プロジェクトの規模や作業量にもよるが、一ヵ月五万〜十万ドルが標準的だ。いくら値切っても三万ドル以下ということはまずない。また、ロックフェラー銀行は、二年以上アドバイザーを務めており、「サハリンB」のメンバーたちとは個人的にも絆ができている。

重苦しい沈黙が続いた後、白髪のCFOが口を開いた。

「まあ、彼らがその条件で受けるかどうかわからないけど、とにかくそれで交渉してみましょうか」

4

その年の秋——

下位総合商社トーニチ常務の亀岡吾郎《かめおかごろう》は、テヘランに向かうルフトハンザの機内にいた。

フランクフルトを夕方六時半に飛び立ったエアバスA340型機は、夜の闇の中を順調に飛行を続け、イラン領空内に入っていた。

ルフトハンザは亀岡吾郎のお気に入りだ。常々「最も安全で、最も快適な航空会社はルフトハンザ」と公言し、中近東に行くときは、いつもフランクフルト経由である。

亀岡の隣りに、白いワイシャツ姿の男がすわっていた。大柄なファイト溢れる商社マンで、四十代後半の割にはかなり若く見える。半年前にトーニチのテヘラン事務所長に任命された男で、亀岡同様、石油部門の出身だ。

「……まあ、カフジの延長がほとんど絶望だから、通産省も必死だよ」

そういって亀岡は、白い磁器のカップのコーヒーをすすった。

アラビア石油のカフジ油田の採掘権は、来年（二〇〇〇年）二月二十七日に期限が切れる。通産省は契約延長に躍起で、通産大臣、通産審議官、資源エネルギー庁長官、経済協力部長、エネ庁石油部長などがサウジアラビア詣でを続けている。しかし、サウジ側が、見返りとして採算性のない鉱山鉄道への二十億ドルの投資を要求するなど、極めて厳しい情勢にある。

「年末に深谷通産相がまたサウジに行くらしいですね」

テヘラン事務所長がいった。

「いくらサウジ詣でをしたって、無理なものは無理だ」

亀岡はにべもない。

「十文字は、早くも前任者に責任をおっかぶせようと画策してますよ」

「あの男らしいやり口だな」

十文字一《とも　もんじはじめ》は、最近、資源エネルギー庁の石油・天然ガス課長になっていた。日本のエネルギー政策を一手に握る要職で、産油国との対政府間交渉では矢面に立つ。

「カフジの失敗を他人のせいにして、自分はイランで日の丸油田を獲得しましたとぶち上げたいんだろう」

「役所っていうのはいい加減なもんですね。ディール・ダン（取引成立）の時の派手ささえあれば、あいつはできる男だとなって、後で案件が失敗したときは、張本人はとっくに別の部署に異動して、涼しい顔で出世して行くんですから」

テヘラン事務所長の顔に軽蔑の色が浮かんでいた。

「ところで、十文字の英語は、大丈夫なんですか？　こないだテヘランで話してるのを聞きましたが、かなりひどいですね」

「入省後に、プリンストンの大学院に留学してるらしいんだがな」

プリンストン大学はニュージャージー州にキャンパスがある東部アイビーリーグの名門校だ。

「卒業してるんですか？」

「一応、そういうことになってるようだな。俺も卒業証書を見たわけじゃないが」

「大丈夫ですかねえ？」

「今回は、サイン・ボーナスのＪＢＩＣ《ジェービック》の融資の額をいうだけだからな。……プリンストンに留学してるんだから、数字くらいはいえるだろう」

亀岡の皮肉に、テヘラン事務所長が苦笑した。

日本輸出入銀行は、去る十月一日に海外経済協力基金と統合され、国際協力銀行（Japan Bank for International Cooperation、略称ＪＢＩＣ）になった。

ルフトハンザの機内は、グレーとネイビーブルーの落ち着いた色調で、ビジネスクラスは人の動きも少なく静かだ。床下からエンジンの唸《うな》る低い音が響いていた。

「あと三十五分で着陸します。女性は頭にカバーをして下さい」

機内アナウンスがあり、前方にすわったイラン人女性が、スカーフで頭を覆い、薄手のコートを着た。イスラム教国であるイランでは、女性は外国人や非イスラム教徒であっても、頭をスカーフなどで覆《おお》わなくてはならない。

やがて、眼下の夜の闇の中にテヘランの街が姿を現した。

街は白とオレンジ色の輝きで瞬く広大な光の海である。ハイウェーが何本も交差し、オレンジ色の帯となって地上を走っている。

「テヘランの夜景の美しさは、中近東一ですね」

窓側にすわったテヘラン事務所長が、眼下で流れて行く広大な銀河のような光景を眺めながらいった。

「だが、見てみい」

と亀岡。「湾岸産油国の銀色の夜景に比べると、光が弱い。庶民には石油の恩恵が行き渡っていないということだろうな」

間もなく、ルフトハンザ六〇〇便は、メヘラバード国際空港に着陸した。

時刻は真夜中の一時四十二分であった。


秋のテヘランは街路樹のスズカケノ木が黄色く色づいていた。

街は、エルブルズ山脈の山裾の東西一〇キロ、南北二五キロという広大な地域に広がっている。人口は約千百万人。北と南で二〇〇メートルほど高低差があり、排気ガスで汚れた空気が南の商業地域に淀む。そのため、金持ちは北の高級住宅地に、庶民や貧困層は市の南部に住んでいる。

トーニチのテヘラン駐在員事務所は、商業地域の北寄り、オスタッド・モタハリ通りの一本裏手のビルに入居している。ゲートを入ると駐車スペースで、その先に四階建ての小さなビルがあり、全フロアーをトーニチが使っている。下位総合商社だがイランでは抜群の実績があり、五井商事や東洋物産より多い九人の日本人駐在員と二十人余りのイラン人社員が働いている。

各段の真ん中あたりが磨り減って黒ずんだ白い大理石の階段を二階に上がると、黒いベール姿のイラン人女性秘書がおり、その先が事務所長室になっている。

「そう、あなたが新しい事務所長さん。まあ、よろしくお願いしますよ」

トーニチのテヘラン事務所長から名刺を受け取ったスーツ姿の十文字は、応接セットのソファーにふんぞり返った。

「あなたはまだ干草の匂いがしないねえ」

「干草の匂い、といいますと？」

体格のよいテヘラン事務所長が、内心の戸惑いを隠し、にこやかな表情で訊いた。

「イランの駐在員さんは、いつも羊を食べてるから、羊の餌の干草の匂いがするんだよね」

「ああ、そうでしたか。……すいません、まだ半人前でございまして」

テヘラン事務所長は、十歳近く年下の相手に愛想笑いを浮かべた。

「気にしなくていい。臭わないにこしたことはないよ。……で、明日はどんな話すればいいわけ?」

十文字が、テーブルの向かいにすわった亀岡と事務所長に顎をしゃくった。

明日、巨大油田の開発権を獲得すべく、石油省を訪問することになっている。

「そうっすな。簡単に先方の希望内容をお話ししますとですな……」

亀岡がだみ声の早口で話し始める。「総投資額が二十億ドル(約二千百億円)で、七五パーセントを日本、二五パーセントをイラン側が負担。日本側の投資は、十年程度の『バイバック』で回収ですな。開発は二段階で、第一フェーズで一五万バレル、それを第二フェーズで二六万バレルまで増産したいと、こういうことですな」

「二六万バレル……」

面長の顔に銀縁眼鏡をかけた十文字の小さな両目が妖しい光を帯びる。「カフジにほぼ匹敵するな」

アラビア石油のカフジ油田は日量二八万バレル。このイランの巨大油田の開発権を獲得できれば、通産省の面子《めんつ》を保つことができ、十文字は一躍ヒーローになれる。

「これでサウジを見返してやれるぜ」

十文字の顔に嗤いが滲む。

「それでですな、明日のポイントはただ一つ。JBICの融資の額ですわ。これは三十億ドル、三十億ドルでお願いします」

亀岡は三本の指を立てた。

「指三本ね。オーケー、オーケー、分かったよ」

十文字の答えに、トーニチの二人はにっこりする。

「それで、来年ハタミ大統領が日本に行く時までに準備万端整えて、首脳会談の最大の成果として、油田の共同開発とJBICの融資をぶち上げる、とこんな感じですな」

「首脳会談の最大の成果ね……結構だね」

十文字がほくそえむ。

「ところで、明日会う石油省の次官て、どんな奴なの？『ミスター・バイバック』とか呼ばれてるんだって？」

次官のセイエド・メフディ・ホセイニは、一九九〇年代初頭以来、イランのすべてのバイバック契約を交渉してきたテクノクラートだ。

「一見柔和《にゅうわ》でとっつきやすい男ですが、交渉上手ですから油断しないことです。それから、政治的には前の大統領のラフサンジャニさんに近くて、外国石油会社からの賄賂をラフサンジャニさんの息子の口座に送金する仲介をしたという噂があります」

「ふーん……まさか、日本政府に賄賂払えなんていってこないだろうね？」

「その点は大丈夫です。初対面の相手に公式の場でいきなりそういうことはいわんもんです」

「まあ、そうだろうな」

「とにかく明日は三十億ドル、これですわ。あとは適当に四方山話でもして仲良くなってください」

「分かった。中近東の人間はサッカーと女の話さえしてりゃ喜ぶから、楽勝だぜ」

そのとき、部屋の入り口に所長秘書のイラン人女性がやってきた。

「ミスター亀岡、日本大使館からお電話が入ってます」

亀岡は頷いて立ち上がり、応接セット横の所長の執務机に歩み寄る。

かつて亀岡も使った執務机は、大きな背もたれのついた椅子を取り囲んでコの字型になっており、机の周囲に部下が来て話せるよう椅子が六脚並べてある。机上のパソコンは、フラットスクリーンではなく、旧式のブラウン管式である。机の背後には、トーニチが納めたイランの製油所の大きなカラー写真と、毛筆の「飛び立て世界に、輝く未来」というトーニチ二十一世紀計画のスローガンの額が掛かっている。

「……あ、どうもどうもこれは、亀岡でございますぅ」

立ったまま受話器を取った亀岡は、深々と頭を下げる。関西系の商社らしい前垂れ会話術だ。

「はい、このたびは、大変お世話になります。せっかくの機会ですので、是非ゴルフをご一緒させていただきたいと思いまして。……はい、あとお一方は公使殿に人選していただければと」

電話の相手は日本大使館の公使のようだ。亀岡は、外務省筋にもイラン巨大油田の開発権獲得を根回しすべく動いていた。

「最近は、うちの若い者もゴルフをやらない人間が多くなりまして……ははは、お恥ずかしいことで。……はい、手前どもの方は、わたくしと事務所長がご一緒させていただきます。はい、なにぶんよろしく……はい、どーも、失礼いたします」

亀岡は、小首を傾げるようにして相手が電話を切る音を確認し、受話器を置いた。

翌日の午前中、亀岡は黒塗りの大型乗用車で、石油省に向かった。

石油省は、トーニチの事務所よりさらに南のアヤトラ・タレガニ通りにある。

亀岡の隣りに、テヘラン事務所長がすわっていた。二人ともワイシャツにスーツを着ているが、ネクタイはしていない。一九七九年のイスラム革命以来、ネクタイは西洋の習慣であるとして、イランでは着用されない。

「常務、今朝社内メールで秘書室から届いてました」

テヘラン事務所長がA４判の用紙に印刷した書類を差し出した。

「亀岡常務殿　経営会議資料　対外厳秘」

来週開かれる経営会議の資料だった。

亀岡はページを繰る。

『時価会計、連結会計の導入による、決算の見通しについて』

表題の下の文字と数字を目で追う亀岡の表情が次第に険しくなって行った。

「会計ビッグ・バン」によって、来年（二〇〇〇年）三月期決算から、時価会計や連結会計が導入される。時価会計は、不動産や有価証券などを時価評価し、連結会計は、従来五〇パーセントを超える持株比率の子会社のみを連結対象としていたのを改め、持株比率が低くても親会社の支配力や影響力が強ければ連結対象になる。

トーニチは多くの販売用不動産や子会社を抱えており、「会計ビッグ・バン」の荒波をもろにかぶる。

資料には、来年三月期の連結決算見通しが書かれていた。

「売上　二兆九千六百四十億円
経常利益　六十三億円
当期損益　▲二千四百八十億円
うち特別損失　三千八百九十億円（不動産関係・千六百八十億円、連結対象子会社関係・千二百七十三億円、有価証券評価損・三百五十六億円、貸倒引当金および特別退職金・五百八十一億円）」

「会計ビッグ・バン」の影響で、三千八百九十億円の特別損失計上を余儀なくされるということであった。トーニチの自己資本は約千二百億円なので、大幅な債務超過に陥る。

すでに株価は一ヵ月ほど前に百円を割り、九十円にじりじり近づいている。

「心配するな」

亀岡は書類を閉じ、傍らのテヘラン事務所長にいった。

「うちみたいな大口債務者を潰せば、銀行も返り血を浴びる。本当にこんなに評価損を出さなければならんかどうかもまだ分からんし、万一そうだとしても、メインバンクに債務免除を頼むことになるだろう。ましてやイラン・ビジネスはわが社のクラウン・ジュエルだ」

クラウン・ジュエルとは「王冠の宝石」という意味で、会社の中で最も価値ある部署を指す。

「会社がどうなろうと、イラン・ビジネスは残る。お前は迷わず職務に励め」

「はっ」

大柄な体育会風事務所長はかしこまって頭を下げた。

通りはいつものように渋滞で、車の警笛と排気音が絶えない。トヨタ、日産、プジョー、フォルクスワーゲン、ベンツ、大宇、起亜、ペイカン（イランの国産車）など、様々なメーカーの車が走っている。バイクも多く、歩行者たちは勝手に道路を横断している。

あちらこちらのビルに、ホメイニ師やハメネイ師の大きな肖像画が描かれ、地上を見下ろしていた。イラン・イラク戦争の殉教者たちが天国に行った様子を、色彩豊かに描いた絵もある。道行く女性たちは、真っ黒なチャドルで全身を包んでいるか、スカーフで頭を覆い、丈の長いコートを着ている。

トーニチの車の前を、十文字と入省二年目の鞄持ちが乗った黒塗りの車が走っていた。時おり、鞄持ちがすわった助手席の背凭れを、十文字の革靴が蹴り上げていた。

二台の大型乗用車は、黄色く色づいたスズカケノ木が並ぶヴァリーイェ・アスル通りを南下し、やがて左折してアヤトラ・タレガニ通りに入った。

石油省は、二〇〇メートルほど先にあった。

十五階建ての堂々とした薄茶色のビルである。二階と三階の間の壁に「PETROLEUM MINISTRY وزارت نفت」と金色の大きな文字があり、三階のバルコニーには、ビルの端から端まで、緑白赤のイラン国旗と青いNIOC（イラン国営石油会社）の旗が、ずらりと四十六本翻っている。

四人の日本人は、ビル正面の回転ドアから、二階まで吹き抜けになったロビーへと入って行った。

エレベーターで会議室のあるフロアーに上がり、廊下を歩いている最中、亀岡はすれ違うイラン人職員たちから盛んに声をかけられた。時には、親しげに握手したり、抱擁し合ったりする。イラン、とりわけ石油業界における亀岡の知名度は抜群で、ザンガネ石油相は常々「ミスター・カメオカ・イズ・ジャパンズ・リアル・アンバサダー（本当の日本大使は亀岡だ）」といっている。ただし、亀岡がすべての関係者と親しいかというと、必ずしもそうではない。ザンガネ石油相やOPEC（石油輸出国機構）でイラン代表を務めているホセイン・カゼムプールなど、ウェットな浪花節が通じる相手とは親密だ。一方、米国で博士号を取っているNIOC国際部長のホジャトッラー・ガニミファルドとは頻繁に会っているが、向こうは亀岡をあまり評価していない。また、元石油省次官で、現在はイランの国連大使であるネジャド・ホセイニアンともしっくり行っていない。

四人は会議室の前で、ホセイニ次官ら四人の幹部に迎えられた。

全員口髭や頬髯を生やし、ワイシャツにジャケット姿であった。

「じゃあ、行ってくるよ。指三本だな」

政府同士の会合なので、十文字と鞄持ちの二人だけが会議室に入った。

亀岡とテヘラン事務所長は、隣りの小さな会議室で待つことになった。

「まあ、ここまでお膳立てしたんだから、上手くやってくれるだろう」

亀岡が窓から地上を見下ろしていった。

眼下のアヤトラ・タレガニ通りは六車線の広い通りで、西から東へ走る一方通行の五車線と、反対方向に走るバス路線に分かれている。乗用車、トラック、バス、バイクなどが行き交い、バイクの小うるさい排気音がガラス窓ごしに聞こえてくる交通量の多い通りである。

「あとは、アングロ・ダッチかトタールあたりを、アメリカの盾に引っ張り込みたいところだな」

イランの巨大油田開発には、米国の横槍が予想される。

「そうですね。インペックス（インドネシア石油）や国際石油開発だけじゃ、実力的にもしんどいでしょうし」

「それから地雷の除去が必要だな。あの辺は、イラン・イラク戦争の最前線だったから、地雷がたくさん埋まっている。これをイラン政府に責任持って取り除いてもらわんと」

十文字たちが入った会議室からは、時おり笑い声が聞こえてきていた。

四十分ほどして、十文字たちが戻ってきた。

「いやー、上手く行ったよ！」

十文字も鞄持ちも上気した顔をしていた。

「上手く行きましたか！」

トーニチの二人も満面の笑顔で応じる。

「いやー、あんなに喜んでくれるとは！　もうなんか、感謝感激という感じだったねえ」

「そうっすか、そんなに喜んでくれるとは、予想外のことですなあ」

「やっぱり、指三本のJBIC《ジェービック》の融資が効いたねえ。俺が、サーティー・ビリオン・ダラーっていったら、向こうの四人は目をまじまじと見開いて感激してたからなあ」

その瞬間、トーニチの二人の顔から笑いが掻き消えた。

「サーティー・ビリオン・ダラー？ ……サーティー・ビリオン・ダラーっていったんすか⁉」

亀岡の眉間に皺が寄っていた。

「えっ……そうだけど。だって三十億ドルだろ？」

「サーティー・ビリオン・ダラーは三百億ドルじゃないすか！」

「えっ⁉」

十文字の顔が蒼白になった。「ワン・ビリオンて、一億じゃなかったっけ？」

「ワン・ビリオンは十億ですよ」

大柄なテヘラン事務所長の顔に失望と戸惑いが滲む。

「げっ！ ど、どうしよう……」

十文字の額を冷や汗がだらだら流れ出す。

「すぐにいい直してきなさい！ 大変なことになりますよ！」

亀岡が怒鳴った。

十文字は半泣きで部屋を飛び出して行く。

「ウェイト！ プリーズ、ウェイト！」

悲痛な叫び声が、ドップラー現象となって廊下から聞こえてきた。

5

亀岡や十文字たちが石油省を訪問した日の夕方――

米系投資銀行JPモリソン（JP Morrison & Co.）のシンガポール現法では、コモディティ・チームの幹部たちが集まっていた。

会議は、総勢三百人が働く広々としたトレーディング・フロアーの壁沿いにあるガラス張りの部屋で行われていた。

「……やっぱり、貯蔵タンクは必要か？」

チームのトップを務める眼鏡に鬚面のアメリカ人の男がいった。

楕円形のテーブルを十人余りの男女が囲んでいた。

「いちいち現物を買ってきてデリバリー（引き渡し）してると、手間もコストもかかってしょうがない。試算してみたが、タンクを買うか借りるかしたほうが安い」

南アフリカ系白人の石油トレーダーが答えた。

「タンクを持ってれば、キャッシュ・アンド・キャリーもできる」

キャッシュ・アンド・キャリーとは、現物を買うと同時に先物を売る裁定取引である。保管費用や金利負担といった経費を含めて現物を期日まで所有するコストの方が先物価格より低ければ、確実に儲かる。

「だいたいタンクの一つも持ってなきゃ、価格操作もできん」

別のトレーダーがいった。

「先物だけじゃ影響力もしれてるからな」

シンガポールの石油市場の取引はNYMEXなどに比べれば量が少ないので、価格操作が容易だ。特に「プラッツ・タイム」と呼ばれる午後五時から五時半にかけて、プラッツ（Platts＝米国マグロウヒル・グループのエネルギー商品市況情報会社）のスクリーンで取引が集中的に行われるので、投機筋などが意図的な売りや買いを入れてくる。

「タンクがあれば、客から現物を預かって、それを担保にデリバティブ取引をやることもできる。セールスにとっても、品揃えが多くなって有難い」

セールスチームの幹部のシンガポール人がいった。

「モルガン・スタンレーなんかは、全米にタンクを持って、ユナイテッド航空をはじめとするエアラインに固定価格で燃料を供給している。我々も航空会社に食い込むには、タンクが必要だ」

真ん丸いフレームの眼鏡をかけた小柄な秋月修二がいった。

固定価格で供給するということは、裏でデリバティブ取引をやって鞘を抜いているということだ。秋月の頭には、ジェット燃料の大口買付をしているチャイナ・エイビエーション・オイル（中国航油料）のことがあった。

会議が終わって秋月が席に戻ると、日本の石油元売会社の自給部の課長から折り返し電話がほしいと、ヤフー・メッセンジャーで連絡が入っていた。

時刻は、午後六時半を回ったところである。

この時刻の電話は、実際の取引より、相場見通しなど情報収集目的が多い。

「……相変わらず弱いですねえ」

東京で残業をしている相手はぼやくような声。「今売ってもクラックは、ケロシンが四ドル九十九（セント）、ガスオイル（軽油）が三ドル四（セント）ってとこですか」

クラックとは、石油製品と原油との価格差（クラック・スプレッド＝製油所マージン）のことで、この幅が開かないと、元売りは儲からない。

石油元売会社は、原油を購入して自社の製油所に投入した場合、ナフサ、ケロシン、軽油、重油などがどれくらいの比率で得られ、それを販売すると利益はいくらになるかという線形分析（リニア・プランニング）を常に行い、それにもとづいて購入する油種を決めたり、価格ヘッジをしたりする。その際、重要な指標となるのがクラック・スプレッドだ。

「まあ、一時に比べりゃマシですけどね」と秋月。

石油価格は昨年（一九九八年）十二月から一月にかけてどん底で、シンガポールで主に取引されているドバイ原油は十ドル割れした。クラック・スプレッドも縮まって石油会社の収益は圧迫され、その影響でＵＢＳやメリルリンチなどがばたばたとエネルギー・デリバティブ部門を閉鎖した。

「今日はガスオイルのスワップが上がったみたいですけど、理由はなんですか？」

「ヒンリオンと中国系らしいですよ」

HIN LEONG（PTE）LTDは地場の仕手筋である。中国系はユニペック、チャイナオイル、チャイナ・エイビエーション・オイルなど中国の国営企業の子会社。彼らは中国政府に禁じられているにもかかわらず投機行為をやっている。日本のバイヤーは安定供給重視で価格は二の次だが、中国人たちは根っからの商人気質だ。

「ところで、油価はそろそろ頭打ちですかねえ？」

ドバイ原油は、今年二月頃からじりじりと上昇に転じ、現在二十一ドル前後。

「いや、長期的には、さらに上昇する可能性があると思いますね」と秋月。

「ほんとですか？」

石油元売会社の課長は意外そうな声。

OPECのシェア拡大路線によって引き起こされた一九八六年の「逆オイルショック」以来、原油価格はほぼ十ドル台で推移してきた。

「原油は永遠に安いと思って、消費者が湯水のように石油を使い、生産者が油田への投資を怠ってきた。そのツケが、近いうちにやってくるような気がしますねえ」

秋月は預言者のような口調でいった。

「原油価格の低迷で産油国政府は財政が逼迫し、油田投資に消極的でしょう？　メジャーを中心とする大手石油会社も、巨額の資金と長い期間を要する開発投資は『逆オイルショック』のトラウマがあって、油価が二十〜三十ドルにならないとやろうとしない」

現在、米連邦取引委員会の審査を受けているエクソンとモービルの合併も、「逆オイルショック」で受けたダメージが遠因になっているといわれる。

「一九八〇年代以降に発見された一〇〇万バレル級の油田は、カザフのカシャガンだけ。しかも、どの程度採掘可能か疑問符が付く。一方、北米や北海の既存の油田は採掘量が減り、枯渇に向かっている」

昨年（一九九八年）の世界の原油需要は日量七三六〇万バレル、供給は七五六〇万バレルで、供給が二〇〇万バレル多かった。今年は、需要が二・二パーセント増えて七五二〇万バレルとなる一方、供給は一・九パーセント減って七四二〇万バレルとなり、需要と供給が逆転する見通しである。

「ＯＰＥＣの余剰生産能力も年々失われてきてます。今後数年間で、原油の需給は相当逼迫して、価格押し上げ要因になると思いますよ」

世界の原油の四割を生産するＯＰＥＣの余剰生産能力は、一九八五年には日量一五九〇万バレルあったが、一九九〇年には八六五万バレル、一九九五年には六三三万バレルと急低下し、現在は一五〇万バレル程度しかない。

「ほんとに、そんなことになるんですかねえ」

相手はまだ信じられないといった口調。

「それから中国です。あれだけでかい国が、あれだけの急成長を続けていれば、必ず世界のエネルギー市場に重大な影響を及ぼしますよ」

中国は世界第六位の産油国で、以前は石油を自給できていた。しかし、一九九一年以来毎年一〇パーセント近い経済成長率とそれに伴うモータリゼーションで、一九九三年に石油製品、一九九六年に原油の純輸入国に転じた。

「とにかく需給は確実にタイトになります。そうなると価格は上がらざるを得ません。慌てて増産しようと思ってもどうにもなりません。油田の開発には最低でも数年はかかりますから。こないだファースト・オイルが出た『サハリンB』だって、話が具体的になってから十三年ですよ」

「うーん……」

電話の向こうで相手が考え込む。

トレーディング・フロアーのガラス窓の向こうのマラッカ海峡に夕闇が迫りつつあった。緩やかに弧を描く水平線のあちらこちらで、無数のサーチライトが光っている。

煌々と蛍光灯が点るトレーディング・フロアーでは、社員たちが帰宅を始めていた。

「話は変わりますが、最近邦銀さんのコモディティ部隊はどうですか？」

秋月が訊いた。

去年の十二月に銀行法十四条が改正され、邦銀は原油、金属、穀物などを原資産とするデリバティブ取引をやれるようになった。大手行は相次いでコモディティ・デリバティブ・チームを立ち上げている。

「ぼちぼちって感じですね。外資系や石油会社から人を雇ったりしてるようですが。……秋月さんも声がかかるんじゃないですか？」

「さあ、どうですか」

翌日の晩——

秋月は香港にいた。香港企業へのセールスのための短期出張だった。

中環《セントラル》の太古廣場《パシフィック・プレイス》に聳えるJWマリオット・ホテル（萬豪酒店）の大理石の床は、鏡のように磨き上げられ、制服姿の香港人従業員たちがきびきび働いている。

四階にある広々としたラウンジバーで、秋月は一人ワイングラスを傾けていた。カリフォルニアのナパ・バレーの赤は、芳醇なブーケの香りがする。

二階分が吹き抜けの大きなガラス窓の彼方に、夜の帳《とばり》が下りつつあるヴィクトリア湾がパノラマになっていた。対岸の尖沙咀《チムサチョイ》のビル群が、無数の宝石のように燦めき、屋上にCANONやPCCW（電訊盈科）の真っ赤なネオンサインが点っている。

（あの日の光景に似ているな……）

「ミスター・ファイブ・パーセント」こと住之江商事の元非鉄金属部長、浜川泰男に最後に会ったのは、一九九六年五月のある晩のことだった。

場所は、品川駅近くにある航空会社の会員制バーラウンジだった。

「……私もトレーディングが長くなったのでね。異動は単なる人事上のローテーションですよ」

ラウンジのソファーで、大きなフレームの眼鏡をかけた細面の浜川は、いつもと変わらぬ穏やかな口調でいった。

高層階にある窓の外の夕闇の中で、都心のビル群が宝石のように瞬《またた》いていた。

当時、秋月は住之江商事の非鉄金属部を辞めて七年目で、米系投資銀行で原油のトレーダーをやっていた。その直前に、浜川がトレーディングを離れ非鉄金属部長付になったという情報が市場を駆け抜け、四日間で銅の相場が一五パーセントも落ちていた。ニューヨーク本社の審査部が「浜川は独断で取引をやっていたのではないか」と心配し、秋月ら三人に様子を見て来るよう命じた。

「私の異動で相場が下がって、部下だった連中が苦労してましてね。困ったもんですよ」

浜川は少し寂しそうな表情で、トレードマークのタバコをくゆらせた。

傍らで、浜川の上司である住之江商事の常務が水割りのグラスを傾け、和服姿のウェイトレスが赤絵の草花模様の皿に盛った手鞠寿司をテーブルの上に並べていた。

「そういえば、秋月君に会うのも久しぶりだねえ」

浜川は秋月に視線を向けた。一九八三年に大学を卒業し、住之江商事に入社した秋月にとって浜川は雲の上の存在だった。

旧住之江財閥は、愛媛県の別子銅山を発祥の源とする。しかし、住之江商事の銅地金チームは万年赤字で、非鉄金属本部のお荷物といわれていた。一九八四年に浜川の前任者がいったん黒字に転換させたが、二年後に簿外取引で約六十億円の損失を出したまま会社を辞めた。ポジションを引き継いだ浜川は、ロンドンやニューヨークに注文を入れるため、毎日夜中の三時まで働き続けた。しかし、華やかな名声とは裏腹に、損失は雪だるま式に膨らんで行った。

「あの様子は、普通じゃない」

浜川たちと別れた後、秋月は一緒にいた東京支店の銅のトレーダーと、ロンドンからやって来たコモディティ部門の責任者にいった。浜川の白髪の多さと、常務の落ち着きのない視線が秋月の頭の中の警鐘を鳴らした。

しかし、二人の同僚は、

「いや、話の辻褄は合ってる。ただの異動だろう」

と主張して譲らなかった。

二人は、自分たちがやった住之江商事との取引が問題視されることを怖れていた。資金繰りに窮した浜川に、イン・ザ・マネー、すなわち、行使すれば直ちに利益が出るプットオプションを大量に売らせ、オプション料を払って当面の資金繰りをつけてやり、半年後にそのオプションを行使して巨額の利益を上げる取引を繰り返していた。

翌月、住之江商事は、銅の不正取引で約十八億ドル（約千九百六十億円）の巨額損失を出したと発表した。事件前にトン当たり二千七百十五ドルだった銅の価格（ロンドン金属取引所三ヵ月先物価格）は、千七百四十五ドルまで暴落した。

秋月がいた投資銀行は、浜川に権限がないことを知ってオプション取引をやったとして、住之江商事から訴えられた。総額七億三千五百万ドルの損害賠償訴訟は、現在ニューヨーク南部地区連邦地裁で進行中である。

（……やはり、CAOも気をつけた方がいいな）

香港のJWマリオット・ホテルの広々としたラウンジバーで、手にした赤ワインのグラスを見詰めながら、秋月は胸の内で呟いた。

CAO（中国航油料）の取引に対し、昨年暮れ頃から審査部門が「中国の国営企業は投機目的のデリバティブ取引はできないはずだ」と再三疑問を呈していた。秋月は「何の問題もない」と突っぱねていたが、ここのところチェン・ジウリンは投機的ポジションをさらに大きくし、収益追求に突っ走っていた。

（ウルトラ・ヴァイラスでやられても、つまらんからな……）

「ウルトラ・ヴァイラス（ultra vires）」とは、「権限踰越」と訳される英米法の原理である。一九九〇年代前半に、クラインオート・ベンソン（英国の老舗マーチャント・バンク）などの金融機関が、英国の地方自治体とスワップ契約を結んだが、地方自治体にスワップを行う権限が法律上与えられていなかったため、裁判でウルトラ・ヴァイラスであるとして契約は無効にされ、金融機関側は大損を蒙った。

（念書と取締役会議事録ぐらいは取っておくか）

椰子や火焔樹の先の夕闇の湾で、白い浪を引いて往き交うスター・フェリーや豪華客船を眺めながら、秋月は心を決めた。

6

秋月が、ＣＡＯから念書類を取ろうと決めて間もない、一九九九年十月中旬――

「サハリンＢ」プロジェクトの最大の株主（出資比率三七・五パーセント）である米国のアキレス・オイルのＣＥＯが退任することになった。「サハリンＢ」を、自分の子供として手塩にかけて育ててきた石油エンジニア出身の六十五歳のアメリカ人であった。

後任は、親会社である米国の大手鉄鋼メーカーのＣＥＯが暫定的に務めることになった。こちらはペンシルベニア州南東部のレディングで生まれ、製鉄の街、ピッツバーグの大学で生産管理工学の学位を取り、同鉄鋼メーカーに入社した生粋の鉄鋼マンだ。年齢は五十七歳である。

「プロジェクト・ロベルタ」という社内コード名まで付けて「サハリンＢ」のオペレーターシップを虎視眈々と狙っていたアングロ・ダッチ石油は、これを千載一遇のチャンスととらえた。

その年の十二月、アングロ・ダッチ石油で探鉱・開発部門のトップを務める五十四歳の英国人がワシントンを訪れ、アキレス・オイルの新CEOとステーキ屋で食事をした。

その結果、「サハリンB」のオペレーターシップを譲る基本的合意がなされた。見返りとして、アングロ・ダッチ石油は、①BPアモコがオペレーターを務める北海のフォイナーヴェン鉱区におけるアングロ・ダッチ石油の持分二八パーセントを譲渡、②メキシコ湾の八つの鉱区での生産に対する三・五パーセントのロイヤルティ支払い、③アキレス・オイルが負担した「サハリンB」の経費の一部、約四千万ドルを肩代わりする。

アキレス・オイルは、多額の資金負担と長期の回収期間を要する資産を、すぐにキャッシュフローを生み出す資産と交換したのだ。低迷する油価に耐えられず、将来の収益を放棄して、目先の利益追求に走った格好である。

「サハリンB」は、去る九月に最初の原油六〇万バレルを、タンカーで韓国の製油所に積み出す画期的な一歩を記したがまだ多くの不安要因を抱えていた。アキレス・オイルが、そうした不安定な資産を処分し、米国に近いメキシコで現金を生み出す権益と交換することは、四半期ごとに結果と配当を求める米国の株主の希望に沿うものだった。

「サハリンB」がこの時点で抱えていた主な問題点は、以下の通りである。

①世界的な原油価格の低迷で、プロジェクトの採算性が不透明なこと。

②ＬＮＧの買い手の目処が立たないこと。
③プロジェクトの根幹となるＰＳＡ（生産物分与契約）に矛盾するロシアの法律が多数あり、それら法律の改正（legal stabilization）が必要なこと。
④ＰＳＡでは、「サハリンＢ」がプロジェクト遂行のために購入する資機材に関し、ロシアのＶＡＴ（消費税二〇パーセント）が免除される取り決めになっているにもかかわらず、サハリン州税務当局が課税し、その額が三十億円を超えていること。

第五章　ハタミ大統領来日

1

二〇〇〇年五月――

「サハリンB」の財務委員会が、東京・大手町の東洋物産本社で開かれていた。

「……Our Friends Greenpeace visited Molikpaq and complained virtually on everything.

(我々の友人のグリーンピースが『モリクパック』にやって来て、プロジェクトのすべてが気にくわないと文句をいったそうだ)」

アングロ・ダッチ石油の社員で「サハリンB」のプロジェクト・ファイナンス・マネージャーを務めているイアン・ジョンストンがいった。ひょろりと背が高い年輩のイギリス人で、いつも人を食ったような微笑を浮かべている。

「なになに……」

会議用テーブルの中央にすわった初老の日本人男性が眼鏡を外し、配られた資料を読む。東洋物産から出向しているサハリン・リソーシズ・デベロップメント社のCFOだ。

二ページの資料は、「サハリン環境ウォッチ（Sakhalin Environmental Watch）」という地元の環境団体が、「できるだけ多くのマスコミ関係者に転送して下さい」と送信したEメールのコピーだった。

「……on 15th May the Greenpeace ship Arctic Sunrise approached the giant Molikpaq oil platform……（五月十五日に、グリーンピースの船『北極の日の出』号が巨大なモリクパックに近づいて……）」

白髪のCFOは大きな声でメールを読み上げる。

「しかし、あの辺の海はまだ流氷があるよなあ？」

CFOがジョンストンの方を向く。

「『北極の日の出』号は氷海でも進めるそうだよ」

ジョンストンが手元の資料に視線を落とす。

「全長四九・六二メートル、重量は九四九トン……連中が使い始めるまでは、捕鯨用の船だったとさ」

何人かが笑った。グリーンピースは捕鯨に断固反対だ。

『北極の日の出』号は、モリクパックから七〇〇メートルの地点まで近づき、活動家たちが三つの高速ボートに分乗し、「No More Oil」「Ниет《ニエット》 Загрязнению《ザグリャズニェーニュ》 Морей《モーレイ》（海を汚すな）」と書かれた旗を振って抗議したという。

「……モリクパックが設置された海底から、一四万立方メートルの泥が掘られ、オホーツク海に投棄された。このため、生まれたばかりの魚の生存が困難になり、また、漁業にも悪影響を与えている」

CFOがEメールを読む。

「えー、さらに問題なのは、モリクパックの内部の重石にするため、海岸に近い場所の土を四〇平方キロにわたって掘り、エビやカニの棲息に悪影響を与えた。また、モリクパックの基礎と周囲を補強するため、ナホトカ港から取った何十万立方メートルもの石を海中に沈め、漁業や、絶滅の危機に瀕しているコククジラの生存に悪影響を与えた」

会議用テーブルにすわった二十人余りの人々が手元のコピーの文字を追う。

「……さらに情報が必要な方は、サハリン環境ウォッチのディミトリー・リシツィンにご連絡下さい、か。……なるほど」

初老の日本人CFOが、眼鏡をかけ直す。

「で、この後はどうなったの？」

「グリーンピースが、サハリン・リソーシズ社に面会を申し入れてきました」

サハリン・リソーシズ社内でプロジェクト・ファイナンスを担当している若いオランダ人女性がいった。「会うといったら、ロイヤー（弁護士）、エンジニア、プレスオフィサー（広報担当者）を連れてくるというので、結局、面会は取りやめにしました」

「そりゃ、会ったらサンドバッグにされるわなあ。……ところで、質問なんかはしてこなかったの？」

「モリクパックの構造に関して、純技術的な質問があったので、それには回答しました」

「これ見ると、連中は、主に土砂の海中投棄を問題視してるようだな」

日本人CFOがEメールのコピーに視線を落とす。

「我々は彼らのメイン・ターゲットにはなっていないようです」

オランダ人女性がいった。

「グリーンピースは、我々が何か法律に違反してることに抗議しているわけじゃなく、要は、石油やガスのプロジェクト全般に反対ということなんでしょう」

五井商事の財務部の男がいった。カズオ・カワサキがデザインした横長のフレームの上半分が黒縁の眼鏡をかけた今風の商社マンである。

「彼らの主張にポイント・トゥ・ポイント（一点一点）で反論すると、相手のペースに乗せられるから、気をつけた方がいいだろうな」

ジョンストンの言葉に、一同が頷く。

「何かプレスリリースしたほうがいいかな？」

誰かがいった。

「いや、プレスリリースは、ロシア側（州政府、連邦政府）に事前合意を取ったりしなけりゃならないからやめておこう。話がややこしくなる」

日本人CFOがいった。

「まったく、環境団体の奴らは、文句をつけるのが仕事だからなあ」

東洋物産の男が忌々しげにいった。「あいつらだってゴミ出して、車に乗って排気ガス出してるのに、そういうことは無視して、我々がやってるようなことだけに文句をいってくる。無責任な連中だよ！」

「まあ、地元の住民は、グリーンピースがどこから来た何者で、何をやろうとしてるかなんて全然気にしてないよね」

とジョンストン。「財務委員会サイドで一番問題になるのは、レンダー（融資金融機関）との関係だろう」

第一フェーズのレンダーは、日本輸出入銀行（現・国際協力銀行）、欧州復興開発銀行（EBRD）、米国海外民間投資公社（OPIC）の三社だった。

「最低限、環境団体からどんなコンタクトがあったか、レンダーから知らせてもらうようにしようよ」

ジョンストンの言葉に、一同が頷いた。


ミーティングが終わった後、金沢はジョンストンや財務部の若手と一緒に、内堀通りを徒歩で日比谷の方向に向かった。ロンドンから出張でやって来たジョンストンはパレスホテルに宿泊しており、会社に戻る金沢らと帰る方向が一緒である。

皇居の新緑を爽やかな風が吹き抜けていた。

「第二フェーズのファイナンスをやるときはさあ……」

背の高いジョンストンが、先ほどの会議を思い出したようにいった。「グリーンピースだけじゃなく、他の環境団体や漁連と相当話し合いをしなけりゃならないだろうなあ」

金沢らが歩きながら頷く。

原油生産が始まったことで、「サハリンB」は日本国内でも注目を集めるようになった。

「ナホトカ号事件があったから、北海道の漁連が特にナーバスですよね」

と財務部の若手。

三年前（一九九七年）の一月に島根県隠岐島沖で、一万九〇〇〇キロリットルの暖房用C重油を積んだロシア船籍のタンカー「ナホトカ号」が沈没し、石川県から島根県までの海岸線を汚染した。のべ六十三万人の自治体職員とボランティアが重油回収作業に従事する騒ぎになり、漁業に甚大な被害をもたらした。

「僕らも前科一犯だしなあ」

ジョンストンが苦笑した。

昨年（一九九九年）九月二十八日の未明に、「サハリンB」は原油流出事故を起こした。貯蔵タンカー『オハ号』をブイと繋いでいたロープが切れて『オハ号』が流され、モリクパックから『オハ号』に原油を送る太さ約三二センチ、厚さ一・三センチ、長さ約二キロの送油管が外れた。海中への原油流出量は、サハリン州国家環境委員会の報告では約一・五トンで、小規模な事故だった。しかし、北海道のオホーツク海沿岸漁民は衝撃を受け、ただちに網走漁協が中心となって「サハリン油田・油濁事故対策水産関係連絡会議」を立ち上げた。サハリン・リソーシズ社も十月中旬北海道庁を訪問し、事故の概要や安全対策について説明した。

「国会でも質問されましたしね」

財務部の若手がいった。

昨年八月に、当時野党だった公明党の議員から、「サハリンB」に関する質問主意書が提出された。原油流出事故に対する政府の危機管理体制を問い質した他、地元の自治体や漁民の意見を取り入れることなく、輸銀の判断だけで「サハリンB」に対する融資を決定するのは問題ではないかと指摘した。

「主意書が出ると閣議決定して回答しなきゃならないから大変だって、JBIC《ジェービック》の人たちがぼやいてましたよ」

質問主意書は、国会の会期中に国政一般について質問するもので、内閣は七日以内に答弁しなくてはならない（国会法第七十五条）。

「回答はJBICが作るわけ？」

金沢が訊いた。

「あのときはJBICの融資に関する質問が中心でしたから、JBICの担当部で下書きを作って、主管庁のMOF《モフ》（財務省）と相談してやってましたね」

「ふーん……JBICを狙い撃ちしてくるなんて、ツボを心得てるね」

「たぶん、どこかの環境団体が入れ知恵してるんだと思いますよ」

「あの主意書、英語とロシア語でしか作成されてないサハリン・リソーシズのOSCP（Oil Spill Contingency Plan＝油流出事故対策計画）を読み込んで、流出油を海上燃焼処理するのはロシアの法律で禁止されているのではないかなんて書いてあって、とても国会議員が自分で作ったとは思えないよなあ」

「『アース・ウィンズ』あたりが下書きして、議員に説明してるんじゃないですか」

「アース・ウィンズ（Earth Winds）」は、世界的環境団体で、東京に日本支部がある。

大手門前の交差点を渡ったところで、ジョンストンが、

「じゃあ、明日七時に」

といって、パレスホテルの永代通り側の自動扉を入って行った。

金沢は明朝、築地市場を案内することになっている。

五井商事の二人は、永代通りを東京駅の方向に進み、次の角を右折して日比谷通りに入った。道の両側に丸の内のビル群が建ち並び、左手前方に東京三菱銀行の巨大な白亜の本店が聳えている。

「ところで、さっきの『アース・ウィンズ』って、結構名前を聞くね」

金沢がいった。

「日本支部代表の女性はちょっとした有名人ですよ。プロジェクト・ファイナンスを狙

い撃ちできる知識のあるＮＧＯはあまりないですから」

財務部の若手がいった。

「どんな人？」

「年の頃は三十代後半ですかね。学生時代にスーパーでアルバイトしてて、賞味期限切れの商品が大量に捨てられるのを見て、その道に入ったらしいです。イギリスのシェフィールド大学の大学院で環境学のマスター（修士）を取ってます。大きな案件をやればマスコミや国会議員が取り上げてくれるのに気付いて、ＪＢＩＣの案件を重点的にやるようになったようです」

「会ったことある？」

「一度だけあります。『あなたがたは、金儲けのことしか考えていない！』と激しく詰《なじ》られました。物いいに容赦がないんで、ＪＢＩＣの人たちも苦手みたいです」

「へーえ」

「ただ、海外の大学院を出てるだけあって、プレゼンが上手くて、国会議員なんかは感銘を受けるようです。政府を攻撃するいい材料になるんで、民主党なんかも、結構話に乗ってるようですね」

「そのうち、選挙にでも出るのかね？」

「そういう噂も聞いたことがあります」

金沢が頷く。

「あいうNGOの人たちって、個人としては、何を目指してるのかね？」

「人によって様々じゃないですか。名声を目指している人もいるだろうし、純粋に環境を守りたいと思ってる人もいるだろうし、その両方もいるだろうし……。アメリカのNGOなんかは、『一緒に共同研究やろう。ついてはこれだけ金を出してくれ』とストレートにいってくる団体が多いですけど、日本のNGOの人たちは、どちらかというと純粋な感じがしますね」

「純粋ね……」

金沢は、ロサンゼルスの大学で、ボランティアをしながら、環境学を勉強している妹のとし子を思い出した。


翌朝、金沢はアングロ・ダッチ石油のジョンストンを、築地市場に案内した。

昭和十年に開業した市場（中央卸売市場築地市場）は、黒い鉄骨の上にトタン屋根を乗せた巨大な空間である。「堀富水産」「まぐろは大善」「大辰魚類」「浦安佃甚」といった看板を掲げた店が、煌々と輝く電球の下で、ありとあらゆる水産物を商っている。

赤い身のキンキ、でっぷりと量感のあるトラフグ、砲弾のように身の締まった鯖、銀色に光る鰯、四国の釣りアジ、大分の釣りアジ、大振りの鯛、赤茶色のなまこ、剣先のように尖ったヤリイカ、鮮やかな朱色の甘エビ、おが屑の中でもがく毛蟹、明太子、うに、いくら、イセエビ……。

「はい、ヤリイカ一皿」「今日は何個？」「お早うございまーす」「なんか白身はないすかねえ？」「何キロ？」「お待ちー」といった会話があちらこちらで飛び交っている。

働く男たちは、ゴムの前掛けにゴム長靴姿。白い割烹着姿の寿司屋や料亭の店員が、竹で編んだ大きな籠を提げて買い出しをしている。

「築地に来たのは初めて？」

金沢が訊いた。

「うん。僕の兄貴は来たことがあるけど」

アナゴを包丁でさばく様子を眺めていたジョンストンが答える。

「へえ。観光で？」

「いや、兄貴は魚の輸出をやっててね。昔、スウェーデンからランプフィッシュっていう魚の卵を買い付けて、日本の業者に売ってたんだ」

ランプフィッシュはダンゴウオ科の魚である。

「それに日本の業者が黒い色を付けて『ランプフィッシュ・キャビア』という名前で売ったら、すごく売れて儲かったんで、兄貴とスウェーデンの業者を日本に招待してくれたんだ」

ジョンストンはくすくす笑った。

「ほとんどの日本人は本物のキャビアを知らないからね」

金沢も笑う。

「築地でスウェーデンの業者が、瓶詰めの『ランプフィッシュ・キャビア』を見て、『おお、こんないい値段で売れているのか！』と驚いてたんで、兄貴も日本の業者と一緒ににこにこしてたら、スウェーデンに帰国した途端値上げしてきたんで参ったといってたよ」

二人は大笑いした。

コンクリートの床は、魚臭い水で濡れ、前部に円筒形のエンジンが付いた三輪自動車「ターレー」がけたたましい音をたてて走り回っている。手で魚の箱を運ぶ人、荷台に乗せて引っ張る人、自転車で走り回る人、箱を積み下ろしする音、水たまりをじゃぶじゃぶ歩く足音、長靴が床をこするキュッキュッという音、凍ったマグロを切るカンカンカンという音……。

「美味そうな魚を見たら、腹が減ってきたね」

ジョンストンがいった。

「そろそろ朝飯にしますか？」

市場を出たところに『魚河岸横丁』という寿司屋や鰻屋が集まった一角がある。

「すいませーん。これお願いしまーす」

傍らで声がした。

見ると、いかにも人のよさそうな顔つきの青年が紙切れを差し出していた。

B5判の小さなクリーム色のチラシだった。

金沢は受け取って視線を落とす。

「魚か油か⁉」という大きな文字。その下に、海中に石油掘削リグらしい櫓《やぐら》が立ち、そこから油が漏れて、魚や貝が黒くなっているイラストが描かれていた。

（何だ、これは⁉）

イラストの下に日本語で説明書きがあった。

「サハリン島で今、サハリンBという石油プロジェクトが進められています。日本の東洋物産と五井商事が、英国のアングロ・ダッチ石油と組んで進めている大型プロジェクトです。石油は大型タンカーで日本やアジアに運ばれます。昨年九月、このプロジェクトから海中に油が漏れるという事故が起きました。オホーツク海は、世界で最も豊かな漁場の一つです。日本人は、カニ、エビ、タラなど、オホーツク海の恵みを受けてきました……」

プロジェクトに警鐘を鳴らし、環境保護を訴えるNGOのチラシだった。

NGOの名前は「アース・ウィンズ・ジャパン」。

チラシを配っているのは、カジュアルな服装をした日本人の男女三人とロシア人らしい男の計四人だった。ロシア人らしい男は、サハリン州の環境団体の人間と思われる。

「はい、ご苦労さん」

「頑張ってねー」

市場の人たちがチラシを受け取って読んでいた。

「これ、僕らのプロジェクトのことが書いてあるのか？」

チラシを手にしたジョンストンが訊いた。

2

その年の夏――

金沢は、五井商事の常務（燃料本部長）の鞄持ちで、ユジノサハリンスクに出張した。上司のサハリン・プロジェクト部長も一緒だった。

三人は、共産党大通り（カムニスティーチェスキー・プロスペクト、旧名・神社通り）の中ほどで黒塗りのトヨタクラウンを降りた。

「なかなか立派な建物じゃないか」

灰色のビルを見上げて常務がいった。五階の屋上に、白、水色、赤のロシア国旗がへんぽんと翻っていた。正面入り口脇に「АДМИНИСТРАЦИЯ《アドミニストラツィヤ》 САХАЛИНСКОЙ《サハリンスコイ》 ОБЛАСТИ《オブラスティ》（サハリン州政府）」の文字と、双頭の鷲がある金色のプレートが取り付けられている。

「土曜日も働いているとは、相当なワーカホリックだね」

「彼はサハリンをブルネイにしようという野望を持ってますから」

サハリン・プロジェクト部長がいった。

正面入り口を入ると、エックス線検査のゲートがあり、緑色の制服を着た若い男の警備員がいた。

休日のビル内は、人影がほとんどない。

三人は、サハリン州知事イーゴリ・パヴロビッチ・ファルフトディノフに、執務室で迎えられた。四角い顔、広い額、大きな鼻。やや灰色がかった大きな目は強い意志の光を宿している。年齢は五十歳。知事に就任して六年目で、全身から自信と精気が発散していた。

「Так《タク》, Вы《ヴィ》 приехали《プリエハリイ》 сюда《スュダー》 как《カク》 член《チリエーン》 японской《イポンスコイ》 экономической《イカノミーチェスコイ》 делегации《デェレガーツイ》?

(今回は、日本の経済団体のミッションで来られたのですな?)」

ソファーにすわった知事がいった。見かけ通りの太い声である。

傍らにすわったロシア外務省の男性通訳が日本語に訳す。

「はい。投資促進ミッションということで、州当局との会議の他に、水産加工場や発電所を視察させてもらいました」

常務が答え、灰色のスーツ姿の知事が頷く。

「ところで、ノグリキの発電所の件は、どうなのかね?」

しばらく四方山話をした後、知事が訊いた。

知事は、モリクパックで生産される原油とともに噴出する随伴ガスを、北サハリンのノグリキにある発電所で使えるようにしてほしいと要望していた。

「検討したのですが……」

事前に説明を受けていた常務が、残念そうな顔でいった。「率直に申し上げて、難しいです。随伴ガスは油層に戻さないと、圧力が低下して採掘量が減ってしまいます」

知事は顎の下を手で触りながら、渋い表情になる。

十月に再選を賭けた知事選を控えており、州民の目に見える成果を示したいと切望している。

「その代わりといってはなんですが、年末に予定されていた地下資源利用料を来月、前倒しして払わせていただきます。それから、漁民への補償金は今月払います」

知事が頷く。

サハリン・リソーシズ社は、一九九七年以来毎年二千万ドルをサハリン州政府が運営する「サハリン開発ファンド」に寄付している。また、道路、橋、港湾、空港の改修も行なっている。こうした投資は、知事が手柄にしやすいよう、タイミングを考慮しながら実施している。

「開発計画の方はどうなのかね？」

知事は、「サハリンB」の第二フェーズの開発計画（設備内容、投資額、スケジュール等）を提出するよう求めていた。開発が本決まりになれば、一万人以上の地元民の雇用など、大きな経済効果が期待できる。

「そちらのほうは、ガスの販売次第という状況です」

「まだ目処が立たないのかね？」

「残念ながら」

石油と違ってガスはスポット販売ができない。一方、日本や韓国などの大口需要家は、数年先まで供給元を確保しており、「サハリンB」のガスに興味を示していない。

「なるべく早く販売に目処をつけて、開発に着手してもらいたいものだな」

「努力します」

「それから、これは以前からお願いしていることだが、石油とガスのパイプラインはかならず陸上パイプラインにして、島の南まで持ってきてほしい」

「その点は、重々承知しています」

「わたしは、プロジェクトに関しては、何でもサポートする。だから、この点だけはくれぐれもよろしく頼む」

知事が重ねていい、五井商事の三人が頷く。

「ところで、以前からお願いしているリーガル・スタビライゼーション（legal stabilization）の進み具合は、いかがですか？」

常務の傍らにすわったサハリン・プロジェクト部長が訊いた。頭髪をオールバックにした、やや小柄な男性である。

ロシアの法体系は複雑で、ＰＳＡ（生産物分与契約）と矛盾する法律が多数あり、それらの改正が必要だ。たとえば、独占禁止法は、民間企業の石油・ガス施設を、政府が定めた価格（料金）で第三者に使用させる権限を政府に与え、ガス供給法は、民間のガスパイプライン会社が輸送するガスを、政府が定めた価格（料金）で第三者に強制的に売る権限を政府に与えている。こうした法律の矛盾は五十近くある。

「その点については、大統領の指示で、関係省庁の会議が先週モスクワで開かれたところだ」

知事はぎょろりとした目で、五井商事の三人を見た。

会議には、課税省、大蔵省、法務省、燃料・エネルギー省、天然資源省などの幹部が出席し、三十日以内に、リーガル・スタビライゼーションのための法案を作ることが取り決められたという。

「税務当局が違法に課税しているVAT（消費税）も、きちんと払い戻すよう、政府の命令ないしは決定を出すよう進めている」

VATはもう一つの大きな問題である。プロジェクト遂行のために購入する資機材については、ロシアのVATが免除される取り決めになっているにもかかわらず、サハリン州税務当局が課税していた。

「VAT問題は『サハリンA』でも起きているので、早急に解決したいと考えている」

知事の言葉に五井商事の三人が頷く。

二つのプロジェクトで違法に徴収されたVATの総額は七千万ドル（約七十五億円）に達している。

「ところで、最近環境団体がサハリンのプロジェクトに目をつけて騒ぎ出してるようですが、州政府の方にも何かいってきてますか？」

サハリン・プロジェクト部長が訊いた。

知事はいかにも軽蔑したようにふんと鼻を鳴らした。

「環境団体が何をいおうと関係ない」

骨太の風貌のロシア人は強い口調でいった。

「サハリンの自然と資源を守る第一の責任者はわたしだ。そのわたしがプロジェクトをやるといってるんだ。環境団体か何か知らんが、よそから来た連中が口出しする筋合いの話ではない」


その日の夕方——

「……きみたちは、いつもこんな美味いもん食べてるのかね？」

常務がからかうようにいった。

スラックスに半袖シャツ姿で、焼きたての牛肉やソーセージを盛った皿を手に持っていた。

「何いってんですか常務。今日だけですよ、今日だけ」

バーベキューの肉を金属製のはさみで取り分けていた三十代後半の男が笑った。

「普段は会社のカンティーン（食堂）で、不味《まず》いもの食ってるんですから」

男は、五井商事燃料本部からサハリン・リソーシズ・デベロップメント社に出向し、ユジノサハリンスクに駐在している。

「ほんと、あのカンティーンは不味いよなあ。入って匂いを嗅いだだけで、メニューが分かるもんなあ」

肉を頬張ったやや小柄なサハリン・プロジェクト部長がいった。黄色いポロシャツの上から、紺色のサマーセーターを背中に垂らしていた。

三本脚の上に半球状の器が付いたバーベキュー用調理器で、炭が赤々と燃えていた。金網の上で、牛肉、鶏肉、鮭、トウモロコシ、タマネギ、ピーマンなどが焼かれ、煙といい匂いを辺りに漂わせている。

「しかし、サハリンの夏は最高ですねえ」

焼きたてのホッケを箸でつまんだ金沢が、しみじみといった。

白樺林を涼しい風が吹き抜けていた。真夏でも気温が二十度を超えることはあまりない。

そこは「アメリカ村」であった。

場所は、ユジノサハリンスク市街から南へ車で十二、三分行ったところで「サハリン

B』プロジェクトで働く外国人が暮らしている。金網でぐるりと囲まれた三六万平方メートルの敷地内に、商店、レストラン、サウナ付きスポーツジム、テニスコートなどがあり、パステルカラーの瀟洒《しょうしゃ》な3LDKと4LDKの真新しい家がずらりと建ち並んでいる。総工費は約五十億円で、住人数は約二百五十人。上下水道や発電装置も自前で、敷地の外の旧ソ連的な貧しい暮らしとは別世界だ。

バーベキューは、五井商事の単身赴任の社員が暮らす家の庭で行われていた。

「ところで、あの知事、非常にエネルギッシュな男だな」

常務がいった。

「ええ。彼は頼りになりますよ」

とサハリン・プロジェクト部長。「機材の通関でも、現場の役人がつまらんことといって止《と》めたりすると、すぐ税関長に電話してくれますし、工事で怪我人が出れば、病院に命じて最優先で手当てしたり搬送したりしてくれますから。『サハリンB』は彼あってのプロジェクトですよ」

「でも、ヤクザじゃないのか？　ここの知事選は、手榴弾が飛び交うそうじゃないか」

サハリンやロシア極東の州知事や副知事は、中央政府か、エネルギー関係か、漁業関係と強いコネクションを持っており、裏社会と繋がっている者も少なくない。

「彼はまともな方ですよ。モスクワに隠し資産があるなんて噂を聞くことはありますけど」

「知事になる前は何をやってたんだっけ？」

「クラスノヤルスクの大学を卒業した後、北サハリンのティモフスクの発電所でエンジニアをやってたそうです。三十歳くらいから党や行政の仕事をするようになって、知事になる直前はユジノサハリンスク市長です」

「趣味なんかはあるのかね？」

「クロスカントリースキーです。あのがっしりした身体で、チェーホフ山なんかをスキーで駆け巡るそうです」

「野心家のようだね」

「サハリンを実質的に独立国にしようと思ってますよ。演説でも、我々はアメリカ、日本、韓国、オーストラリアなど、極東アジア経済圏と一体になるとよくいっています。陸上パイプラインにこだわってるのも、そういう背景があります」

「陸上にするとどういうメリットがあるんだ？」

「立退き料その他で地元に金が落ちますし、工事もロシアの建設業者が請け負えます。海底パイプラインだと、ロシアの業者は経験も技術もないですから、出る幕がありません」

「なるほど」

「州内の三十ヵ所の発電所にもパイプラインからガスを引けます。今は本土から発電所用の石油と石炭を供給してもらってるので、価格や供給量に関する連邦政府との交渉が毎年大変らしいです」

「こちらとしてはどうなの？」

「環境保護にうるさい世の中ですから、鉱区から船で運ぶのは無理でしょう。島の南の不凍港までパイプラインで運ぶのは妥当だと思います。ただ、海底の地形が複雑ですから、海底パイプラインはコスト的に見合わない可能性があります」

「そうすると、我々の利害とも一致するわけだな？」

常務の言葉に部長が頷いた。

「リーガル・スタビライゼーションとVAT返還の問題はどうなんだ？　知事は前向きなことといってたが」

部長が難しい表情になった。

「あの問題は前々から何とかしてくれといってるんですが、進展がないんですよねえ。いつも『今、やってる』とはいうんですが……」

「困ったもんだな」

「VATの方は、我々が払うロイヤルティと相殺する手もあるねと話してはいますが」

昨年からモリクパックで原油の生産が始まり、ロイヤルティが発生している。

「最大の問題は、リーガル・スタビライゼーションか……」

「五十近く矛盾する法律がありますからねえ。……五十全部の法改正案を出すとも思えないし」

部長は思案顔で、グラスの赤ワインを口に運ぶ。

そばでユジノサハリンスクに駐在している三人の社員が、シャシリク屋の話をしていた。この季節になると、市内のガガーリン公園にシャシリク（串刺し焼肉）の露店が出て、勤め帰りの人々がビールで一杯やっている。

「十月の知事選挙の見通しはどうなんだね？」

常務が訊いた。

「対抗馬はユジノ市長のシドレンコといわれてますが、ファルフトディノフ（現職知事）がまず間違いなく勝つでしょう。プーチンも支持を表明してますし」

「我々のプロジェクトは安泰というわけか」

「まあ、サハリン州知事になる人間で、石油・ガスのプロジェクトを支持しない人はいないですよ。ただ、今の知事は昔からの経緯も知っていますし、リーダーシップもありますから、我々にとってベストのカウンターパート（取引相手）だと思います」

翌朝、金沢は宿泊していたホテル・サハリンサッポロとレーニン通りを挟んで向かいにあるインターネット・カフェに出かけた。

受付に、若いロシア人男性がすわり、奥に、十二、三台のパソコンが並んでいた。日本語が読めるパソコンが何台かあり、利用料は三十分二十ルーブル（約七十七円）。

金沢は席の一つにすわってメールをチェックする。今回は短い出張で、かつホテルからのインターネット接続環境の悪いサハリン島だったので、パソコンは携行せず、会社のアドレスに入ってくるメールをすべてウェッブメールのアドレスに自動転送するよう設定してあった。

週末なのでたいしたメールはなかった。サハリン・リソーシズ社から、外国人駐在員の買出しや休暇のために、サハリン航空のアントノフ24型機をチャーターし、週に二回函館に飛ばすことにしたという連絡が入っていた。また、以前から探していた「アメリカ村」内の学校の先生が見つかり、オーストラリア人の若い教師一家が赴任するという。

その後、インターネットでニュースをチェックした。

ふと昨日の会話を思い出し、環境団体「アース・ウィンズ・ジャパン」のサイト(http://www.earthwindsjapan.org)を開いた。

「Earth Winds Japan ―地球環境と人々の暮らしを守る国際環境NGO」

トップ・ページに緑色の文字と、シベリアの石油開発で生存を脅かされるアムール豹の写真が大きく掲載されていた。

その下に、環境先進国ドイツ見学ツアーへの参加募集とフランクフルトの街角の写真。その下には、スターバックス・コーヒーの店内写真とともに、多くの利用客は資源をリユースできるマグカップやグラスで飲みたいと思っているというアンケート結果が表示されていた。

ページの左上に、アース・ウィンズが取り組んでいる様々な案件のリストがあった。

一番上が「開発金融と環境」で、この分野に力を入れているのが分かる。そこをクリックすると、オレンジ色のページが開き、サハリンの石油・ガス開発という項目が最上段左端に現れる。そこをさらにクリックすると、流氷の海を飛翔するオオワシの写真とともに「日本は巨額の税金をサハリンBに投入していいの？」という見出し。その下に、「プロジェクトの情報」「提言活動」「他団体の活動」「国会・政府の動き」「プレスリリース」「会合記録」「イベント」といったテーマごとに、詳細な記録が掲載されていた。「サハリン写真館」というページもあった。

　島の地図にプロジェクトの場所や、オオワシの生息域や鮭・鱒が遡上してくる河川が示されていた。「サハリンB」のピルトン・アストフスコエとルンスコエの二つの鉱区は、北サハリン東岸の北緯五十一度三十分から北緯五十四度にかけて広がるコククジラ（克鯨）の餌場の真っただ中にあった。

（コククジラか……）

　金沢はスクリーンの地図を見ながら心の中で呟いた。

　ヒゲクジラ亜目コククジラ科に属する体長一二〜一四メートルの小型の鯨である。体表は灰色で、年をとった固体はフジツボやエボシ貝が付着し、白と灰色のまだら模様に見える。海底の泥や砂をヒゲで漉《こ》し取り、カニなどを捕食するので、「海のゴキブリ」とも呼ばれる。かつては北半球全域に棲息していたが、北大西洋では十八世紀頃絶滅し、北太平洋においても乱獲のために現在の個体数は百頭程度まで減ってきている。

3

十月二十七日、金曜日——

金沢は、丸の内の五井商事本社にあるサハリン・プロジェクト部のオフィスで、書類に目を通していた。

午前中の気温は十六度前後、空は薄曇りである。

米国では大統領選挙があと十日に迫り、共和党のブッシュ候補と民主党のゴア候補が激しい舌戦を展開している。ブッシュは国内の原油を増産し、中東との連携も緊密にして安定供給を訴え、ゴアは石油の需要を抑えて環境を護るべきとしている。

七階にあるサハリン・プロジェクト部では、十四人の社員が二つの島に分かれてすわっている。各人の机の上にパソコンのフラット・スクリーンがあり、席の後ろに胸の高さほどの灰色のスチール・キャビネットが並んでいる。隣りはオーストラリア・プロジェクト部、その隣りがオマーン・プロジェクト部で、いずれも天然ガス開発を手がけている。フロアーの壁沿いにいくつかある面談用ブースでは、部員たちが保険部や運輸部の担当者たちと打ち合わせをしていた。

金沢が目を通していた英文の書類は、アングロ・ダッチ石油、東洋物産、五井商事の間で締結する予定の株主間協定書（Shareholders Agreement）の草案《ドラフト》だった。

十日ほど前に、アキレス・オイルがサハリン・リソーシズ・デベロップメント社の三七・五パーセントの株式をアングロ・ダッチ石油に譲渡した。その一部を東洋物産と五井商事が譲り受け、最終的に三社の持株比率を五五、二五、二〇パーセントにする予定だ。それに伴い、株主間協定書も改訂しなくてはならない。

　三社は、過去半年以上にわたって、新協定の内容を巡って激しい交渉を続けてきた。アングロ・ダッチ石油が新オペレーターとして、裁量権を極大化しようと目論むのに対し、東洋物産と五井商事は、独断専行を許さないよう抵抗した。たとえば、アングロ・ダッチ石油が取締役会会長と副会長を自社から出そうとしたのに対し、交渉の末、副会長は日本勢から出すことになった。また、最終的な投資判断についても、過半数の株を握るアングロ・ダッチ石油が決めるのではなく、日本側株主が歯止めをかけられる仕組みにした。株式の譲渡価格は一パーセントにつき千八百万ドルに決まった。

「金沢、ちょっと来てくれるか」

　有楽町側の窓を背にしてすわった部長が呼んだ。

「シェアホルダーズ・アグリーメントのほうはどうだ？」

　五十代前半の部長は、席にすわったまま訊いた。

「今、法務部に見てもらってますけど、ほぼ問題ないと思います」

　部長の前に立った金沢が答える。

「そうか」

オールバックの頭髪でやや小柄な部長が頷く。

「一つ頼みがあるんだけどな」

「はい」

「イランがオイル・スキームをまたやるそうだ。さっき、JBIC《ジェービック》（国際協力銀行）の理事からうちの副社長に電話で協力要請があった」

オイル・スキームは原油代金の前払い融資（輸出前貸し）である。

「JBICからいってきたんですか？……ということは、国策案件ですね」

普通は商社の方から国際協力銀行に頼みに行く。

「基本的に商社サイドはノーリスクだそうだ」

「そうじゃないと困りますよね」

部長が頷く。

「案件としては、海外原油部の話なんだが、担当が若い奴なんで、スーパーバイズ（監督）してほしいといってきた」

「分かりました」

金沢は英国現法に転勤する以前、海外原油部でイランのオイル・スキームを担当したことがある。

「今日の午後、JBICとミーティングがあるそうだ。さっそくで悪いんだが、出席してくれるか」

午後、金沢は、海外原油部の部長や財務部の部長代理、業務部次長ら四人とともに、国際協力銀行に出向いた。

竹橋駅のそばに聳える地上十五階、地下三階の赤味を帯びた灰色のビルに到着すると、五井商事の一行は五階の役員フロアーに案内された。

通されたのは来賓会議室だった。二十人ほどが着席できる長方形のテーブルがあり、壁に、薄い水色の風景画が掛かっていた。

「ご足労いただいて、恐縮です」

テーブルの中央にすわった理事がいった。細面に銀縁眼鏡の初老の男性で、仕立てのよいダークスーツを着ていた。

左右に、資源金融部長や総務部次長など、七人が控えていた。

「ご存知の通り、イランのハタミ大統領が来週来日します」

一九九七年八月から大統領を務めているセイエド・モハンマド・ハタミが、四日後の十月三十一日に来日する。イラン首脳の来日は、一九五八年のパーレビ国王以来で、日本からも一九七八年に福田赳夫首相がイランを訪れて以来、首脳訪問が途絶えている。今回の訪問は、一九七九年のイスラム革命以来冷え切った両国関係を修復するビッグ・イベントだ。

「今回の首脳会談の目玉に、官民協調の経済協力として、三十億ドルのオイル・スキームをやりたいと、政府はこのような意向でして」

理事は微笑した。国際協力銀行も、政府に命じられたというニュアンスである。

「どのようなストラクチャー（仕組み）をお考えですか？」

五井商事の海外原油部長が訊いた。リスクはないんでしょうねという言葉が、喉元まで出かかっていた。

「商社さんはリスクを負わないストラクチャーで考えています」

そういって、理事は、傍らの資源金融部長に目配せした。

「商社さんにSPCに出資していただいて、そこに本行と市中銀行で協融《きょうゆう》（協調融資）し、SPCからイランに転貸《てんたい》します」

資源金融部長は眼鏡をかけた真面目そうな男性で、年齢は五十歳くらい。

SPCは special purpose company（特別目的会社）、市中銀行は民間銀行のことである。

過去、トーニチが主導した三回のオイル・スキーム（一九九三年・八億六千万ドル、九四年・二十六億ドル、九八年・六億ドル）では、商社がレンダー（貸し手）だった。

「返済期間は融資実行から四年据え置き後五年間で返済の予定です」

「出資額は？」

「各社一千万ドルでお願いできればと考えています」

「資金の使途は何ですか？」

「イランの石油・ガスプロジェクト開発資金です」

「プロジェクトの内容は把握されてますか？」

「一応、イラン側からリストは貰っています」

「内容は開示してもらえますか？」

「残念ながら、この点はコンフィデンシャル（非公開）です」

「そうですか」

海外原油部長は白けた表情。

「商社には原油の引き取り義務は一切ないという理解でよろしいでしょうか？」

過去のスキームでも商社は原油の引き取り義務は負わなかった。

「結構です」

「声をかけているのは何社ですか？」

「六社です。御社の他は、物産（東洋物産）、住商（住之江商事）、丸紅、伊藤忠、それとトーニチです」

五井商事の五人は、やはりトーニチか、という表情。

会議室の大きな窓の外は隣りの丸紅本社で、社員が電話したりコピーをとったりしているのが見える。

ストラクチャーの詳細についてさらにいくつかやり取りがあった後、国際協力銀行の理事がいった。

「それで、本件への参画意思の表明を、来週月曜日にいただけると有難いんですが」

「来週月曜ですか……」

今日は金曜日なので、随分と急な話だ。

「週明けには、政府間の共同声明の文言を最終決定しないといけませんので」

「分かりました。基本的に、本件は『名義貸し』という理解でよろしいですね？」

海外原油部長が念を押すように訊いた。

「結構です」

銀縁眼鏡にダークスーツの理事が頷いた。


その晩、遅い時刻――

トーニチ常務の亀岡吾郎は赤坂見附のホテルニューオータニにいた。

本館とタワー館を繋ぐ六階の「ガーデンラウンジ」の大きなガラス窓の外は、加藤清正の江戸屋敷だった日本庭園である。正面に滝が流れ、朱色の橋がかかった庭園は薄明るく照明されていた。

テーブル席が六十ほどの広々とした空間は、昼間の喧騒が嘘のようだった。客は五、六組で、ウェイトレスたちも手持ち無沙汰な表情をしている。中央のテーブルには、朝食用の皿やグラス、コーンフレークスの入った容器などが積み上げられている。

スーツ姿の亀岡は、一人で奥の目立たないテーブル席にいた。

庭園に面した薄暗いガラス窓に、ラウンジのシャンデリアがほの明るく映っていた。

「いやあ、どうもどうも」

午後十時を少しすぎたとき、ワイシャツにネクタイ姿の通産官僚、十文字一《ともんじはじめ》が若い部下を従えて姿を現した。

「おい、なんか食いもん注文してこいよ」

赤いビロード張りの椅子にどっかり腰を下ろし、後ろにいた若い通産省職員に命じた。

「え、ラストオーダーは十時？　そんなもん、何とでもなるだろうが。ぐずぐずいわず頼んで来い！」

どやしつけられて、若い男はあたふたとウェイトレスの方に向かう。

「まったく、使えねえ野郎だな……」

悪態をつく十文字の両目の下にくっきりと隈《くま》ができていた。

十文字は普段からあまり寝ないで仕事をする。部下にもそれを強要し、ついてこられない人間は容赦なく切り捨てる。

十文字は、ここ一週間、ホテルに宿泊中のイラン石油省の幹部たちと、油田開発や共同声明文について交渉していた。

「椅子で寝てるから、ズボンがくたくただぜ」

皺の寄ったスーツのズボンを示した。

「共同声明のほうは、いかがあっすか？」

亀岡が早口のだみ声で訊いた。

「こんな感じだよ」

十文字が手にしていた書類を亀岡の前に投げて寄越した。

『Joint Statement on cooperation in the energy sector（エネルギー分野における協力に関する共同声明）』

三ページの英文の書類だった。

亀岡が手に取り、視線を走らせる。

「On 1 November 2000 HE Mr. Zanganeh, Minister of Petroleum of the Islamic Republic of Iran, and HE Mr. Hiranuma, Minister of International Trade and Industry of Japan, held a series of meetings in Tokyo.（二〇〇〇年十一月一日、ザンガネ・イラン・イスラム共和国石油大臣と平沼日本国通商産業大臣は、東京において一連の会談を行なった）」

共同声明の草案は、両国の協力分野として、八つ挙げていた。一、国際エネルギー市場安定化、二、エネルギー政策対話、三、研修等、四、圧縮天然ガス自動車の導入促進、五、省エネルギーの促進、六、天然ガス利用の拡大、七、油田開発における協力、八、原油輸入代金前払い。

「四、圧縮天然ガス自動車の導入促進」の項目には、「日本国通商産業大臣は、環境的な目的から天然ガスの利用を促進するため、イラン・イスラム共和国において、自動車向けの圧縮天然ガスの利用を拡大するための事業化調査を実施する意向を表明した」と書かれていた。

それを読んで亀岡がにんまりした。

天然ガス自動車はトーニチが東京ガスと組んで進めている案件だ。手始めにテヘラン市のバスを天然ガス化しようとしている。この事業化調査《フィージビリティ・スタディ》に日本政府の金が使われるのだ。

「カーグ島と通信のほうも入れるのは、やっぱり難しいっすか？」

イラン南西部のペルシャ湾に浮かぶカーグ島の原油出荷基地の近代化と、石油とガスのパイプライン沿いに通信ケーブルを構築する事業は、トーニチがそれぞれ日石三菱、フジクラと組んで進めようとしている。

「そりゃちょっと勘弁してよ」

十文字は手で払う仕草。「あんまりおたくの案件入れると、上から突っ込まれるし、相手も嫌がるよ」

「そうすか。しょうがないすな」

「まあ、ＦＳ（事業化調査）の費用は出るようにするよ」

十文字がいったとき、注文を終えた部下が帰ってきた。

「おい、肩揉め」

十文字は、椅子にふんぞり返って肩を揉ませる。少し離れた席で、ワインを飲んでいた米国人らしいビジネスマン二人が、その様子を見て苦笑した。

十文字の携帯電話が鳴った。

「はい、十文字」

携帯を耳に当て、無愛想に答える。肩は揉ませたままである。

「なに、鈴木宗男が反対してる⁉」

声が乱暴になった。

「イランの油田開発の何が駄目だっていうんだ？　……えっ、アメリカに反対される？　三十億ドルのＪＢＩＣの融資が北朝鮮からミサイルを買う金に使われる？　……お前アホか！　何年外務官僚やってんだ！」

相手は外務省中東アフリカ局の担当者であった。

十文字は、車海老と帆立貝フライのサンドイッチを口に入れながら、怒鳴り続けた。

「イランとは、アメリカ追随じゃなくて、独自外交路線を行くんじゃないのか？　それに、トタールやエルフのガス田開発に対してだって、アメリカは制裁発動してないだろ？」

一昨年以降、フランスの大手石油会社トタールやエルフ・アキテーヌが、イランと石油やガス田の開発契約を結んだが、米国はＩＬＳＡ《イルサ》（The Iran-Libya Sanctions Act＝イラン・リビア制裁法）にもとづく制裁措置は発動しなかった。

「宗男ごときにびびってるうちに、イランの油田やガス田を全部外国に持ってかれるぞ！　しっかりしろよ、まったく！」

受話器にどやしつけ、携帯電話のスイッチを切った。

残ったサンドイッチとキュウリの酢漬けを口に入れ、紙ナプキンで手を拭く。肩は相変わらず揉ませたままだ。

「まったく、なんで俺が外務省の役人に日本の外交政策を説明してやらにゃならんのだ」

悪態をつきながら、満更でもない表情。

再び携帯電話が鳴った。

「はい、十文字」

再び無愛想な声で返事する。

「あっ、審議官ですか。はい、どうも」

猫撫で声に豹変し、肩を揉む部下の手を払いのける。

「はい、アフワズ・バンゲスタンとサウス・パースの名前も何とか入れられると思います。この点は、鋭意交渉中です」

亀岡が共同声明の草案に視線を落とす。

十文字は「七、油田開発における協力」の項目に、今回優先交渉権を獲得する巨大油田の他にも、油田やガス田の具体名を入れようと交渉していた。

「はい……そのようにいたします、はい」

十文字は、携帯電話を耳に当てたまま何度も低頭した。

４

イラン大統領セイエド・モハンマド・ハタミは、予定通り十月三十一日火曜日の午前中、特別機で羽田空港に到着した。頭に黒いターバンを巻き、胡麻塩の口髭、僧衣に茶色いマント姿であった。空港で外務大臣河野洋平の出迎えを受け、宿泊先である元赤坂の迎賓館で、ＮＨＫや朝日新聞のインタビューに応じた。

翌十一月一日は、迎賓館での歓迎式典に出席し、午後一時から衆議院本会議場で演説した後、総理官邸で森喜朗首相と会談。夜は総理主催の晩餐会に出席した。

共同声明では、経済協力、テロ行為への非難、人権に関する両国間対話の継続、国連安保理改革の必要性などの他、イランの巨大油田開発における協力や、原油代金前払い融資《オイル・スキーム》を含む貿易関係の重要性が謳われた。

平沼通産大臣とザンガネ石油相の会談も並行して行われ、十文字が用意した大臣同士の共同声明も調印された。第八項には、国際協力銀行（ＪＢＩＣ）が総額三十億ドルのオイル・スキームを実施すると記された。

続く十一月二日、大統領は東京工業大学で「日本の詩とイランの神秘主義」と題して記念講演。その後、皇居宮殿の「竹の間」で天皇陛下と会見し、天皇主催の昼食会に出席。翌十一月三日に日本を後にした。

十二月――

金沢は丸の内二丁目にある五井商事燃料本部の応接室で、トーニチの法務部長らと向き合っていた。

三十億ドルのオイル・スキームに関するミーティングであった。

「……以上、まとめて申し上げますと、①SPC（特別目的会社）の社長は六商社の輪番制にすること、②ILSA《イルサ》（イラン・リビア制裁法）が適用されないことの確認、③JBIC《ジェービック》宛の『原油取引に係る書面』をイラン原油の輸入義務を各商社に課さない文言にすること、弊社としてこの三点が必要と考えます」

金沢が手元のメモを見ながらいった。

「おっしゃられること、ごもっともです」

トーニチの法務部長がいった。物いいはソフトだが、したたかな関西人だ。「これに参加して、アメリカから制裁喰らったらかなんですからなあ」

「弁護士の意見書と外務省の言質を取ってほしいですね」

金沢の傍らにすわった五井商事財務部の部長代理がいった。隣りに、海外原油部の若手担当者が控えていた。

「分かりました、分かりました。さっそく手配します。……おい、ほら、五井商事さんのご要望をちゃんとメモせんか」

法務部長に急かされ、傍らの三十歳前後の部下の女性が慌ててペンを走らせる。

「でも、外務省の言質まで要りますかねえ?」

手配するといいながら、法務部長は話を蒸し返す。

「外務省とJBICの両方から言質を取るべきだと思います」

と金沢。「万一、ILSAにもとづいて制裁を課されたとき、日本政府から『知らない』なんていわれたら、目も当てられないですから」

「外務省とJBICの両方ですか……。難儀なことですなあ」

相手は渋い表情。

「それから、『原油取引に係る書面』ですが、いただいたドラフトでは、イラン原油を融資の最終償還日である十二年後までずっと買い続ける義務を商社に課しているように読めます。ご存知の通り、イラン原油の輸入は一年ごとのターム契約で、その時々の市場環境などを考慮して取引数量を決めています。したがって、文言を変えるか、別途JBICの言質を取る必要があると思います」

「原油取引に係る書面」は、今般のオイル・スキームが、国際協力銀行法第二十三条の二で定める「輸入金融」として行われるため、法律で定められた要件の一つとして、国際協力銀行が各商社に提出を求めているものだ。トーニチ経由で示された原案では、「特段の事情がない限り、イラン原油の現在の引き取り量を将来も維持する意向であり、万一、引取り量が減るときは、対応につき国際協力銀行に相談する」となっていた。

「これじゃ駄目ですかねえ……。義務があるとは書いてないんですが」

「万一のとき、解釈を巡って紛糾するような文言は、うちとしては受け入れられません」

金沢がいった。「この点、JBICとよく話していただきたいと思います」

オイル・スキームに関しては、お膳立てをしたトーニチが、全商社の取りまとめ役になっている。一方、イラン原油の日本最大の輸入者である五井商事は、トーニチ以外の五商社の代表のような格好でトーニチと交渉している。

「ところで、SPCの社長なんですが、これについては弊社の亀岡ということで、ご了解いただけないでしょうかねえ？」

法務部長は懇願するような顔つきでいった。

五井商事の三人は困った表情になる。

「輸入金融」では、日本の輸入者（ないしはその子会社）が借入人《ボロワー》でなくてはならないため、六商社が一千万ドルずつ出資してSPC（特別目的会社）を設立する。そこに国際協力銀行が三十億ドルを融資し、SPCが資金をイラン側に転貸《てんたい》する。

SPCは国際協力銀行内で「もっぱら会社」と俗称され、同行の職員の天下り先になる。今回のSPCは中央区日本橋蠣殻《かきがら》町一丁目のビル内に設けられ、副社長と常勤監査役に国際協力銀行OBが就任する。千五百万円を超える給料、秘書、青天井の交際費などが与えられ、朝から新聞を読んですごす。SPCの経費は、国際協力銀行からの融資とイラン側への融資の金利差から捻《ひね》り出される仕組みである。絵を描いたのは、国際協力銀行と亀岡吾郎だ。

「非常勤職とはいえ、いわば六社の代表ですから、輪番が当然だと思います」

金沢がいった。

「しかし、亀岡はイランに太いパイプを持っとります。他社さんのお役に立てることも多いと思います」

「他の商社もイランにオフィスを構えて、それぞれパイプを持っていると思いますが」

「でも、イランは亀岡が一番長いですし……」

トーニチの法務部長は、執拗に食い下がった。しかし、他の五社は、亀岡がSPCの社長の肩書きを利用して、あたかも全商社を代表しているかのように振舞うのではないかと警戒していた。

結局、その日の議論は平行線に終わった。

「本日はどうも有難うございました」

エレベーターホールで、トーニチの法務部長は両手を膝に当て、深々と頭を下げた。

「五井商事さんに大所高所からご意見をいただいて、大いに勉強になりました」

「いえ、とんでもありません」

金沢たちも頭を下げる。

「なんせうちは頭がない連中ばっかりですからなあ。いっつもゴキブリみたいにつつーっと走り回ってるゴキブリ商社ですから」

笑いながら片手の指をゴキブリの足のように動かす。

「ところで、金沢さん、今度一杯いかがですか？　たまには付き合ってくださいよぉ」

法務部長は馴れ馴れしくいって、エレベーターの中に消えていった。

「ゴキブリ商社か……心の中じゃ、俺たちのこと、馬鹿にしてるんだろなあ」

エレベーターが閉まると、財務部の部長代理がいった。

「五井商事みたいに屁理屈捏ねてちゃ商売は獲れんっていってますよ、絶対」

と金沢。

「ところで、SPCの社長の件、ずいぶんこだわってたなあ」

「あの法務部長は亀岡吾郎の懐刀《ふところがたな》らしいですからね」

「亀岡のおっさん、トーニチ辞めた後のことを考えてるんじゃないか？　会社が相当傾いてるから」

トーニチは時価会計と連結会計の重荷に耐え切れず、去る二月、銀行団に対し二千億円の債権放棄を要請した。株価は額面割れの四十四円まで下げ、倒産寸前までいった。二月下旬、関係が深いトミタ自動車グループとの提携を発表して辛うじて危機を回避し、銀行団とは二千百九十億円の債権放棄で合意した。四月には社長が辞任し、機械部門出身の専務が新社長に就任した。

金沢に資源エネルギー庁から電話がかかってきたのは、翌日のことだった。

「……エネ庁の十文字だが」

声を聞いて、金沢は警戒した。商社のエネルギー部門で、十文字の悪名は轟いている。

「あなたが金沢さん？」

電話の向こうで顎をしゃくっているような物いいだった。

「そうですが」

「入社は何年？」

「一九八三年です」

十文字はほぼ同年輩だ。

「八三年ね……じゃあ、課長さんか。前はどこにいた？」

（いきなり人定質問か。……噂通りの無礼な男だな）

「こちらに来る前は、英国五井商事のエネルギー部門におりました」

不快感を堪《こら》え、丁寧に答える。

「ほーう。じゃあ、奥山さんの下か」

奥山はエネルギー部門出身の元常務で、前の欧州総支配人である。

「あの人は今、何をやってるんだ？」

「今は、五井グループの教育関係の財団の理事をやっています」

「もう出されちゃったのか……。優秀な方なのに、残念なことですなあ」

「………」

「前任者は副社長になったのにな」

奥山の前の欧州総支配人は、現在、エネルギー部門管掌の副社長を務めている。

「お二人とは、よくゴルフをさせてもらったよ」

お前とはレベルが違うんだといわんばかりである。

「ところで、イラン向けの三十億ドルのオイル・スキームなんだけど、あなたが反対してるんだって？」

受話器から流れてくる十文字の声が酷薄さを帯びた。

「いえ、反対しているわけではありません。各社が問題なく参加できるよう、きちんとした形にしようとお話ししているだけです」

「似たようなもんだ」

十文字は鼻で嗤う。

「あの話はねえ、政府間の話し合いでやることに決まってるんだから、今さら一商社の課長がごちゃごちゃいう話じゃないんだよね」

「………」

「あんまりくだらんことといってると、おたくの鉄鋼ペレットプラントの保険内諾にも影響するぜ」

十文字は、五井商事が神戸製鋼と組んで進めているイランのプラント案件に言及した。ハタミ大統領の来日直前に、輸出保険の内諾が下りた案件で、総額は六十七億円である。これ以外にも、通産省は同じ時期に慌しく各社を呼び、東洋物産が東洋エンジニアリングと組んで進めている芳香族化学品製造プラント（三百三十億円）や、トーニチが三菱重工と組んで進めているテレフタル酸プラント（二百二十億円）など、イラン案件の内諾を出した。

「まあ、そういうことだから、ちゃんとやってくれよな」

十文字は、金沢の返事も聞かずに電話を切った。

翌週——

金沢は財務部の部長代理と一緒に、エネルギー部門管掌の副社長に呼ばれた。

役員フロアーの個室の窓からは、丸の内のビル街や、ＪＲの高架路線の先の八重洲富士屋ホテルなどが見える。

「さっき、ＪＢＩＣの理事から電話があったんだけどな……」

大きなデスクにすわった銀髪の副社長は鷹揚な表情でいった。実家が代々五井財閥の創業家の主治医だったというサラブレッドだ。

「イラン向けの三十億ドルのオイル・スキームの件な、よろしくといわれたよ。……たぶん、トーニチの亀岡が後ろから突っついてるんだろう」

デスクの前に立った二人が頷く。

「JBICの理事は『五井商事さんが反対してて話が進まない』っていうんだが、実際のところはどうなんだ？」

「現状、三点ほど問題点がありまして……」

二人は詳しい内容を説明し、副社長はじっと耳を傾ける。

「なるほど。……確かにきみらのいうことは、もっともだ」

二十分ほど説明を聴いて、副社長は頷いた。

「だけどな、この件は、もうやることに決まってるんだ」

いい聞かせるような口調で、二人の顔を見る。

「トーニチみたいな下位商社にひっかき回されて、俺も面白くないさ。……しかし、うちだけが反対してるような印象を関係者に与えるのはまずい」

二人は頷くしかなかった。

「妥協できるところはなるべく妥協して、早めに話をまとめるようにしてくれ」

二人は副社長室を出て、エレベーターホールに向かう。

「ほんと、亀岡吾郎にひっかき回されてるよなあ」

財務部の部長代理がぼやいた。四十代前半で銀縁眼鏡をかけていた。

「ええ」

金沢が頷く。「しかし、今回は、JBICもかなり乗り気ですね」

「特殊法人改革とODA削減で、尻に火がついてるからな」

現在、国際協力銀行や日本政策投資銀行、商工中金など八つの政府系金融機関の統廃合が議論されている。そこに財政難によるODA（政府開発援助）の三年連続削減が加わり、国際協力銀行は存亡の危機に瀕している。

「三十億ドルの大型案件は、JBICにとっても渡りに船だろう」

金沢が頷く。

「ところで、昨日の日経の朝刊見ました？」

一面トップに『原油代金　イランに三十億ドル前払い　官民協調　事実上の金融支援』という七段の大きな記事が出ていた。SPCに出資する六商社の名前も明記されていた。

「見たよ。どうせ十文字がやったんだろう。マスコミを使うのは奴の得意技の一つだからな」

「そういえば、エネ庁の長官や通産省の審議官をよいしょする記事も書かせていましたね」

それは十一月二日の読売新聞の記事だった。河野博文・エネ庁長官や荒井寿光・通産審議官がイランを訪問し、巨大油田開発権獲得への道筋をつけたという内容だった。

「あれだけ上と下に対する態度が違う人間も珍しいよな」

銀縁眼鏡の部長代理は軽蔑もあらわにいった。

5

年が明けた二〇〇一年二月——

金沢は、法務部の社内弁護士と一緒に外務省に出向いた。

霞が関二丁目にある、白壁と薄緑色のタイルを組み合わせた、どことなく和風の八階建てのビルである。目の前の歩道は、車道側に栃の木、ビル側に桜並木。正面ゲートを黒塗りの大型乗用車が出入りし、そのたびに白手袋の警官が敬礼していた。

入り口はビルの正面右手にあり、御影石の高いカウンターに、黒い制服姿の受付嬢が二人すわっている。地下鉄の改札のようなチェックポイントを通過して入ると、中は薄暗い。廊下には灰色のカーペットが敷かれ、各部屋の入り口上に表示板が出ている。職員たちが働く大部屋は驚くほど狭く、人と書類の山であふれ返っている。

金沢たちは八階の会議室に通された。四階の大臣室のほぼ真上にある部屋だ。

窓から、桜田通りを挟んで外務省の向かいの農林水産省の建物が見えた。

他の五商社からの代表者十人ほどと、資源エネルギー庁石油・天然ガス課の課長補佐が来ていた。

間もなく、中東アフリカ局中東第二課長と事務官が姿を現した。

「本日はご多忙のところ、面談の場を設けていただき、御礼申し上げます」

各人の自己紹介の後、トーニチの法務部長が切り出した。当たりはソフトだが、したたかな関西人である。

「昨年十月末のハタミ大統領の来日時、イラン原油の安定確保を目的に日本政府が三十億ドルの融資に基本合意し、国際協力銀行を通じて六商社に協力要請がございました。すでにSPCは設立され、イラン側との融資契約交渉もほぼ決着し、来月には調印が行われる予定になっております」

法務部長の傍らで、三十歳前後と思しい部下の女性が、発言の一字一句をメモしていた。会議の内容を議事録にして、関係者に「証拠」として配布する予定になっている。

「資源の安定確保に協力できますことは、わたくしどもとしましても大きな喜びとするところであります。その一方で、ILSA（イラン・リビア制裁法）に関しては、各社とも重大な問題と認識しており、リスクについて慎重に分析して参りました」

四十代半ばの中東二課長はじっと耳を傾けている。アラビア語専修のキャリア官僚で、ふっくらと温厚そうな風貌をしている。

「ワシントンDCの法律事務所の意見書なども取り、現状では、ILSA抵触の虞《おそ》れはないと判断しておりますが、米国政府が政治的な動機で、本件を抵触対象とみなす可能性は排除できないと認識しております。つきましては、本件につき、日本政府のお考えをお聞きしたいと存じます」

トーニチの法務部長が発言を終えたのを見届け、中東二課長が口を開く。

「まず最初に申し上げたいのは、イランの油田開発への日本の参画や三十億ドルの融資に関し、日本政府は米国政府と頻繁に意見交換を続けているということです。イランに対する両国のスタンスに違いがあることは共通の認識で、日本が外交上どのように行動するかについては、米国の賛同が得られるものと期待しています」

眼鏡をかけた課長は、風貌通りの穏やかな口調でいった。

「そもそもILSAに関しては、『域外適用』は国際法上許容されないというのが日本政府の見解です。それにもとづき、四年半前の法律制定時から、口頭と書面で抗議や申し入れを行なっています」

「域外適用」とは、自国の法律を主権が及ばない地域（すなわち国外）にまで適用すること。

「本件に即してお答えしますと……」

中東二課長は手元の紙に視線を落とす。商社側から予め提出された質問状であった。

「質問1の『本件へのILSA適用はないものと認識するか』という点ですが、今般の三十億ドルの融資は、イラン原油開発案件への『投資』ではなく、原油代金の前払いファイナンスです。米国側からもこれまで特段の異議はありません。したがって、本件へのILSA適用はまずない、と考えております」

一九九六年八月に発効したILSAの制裁対象は、イランおよびリビアに関し、年間二千万ドル以上の「投資」を行い、それが「石油資源開発に著しくかつ直接貢献した」と大統領が判断する者（人や企業）である。

「質問2の『万一ＩＬＳＡが適用された場合の外務省・日本政府による支援』ですが、種々の外交的手段を通じ、米国に対し抗議し、交渉して行く所存です。ただし、民間企業の損失を補填したり、米国政府にＩＬＳＡ適用を撤回させることを、政府として保証することまではできないことは、ご承知おき下さい」

課長は、外交的手段にはＷＴＯへの提訴も含まれます、と付け加えた。

「質問3の『本件へのＩＬＳＡ適用の可能性につき、民間企業から米国政府へ照会することの是非』ですが、これはやめていただきたいと思います」

課長はテーブルの一同を見回す。

「日本政府は、本件へのＩＬＳＡの適用は当然ない、との立場です。仮に非公式であっても、米国政府に照会すれば、当方の主張は弱まり、藪蛇になる可能性もあります。日本側としては、ＩＬＳＡの適用は当然ないとの前提で行動し、万が一米国政府がＩＬＳＡを適用してきた場合は、抗議ないしは対応を考えるべきものであると思います」

テーブルを囲んだ一同が頷いた。

翌週、六商社の代表者たちは、国際協力銀行を訪問し、「原油取引に係る書面」の提出は、「輸入金融」制度の適用要件を満たすための形式的なもので、「（イラン原油の）

引取り量が減るときは、対応につき国際協力銀行に相談する」とあるのはあくまで「相談」で、引取り量については各社独自の裁量で決定できることの確認を取った。

一方、SPCの社長(非常勤)は、激しい議論の末、トーニチの亀岡吾郎が就任することになった。その見返りとして、常勤の常務と非常勤の監査役は、各社が輪番で出すことになった。

6

翌月(二〇〇一年三月)――

米系投資銀行JPモリソンの秋月修二は、シンガポールのオーチャード・ロードにあるカラオケバーにいた。

オーチャード・ロードは、市街地のほぼ中心部にある目抜き通りである。南東にあるマリーナの方向に流れる五車線の一方通行の道に沿って、ホテル、ショッピングセンター、ブティック、映画館、カフェ、レストランなどが軒を連ね、様々な人種の人々が街路樹の下を歩く島随一の繁華街だ。火焔樹が長い緑の枝を伸ばし、歩道の生け垣では、ヒメノウゼンカズラがオレンジ色の花を咲かせている。

カラオケバーは、通りに建ち並ぶ商業ビルの三階にあった。

ビルは真ん中が最上階まで吹き抜けになった東南アジアによくあるスタイルである。

各階は吹き抜けをぐるりと取り囲む回廊になっていて、それに沿ってスキンケアのレーザークリニック、会計事務所、カメラ・電器店、両替屋、プラモデル屋など雑多な店舗が入っている。

紺色の半袖ポロシャツ姿の秋月はカウンターにすわり、ビールを飲みながら人を待っていた。

まだ早い時刻で、背後のソファーや個室には客がほとんどおらず、カウンターの内側では、中国系のバーテンが、氷を砕いたり、グラスを磨いたりしていた。

秋月が真ん丸いフレームの眼鏡を外してレンズを拭《ふ》いていると、入り口のドアが開いて、スーツ姿の一人の日本人男性が入ってきた。

年齢は五十歳前後で、中背でつやのない黒ずんだ顔をしていた。

右手に杖をつきながら、ゆっくり秋月のほうに近づいてきた。

(腎臓が悪いと聞いていたが、これは……)

男の不健康そうな風貌に秋月は驚いた。

「秋月さんですね？　初めまして」

男は隣りのスツールに腰かけ、ミネラルウォーターを注文した。

「なかなかいい店ですな」

男は店内を見回す。「うちのシンガポール店の連中が、密談ならここがいいといいましてね」

「確かに、このカウンターで、ビジネスの話をしているとは思われないでしょう」

秋月の言葉に男が頷く。

「ところで、今日の原油はなかなか面白い動きでしたなあ」

「ショートスクイーズがかかってるようですね」

杖の男は、東洋物産の商品市場部長だった。

原油や貴金属の先物市場である東京工業品取引所の理事も務める業界の大物である。元々は貴金属のトレーダーだったが、先見性とバイタリティーで、貴金属、原油、コモディティ・デリバティブなどを手広く扱う商品市場部を創り上げた。純血主義だった会社の人事体系に風穴を開けて、住之江商事やトーニチ、外資系などからトレーダーを引き抜き、財務部が取り仕切っていた金利や為替取引を、海外子会社を通じて営業部門が直接有利なレートで取れる仕組みにした。一部投資家からは、金市場を操作して暴利を貪っていると非難されたこともある。

「JPモリソンに移られてどれくらいになります？」

相場の話の後、商品市場部長が訊いた。

「そろそろ六年ですね」

相手が頷く。

「どうです、うちでやる気はありませんか？」

予期していた言葉だった。

この大物が、東京からわざわざ会いにやって来ると聞いたとき、スカウトの話だと直感した。

「部署は商品市場部ですか？」

秋月は冷静に応じた。

「いえ、ロンドンに新しく作る、エネルギー・デリバティブの会社です」

「ほう、ロンドンに」

「そこのＣＥＯ（最高経営責任者）で来ていただけないかと思っています。契約金など金銭的なものは、マーケット水準で用意します」

秋月くらいのキャリアだと、契約金は百五十万ドル（約一億八千万円）程度である。

秋月は、答える前に一瞬の間を置いた。

「面白そうなお話ですね」

以前であれば日系企業で働くなど考えもしなかった。しかし、状況が変わっていた。最大の原因は、ロックフェラー銀行との合併だ。一九九七年のモルガン・スタンレーとディーン・ウィッター・ディスカバーの合併を皮切りに、大手米系金融機関は再編ブームに突入した。シティバンクとトラベラーズ、バンカメとネーションズバンク、バンクワンとファーストシカゴなどが次々と合併し、ＪＰモリソンも、メガ金融機関化の流れに取り残されまいと、昨年九月、ロックフェラー銀行との合併に合意した。新銀行の名はＪＰモリソン・ロックフェラー。合併に伴う組織の再編で、原油価格が低迷しているために収益が上がらないコモディティ・チームは人員を大幅削減され、一年以内に閉鎖されるという噂が飛び交っている。

「エネルギー・デリバティブの会社を作るのは、今の商品市場部をさらに大きくした金融市場本部を作る構想の一環なんです」

腎臓疾患で黒ずんだ顔の部長は、落ち着いた声でいった。

東洋物産は、二年後くらいに、商品市場部と市場資金部を統合し、為替、金利、コモディティ、株式、債券、デリバティブなどを一手に扱う金融市場本部を作るという。

「社内のプレゼンや根回しなど、一切合財の雑務はわたしたちがやります。秋月さんには、ただただ強い会社を作ることに専念してもらいたい」

日本的なプレゼンや根回しは、秋月が最も嫌うことだ。

「会社の規模はどれくらいでお考えです？」

「スタートは十五人程度と考えています。人選や給与体系もお任せします」

秋月は頭の中で誰と誰を引っ張れるだろうかと思いを巡らせる。最近、エネルギー・デリバティブ部門を閉鎖したメリルリンチやUBSをクビになったトレーダーたちも何人か採れる可能性がある。

カラオケバーの入り口のドアが開いて、数人の日本人がどやどやと入ってきた。

黒服を着た中国系のマネージャーが、満面の笑顔で迎える。

「さあさあ、十文字さん、こちらです、こちら」

白髪をオールバックにした恰幅のいい男が、だみ声の早口でいった。長身で面長の男の肩を抱きかかえるようにしてカラオケルームに入って行き、部下らしい三人の日本人とホステスたちが続いた。

「トーニチの亀岡吾郎常務ですな」

彼らのほうを見て、東洋物産の商品市場部長がいった。

「トーニチの亀岡？」

「イラン・マフィアですよ。一緒にいるのは、資源エネルギー庁の十文字一だ」

「すると……例の三十億ドルのオイル・スキームの？」

その日、ロイターやブルームバーグに、国際協力銀行による三十億ドルのオイル・スキームが、シンガポールで調印されたというニュースが流れていた。

「ところで、エネルギー・デリバティブの会社を作るに当たって、御社がわたしに期待することは何でしょう？　儲けるのは当然として」

秋月が訊いた。

「リスク管理システムです」

相手はずばりといった。

「投資銀行のリスク管理システムを、東洋物産に教えていただきたい」

声に金融市場本部を世界に通用するレベルにしたいという執念が滲み、秋月の胸に響いた。

「分かりました。……それで、会社設立はいつ頃の予定なんですか？」

相手の顔に、一瞬、感情の動きがよぎった。

「できれば、一年後くらいに」

瞳に決意の光が揺らめく。

「わたしの命があるうちに、と思っています」

7

数日後——

十文字一《ともんじはじめ》は、故郷に帰省した。

実家は、越前地方の町にある。

東京から東海道新幹線で滋賀県の米原まで出て、特急に乗り換えて福井へ。ここまで三時間半かかる。福井からは鈍行列車だ。妻と一男一女の家族を東京の官舎に残しての一人旅だった。妻は元通産審議官の娘で、東京以外は田舎と馬鹿にしている。

車窓の外に、雪に覆われた福井平野と白山に連なる山並みが見えていた。

（日本も独自のイラン外交ができて、原油も確保できる……か）

列車に揺られながら、十文字は数日前の亀岡吾郎のはしゃぎぶりを思い出していた。

オイル・スキームが調印された晩、十文字は亀岡らの案内で、シンガポールのオーチャード・ロードに出かけた。トーニチが電力会社などの接待に使うカラオケバーであった。

カラオケルームに入ると、馴染みの中国系とマレー系のホステスがやって来た。

「さあさあさあ、十文字さん、十文字さん」

亀岡は早口のだみ声でいい、十文字のグラスにブランデーを注いだ。

その日、三十億ドルの融資調印とイラン油田の開発で、久々にトーニチ株が急騰した。

「日本もようやくアメリカ追随外交をやめたかと、イランの人たちは喜んでますなあ」

シンガポール支店長以下三人のトーニチ社員たちは、亀岡に命じられるまま、元気一杯に軍歌を歌っていた。

(まったく体育系だな、こいつら)

十文字は、隣りに侍《はべ》った胸の大きいマレー系のホステスに酒を注がせる。

亀岡はひとしきりはしゃぐと、元々酒に強くないせいもあり、両手をだらりと垂らして寝てしまった。その姿は狸の置き物のようだった。

(結局、こいつらは、イランの商売さえできればいいんだろう)

イランに融資される三十億ドルも、トーニチが商売の材料にしようと触手を伸ばし始めている。

十文字は、窓外を過ぎ去って行く北陸の冬景色を眺めながら、苦虫を噛み潰したような顔つきだった。

やがて列車は小さな駅に停車した。

ホームに降りると、雪が斜めに降りしきっていた。駅のそばは住宅地で、そこを抜けるとまっ白になった田んぼに沿って、歩道もない一本道が続いていた。

そろそろ日が傾いてきていた。

七十歳近い両親は、建坪が二十坪ほどの小さな二階屋で、長男の帰りを待っていた。十文字が商社や石油会社にたかりながら貯めた金で建ててやった家であった。

玄関に上がると、十文字はコートを脱ぎ、居間のテーブルの前にどかりと腰を下ろした。

テーブルには、朱色の越前蟹や若狭ガレイの一夜干しが並べられていた。

「オヤジ、腕の具合はどうなんだ？」

テーブルの上のビールを自分のコップに注ぎながら訊いた。

父親は、数ヵ月前に道で転び、片手を骨折していた。

「おかげさんで、よくなったよ。心配かけてすまんなあ」

頭髪が薄く貧相な父親は、卑屈なほど丁寧に答えた。

「あんまり心配させるなよな、こっちは仕事で忙しいんだから」

十文字はビールを呷《あお》り、焼き鯖寿司に箸をつける。

すでに父親より上という態度である。

「今度はゆっくりできるのかい？」

母親が訊いた。

「今晩一晩だけだ。石天《せきてん》課長がそうそうのんびりしていられるか」

石天《せきてん》課長とは石油・天然ガス課長の略。

二人の親は、そうかい、残念だね、と寂しさを隠せない。

（この二人がもう少ししっかりしてりゃあ、俺の人生もちょっとはマシだったかもしれんなあ）

十文字は目の前で俯いて食事をする二人を眺めながら、運命を呪った。

父親は小さな染色工場を経営していた。

越前地方は昔から繊維業が盛んだ。十文字が中学生の頃まで家業は順調だった。

事業が傾いたのはオイルショックが原因だった。染色業では熱源としてC重油（最も比重が重く、価格が安い重油）を使う。

一九七三年十月に、第四次中東戦争が勃発して、第一次オイルショックが起き、重油価格が高騰した。しかし、加工賃の値上げが認められず、家業は傾いた。当時、商社や繊維問屋の人間にひたすら頭を下げていた父親の姿が目に焼きついている。

子供の頃から成績が良く、周囲の人々を見下していた十文字だったが、東大入試には失敗した。借金取りがやってくる家が嫌で、東京に出て、安アパートに住み、働きながら予備校に通った。ホテルの皿洗いや日雇い労働の後では、疲れで眠気に襲われ、英語が苦手だったこともあって、結局二浪を余儀なくされた。初めは文Ⅰ（法学部）を受験していたが、東大に入れなければ昔自分が馬鹿にした連中に嗤われると恐れ、三年目は難易度の低い文Ⅲ（文学部、教育学部）に志望変更し、辛うじて合格した。

十文字が東大に入って間もなく、イランのイスラム革命で第二次オイルショックが起きた。染色工場主の一部は、末端ニーズに合致するカラーデザインを開発したり、リネンサプライ業やカーテン製造業へと業種転換して生き残りを図ったが、そうした才覚のなかった父親の工場はあえなく倒産した。結局十文字は、大学時代もアルバイトで自活しなくてはならなかった。劣等感をバネに、歯を食いしばって公務員試験の勉強を続け、通産省に入省した。

父親は工場を畳んだ後、ツテで繊維関係の工場の労働者になった。今は、その職場も定年となり、夫婦二人で月に二十万円にもならない国民年金と十文字の仕送りで生活している。

翌朝、十文字は午前四時に目を覚ました。

睡眠時間は、いつも五時間程度だ。東大法学部や経済学部を出た連中に勝つため、眠る時間を削って仕事をする癖がついていた。

衣服を身につけると襖《ふすま》を開け、隣りの居間に行く。

両親は二階の寝室で休んでおり、戸外では物音一つしない。

聞こえるのは、居間に続く小さな台所に置かれた冷蔵庫の低い唸りと、壁の時計が、カッ……カッと一定間隔で時を刻み続ける音だけだった。

壁に掛けられたカレンダーを見ると、その日の出来事が鉛筆で書き込まれていた。病院、老人クラブの旅行、漬物つける、図書館、免許更新の講習、といった老夫婦の日常が記されていた。昨日の箇所には、「夕方、一《はじめ》帰省」とあった。

（下手くそな字だ）

顔に、蔑みの色が浮かぶ。

テーブルの下に置いてあった黒い大きな書類鞄を開け、書類の束を取り出す。

数字や図表が入った分厚い書類は、海外の油田やガス田開発に関する資料だった。十文字の仕事の一つは、通産省ＯＢがトップを務めるインドネシア石油（株）や国際石油開発（株）による海外の油田やガス田開発を後押しすることだ。政府間交渉では矢面に立ち、石油公団の投融資や国際協力銀行の融資、貿易保険などが付くようにする。

現在手がけている主な案件は、カザフスタンのカシャガン油田、アゼルバイジャンのカスピ海沖合い鉱区、カスピ海の原油をトルコの地中海岸まで運ぶＢＴＣ（バクー・トビリシ・ジェイハン）パイプラインなどだ。

最近は、イラン巨大油田の優先交渉権獲得に味を占め、自ら案件を探して相手国と交渉し、官主導で案件を進めようとしていた。今、狙っているのはメキシコの「チコンテペック油田群」である。埋蔵量が、世界最大のガワール油田（サウジアラビア）を上回る七〇〇億バレル程度といわれる巨大鉱区だ。ここの開発権が獲得できれば、原油輸入における中東依存度を下げられ、日本の国策にも大きく貢献する。十文字は直属の上司にも知らせず、ペメックス（メキシコ国営石油会社）と極秘で交渉を始めていた。

（これが獲れれば、俺の地位は安泰だ……）

十文字は長めの髪をかき上げ、書類の文字を食い入るように追っていく。ぎらぎらした両目の下に、くっきりと不健康そうな黒い隈ができていた。

第六章　豊饒のオホーツク海

1

十文字が越前の故郷に帰省していた頃、五井商事の金沢明彦も妻と小学校六年生の娘を連れ、北海道の網走に帰省した。イランのオイル・スキームが決着したので、数日間の休暇を取ったのだった。

羽田空港から早朝の便で飛び立ち、女満別《めまんべつ》までは一時間半ほどのフライトである。ボーイング737型機が白と黒のモノトーンの大地に向けて降下を始めたとき、氷結して白い雪に覆われた能取《のとろ》湖が見えた。

女満別の空港ビルは真新しい三階建てで、子供の頃食べた「流氷飴」の看板が、荷物受取りホールの壁にかかっていた。

到着ホールに、ダウンジャケットを着た金沢の兄が出迎えに来ていた。

「悪いねえ」

「なーんもだ。冬はやることねえんだから」

兄は家業を継いで、ホタテ貝の漁師になっている。一四トンの船を所有し、五人の乗組員を使う「親方」である。

空港ビルを出ると、外気は頬を切るような寒さだった。気温は零下三度。

金沢たちは兄のワゴン車に乗り込んだ。

空港から網走の町までは約二〇キロメートル。道は白く凍りついていた。

国道三九号線の両側は、広々とした牧草地、小麦やビート（砂糖大根）などの畑だが、今は真っ白な雪に覆われている。黒々としたエゾ松の林、二百頭ほどの牛が入っている巨大な牛舎、サイロ、民家などが現われては消える。

五分ほど走ると、左手の林の先に凍った大きな湖面が見えてきた。

「ああ、網走湖だ……」

助手席にすわった金沢が、ほっとしたような声を出した。

網走出身者が故郷に帰ってきたことを実感する風景だ。

「あれ、何してるの？」

後部座席にすわった金沢の娘が湖の方を指差した。

凍った湖面に赤や、黄、水色など、色とりどりの小さなテントが張られ、ヤッケやダウンジャケットを着た人々があちらこちらで何かしていた。

「あれはね、ワカサギを釣ってるのよ」

娘の隣りにすわった妻がいった。

「そうだ、明日はワカサギ釣りに行こう」

ハンドルを握った金沢の兄がいった。

「その場でから揚げにして食うと、うめえどぉ」

その言葉に、娘ではなく、金沢と妻が思わず唾を飲み込んだ。

市街に入る手前に、網走刑務所が見えた。赤茶色の煉瓦壁で、バグダッド市街の手前にある陰惨なアブグレイブ刑務所とは比べ物にならない近代的な建物である。

間もなくJR網走駅が右手に現われた。

市の人口は約四万二千人。能取湖、サロマ湖、網走湖、藻琴《もこと》湖など、網走国定公園指定区域に周囲を囲まれた自然に恵まれた土地である。市内を貫流する網走川は、秋になると産卵のために遡上してくる鮭や鱒で溢れる。鉄道よりも国道が先にできたため、商店街はJR駅から一・五キロほど東の国道沿いにある。

金沢の実家は、市街から五キロほど知床半島の方角に進んだ鱒浦《ますうら》という地区にあり、近くにはJR釧網《せんもう》本線の鱒浦駅がある。大正十三年開業の古い駅で、今は無人駅になっている。

家は二階建てで、かなり大きい。前庭に枝振りのよい松の木が並び、一階部分の外側をぐるりとサンルームが取り囲んでいる。オホーツクの漁家は裕福な家が多く、金沢家も例外ではない。付近は、漁具の倉庫を持った漁家の集落である。

金沢たちが到着したとき、隠居した両親は居間でのんびりテレビを観ていた。テレビは大型のフラットスクリーンである。部屋のあちらこちらに、スペイン、タイ、ハワイ、カナダなどに旅行したときの絵皿や人形が飾ってある。

金沢が子供の頃、漁家はこれほど豊かではなかった。

特に昭和五十一年（一九七六年）に、米ソが二〇〇海里経済水域宣言をしたとき、北海道の漁業は大打撃を受けた。漁獲量の四五パーセントが他国の二〇〇海里内だったからだ。当時、商社や卸売り業者が魚を確保するために思惑買いや魚隠しを行い、五井商事も数の子を買い占めて世論の非難を浴びた。さらに三年後、イランのイスラム革命が引き金になって第二次オイルショックが起きると、漁船に使う軽油の価格が高騰し、金沢の父親は事務室の机でよく算盤を弾きながら、悩ましげな顔をしていた。

こうした状況を救ったのが、水産庁や北海道が中心になって進めた稚魚や稚貝《ちがい》を放流する「つくり育てる漁業」だった。現在、網走市だけで毎年、一億九千万個のホタテの稚貝、四千五百万匹の鮭の稚魚、千五百万匹の鱒の稚魚、三一トンのしじみの稚貝、七億六千万粒のワカサギの卵が放流されている。網走湖のワカサギも放流による賜物である。

小樽、釧路、根室など、日本海や太平洋岸の漁業が衰退するのを尻目に、「つくり育てる漁業」で、オホーツクの漁獲高は着々と増加して行った。中でもホタテ貝は顕著な成功を収め、大正、昭和期を通じて北海道全体で毎年一～三万トンの漁獲高しかなかったのが、昭和四十年代後半（一九七四年前後）から急激な右肩上がりに転じ、昭和五十年代に一〇万トン、同六十年代に三〇万トンを突破し、現在は年四五万トンに達している。ホタテ漁が特に盛んな宗谷支庁の猿払村《さるふつ》では、漁家が金の使い道に困って、民家に自動ドアやエレベーターを取り付けたりしている。

二階の客間に入ると、窓一杯にオホーツク海が広がっていた。押し寄せた流氷で、青と白の大平原のようだった。

オホーツクの豊かさの理由は、流氷にある。流氷は、ロシアと中国の国境を流れるアムール川（黒竜江）の栄養素を含んだ大量の水がオホーツク海に流入し、凍ったものだ。流氷に含まれる植物プランクトンが海底の栄養素を吸収し、光合成を行なって増殖し、それを食べに動物プランクトンが集まる。春になって流氷が溶け始めると、オホーツクはプランクトンの海になる。

ホタテ漁は、海を牧場のように使い、「輪採方式《りんさい》」で行われている。

これは、沖合い三〜九キロメートル、水深一二〜八〇メートルの海を、縦横数キロ四方の四つの漁区（区画）に分け、ヒトデなどを駆除した後、稚貝（一齢貝）を放流するものだ。放流は毎年五月下旬から六月上旬、農家の主婦たちを臨時雇いにして行われる。次の年には別の漁区に放流し、毎年順次漁区を変える。三年後、最初の漁区に放流したホタテが四齢貝になったところで漁獲する。

漁が本格的に始まるのは七月頃からだ。夜が明けぬうちから出漁し、全長四メートルの袋状の網（桁網）を船の両舷から海中に投じ、ワイヤーで引いて海底のホタテを収穫する。一日の予定漁獲量は一船当たり一〇～一二トンである。漁期の初めは貝の現存量が多いので、二時間ほどで収穫できるが、晩秋になると八時間以上かかる。また、秋は時化《しけ》早《ばや》くなるので、漁期の初めには沖合いの漁区から漁獲して行く。

その日の晩、金沢は兄夫婦一家と一緒に、網走市内の居酒屋に出かけた。市街地の外れにある「五十集屋《いさばや》」という、蟹の加工場の二階を改造した店だった。「五十集」は江戸時代の言葉で、魚を売買する店を意味する。

店の前はオホーツク海で、夏はむせ返るような潮の匂いが立ち込めている。一階はコンクリートが打ちっ放しの作業場で、船形の神輿や大漁旗、鮭の「山漬け」（干物）などが飾られている。

階段で二階に上がると、周囲に十五人ほどがすわれる四角い囲炉裏が三つあった。金沢たちはコートを脱いで、炉端にすわった。

兄嫁と高校生の息子、中学生の娘も一緒である。二人とも地元の学校に通っている。他の客は、札幌か本州あたりから来たらしいサラリーマンのグループ、若い観光客のカップル、家族連れ、地元の職場の集まりなどである。

金網の下で炭火が赤々と熾《お》きていた。

壁に大漁旗、鮭の山漬け、青緑色のガラス玉の浮き、漁業用の木の輪を通した太いロープ、窓際に木彫りの熊。巻き上げられた窓のカーテンは筵《むしろ》である。店名を墨で記した赤提灯が天井から下がっていた。

窓の下には、青と白の流氷が押し寄せ、まるで空に浮かんでいるようだ。

「ここの景色は、圧巻だね」

窓の方を見ながら金沢がいった。

「都会から来た人はみんな感動するよ」

隣りにすわった兄は少し得意げな表情になる。

前菜の小鉢は、ホタテのフライ、蟹肉、キュウリなどをマヨネーズで和えたもの。ホッケの開きは、脂がたっぷり乗ってほどよく焦げ目がつき、醬油をかけなくても海の塩味がついている。

周囲では、金網の上で魚や蟹が焼けるチリチリいう音、香ばしい匂いの煙、人の話し声、笑い声、戸外で風が吹く地鳴りのような音がしている。

毛蟹は蟹専用の鋏で殻を切り裂いて食べる。肉は白くて柔らかく、ほんのり甘みがある。

「お前も、都会の人間だなあ」

金沢が細い足の先の肉までほじくり出して食べていると、兄が苦笑した。

「蟹なんて美味いとこだけ食えばいいんだよ。なんぼでもあるんだから」

兄は太い足の肉、足の付け根にみっしり詰まった肉、甲羅の蟹味噌を食べると、残りは惜しげもなく足元のごみ入れに捨てていた。

「いうの忘れてたけど、明日、とし子が帰ってくるぞ」

二ハイ目の蟹の足をもぎ取りながら、兄がいった。

「え、ほんと？」

妹のとし子は、ロサンゼルスのホームレス・シェルターでボランティアをしながら、地元の大学で環境学を勉強していた。

「アメリカの学校が終わったんで、東京のNGOだかNPOだかに就職したらしい」

「へーえ、相変わらずだね。何のNGO？」

「いや、聞いてない。また平和維持とか貧困撲滅とか、そんなんじゃないか」

金沢が頷く。

「あいつも三十一になるのに、結婚せんねえ」

兄は人ごとのような口調でいい、蟹の白い肉を指でつまんで口に運ぶ。

斜め前にすわった妻と娘に視線をやると、夢中になって蟹を食べていた。

「ところで、お前の会社、サハリンで石油開発やってるんだよな？」

「ああ、サハリンBね。うん」

「今、どこまで進んでるんだ？　お前も確か石油関係の部だろ？」

金沢がサハリン・プロジェクト部にいることまでは知らない様子である。

「原油生産が二年前に始まって、今第二フェーズのLNG生産に進もうとしてるところだよ。でも、LNGの販売の目処が立たないんで、足踏み状態なんだ」

PSA（生産物分与契約）で、サハリン・リソーシズ社に与えられている鉱区評価期限は、今年（二〇〇一年）六月までである。プロジェクト・スポンサー三社は、三月末までにLNGの販売の目処をつけ、六月に第二フェーズの開発計画を州政府に提出したいと考えている。

「LNG、売れないんか？」

「日本市場は二〇〇八年まで契約が満杯なんだ。電力会社やガス会社に提案書を出してるけど、まだ返事がない。中国が買い手だとファイナンスが組成できないかもしれないし、韓国のガス会社は難しいし」

韓国最大のガス会社である韓国ガス公社（KOGAS）に対し、サハリン・リソーシズ社の四パーセントの株式を売ってもよいという提案を餌に、年間二〇〇万～四〇〇万トンのガスの販売を打診したが、交渉は不調に終わった。

「韓国の会社って、どんな風に難しいんだ？」

「韓国人特有の『買ってやるから世界一いい契約で売れ』ってやつで……」

金沢はうんざりした顔。

「『LNG船は韓国で造れ』とか『韓国の建設会社に仕事させろ』とか、ありとあらゆる要求をしてくるんだ。ああいうのは、長く付き合えるバイヤーじゃないね」

兄は頷き、小ぶりのグラスの冷酒を口に運ぶ。

「サハリンBって、何か関係があるの？」

「大ありだよ、お前」

兄は怒ったような口調でいった。

「油漏れが起きて、海が汚されたらどうするんだ、ええ⁉」

冷酒のグラスを置いて、金沢の顔を見る。

「春先は鮭や鱒の稚魚が沿岸にみんなへばりついてんだぞ。そんなところに油が押し寄せてみろ。全部死んじまうじゃないか。秋だったら、定置網に油がべったりついて、魚が油臭くて売れんくなる。俺らが長年苦労して作ってきた、ホタテの漁場も全滅だ」

「…………」

「だいたい、あのプロジェクトは、二年前に油漏れ事故を起こしてるだろ？　また事故が起きるんじゃないかって、漁師はみんなぴりぴりしてんだぞ」

事故が起きた直後、網走市長がオホーツク沿岸の五つの市に呼びかけて「サハリン沖油田事故災害対策沿岸都市協議会」を立ち上げ、政府や北海道に事故対策を整えるよう申し入れた。海上保安庁は油回収装置の配備を始めたが、回収能力はまだ十分ではない。

「兄さんは何かやってるの？」

「漁組《ぎょくみ》（漁業協同組合）の環境保全委員会に出てる。漁組を通して、政府に対策やるよう申し入れてる」

金沢は毛蟹を手に持ったまま頷く。

「まったく石油開発なんて、迷惑な話だぜ」

兄は吐き捨てるような口調でいい、グラスの酒を飲み干した。

金沢は黙って蟹を食べ続けるしかなかった。

サハリンBが、地元にこれほど不安感を与えているとは知らなかった。

やがて兄は、囲炉裏の角を挟んですわった金沢の娘と、明日のワカサギ釣りの話を始めた。金沢は多少ほっとした気分になる。

夜が更けるにつれ、徐々に客が減り、店内は静かになって行く。戸外の風は止んだようだ。窓の向こうでは、流氷に覆われたオホーツク海に、夜の帳《とばり》とともに粉雪が舞い下りてきていた。

「明彦、ところでお前、名刺持ってる？」

兄が訊いた。「オヤジも年だし、万一のときのために、お前の職場の連絡先を知っておきたいんだけど」

「いや、あの……休暇なんで、持ってこなかった」

金沢は戸惑った。先ほどの剣幕を考えると、サハリン・プロジェクト部の名刺などとても出せない。

「そうなんか？　一流商社のサラリーマンは、いつでも名刺を持ってると思ったんだけど」

兄は考える風。

「ところで、お前、今、何ていう部で働いてるの？」

「今？　えー、何だっけ……酔っ払って……」

金沢は頭をかく。

「あ、燃料本部だ」

「ふーん、燃料本部っていう部なのか」

本当は、燃料本部の中のサハリン・プロジェクト部である。

「後で、電話番号メモして渡すよ」

金沢は、兄にサラリーマン経験がないことを神に感謝した。

食事が終わったのは、午後十時頃だった。

店の外に出ると気温は零下七度で粉雪が頭や肩に降り積もって来た。

耳を澄ますと、流氷同士が擦れ合って、軋《きし》るような音を立てていた。


翌日は、午前中に網走湖にワカサギ釣りに出かけた。

湖の東岸の呼人《よびと》地区で観光協会がワカサギ釣り場を運営しており、駐車場やトイレ、釣り道具のレンタルなども完備している。

平日だったが、観光客や地元の人たちで賑わっていた。

空はからりと晴れ、気温は零下三度。

ドリルで凍った湖面に穴を開け、水面に浮かんでくる雪や氷を網で取り除き、長さ二メートルほどの釣り糸を垂らす。錘《おもり》が水底に着くか着かないかの状態で、竿をゆっくり上下させ、ワカサギを誘う。すぐにアタリがきて竿先が震える。穴の縁にひっかからないように、ゆっくり引き上げると、糸の先で長さ一〇センチほどの銀色のワカサギが踊っている。

ワカサギ釣りは簡単なので、小学校六年生の金沢の娘も次々と釣り上げることができた。兄が持参した携帯用のコンロと小さな鍋で天麩羅油を熱し、その場で唐揚げにした。網走湖のワカサギは海から遡上してきたもので、柔らかく、癖がない。青空の下、寒風で頬を赤く染めて食べるワカサギの味は格別だった。

昼すぎ、金沢たちは帰宅するため、ワゴン車で網走市街を抜け、斜里国道（国道二四四号線）を鱒浦の方へと向かった。

「あれ⁉」

ハンドルを握っていた兄が、突然声を上げた。

道路わきの網走港第五埠頭の方に視線を向けていた。

「あれ、とし子でないか？」

車のスピードを落とす。

二〇メートルほど先で、軽乗用車から一人の女性が降りたところだった。ダウンジャケットにズボン姿で書類用らしい大き目の黒いバッグを手に提《さ》げていた。

「確かに、とし子だね」

「何やってんだ、あいつ、こんなとこで？」

とし子は、埠頭の入り口付近のビルに入って行った。

二階建ての真新しいビルだった。

「あの建物は？」金沢が訊いた。

「漁組だよ」

と兄。「友達でもいるんかなあ？」

金沢たちが鱒浦の実家に戻って二時間ほどして、とし子が帰ってきた。

「ただいまあ。……あ、お兄ちゃんたち帰ってきてたんだ」

居間でダウンジャケットを脱ぎ、バッグを床に置く。

「こんにちわー」

セーター姿のとし子は、金沢の娘に両手を振った。色白で、髪は肩のあたりで切り揃えている。

（相変わらず、仏様みたいな純粋無垢な顔して……）

年のせいか、多少身体つきがふっくらした感じである。

「お前、いつ北海道に帰ってきたの？」

ソファーにすわった金沢が訊いた。

「一週間前に」

とし子はにっこりし、カーペットの上にぺたりとすわった。

「稚内まで飛行機で来て、レンタカー借りて、猿払、枝幸《えさし》、雄武《おうむ》、紋別、湧別、常呂と回ってきたの」

すべてオホーツク沿岸の漁業の町だ。

「へーえ、この寒いのに。何でまた？」

「漁協《ぎょきょう》の人たちと話をするために」

地元では漁業協同組合を漁組という人もいるが、とし子は東京の人間のように漁協といった。

「それは、今度働くことになったNGOの仕事かい？」

床に寝転んでテレビを観ていた兄が首を捻って訊いた。

「うん」

とし子は頷く。

金沢は、とし子の傍らの黒い書類バッグに何気なく視線をやった。開いたチャックの間から、鯨の写真が表紙に付いた冊子が覗いていた。鯨は体表に貝などが付着して白と灰色のまだら模様に見える。

（コククジラ……？）

絶滅が懸念される鯨だ。北サハリン沖を餌場にしているため、環境団体がサハリンでの石油・ガス開発に反対する理由の一つになっている。

「何ていうNGOさ？」

兄が訊いた。

「アース・ウィンズ・ジャパンっていうの」

（えっ、アース・ウィンズ⁉）

サハリンBプロジェクトに最も反対している環境保護団体だ。

「わたし、サハリンの石油・ガスプロジェクトの担当になったの」

金沢は驚愕した。

「ふーん。それで漁組を回ってるんか？」

兄は相変わらずのんびりした口調。

「うん。サハリンでこんなプロジェクトがあるって漁協や海上保安庁を回って知らせているの」

とし子は書類バッグの中からA４判の冊子を取り出した。

表紙に大きな文字で『サハリン石油・ガスプロジェクト～北海道が油まみれになる日』と書かれていた。

2

網走から帰って間もなく、金沢はロンドンに出張した。

六月に提出される「サハリンB」の第二フェーズの開発計画をロシア側が認可すると、機器・設備の入札をし、パイプラインやLNG基地建設の準備を始めなくてはならない。

出張の目的は、第二フェーズのファイナンシャル・アドバイザー（FA）の選定だ。第一フェーズでアドバイザーを務めたロックフェラー銀行の契約は打ち切り、新アドバイザーを選定する。

ビビアン・リー主演の映画「哀愁」の舞台になった灰色のウォータールー橋のたもとから、テームズ川に平行したベルベデーレ通りを一〇〇メートルほど行くと、アングロ・ダッチ石油の英国本部「アングロ・ダッチ・タワー」が聳えている。周囲を睥睨《へいげい》する地上二十七階、地下三階建てで、薄茶色のポートランド石（英国ポートランド島産の建築用石灰石）造りの要塞のようなビルである。

二階まで吹き抜けのロビーは、壁と床が赤茶、薄茶、ベージュの三色の大理石を組み合わせたホテルのような空間だ。大理石造りの受付カウンターの右手に、赤いドレスを着て黒いマントを羽織ったエリザベス女王の肖像画が飾られている。

金沢が財務部の若手と一緒に到着したとき、黒革張りのソファーの一つで、一番最初にプレゼンテーションをするソシエテ・フランス銀行のチームが、最後のリハーサルをしていた。

二人は、受付でVISITORの名札をもらい、三階の会議室に向かった。

「……プロポーザル（提案書）は、どれもクオリティが高いよな」

会議室で、アングロ・ダッチ石油のイアン・ジョンストンが、提案書のページを繰る。

ビューティー・パレードに参加する銀行の提案書が、テーブルに積み上げられていた。いずれも六十〜百ページという分厚い冊子で、モリクパックやLNG船のカラー写真を表紙にあしらったり、本文編と資料編の二分冊になったりしている。

アドバイザー候補は、米系と欧州系の五つの銀行である。邦銀は、大手二行が検討されたが、最終選考《ショート・リスト》に残らなかった。

「これだけ大きなプロジェクトだから、多くの参加銀行をマネージ（統率）する能力がある銀行を選ばないと駄目でしょうね」

五井商事財務部の若手がいった。横長の黒いセルの眼鏡をかけた音楽関係者のような風貌をしている。

周囲でスーツを着た十数人の男たちが頷いた。「サハリンB」の財務委員会のメンバーたちだ。

窓のブラインドは半分ほど開けられ、「ジュビリー・ガーデンズ」の緑の芝生とスズカケ並木、その先のテームズ川をゆっくりと往き来する遊覧船や貨物船が見える。

「ロックフェラー銀行のマイルストーン・フィーがでかいのが気になるな」

アングロ・ダッチ石油の男が、手数料の比較表に視線を落としていった。M&Aとファイナンスを担当する部署にいるブライアンという中年オーストラリア人であった。

アドバイザーの報酬は、リテイナー・フィー（月ぎめ報酬）とファイナンス完了時のサクセス・フィー（成功報酬）の組み合わせが多いが、特定の出来事が生じたときに一定額を払う「マイルストーン・フィー」を入れることもある。ロックフェラー銀行の提案では、ファイナンス組成に関わりなく、ルンスコエ鉱区のLNG生産が始まったときには、二百万ドル（約二億五千万円）を支払うようになっていた。

「LNGの販売契約が確保できてないから、最悪の場合、ファイナンスが組成できないと思ってるんだろうな」

ファイナンスがつかない場合は、スポンサー三社の自己資金で八十五億ドル（約一兆六百億円）を賄《まかな》わなくてはならない。その場合、資金負担が生じるだけでなく、プロジェクトにおける五井商事と東洋物産の存在意義まで問われる。日本の商社が参加する最大の利点は、国際協力銀行から融資が得られることだからだ。

「それより、あいつらの態度が問題だ」

ジョンストンが忌々しげにいった。

数ヵ月前にロックフェラー銀行のアドバイザー・チームのリーダーの一人だったブルースが突然銀行を辞めたが、スポンサー三社には事前に何の断りもなかった。

「ところで、ドイツ・ユニオンのフィー・ストラクチャーだけど、これだと連中がプロジェクトの完成を意図的に遅らせたりしないかな？」

アングロ・ダッチ石油の別の男がいった。長身で理知的な顔をした三十代後半のイギリス人で、「サハリンB」のファイナンスを担当している。

ドイツ・ユニオン銀行は、欧州系の大手金融機関だ。

提案書では、リテイナー・フィーは不要とされ、サクセス・フィーは、プロジェクトが二年以内に完成した場合は一千万ドル、三年以内の場合は千二百万ドル、完成が三年を超えた場合には千五百万ドルとなっていた。

「わざと遅らせることはないでしょう。欧米系の銀行は、バジェット（収益目標）管理が厳しくて、一日でも早くフィーを稼ごうと血眼ですから。来年の千二百万ドルより今年の一千万ドルですよ。ただ……」

五井商事財務部の若手が首をかしげる。「これだと、向こうはずっと収益ゼロで走らなけりゃならないから、ちょっと無理があるんじゃないかなあ」

「確かに、毎月リテイナーを払う方がヘルシー（健全）だろうな」

とジョンストン。「途中で、もう続けられませんと投げ出されても困るよな」

ロックフェラーとドイツ・ユニオン以外の三行は、リテイナー・フィーが月五〜十万ドル、サクセス・フィーが融資額の〇・一〜〇・三パーセントという水準だった。支払ったリテイナー・フィーの一部をサクセス・フィーとしてカウントできると提案している銀行もあった。また、第一フェーズで融資した金融機関（国際協力銀行、ＥＢＲＤ、ＯＰＩＣ）から第二フェーズでも融資がされた場合は、低い料率を適用するとしたり、金額が大きいほど料率を低くするという提案もあった。いずれにせよ、融資の金額や時期によるが、アドバイザーは、一千万ドルから二千万ドル（約二十五億円）という報酬を手にする。

「後は、モスクワのスタッフが気が利いているかどうかか……」

とブライアン。『サハリンＡ』は、エクソンモービルが傲慢で、ロシア政府と険悪になってるらしい。ＦＡも、モスクワのスタッフが上手くロシア側との関係を作ってくれるところじゃないとなあ」

「ニューヨークのスタッフも重要だよね」

金沢がいった。「第二フェーズは米輸銀かＩＦＣが必要になるだろうから」

ジョンストンが頷く。

「いざというとき一番頼れるのは、アメリカンだよな」

政治力と軍事力を持つアメリカの機関をプロジェクトに入れておくのは、一種の保険だ。なお、ＩＦＣ（国際金融公社）は世界銀行グループの国際機関だが、本部がワシントンＤＣにあり、米国政府と密接に結びついている。

そもそもプロジェクト・ファイナンスをやるのは、スポンサーの資金負担を減らすこともさることながら、国際機関や有力金融機関を関与させ、必要に応じてロシア側に圧力をかけるためだ。

「でも、一番重要なのは、東京のスタッフだろう」

東洋物産サハリン開発部の男がいった。三十歳くらいの若手だが、入社間もない頃から「サハリンB」に関わっている。第二フェーズの最大の融資先は日本の国際協力銀行（JBIC）になる見込みで、今のところ、融資総額の五～六割を当て込んでいる。

「それから、どの程度の人材をチームに出してくるかだね」

と東洋物産財務部の男。痩せた四十歳すぎの人物だった。「シティ・マンハッタンは最近ナイジェリアのLNGプロジェクトのアドバイザリーを獲ったし、ロックフェラーはオマーンのサード・トレイン（第三生産施設）のFAに立候補してる。そっちにいい人材を持って行くかもしれない」

LNGの生産施設は、天然ガスから水銀、酸性ガス、水分、重質炭化水素などを除去・分離した後、窒素、メタン、エタンなどの混合気体を冷媒として加え、摂氏マイナス百六十二度に冷却し、体積を六百分の一に圧縮して液化する。超高圧と超低温の処理設備が必要で、工程数も多く、パイプが複雑に絡み合った長い生産施設は、「系列《トレイン》」と呼ばれる。「サハリンB」では、年産四百八十万トンの生産能力を持つトレインを二基建設する予定だ。

「ところで、アドバイザーはレンダー（貸し手）になれるの？」

金沢が訊いた。

「アドバイザーはレンダーになるべきではないというのが、アングロ・ダッチ石油のリリジャス・ビリーフ（信仰）だ」

とジョンストン。

利益相反を避けるためである。

「さて、そろそろ時間だな」

最初のプレゼンテーターは、ソシエテ・フランス銀行だった。

テーブルがコの字型に配置され、正面中央にチーム・リーダーがすわった。その左右に、窓を背にしてチーム・メンバー八人がすわる。

スポンサー三社の十数人は、彼らと向き合う形ですわった。

双方の一人一人が自己紹介をした。

ソシエテ・フランス銀行のチーム・リーダーは四十代半ばの真面目そうなイギリス人男性である。以前、ロックフェラー銀行の石油・ガス・チームにいたが、同行がJPモリソンと合併し、新銀行のJPモリソン・ロックフェラーがプロジェクト・ファイナンス業務を縮小したため、ソシエテ・フランスに移籍した。

「クレデンシャル(過去の実績等)については、資料によく書いてもらっているので、説明は要らないからね」

スポンサー側の中央にすわったジョンストンが、やんわり釘を刺した。どの銀行がどの程度の実績を上げているかは業界の常識で、説明は時間の無駄だ。

プレゼンテーションはスライドを使って始まった。

第二フェーズの特徴、問題点、ロシアのカントリーリスク克服方法、資金調達方法、予想される貸し手とそれぞれの特性、ファイナンス組成プロセス、ソシエテ・フランス銀行のチーム編成などについて説明して行く。イギリス人リーダーが大まかなところを話し、担当者が詳しく述べるスタイルである。

チームは、フランス人、イギリス人、カナダ人、日本人など九人だった。うち女性は三人である。担当者たちは、大型プロジェクトのせいか、一様に緊張していた。

国際協力銀行を担当するという中年の日本人女性は、目が大きく、派手な絹のスカーフを肩にかけていた。ソシエテ・フランス証券東京支店常務取締役という立派な肩書きだったが、国際協力銀行のファイナンスについてはほとんど知識がなく、同行のパンフレットの内容を話しただけだった。

世界銀行で十年働いたという中年のフランス人男性は、いかにも作ったような微笑を湛《たた》え、知的な雰囲気を醸し出しながら話す世銀官僚タイプ。

本店のストラクチャード・ファイナンス部から来たフランス人は、ガリア人の子孫といった感じのごつい風貌。英語がたどたどしいフランス訛りなので、それだけで能力がない印象を与える。

「IFCのBローンに引当金は要るんですか？」

スポンサー側の一人が訊いた。

IFCの融資は、IFCが自ら資金を出すAローンと、民間銀行が資金を出すBローンがある。

「要ります」

ガリア人風の男は戸惑った顔で答えた。

「間違ってるじゃないすか」

金沢の隣りにすわった五井商事財務部の若手が呟いた。

「IFCは主要先進国の金融当局からBローンの引当金は不要というレターを出してもらって、配り歩いてますよ」

財務部の若手は、そんなことも知らないのか、といいたげな顔つき。

「プロジェクトのロケーションがロシアだと、いくら優れた融資の仕組み（ウェル・ストラクチャード・トランズアクション）にしても、ロケーションだけで判断して引当金を課してくる金融当局があるんじゃないでしょうか？」

東洋物産財務部の男が訊いた。「本件の貸し手になりそうな、主要各国の金融当局の態度はどうか、国別に述べてもらえませんか」

「そういうことは個別案件ごとに調べなくてはならない」

シンジケーションの責任者だという太ったイギリス人は、なんでこんなクソ細かいことを訊くんだ、とでもいいたげな顔つき。「ロシアについてはまだ調べていないので分からない」

「その程度のこと、調べてからプレゼンに出てこいよ」

東洋物産の男が、日本語で呟いた。

「コマーシャル・バンク全体で、純粋なロシア・リスクはどれくらいの額を取れると思う？」

ジョンストンが訊いた。

「結構難しい質問しますねえ」

五井商事の財務部の男が金沢に囁く。

ソシエテ・フランス銀行の太ったイギリス人は、顔を赤くして答えに詰まった。

「うーん……五パーセント」

「ということは、三億ドル？」

スポンサー三社は、第二フェーズの総額八十五億ドルのうち、六十億ドル程度をノンリコースのプロジェクト・ファイナンスで調達し、残りをスポンサーの自己資金《エクイティ》で出そうと考えている。

「……そうだ」

イギリス人の男は迷いながら答えた。

ジョンストンは、あまり信じていない表情。

やがて、質疑応答が終わった。

「じゃあ、そろそろこの辺で……」

ジョンストンがいいかけたとき、ソシエテ・フランスのリーダーが微笑し、

「トゥ・ミニッツ・ラスト・ピッチ（最後の二分間セールス）をしてもいいですか？」

と訊いた。

（プレゼン慣れしてるなあ）

さすが、プロジェクト・ファイナンスに伝統を持つロックフェラー銀行出身者だ。

「ウィ・アー・オール・ユアーズ！（あなたの望み通りに！）」

ジョンストンが笑って応じた。


ソシエテ・フランス銀行が帰ると、昼食になった。

会議室に、サンドイッチ、タンドリー・チキン、サモサ、果物、ジュース、コーヒーなどが載ったワゴンが運び込まれた。スポンサー三社の十数人は、紙の皿に料理を取り、三々五々集まって食事を始める。

ホワイトボードにマジックペンで図を描き、食べ物を頬張りながら、第二フェーズは、とりあえず一トレイン（一系列）で行くか、それともいきなり二トレイン（二系列）を立ち上げるべきか議論している者もいる。一トレインなら第二フェーズの総投資額は八十五億ドルでなく、六十億ドル程度ですむ。コンソーシアム内では、LNG販売契約が確保できていない現状では、一トレインで行きたいという考えが大勢だ。ただし一トレインだと、IRR（internal rate of return＝内部収益率）は一桁で、一三～一四パーセントが期待できる二トレインに比べて大きく見劣りがする。

IRRは、プロジェクトから得られる将来のキャッシュフローの現在価値とプロジェクトに投資する金額が一致する割引率（利回り）である。したがって、IRRが借入や資本の調達金利を下回ると、プロジェクトは採算割れする。現在、ドルの六ヵ月LIBOR《ライボー》（ロンドン銀行間出し手金利）が五パーセント前後で、ロシアのプロジェクト・ファイナンスの場合は二〜三パーセントの利鞘を乗せられるので、損益分岐点のIRRは七〜八パーセントになる。エネルギー価格が現在のように低迷を続けた場合、一トレインで行くと、金利が上昇した途端、「サハリンB」は赤字に転落する。

金沢が東洋物産の男たちと、ソシエテ・フランス銀行のプレゼンテーションについて話していると、長身のジョンストンがゆらりと近づいてきた。

「あれじゃ駄目だよねえ。リーダー以外は全然経験がないし。僕らのほうがよっぽど知ってるよねえ」

いつもの人を食ったような顔に苦笑を浮かべた。

大手米銀、シティ・マンハッタン銀行のプレゼンテーションは午後二時から始まった。アメリカ人、イギリス人、日本人など八人のチームであった。

リーダーは四十歳くらいの小柄なイギリス人女性である。黒い髪をショートカットにし、英国で人気のある「PINK」の青いチェックのシャツに、黒のジャケット、黒のスラックスを身に着け、両手を机の上で軽く組んで話す。午前中の打ち合わせのとき、誰かが「あの女はライブラリアン（図書館司書）」といっていたが、まさにそんな感じである。肩書きはマネージング・ディレクター。オックスフォード大学を卒業し、シティ・マンハッタン銀行に去年吸収された英国系マーチャント・バンクで働いていた。

全員が話したソシエテ・フランス銀行と違って、シティ・マンハッタン銀行は、経験豊富な三人が主に話すスタイルだった。

ロンドンのプロジェクト・ファイナンス部のディレクターは、真面目そうな中年のイギリス人男性。やはりオックスフォード大学から英国系マーチャント・バンクに進んだ人物で、香港勤務の経験がある。

欧州の石油・ガス・電力会社のリレーションシップを担当しているユダヤ系アメリカ人は、身長が一九〇センチくらいある大男。四角い顔で目も鼻も口も大きく、白髪をオールバックにした白鬼のような風貌だ。部屋に入ってくると、五井商事と東洋物産の日本人たちの前を素通りし、部屋の奥にいたアングロ・ダッチ石油の社員たちに押し売りするような親しさで話しかけた。

ジョンストンとリーダーの女性とは、チャド・カメルーン間の天然ガス・パイプライン・プロジェクトに関して遺恨があるらしく、二人とも英語のネイティブ・スピーカーなので、金沢には聞き取れないところがあったが、どうも皮肉の応酬をしているようだった。

三番目のプレゼンテーションは、CSファースト・アトランティック（略称CSFA）だった。一九九〇年に、スイスの大手銀行の傘下に入った米系投資銀行である。チームの一人に、尊大な物腰の老人がいた。一九八四年から一九九二年にかけて、レーガンとブッシュ政権下で財務次官などを務め、現在はCSFAのロンドンにおける会長という名誉職に就いているアメリカ人だった。茶色く日焼けした顔、オールバックの白髪、フレームの下半分しかない眼鏡、紺の高級スーツ、ダブルカフスの白いワイシャツ。どこから見ても、米国政府の高官だ。ビジネスの現場にいるより、老夫人と一緒にニューヨークの高級レストランで気難しい顔をしながら食事でもしていたほうが似合っている。

リーダーはニューヨークのエネルギー&プロジェクト・ファイナンス部から来たマネージング・ディレクター。四十代半ばのアメリカ人で、分厚いレンズの遠視の眼鏡をかけ、太った身体を白のワイシャツで包み、緑色のサスペンダーをしていた。早口で喋ろうとするため「アイ（わたしは）」というとき、甲高い声で「アイアイアイ……」と呂律が回らなくなる。訊いてもいないナイジェリアのLNGプロジェクトの話を始め、「ナイジェリアのボンド・イシュー（債券発行）などできないと、誰もがいった。モルガン・スタンレーもできないといった。メリルリンチもできないといった。だが、我々はやった！」と机を叩きながら感極まった顔で演説する。とにかくボンド（債券）の話をし出すと、止《と》まらなくなる。

それまでのプレゼンテーションが、イギリス流のもの静かなやり取りだったので、CSFAは場違いな闖入者《ちんにゅうしゃ》という感じだった。

「このプロジェクトはスケジュールがタイトだ。来週月曜日からワーク（作業）を始めなくてはならない！」

リーダーの男が絶叫し、スポンサー三社の人間たちが苦笑する。

少し離れた席にすわったアングロ・ダッチ石油の法務部の男が（こりゃ、駄目だね）と首を小さく振りながら目配せしてきたので、金沢は（そうですね）という顔で頷き返した。

二日目のプレゼンテーションは、午後に行われた。

最初にドイツ・ユニオン銀行、次にロックフェラー銀行だった。

二つのプレゼンテーションが終わったとき、窓の外はそろそろ暗くなり始めていた。

「さあ、どうやって評価しようか？」

ロックフェラー銀行の一行が帰ったのを見届けた長身のジョンストンが、ホワイトボードにゆらりと近寄った。

室内には疲労感が垂れ込めていた。

テーブルも椅子も配置が乱れ、飲み残しのコーヒー・カップやミネラルウォーターのペットボトル、透明なプラスチック製のカップなどが散らかっていた。

「評価項目はまず、チーム・リーダーの能力、と……」

ジョンストンがホワイトボードに黒いマジックペンでStrength of team leaderと書く。

「それから、チームの能力……」

Strength of teamと書く。

ボードの前に、十人余りの男たちが集まる。椅子にすわる者、立ったままの者、テーブルに腰かけて足をぶらぶらさせる者。

「フィーは？」

誰かが訊いた。

「まず純粋に、ベストの能力の銀行を選ぼう」

とジョンストン。「このプロジェクトはどの銀行でもアドバイザーをやりたがる。フィーなんて何とでも交渉できる」

（スーパーメジャーともなると、いうことが違うもんだ……）

金沢は感心した。

五井商事がアドバイザーを選ぶときは、いつもフィーが真っ先に議論される。

結局、チーム・リーダーの能力、チームの能力、ファイナンス実行プラン、金融機関としての総合力、という四項目で評価することになった。

「じゃあ、まず、ソシエテ・フランス銀行から行こうか」

最初の評価項目であるリーダーは、高い点数が付けられた。石油・ガスのプロジェクト・ファイナンスで長年の経験があり、バランスがとれた人柄は申し分なかった。

アングロ・ダッチ石油の社員らは、リーダーを気に入って、他の項目にも高い点数を付けようとする勢いである。

「ソシエテ・フランスはJBIC《ジェービック》（国際協力銀行）について実績、能力ともにゼロ。彼らを雇うと、我々商社が苦労する」

日本勢がクレームを付けた。

「でも、JBICとのネゴは商社がやるもので、銀行はあまり関係ないんじゃないの？」

とジョンストン。

国際協力銀行のファイナンスは、日本の商社が国際協力銀行に案件を持ち込んで話をまとめ、スキームを固めてから銀行に持って行くのが普通だ。

「確かに、交渉は我々商社が前面に出てやるけれども、銀行には書類やプレゼンテーションを作ってサポートしてもらいたい。こちらがフィーを払って、かつJBICのファイナンスについて銀行に教えてやるなんてことは勘弁してほしい」

「なるほど」

結局、ソシエテ・フランスは、リーダー以外は見るべきものがない、という結論になった。

シティ・マンハッタン銀行は、チャド・カメルーン間の天然ガス・パイプラインの一件が尾を引いて、アングロ・ダッチ石油の評価は散々だった。まず、チーム・リーダーに関しては、ジョンストンらが「あの女はいってることが全部的外れ」と、最低点を付けた。日本勢が、それはいくら何でもひどすぎる、といって、下から二番目の点数に上げた。チーム編成が、吸収された英国系マーチャント・バンクのスタッフが中心だったのも大きなマイナス要因になった。日本勢が「シティ・マンハッタンは、JBICに関しては東京の外銀の中では抜群の実績があり、世界的ネットワークもある」と推したが、ジョンストンらは「あいつらは最弱チームを送って寄越した」と、高得点を付けたがらなかった。

意外だったのが、CSFA（CSファースト・アトランティック）だった。プレゼンテーションのときは誰もが「なんでこんな連中を呼んだんだ⁉」という感じだったが、ジョンストンらとは、ウマが合ったらしい。点数を付けてみると、あれよあれよという間に高得点になった。

「CSFAのプレゼンにあったPSG（カスピ海と地中海を結ぶ石油パイプライン・プロジェクト）やルークオイル（ロシアの石油会社）のファイナンスはクローズ（完了）してないし、実績不足という感じがするけど」

金沢が疑問を呈した。

「いや、メンバーの中には、サウジのペトケミ（石油化学）プロジェクトをクローズした人間もいる」

最近、CSFAから移籍してきたアングロ・ダッチ石油の男が反論した。

結局、日本勢が釈然としないまま、CSFAの評価は高得点で終わった。

四番目は、ドイツ・ユニオン銀行。

日本勢はそれほど悪くないと感じていたが、ジョンストンらは「あいつらは大きな案件の実績がない」「リーダーも能力がない」とぼろくそだった。

「ドイツ・ユニオンは、そんなにひどくないと思ったんですけどねえ」

黒いセルの眼鏡をかけた五井商事財務部の若手が首をかしげた。

「同じヨーロッパ人の目から見ると、違うのかなあ」

金沢も首をかしげる。

目の前では、ジョンストンが黒のマジックペンで、すべての項目に最低点か下から二番目の点数を書き込んでいた。

「確かに、みんな堅実そうで、悪くない感じがしましたよね」

東洋物産財務部の男が腕組みしていった。

「JBICのファイナンスに限らず、こういう大プロジェクトは、スポンサーが前面に出て金融機関と交渉しなきゃならないですから、アドバイザーは生意気で使いづらい奴らじゃなくて、こっちのいうことを何でもへいへい聞いて、キャッシュフローや書類をきちんと作る能力さえあれば、あとは値段が安いところがいいと思うんですけどねえ」

「まあ、そうはいっても、実際にFAと作業するアングロ・ダッチが、嫌いだっていうんならしょうがないって気もしますけど」

と五井商事の財務部の若手。

「好きか嫌いかという要素は、現実問題として大きいということですか……」

最後は、ロックフェラー銀行。

チーム・リーダーは、第一フェーズでFAを務めたスティーブだった。石油エンジニア出身の痩せた若禿げのイギリス人だ。

ジョンストンらは、ブルースの一件に不快感を感じており、プレゼンが始まった当初、つっけんどんな話し振りだった。しかし、相手の十一人からなるチームは、プロジェクト・ファイナンス、石油・ガス、証券市場、貿易金融、日本、米国、ロシアという本件のFAに必要な要素をしっかりカバーする編成で、話の内容もしっかりしていた。スポンサー側は感銘を受け、ジョンストンらの態度も和らいで行った。

点数を付けてみるとロックフェラー銀行が最高得点になった。

「気になるのは、JPモリソンと合併して、組織の将来が不透明なことだよな」

マジックペンをテーブルの上に置いて、ジョンストンがいった。

ブルースの一件はとりあえず棚上げした様子である。

「しかし、不透明という点では、シティ・マンハッタンも英系マーチャント・バンクを買収してるし、ドイツ・ユニオンも米銀を吸収合併してるから、同じじゃないか？」

とブライアン。

「いや、僕がいってるのは、合併後のＪＰモリソン・ロックフェラーがキャピタル・マーケット（証券業務）志向を強めていて、プロジェクト・ファイナンス、すなわち、『サハリンＢ』に対して長期間のコミットメントができないんじゃないかということだ。一方で、シティ・マンハッタンやドイツ・ユニオンは、プロジェクト・ファイナンス業務から撤退することはない」

「それはいえるなあ」

「スティーブの名刺の部署名も、Global Syndicated Finance（国際協調融資）に変わってただろ？」

以前はOil & Gas（石油・ガス部）の所属だった。

「スティーブは、このディールのためだけに銀行に残されて、このＦＡが獲れなかったら、クビになるんだろうな」

誰かがいった。

金沢は、スティーブのどことなくおどおどしたプレゼンテーション中の表情を思い出す。

「じゃあ、結局、ロックフェラーが一番ということで、まずここと交渉する」

ジョンストンが議論を切り上げるようにいった。

話し合いが始まってから一時間半以上が経過していた。

窓の外には夕闇が迫り、テームズ川沿いに並ぶ街灯に、オレンジ色の光が点っていた。

時差が十一時間あるユジノサハリンスクや、九時間の東京から来た人々にとってはすでに真夜中で、ハンカチでしきりと目をこすっている。

「ロックフェラーと話がまとまらなければ、次はCSFA。残りの三つは望みなし」

マジックペンで、ソシエテ・フランス、シティ・マンハッタン、ドイツ・ユニオンの名前の上に横線を引いた。

「しかし……CSFAが二番目っていうのは……」

金沢の隣りに立っていた東洋物産財務部の男が呻《うめ》いた。

「我々としては、CSFAに関しては、ノット・カンファタブル（不安がある）」

五井商事財務部の若手が強い口調でいった。「彼らは、キャピタル・マーケット志向が強すぎるし、東京支店もJBICに関する能力がゼロだ」

東洋物産の男が勇気づけられたように、ホワイトボードの前に歩み出た。

「我々としては、二番手はシティ・マンハッタンの方がいいと思う」

ボードのシティ・マンハッタンの名前を人差し指でぽんぽんと叩いた。

全員が、うーん、と考え込む。

「分かった」

とジョンストン。

「じゃあ、とりあえずロックフェラーと交渉し、二番手は保留にしておこう」

全員が納得顔。皆疲れ切っており、これ以上話し合いを続ける元気はない。

「まあ、ロックフェラーとまとまらないということはないと思うよ」

少し離れたテーブルの上に腰かけたアングロ・ダッチ石油の男がいった。長身で理知的な顔をした三十代後半のイギリス人だった。

「これだけの大きなディールだから、彼らもどうしても獲りたいだろう。問題があっても、きっと妥協してくるよ」

全員が頷いた。

「じゃあ、そろそろメシにしようか」


「アングロ・ダッチ・タワー」最上階のダイニング・ルームに上がると、無数の灯火に輝くロンドンの街が一望の下に見渡せた。

空とテームズ川が深い藍色の夜の帳《とばり》に覆われて行くところだった。川面が橋や街灯の照明を反射して波立っており、風があるのが分かる。

川沿いの遊歩道に、薄オレンジ色の街灯が一定間隔で点っていた。

視界の左手で、一年三ヵ月前にできた、高さ一三五メートルの巨大観覧車「ロンドン・アイ」が白い光を放ちながら、ゆっくりと回転していた。

その先の川向こうに、ビクトリア・ゴシック様式の茶色い時計塔「ビッグベン」が聳え、そばに同じくゴシック様式のウェストミンスター寺院が見える。

右手に視線を転じると、通天閣に似たブリティッシュ・テレコム・タワー、「ロンドンの秋葉原」トッテナム・コート・ロードに建つセンター・ポイント・ビル、ネルソン提督像が建つトラファルガー広場とロンドン随一の繁華街ピカデリー・サーカスが見える。

白とオレンジ色の光で埋め尽くされた街は、地平線の彼方まで広がっていた。

「きれいですねえ……」

壮麗な夜景を眺めながら、五井商事財務部の若手が嘆息した。

「ここに来るのは初めてなの？」

シャンペングラスを手にした金沢が訊いた。

「ええ、初めてです。金沢さんは？」

「ロンドン駐在時代に何度か来たよ。偉い人と一緒に」

相手が頷く。

「英五《えいご》のエネルギー部の最大の仕事は、アングロ・ダッチ石油とのリレーションだから」

英五は英国五井商事の略称。東京本社では燃料本部という古い名称を使っているが、海外の拠点ではエネルギー部という名前を使っている。

天井が高い室内の一方の壁には金の額縁に入った油彩画が掛かり、室内にシャンデリアの眩い光が満ちていた。

「このダイニング・ルームで、世界のオイル・ビジネスの歴史が作られてきたわけですか」

貝殻細工を商うイーストエンドのユダヤ商人から身を興し、日清戦争では日本の武器と軍需物資調達で利益を上げ、ロスチャイルド家と組んでロシアの石油をアジアに輸出していたイギリスの会社と、スマトラ島で油田を発見し、着々とアジアでの石油ビジネスを拡大していたオランダの会社が手を結び、当時アジアに触手を伸ばしつつあったロックフェラー財閥のスタンダード石油に対抗する世界第二位の石油会社アングロ・ダッチ石油を作ることに合意したのは、今からちょうど百年前の一九〇一年のことだ。

周囲では、先ほどまで会議室で議論していた十数人が、食前酒を手に談笑していた。

やがて、長テーブルに着席して、夕食が始まった。

食事をサーブするのは、オフホワイトのスーツを着た給仕係の男性である。

前菜はロブスターのゼリー寄せ。

「来週のビューティー・パレードには、来られるんですか？」

金沢が、前菜にフォークを入れながら、隣にすわった東洋物産財務部の男に訊いた。四十歳すぎの痩せた男性である。

来週は、第二フェーズのリーガル・アドバイザー（法律顧問）選定のビューティー・パレードがロンドンで開かれる予定で、米系と英系の五つの法律事務所が呼ばれている。

「いえ、ロンドンの法務部に任せます。金沢さんは？」

「わたしもその予定です」

相手が頷く。

「選考のポイントは、ロシアの法律に関する知識とプロジェクト・ファイナンスの経験ですかね」

「ＰＳＡのリーガル・スタビライゼーションが最大の問題ですからねえ」

ロシアの法体系は複雑で、プロジェクトの憲法であるＰＳＡ（生産物分与契約）と矛盾する法律が多数あり、後者の改正が必要だ。

「それと、レンダー（貸し手）が満足できる担保をどうやって確保するかでしょうね」

相手は思案顔で、白ワインのグラスを口に運ぶ。ワインは、ブルゴーニュ最北端の高級ワイン「シャブリ」だった。

「モリクパックのような動産の所有権登録制度がサハリン島にないことと、それに対する担保を有効にするのに一・五パーセントの確定日付料を払わなくちゃならない点が問題ですね。この点に関して、法律事務所がどんな考えを持っているのか、聞いてみたいですね」

東洋物産財務部の男は、第一フェーズから「サハリンＢ」に関わっており、プロジェクトの問題点を熟知している。

「仮にファイナンスが六十億ドルとしたら、確定日付料が九千万ドル（約百十三億円）にもなりますから」

「書類にサインもらうだけで、九千万ドルですか……。信じられませんね！」

金沢が自虐的な笑みを浮かべ、ワインを口に運ぶ。

「たぶん、これらの点はロシアのリーガル・バキューム（法律的空白）でどうしようもないから、スポンサーが保証するか、レンダーがリスクを理解して取るしかないといってくるような気がしますけど」

ロシア政府に対しては、これらの点についても法整備をしてほしいと申し入れているが、相変わらず動きがない。

「プロジェクト・ファイナンスに関しては、LNGのファイナンスを経験しているかどうかでしょうね」

金沢がいった。「LNGは独特なものがありますから」

LNGプロジェクトの特徴は「LNGチェーン」だ。ガス田、パイプライン、液化施設、LNGタンカー、受入設備、気化設備、バイヤー、金融機関といった設備や事業者が長期間あたかも鎖《チェーン》の輪のように結び付き、どれか一つにでも問題が生じると、プロジェクトが成り立たなくなる。各構成要素の性質や相互の法律関係を理解していなくては、リーガル・アドバイザーは務まらない。

「そうすると、アレン＆オブリーかリンクレーターズあたりですか？」

Allen & Overy と Linklaters & Alliance は、ロンドンに本拠地を置く英国系法律事務所である。

「フレッシュフィールズも悪くないと思います」

Freshfields Bruckhaus Deringerも英国系。

「我々のファイナンス部隊がイギリスとサハリンですし、ニューヨークの法律事務所よりはロンドンの事務所の方が都合がいいでしょう」

「いずれにせよ、今の事務所は、お引き取り願ったほうがいいですね」

現在のリーガル・アドバイザーは、昨年末まで株主だったアキレス・オイルの関係で雇われたニューヨークの法律事務所だが、従来から、サハリン・リソーシズ社の法務部との癒着が問題視されている。

「連中は何とかしがみ付こうと、必死になってるようですけど」

二人は苦笑した。

先週、件《くだん》の米系法律事務所が、頼みもしないのに、「サハリンB第二フェーズの法律問題について」という百ページ以上のレポートを出してきた。

「このプロジェクトは巨大ですから、法律事務所も必死ですよね」

今のところ、第二フェーズの弁護士費用は一千万ドル（約十三億円）を見込んでいる。

メインの料理は、子牛肉のライム風味ソースがけにオイスター・マッシュルームとベークドポテトを添えたものだった。肉の甘みとライムの酸味がマッチし、赤ワインによく合っていた。

時間が経つにつれ酔いが回ってきて、日本やサハリンから来た人々に、再び眠気が忍び寄る。アングロ・ダッチ石油のイギリス人やオランダ人とは英語で話をしなくてはならないので、最後のひと頑張りだ。

「えー、ちょっとみんな、よろしいですか」

シャーベットとエスプレッソが運ばれてきたとき、テーブル中央にすわったジョンストンがいった。

「実は、今日が、ブライアンの最終日になります」

テーブルの対角線上で、アングロ・ダッチ石油のM&Aとファイナンスの部署にいるブライアンが微笑し、立ち上がった。

「新たなアサインメント（仕事）で、コロンビアに行くことになりました」

全員の視線が、四角い顔の中年オーストラリア人に注がれる。

「向こうでは、アングロ・ダッチ石油が出資している石油探査会社のCEOをやります」

周囲から「出世じゃないか」「おめでとう」と声がかかる。

「来月、家内と子供たちを連れて赴任します。『サハリンB』には、四年間関わったけれど、とてもいい経験をさせてもらったと思います……」

男たちは微笑したり頷いたりしながら、話に聴き入っている。

金沢の胸を、一抹の寂しさがよぎる。

石油・ガスのプロジェクトは、軌道に乗るまで長い年月を要する。「サハリンB」も鉱区の開発作業が始まってから十五年が経つ。長い年月、プロジェクトの完成のために力を合わせているうちに、人々はいつしか固い絆で結ばれる。

「みなさんもコロンビアに来る機会があったら、是非、立ち寄って下さい」

財務委員会では、年に六、七人が入れ替わる。社内の新たな部署に異動する者も多いが、定年を迎えたり、会社を辞めて故郷に帰る者もいる。栄光への旅立ちがあり、失意の後ろ姿もある。

ディナーや会議の後の別れの挨拶は、巨大プロジェクトの日常風景だ。

スポンサーの人間だけでなく、融資機関である国際協力銀行やEBRD（欧州復興開発銀行）、あるいは法律事務所やロシア政府の担当者が異動や退職し「Good-bye everyone!」と挨拶のメールを送ってくることもある。OPIC（米国海外民間投資公社）を退職して、故郷のニューオリンズに帰るアメリカ人弁護士は「みんなと一緒に仰ぎ見たサハリンの星が忘れられない」と感傷的なメールを送ってきた。

（自分は、あと何年だろうか……）

窓の外では、「ロンドン・アイ」が夜空に浮かぶ巨大な白い光の輪となり、ゆっくりと回り続けていた。

3

一ヵ月後――

金沢は丸の内二丁目の本社のデスクで「サハリンB」の社内申請書を作成していた。

第二フェーズでは、最大で十七億ドル（約二千百億円）の出資をしなくてはならない。これは、プロジェクト・コストを八十五億ドルとし、ファイナンスが付かない場合の持株比率（二〇パーセント）に応じた資金負担額だ。もしファイナンスが六十億ドル付けば、資金負担は五億ドル（二十五億ドルの二割）になる。いずれにせよ、巨額の投資だ。

申請書は、燃料本部、財務部、法務部、経理部、審査部などの関係各部に回覧され、最終的に副社長以上で構成される社内の最高会議で決済される。

パソコンと手元資料に交互に視線をやりながら、申請書のリスクマネー推移表をタイプしていると、電話が鳴った。

「金沢君、久しぶりに昼メシでもどうだ？」

高塚だった。

約四年前に「炎のドライバー」イブラヒムの運転するオフロード車で、一緒にバグダッドまで一〇〇〇キロの石油街道を旅した鋼管輸出部の部長代理だ。

東京は桜が満開の季節だった。

「今日はあったかいなあ」

大柄で均整の取れた身体つきの高塚がいった。大学時代は棒高跳びの選手である。

丸の内仲通りは、昼食に出かける会社員たちで賑わっていた。

　二人は永代通りを渡り、金融機関などが入っている二十四階建てビルの地下に向かった。

　地下一階に、オフィス街のど真ん中とは思えない京風会席料理の店があった。

　ガラスの自動扉を入ると、和服姿の女性に迎えられた。

　店内の細い通路は石畳で、ガラス壁の外に竹が植えられ、京都の小路を歩いているような錯覚に陥る。

　女性が膝をつき、個室のふすまを開けた。

「よく急に予約が取れましたね」

　小さな座敷の掘り炬燵式テーブルにすわった金沢がいった。

　店は、大手町界隈のビジネスマンの会合の場所として人気がある。

「客とのメシが、先方の都合でキャンセルになったんだよ」

「なーんだ」

　二人は笑った。

「最近は、どの辺を追っかけてるんですか？」

　熱い煎茶を一口飲んで、金沢が訊いた。

「BOTAŞ《ボタシュ》の案件とかだな」

　BOTAŞ（Boru Hatları ile Petrol Taşıma A.Ş.）はトルコの国営パイプライン会社である。

「ガスですか？」

「ロシアのガスをイスタンブール周辺に供給するやつだ」

「獲れそうですか？」

「今、エバリュエーション（入札評価）やってるけど、ちょっと難しい感じだな」

高塚は渋い表情。

「よっぽど安いファイナンスでもオファーすれば別なんだろうけど」

「トルコはいつもファイナンスで勝負ですね」

ふすまが開き、二人が注文した「旬御膳」が運ばれてきた。

お造り、炊き合わせ、銀鱈の焼き物など、六品が漆塗りの箱に入れられ、茶碗蒸し、味噌汁、ご飯、香の物が添えられていた。値段は二千六百二十円である。

「イラクは行ってるんですか？」

味噌汁の蓋を取りながら、金沢が訊いた。

「年に一回くらい行ってるけど、最近はSCOP《スコップ》が一段と強気なんだよなあ」

SCOP（イラク石油事業公社）は、湾岸紛争前に鋼管輸出部がパイプを売っていた国営企業である。高塚らは二年ほど前に、ドバイの貿易会社に八十億円近い石油生産設備修復用の機材を密輸させ、未払いになっていたリテンション（工事代金の最終支払い分）を取り返した。

「原油の生産も相当回復してきてるようですね」

「今、日量二六〇万バレルくらいらしいな」

「湾岸紛争前の八割ってとこですか」

国連の監視下で行われている「Oil for Food Programme」による石油輸出も、当初は半年当たり二十億ドルが上限だったが、一九九八年に五十二億六千万ドルに引き上げられ、現在は上限が撤廃された。

「国連で制裁解除を支持してくれるロシアや中国に油田の開発権を与え始めてるしな」

フセイン政権は、ロシアのルークオイルに南部の西クルナ油田、CNPC（中国石油天然気集団公司）にバグダッド南東のアハダブ油田の開発権を与え、フランスのトタール、スペインのレプソル、イタリアのENI（炭化水素公社）とも予備交渉を行なっている。

米国はこうした動きを警戒し、国連安保理決議1284（一九九九年十二月）で、大量破壊兵器査察のための国連監視検証査察委員会（UNMOVIC）を設立。イラクの政府当局者および施設への即時、無条件、かつ無制限の立ち入りがなされなくてはならないとした。また、今年（二〇〇一年）二月には、イラク南部の飛行禁止区域を監視する米英軍機にイラク軍が対空砲火を加えたとして、バグダッド近郊の五つの軍事関連施設を爆撃した。

「海外原油部も、時々、SOMO（イラク石油輸出公社）や石油省に顔出してるみたいだな」

高塚は、小さな木匙《きさじ》で茶碗蒸しをすくう。

「僕がサハリン・プロジェクト部に転勤になった後も、交代でバグダッドに張り付いてましたけど、半年くらいで、これはどうにもならないと分かってやめたそうです」

「敵性国家だもんなあ」

高塚はやれやれという表情。

「今は半年に一回くらい出張で行ってるようですね」

「少しは埒が明きそう?」

金沢は首を振った。

「先方の現場レベルは、日本とも仲良くして石油産業復興に力を借りたいというのが本音らしいんですが、上の方は、『日本は米国に追随してイラクから遠ざかって行った。イタリアやドイツを見ろ。彼らは、人の傷口に塩をすり込むような真似はしない。米軍がイラクを爆撃したときも、イタリアとドイツはアメリカを支持しなかった』っていってるそうです」

「結構細かく見てるね」

高塚が苦笑する。

「今、海外原油部は、欧州のトレーダー経由でイラク原油を買って、それを一生懸命日本で売ってますよ。日本に輸出が再開されるとき、『うちはこれだけ売ってきたんだから』といって真っ先に売ってもらえるように」

Oil for Food Programme では、原油の輸出先はイラク側が選べるので、もっぱら、ロシア、中国、フランスなどの「友好国」に売られている。また、昨年秋ごろから、フセイン政権は国連の監視の目を盗んで、一バレルにつき十〜三十セントをヨルダン、レバノン、モスクワなどにある秘密口座に振り込むよう要求し、そうした違法取引に応じることができるスイスやリヒテンシュタインなどの怪しい石油トレーダーへの輸出が増えている。

「イラクは、今は忍の一字だなあ」

高塚の言葉に、金沢が頷く。

「ところで、サハリンBはどんな感じなの？　うちもパイプ売りたいんだけど」

「今、FAとリーガル・アドバイザー（法律顧問）の選定をやってます」

「どこが選ばれそう？」

「リーガル・アドバイザーはリンクレーターズでほぼ決まりですけど、FAはまだ分からないですね」

「候補は？」

「ロックフェラー銀行が一番手だったんですが、JPモリソンと合併してごたごたしてるんで、もしかすると別のところになるかもしれません」

ビューティー・パレードの後、ジョンストンが中心となってロックフェラー銀行と話し合っているが、先方の態度がはっきりせず、スポンサー側は不信感を募らせている。

「ごたごたしてるって?」

「ビューティー・パレードに出てきたチーム・メンバーが銀行に残って、きちんとFAを務めることをレターで確認してほしいと頼んだら、組織の再編が追加であるかもしれないので、確約できないと回答してきたんです」

折も折、ファイナンシャル・タイムズに「More job cuts at Rockefeller」という記事が出た。当初は全体で三千二百人程度の予定だったクビ切りが、四千八百人くらいまで増えるかもしれないという内容だった。

「そりゃ不安だな」

「もしかすると、ビューティー・パレードに出てきた連中は、サハリンBのFAが獲れなかったら、本当にクビになる人たちかもしれません」

高塚が頷き、銀鱈の焼き物を口に運ぶ。

「いずれにせよ、あと二、三週間で決着を付けるしかないと思います」

「その後は、どんなスケジュール?」

「六月に開発計画を提出して、ロシア側に承認されれば、パイプを含む機材やEPC(設計・調達・建設)の入札を始めます」

パイプラインの主だったものは、石油とガス用の口径二〇インチが各一七二キロメートル、石油用口径二四インチとガス用四八インチが、各六三七キロメートルである。

「入札はいつごろ?」

「開発計画が承認されてから一年後くらいだと思います。ただ、工事着工前に、『事業化宣言』をしないといけないので、それまで少し時間がかかると思います」

事業化宣言（Declaration of development date）は、ＰＳＡに規定されているステップで、これを発すると工事に着工しなくてはならない。いわば「ポイント・オブ・ノー・リターン」だ。

その日の夕方、金沢がサハリンＢの投融資申請書を書き上げ、部長に説明して席に戻ると、アングロ・ダッチ石油のジョンストンからメールが届いていた。

表題は、「RE: Appointment of Financial Advisor」。

ロックフェラー銀行の態度がはっきりしないので、ＣＳＦＡと交渉を始めたいという内容だった。

金沢は、別の階にいる財務部の若手に電話した。

「……しょうがないんじゃないですか」

財務部の若手はいった。「半年後にスティーブも辞めた、米輸銀の担当者もＪＢＩＣの担当者も辞めたなんてことになったら、目も当てられないですから」

「そうだよね」

「それに、ロックフェラーの東京支店て良くないですよ」

「そうなの？」

「リレーションシップ（顧客担当部門）のトップをやってる鈴木っていう日本人のM《エム》D《ディー》（マネージング・ディレクター）が、客の利益を損ねてでも自分の手柄にしようってタイプですから」

「ふーん……。で、二番手はやっぱりCSFAでいいと思う？」

「ニューヨークから来た人たちは、ちょっとクエッション・マークでしたけど……」

相手が苦笑する。「一緒に作業するアングロ・ダッチがいいっていうんなら、いいんじゃないですか。さっき東洋物産と話しましたけど、しょうがないねっていってました」

「シティ・マンハッタンとは犬猿の仲だしなあ」

金沢も苦笑した。

「ところで、話は変わりますけど」

と財務部の若手。「エネ庁とトーニチが主導してる例のイランの油田開発、結構やばいらしいですよ」

「えっ、やばいって？」

「アメリカが反対してるそうです」

「ほんと？　外務省の課長は、そんなこといってなかったけど」

「新聞社の友達から聞いたんですけど、去年、ハタミ大統領が来日する前に日本の外務省の中東アフリカ局長がワシントンで国務省に説明したら、先方は相当な不快感を示したらしいです」

「へーえ」

「ハタミ到着の前日には、国務長官名で『きわめて遺憾』という抗議書簡まで届いたそうですよ」

森喜朗首相は、急遽、通産、外務両省と協議したが、クリントン政権はハタミ大統領の改革・開放路線に好感を持っていると判断することができ、イランのガス田開発に参加したトタールやエルフに対してＩＬＳＡ《イルサ》にもとづく制裁も発動されていないことから、イランとの合意に踏み切ったという。

「クリントンはハタミを好感してたかもしれないですけど、今度はブッシュですからねえ」

去る一月に第四十三代大統領に就任したジョージ・Ｗ・ブッシュは、イランを「大量破壊兵器の開発を目指すならず者国家」と非難している。

「ＡＩＰＡＣ《アイパック》あたりも、イランを叩き潰そうと動き始めたようですよ」

ＡＩＰＡＣ（The American Israel Public Affairs Committee＝アメリカ・イスラエル公共問題委員会）は、泣く子も黙る最大・最強のイスラエル・ロビー団体だ。ワシントンの国会議事堂近くに本部を構え、百人以上の職員と十万人以上の会員を有し、年間二千回以上国会議員に会い、百以上の親イスラエル法案を後押ししている。

「そのＡＩＰＡＣに、トーニチの亀岡吾郎が食い込んでるらしいなあ」

金沢がいった。

「本当ですか⁉」

「ＡＩＰＡＣの有力幹部をトーニチのアドバイザーに雇って、米国政府の動向を探らせたりしてるらしい」

「神出鬼没ですねえ……」

財務部の若手が唸《うな》る。

「いずれにせよ、イランの巨大油田は、日米間の外交問題になりそうですね」


二ヵ月後――

「サハリンＢ」のスポンサー三社が第二フェーズの開発計画を提出した。

六月十五日、ユジノサハリンスク市ジェルジンスキー通り三十五番地にあるサハリン・リソーシズ・デベロップメント社六階の会議室で、スーパーバイザリー・ボードが開催された。スポンサー側六人、ロシア側六人の計十二人からなり、全会一致を原則として、プロジェクトの年間作業計画や予算の承認を行う委員会だ。ロシア連邦エネルギー省の副大臣や、昨年十月にサハリン州知事に再選されたイーゴリ・ファルフトディノフもメンバーになっている。

協議は、予定時間を六時間以上オーバーして深夜にまで及び、最終的に開発計画を承認した。

「第二フェーズは一万六千人以上の雇用を生み出し、地元経済発展の起爆剤になる」

会議を終えて記者団の前に姿を現した州知事は高らかに宣言した。

二本のパイプラインは、知事が望んだ通り、北サハリンの鉱区から島の南のプリゴロドノエまで、全長約八〇〇キロメートルの陸上に敷設されることになった。

第七章　メキシコの幻想

1

（二〇〇一年）九月――

資源エネルギー庁石油・天然ガス課長の十文字一は、メキシコシティにいた。

目的は、チコンテペック油田群開発権の獲得だ。国の中部、東シェラマドレ山脈南端のメキシコ湾岸沿いに位置する陸上油田である。一九九九年八月以来、日本の石油公団がペメックス（ＰＥＭＥＸ＝メキシコ国営石油会社）と生産性向上と開発計画策定のための油層モデルの構築を目的として、共同研究を行なっている。

十文字は、数日前からメキシコシティでペメックスのＥ＆Ｐ（exploration & production＝探鉱・生産）部門の幹部と話し合い、ニューヨーク経由で帰国するところだった。

「……まあ、協議は順調だったよ」

スーツにノーネクタイの十文字は、得意げな顔でコーヒーをすすった。

市内中心部、「独立記念塔」近くのシェラトン・マリア・イサベルであった。一九六二年に開業した、地上十七階建ての大型ホテルだ。一階の「カフェ・パビリオン」では、アメリカ人や日本人が、ビュッフェ形式の朝食をとっていた。

「これで、チコンテペックにも日の丸が立つな」

面長の十文字は悦に入った表情。

「しかし……」

メキシコの日本大使館に出向している経済産業省の若手が顔を曇らせる。

「今回の入札は、ブルゴスじゃないんですか？」

目下の人間には徹底して傍若無人な相手に、恐る恐る訊いた。

ブルゴスは、メキシコ北東部、米国テキサス州との国境沿いにあるガス田だ。

一九三〇年に自国の石油産業を英米資本から取り返したメキシコでは、憲法二十七条(石油法)で、石油・天然ガスの上流事業はペメックスが独占すると定められている。しかし、一九九四年に起きた「テキーラ・ショック」(ペソ暴落)で経済が疲弊し、石油産業への投資が十分にできない一方、電力部門を中心にガス需要が増大しているため、今般「サービス契約(multiple-service contract)」という法的に権益が移転しない形で、ガスの探鉱・開発に外資の参入を認め、近々入札を実施する計画になっている。

「ばーか、小さいやつを狙っても意味ないんだよ」

十文字は軽蔑も露《あらわ》にいった。

ブルゴス・ガス田は、推定埋蔵量が八兆五〇〇〇億立方フィートで「サハリンB」の半分程度の規模があるが、今回入札にかけられるのはその一部だ。

「小さい仕事をやってもなあ、うちの役所じゃ評価されないんだよ」

椅子にふんぞり返っていった。

チコンテペック油田群は、世界最大のガワール油田（サウジアラビア）を上回る七〇〇億バレル程度の埋蔵量を持つといわれる巨大鉱区だ。

「狙うときは一番でかいのを狙うんだ。イランだって、俺はまずどの油田が一番でかいか調べて交渉を始めたんだ」

これは真っ赤な嘘であった。イラン巨大油田は、トーニチの亀岡吾郎がイラン側と細部まで詰めた上で、十文字に持ってきたプロジェクトだ。

「さて、そろそろ行くか」

十文字が立ち上がった。

カフェテリアを出て、土産物店などが並ぶ廊下を右に折れたところにレセプション・カウンターがあった。

「おい、早いとこチェックアウトしろよ。部屋代は払わなくていいから」

部屋代は日本の石油会社に付け回しする。

若手が慌ててカウンターに向かうのを横目で見ながら、十文字は、ロビーのソファーに腰を下ろそうとした。

（あれ？　何かあったのか？）

ロビーの向かい側にある中二階に人だかりができていた。

十文字は、階段を上がって近づく。

人々は、バーカウンター横のテレビの前に集まっていた。

大きなフラットスクリーンの中で、黒髪の女性アナウンサーが緊迫した顔でニュースを読み上げていた。スペイン語なので、十文字にはまったく分からない。

人々の顔に、驚きと沈痛が入り混じっていた。

ときおり「¡Dios mio!（ディオス・ミオ！＝神よ！）」と、呻《うめ》くような呟きが洩れる。

「英語のニュースに切り替えろ！」

アメリカ人観光客たちが喚《わめ》いていた。

画面が変わり、二棟の高層ビルが煙を盛んに噴き出している映像になった。

（ニューヨークの世界貿易センター……？）

再び画面が変わり、ジェット機が高層ビルに突っ込んで行くシーン。

人だかりから呻くような声が漏れ、すすり泣きが混じる。

「おい、これ、映画の宣伝か何かか？」

十文字は、支払いをすませてやってきた若手に訊いた。

スーツを着た若手は、テレビ画面を見て仰天した。

「¿Esta es una película?（エスタ・エス・ウナ・ペリークラ？＝これ、映画ですか？）」

若手は、すぐそばに立っていたメキシコ人にたどたどしいスペイン語で訊いた。

浅黒い肌に豊かな口髭をたくわえた男は、重苦しい顔で首を振った。

「映画じゃない、現実だっていってます」

「現実だって？　本当か？」

長身の十文字は一瞬立ちすくんだ。

「早いとこ空港へ行こう。街が混乱して行けなくなるとまずい」


二人はホテル前でタクシーを拾った。

タクシーは、金色の天使を頂く高さ三六メートルの独立記念塔を半周し、レフォルマ大通りを北東の方角に向かう。両側に高層ビルが建ち並び、背の高い椰子、ジャカランダ、火焔樹、ポプラなどの街路樹が豊かに葉を繁らせていた。

通りは、乗用車やバスで溢れていた。排気音の中で、警官の警笛が盛んに鳴り響く。車は米国車、日本車、フランス車など様々で、フォルクスワーゲンが現地生産しているカブトムシを白と緑の二色に塗ったタクシーも多い。

海抜二二四〇メートルの高地なので、朝は涼しい。

オルメカ（メキシコ湾岸の遺跡）の石像のような分厚い唇と石臼型の顔の運転手は、ラジオをつけっ放しにしていた。巻き舌の多い早口のスペイン語の放送だ。

「おい、ラジオで何ていってるのか訊いてみろ」

リアシートにふんぞり返った十文字がいった。

助手席の若手が、たどたどしいスペイン語で運転手に話しかける。

「アメリカとの国境が閉鎖されて、アメリカに向かって飛んでいた飛行機がメキシコに引き返してきてるそうです」

助手席から十文字を振り返っていった。

「メキシコシティの米大《べいたい》（米国大使館）では、全員が緊急脱出したようです」

十文字が深刻な表情になる。

「携帯で大使館に様子を訊いてみろ」

「あ、はい……」

若手が鞄の中から携帯電話を取り出し、番号を押す。

「……駄目です。全然、通じません」

携帯を耳に当てたまま、途方に暮れた表情。

「回線がパンクしてるみたいです」

十文字は苦虫を嚙み潰したような顔つきになる。

空は灰色に霞んでいた。高地で盆地のため、光化学スモッグがひどい。

途中、右手に「ラテンアメリカ・クワー」が聳えていた。エンパイヤ・ステート・ビルに似た、尖塔を持つ四十四階建ての高層ビルで、一九五六年の竣工である。二十八年後にペメックスの本社ビル（五十二階建て）ができるまでは、メキシコ随一の高層ビルだった。

ホテルを出発して二十五分後、タクシーは右折し、空港方面に向かうハイウェーに入った。

片側三〜五車線の黒っぽいアスファルト道路は、補修が十分でなく傷んでいる。道路沿いに化粧品や電気製品の大きな看板が立ち並び、地上は、低い家並みの商店、食べ物屋、工場、倉庫、団地、露店……。どの建物も一様に煤けてペンキが剝がれ、塀や壁はスプレーで落書きされている。

「このボロな景色は、テヘランそっくりだぜ」

十文字が窓外を眺めながら呟く。

「何度も対外債務のデフォルト（債務不履行）してるだけあるよ」

途中に見えるガソリンスタンドは、どれも国旗と同じ緑、白、赤の三色に塗装され、「ＰＥＭＥＸ」の看板を掲げていた。従業員十三万人を擁するペメックスは、メキシコ最大の企業で経済の屋台骨だ。

あと五日で独立記念日なので、ボンネットや窓に、国旗を飾っている車が多い。

ハイウェーは、ジェットコースターのように上下左右に曲がりくねりながら、だだっ広い土地を突っ切って延びている。メキシコシティは周辺部を合わせると人口約二千万人の巨大都市だ。

やがて、空港の方向を示す緑色に白い文字の大きな標識が現れた。

オアハカのサポテカ族出身で、インディオとして初めて大統領になったベニート・ファーレスの名を冠した国際空港は、手前が国内線で、国際線の乗り場は一番奥になっている。

空港ビルは翼の形をしたオフホワイトの鉄板を無数に組み合わせた屋根のモダンな建築物である。

「Salidas Internationales」という大きな看板の下を通過し、タクシーはビルに横づけした。

十文字と経済産業省の若手は、急いでチェックイン・カウンターに向かう。

ロビーは、飛行機に乗れない人々でごった返していた。

二人がビジネス・クラスのチェックイン・カウンターに到着すると、制服姿の航空会社のメキシコ人男性職員が、

「アメリカ行きの便はすべてキャンセルされました。いつ運航が再開されるかはまったく分かりません」

と両腕を広げた。

その頃、米系投資銀行JPモリソンの秋月修二は、シンガポールのホテルにいた。

「……CAO（中国航油料）のデリバティブ取引額が、今年は現物の取引を上回るようだな」

静かなバー・ラウンジで、真ん丸いフレームの眼鏡をかけた小柄な秋月が、琥珀色の

グラスを傾けた。

窓の外の暗いマラッカ海峡では、無数の船舶の灯火が瞬《またた》いている。

「しかし、投機的なデリバティブは中国当局に禁止されてるんじゃないんですか？」

浅黒い肌の若いインド人がいった。

ロンドンの米銀でエネルギー・デリバティブを担当している男だった。秋月とは時おり電話で情報交換する間柄で、現在シンガポールで開かれているAPEC《エィペック》（Asia-Pacific Petroleum Conference＝アジア太平洋石油会議）に参加するためにやってきた。経験は浅いが発想が論理的で取引の細部まで注意が行き届くタイプの男で、秋月は、年明けに設立する東洋物産のエネルギー・デリバティブ会社にスカウトしようと密かに考えている。

「奴らは確信犯だよ」

秋月の顔に嗤いが浮かぶ。「チェン・ジウリン（陳久霖）たちはリスクがあることを十分認識している」

「それでもやっちゃうわけですか？」

「中国人はコンプライアンスなんて発想はないからな」

「十二月にはSGX（シンガポール取引所）に上場するらしいですね」

すでに引受幹事としてDBS（シンガポール開発銀行）が指名されている。

「金がほしいんだろう」

秋月は軽蔑もあらわ。

少し離れたソファーの方から、大きな笑い声が聞こえてきた。

「あれ、イラン人と中国人ですかね?」

インド人の男が視線を向ける。

口髭をたくわえ、ノーネクタイに黒のジャケットを着た二人の男と、安っぽいスーツを着た四人の東洋人たちが談笑していた。

「ノーネクタイの方はNIOC(イラン国営石油会社)の部長とその部下。東洋人の方はCNPC(中国石油天然気集団公司)とNORINCO《ノリンコ》の連中だ」

秋月がいった。

「NORINCO?」

「中国の武器商人だ」

「武器商人!?」

NORINCO(The China North Industries Corporation=中国北方工業公司)は中国最大の兵器製造・販売会社である。人民解放軍を母体とする軍産複合体で、傘下に百二十以上の企業群と三十万人を超える従業員を擁している。北朝鮮の長距離ミサイル開発に協力し、中東・アフリカ諸国に大型戦車、地対空ミサイル、ロケット砲弾、自動小銃などを輸出している。一九九六年には米国のギャング団にカラシニコフ銃を密輸出しようとし、職員が逮捕された。

「NIOCと中国の武器商人がなぜ？」

「油田の権益と武器のバーター取引だろう。中国が海外で油田を獲得する時、中国の石油会社とNORINCOが一緒に出て行くケースが多いからな」

秋月がスコッチのグラスを弄び、氷が触れ合う音がする。

「中東やアフリカの途上国が一番にほしがっているのは武器だ」

一九九〇年代に入って高度経済成長を続ける中国は、一九九三年に原油の純輸入国に転じた。大慶、勝利、遼河の主力三油田が老朽化のために生産が減退し、第八次（一九九一〜九五年）と第九次（九六〜二〇〇〇年）の五ヵ年計画で、外資を導入してタリム盆地や海洋油田の開発に力を注いだが、成果が上がらなかった。そのため、江沢民国家主席や朱鎔基首相が産油国を行脚《あんぎゃ》し、海外油田の開発権獲得に乗り出している。すでにアンゴラやスーダン、カザフスタンなど二十ヵ国以上で権益を獲得した。

「CNPCなんかが権益をもらう見返りに武器を輸出したり建設工事を請け負い、それに中国輸出入銀行がファイナンスを付ける。これが奴らのパターンだ」

「なるほど……。金も要らずビジネスも獲れる、一石二鳥ってわけですか」

秋月が頷く。

「しかし、やたら難しい不良開発案件も摑んでるようですね」

「あいつら資源パラノイア化してるからな」

秋月は吐き捨てるようにいった。「そのうち、第一次オイルショックの時のパニック買いみたいに、馬鹿みたいな値段で石油を買い付けて、相場を上昇させるぞ」

第一次オイルショックといわれた一九七三年十月から七四年二月までの間、日本では毎月の原油輸入量は減るどころか増加した。しかし、マスコミの扇動的な報道で消費者がパニックに陥り、トイレット・ペーパーを買うためスーパーに殺到し、ガソリンを満タンにしようとスタンドに長蛇の列を作った。こうした強烈な「仮需要」が原油価格を高騰させた。

「何にせよ、値段が上がってくれりゃあ、我々には有難いが」

秋月がにやりと嗤った。

「ところで、明日の昼のレセプションはいらっしゃるんですか？」

現在シンガポールで開かれているAPPECは、産油国、石油会社、トレーダー、金融機関、マスコミ、取引所などから約二千人の石油関係者が集まる年に一度のお祭りだ。日中はウェスティン・プラザ・ホテルを会場にして様々な講演が行われ、昼食や夕食時にはレセプションが開かれて、情報交換の場になる。

「そうねえ……」

秋月がいいかけたとき、ジャケットの内ポケットの携帯電話が鳴った。

「イエス……何？　ワールド・トレード・センターに飛行機が突っ込んだ⁉」

向かいのソファーにすわったインド人が怪訝な表情になる。

「ああ……うん……本当か⁉　……分かった。すぐ行く」

秋月は緊迫した顔で携帯電話を折り畳んだ。

「ワールド・トレード・センターで、何かあったんですか？」

「ジェット機が二機突っ込んだそうだ」

「ええっ！　どういうことですか⁉」

「分からん。とにかく、オフィスに行ってみる」

シェントン・ウェイ（珊頓大道）の高層ビルの二十三階にあるトレーディング・フロアーでは、遅い時刻にもかかわらず、半数近い社員たちが出社していた。

時刻は午後九時半を回ったところ。ニューヨークとは時差十二時間で、昼夜が反対だ。

ずらりと並ぶ最新のコンピューター機器が、赤や青の光を放ち、トレーダーやセールスマンたちが慌しく電話や打ち合わせをしていた。

広いフロアーのあちらこちらにあるテレビスクリーンは、CNNやブルームバーグのチャンネルに合わされ、まがまがしい煙を噴き上げる世界貿易センターのツインタワーや緊迫した表情で話している現地のレポーターを映し出している。

秋月は、自分のデスクにすわり、キーボードを叩いてマーケットの数字に視線を走らせた。

取引が行われているロンドン市場では、ブレント（北海原油）が一気に三ドル二十五セント跳ね上がり、バレル当たり三十ドル七十セントになっていた。NYMEX（ニューヨーク・マーカンタイル取引所）は閉鎖された。

欧州の株式市場は軒並み下げ、BA（英国航空）やヒルトン・ホテル、保険会社株などが売られていた。一方、BP、アングロ・ダッチ石油、BAE（旧ブリティッシュ・エアロスペース、防衛産業）などは買われていた。通貨市場では、ドルが売られ、逃避先としてスイス・フランや、産油国のノルウェー・クローネなどが値を上げていた。

すぐそばでコモディティのトレーダーたちが原油相場の見通しを緊迫した顔つきで議論していた。

「……やっぱり下がるだろう」

チームのトップを務める眼鏡に鬚面のアメリカ人がいった。

「でも、今は上がってるぞ」

トレーダーの一人がいった。

「湾岸戦争の時も同じだ。いったん上がって、戦争が始まったら下がった」

「一時的な不安心理か」

「うむ。こういうことが起きたら、経済も消費も停滞するからな」

「じゃあ、ショート（カラ売り）するか？」

「いや……それは」

トレーダーが困惑顔になる。「こういうときショートするのは怖い」

「まあ、そうだろうな」

ショートして万一価格が暴騰すれば、とんでもない高値で買い戻さなくてはならない。

「よし、利益を獲りに行くより、ビジネス・コンティニュイティー・プラン（業務継続計画）に重点を置くことにする」

ヘッドの米国人の言葉にトレーダーたちが頷いた。

ウォール街にあるJPモリソンの本社は全員が緊急脱出しており、受け渡し、決済、ポジションや現物の管理を他の拠点がサポートしなくてはならない。また、さらなるテロ攻撃があった場合の対策も必要だ。

秋月は、スクリーンに視線を転じ、過去数時間のニュース記事をざっと追って行く。

目の前のタッチパネルの赤いランプが点滅した。

「モリソン」

受話器を耳に当て、短く答える。

「いやあ、大変なことになりましたねえ」

東京にいる船会社の財務部門の担当者だった。

「ブレントが急上昇してるようですけど、この先どうなると思います？」

「下がるでしょう」

秋月はずばりといった。

「アメリカの在庫も多いですし、今回のテロに対しては産油国も非難声明を出して、十分な石油の供給をすると思います。ＯＰＥＣの増産余力もまだあります」

テロの一時間前に米国石油協会が発表した米国の在庫状況によると、原油、ガソリン、暖房油のいずれも積み増しされていた。

「でも、BPやアングロ・ダッチの株やノルウェー・クローネが買われてるってことは、マーケットは原油高を予想してるんじゃないんですか？」

「あれはトレーダーたちが、最も分かりやすい株や通貨を本能的に売ったり買ったりしただけです。アナリストたちはまだきちんと分析する時間はないと思います」

「なるほど……」

「アメリカのITバブルが弾けて、世界的に景気低迷ムードですし、今回の事件で一層景気が深刻化するんじゃないでしょうか」

一九九九年後半からIT銘柄を中心に熱狂相場が続いたナスダックは、昨年（二〇〇〇年）九月以来ほぼ一本調子で下げ、その影響で世界的に株価が低迷している。米国で最も革新的な企業としてもてはやされてきたエンロンは、約一ヵ月前にCEOのジェフリー・スキリングが突然辞任し、昨年八月十七日に九十ドルの最高値を付けた株価は三十ドル前後まで落ち、存亡の危機が囁かれている。

「分かりました。また、何か情報が……ああっ！」

電話の相手が突然叫びとも呻《うめ》きともつかない声を上げた。

何事かと思った瞬間、周囲で叫びや悲鳴が上がった。

咄嗟にスクリーンの一つに視線をやると、世界貿易センターの南棟が、灰色の噴煙をもうもうと噴き上げながら、だるま落しのように崩壊して行くところだった。

2

米国政府は、国際テロ組織・アルカイダが同時多発テロを実行したと断定。アフガニスタンを支配するイスラム原理主義のタリバン政権に対し、アルカイダの指導者オサマ・ビンラディンの身柄引き渡しを要求した。タリバン政権がこれを拒否したため、十月七日、米英軍が空爆を開始。十一月十三日に首都カブールを、十二月七日にタリバン最後の拠点カンダハルを制圧し、政権を壊滅させた。十二月下旬には、アフガニスタン暫定行政機構が発足する予定である。

この間、米国では、十二月二日にエンロンが連邦破産法第十一条（会社更生手続）を申請して破綻。エンロンだけでなく、ダイナジー（テキサス州）、CMSエナジー（ミシガン州）、ウィリアムズ（オクラホマ州）といったエネルギー企業の株が軒並み売られ、多くのエネルギー・トレーダーが職を失った。

同時多発テロ発生で上昇した原油価格は翌日からずるずると下げた。テロ当日に三十ドルを突破したブレント（北海原油）は十七ドル台、WTIは十八ドル台となり、テロ発生前より十ドルも安くなった。

十二月中旬――

「ねえねえ、唄って、唄ってー」

胸元が大きく開いた服のひろみちゃんが金沢にマイクを押し付ける。色白の若いホステスである。

銀座八丁目、並木通りのビルの三階にある小ぢんまりしたナイトクラブであった。

「はい、では、唄わせていただきます」

金沢は、縁なし眼鏡を片手で押し上げ、歌集からすばやく選曲する。

「じゃあ、『TSUNAMI』入れて」

昨年大ヒットしたサザンオールスターズの曲である。高校野球の入場行進曲にも使われた。

ひろみちゃんがリモコンでカラオケ・マシンに選曲を入力し、メロディーが始まる。

「風に戸惑うぅ、弱気な僕ぉーく……」

金沢がバラード調の歌を器用に唄い始める。

「おお、この曲いいなー」

近くにすわって、水割りを飲んでいた大手電力会社の燃料部長がいった。

燃料部は、商社が原油やLNGを売り込む窓口だ。

「なんか、しんみりきますよねえ」

と傍らのサハリン・プロジェクト部長。

二人は入社間もない「小僧っこ」時代からの付き合いだ。電力会社の燃料部と商社のエネルギー部門の社員は、お互いに若手、中堅、部長、役員とサラリーマンの階段を上がりながら、付き合いを続ける。

「いやー、やっぱりサザンはいい。青春だねえ」

燃料部長は太った身体を小さく揺らせ、リズムを取る。

サザンオールスターズの曲は若者にも年輩者にも受けがよく、接待には便利だ。

そばで、五井商事からサハリン・リソーシズ・デベロップメント社に出向し、LNGのマーケティングを担当している部長代理が、電力会社の課長と一緒になってホステスたちと楽しげに話していた。

「……思い出はぁ、いつの日も雨ぇー」

金沢が唄い終わると、盛大な拍手が沸いた。

「じゃあ、次はさとぴょん、唄ってぇー」

ひろみちゃんが、部長代理にマイクを差し出す。

(ん？　さとぴょんって……？)

金沢は怪訝な面持ちになる。

自分が英国勤務の間にデビューした歌手か曲の名前かと思う。

「はーい、さとぴょん、唄いまーす」

四十代半ばの部長代理が右手を挙げ、マイクを受け取った。

金沢は、なーんだ、と苦笑する。

部長代理の名前は諭《さとし》。店ではさとぴょんと呼ばれているらしい。

「……どうも有難うございましたー」

ビルの前で、ママやひろみちゃんに見送られたとき、時刻は十二時近くになっていた。

店の前には、五井商事が手配した二台の黒塗りのハイヤーが待機していた。

電力会社やガス会社は、商社にとって最上級の顧客だ。かつて一九六〇年代に、気の短い東京ガスの社長がニューヨークに出張したとき、五井商事は三台のリムジンを借りてジョン・F・ケネディ空港のターミナルビルの周りをぐるぐる走らせ、決して五分以上待たせないようにした。そうやって作った強固な関係をテコに、一九六九年からアラスカのLNGを東京ガスと東京電力に売り込み、大きな収益源に育てた。

「本日は有難うございました」

五井商事の三人は、電力会社の部長と課長をそれぞれのハイヤーに乗せ、深々と頭を下げた。

「どうか、よろしくお願いいたします」

あからさまにはいわないが、ナイトクラブに来る前の懐石料理店で丁重にお願いした「サハリンB」のLNG購入の件であった。

三人は二台のハイヤーが見えなくなるまで、木枯らしが吹く路上で見送った。

「お疲れさん」

赤いテールランプが角を曲がったところで、やや小柄で頭髪をオールバックにしたサハリン・プロジェクト部長が、金沢と部長代理の方を振り返った。

「俺はもう一軒、顔出してくるわ」

コートの襟を立て、右手を挙げた。馴染みのママさんのバーに行く様子である。

「ではこちらで失礼します」

金沢と部長代理は頭を下げ、タクシー乗り場がある外堀通りに向かって歩き始める。

「はー、やれやれ」

部長代理がほっとした声を出した。

忘年会シーズンの銀座では、白い街灯やネオンが瞬《また》き、たくさんの人が通りを歩いている。

「やっぱりちょっと厳しい感じですね」

コートに首を埋めた金沢がいった。

サハリンBのLNGの販売見通しのことだった。

「ポイントは、FOBとオプションですか……」

食事のとき、電力会社の燃料部長が「仮に購入させてもらうとしても」と前置きしていった二つの条件だ。

従来、LNGの販売はCIF（cost, insurance, freight＝品代・運賃・保険料込み）

ベース、すなわち売主が輸送リスクを負担し、受入基地まで責任を持っていた。

しかしここ一、二年、船会社や商社に取られる中間マージンを節約するため、電力会社やガス会社が自前でLNG船を保有し、FOB（free on board＝本船渡し、あるいは現地渡し。運賃・保険料なし）ベースにしようという動きが出てきている。

年間一六〇〇万トンのLNGを購入する最大手の東京電力は、すでに一三万五〇〇〇立方メートル（LNGで六万トン強）の輸送能力を持つLNG船二隻を発注済みだ。一隻目は三菱重工長崎造船所で建造中で、二〇〇三年からマレーシアのLNGを日本に輸送し、二隻目はオーストラリアのLNGを運ぶ。一隻当たりの経費節減効果は年間約十億円になる。

また、従来買い手は、二十年程度の長期にわたって一定量を引き取る義務を負う「テイク・オア・ペイ」を強いられ、暖冬や冷夏による需要減でLNGを引き取らない場合でも代金を払わなくてはならなかった。これを、確実に必要な分だけ契約し、残りは需要に応じて買い手が自由に引取り量を増やすことができるオプションにするよう求めている。

「今はバイヤーズ・マーケット（買い手優位の市場）だからなあ」

部長代理がぼやいた。

エネルギー価格が低迷し、供給もだぶついている。

「電力自由化がありますから、電力会社も必死ですよね」

日本では欧米に遅れること十年にして、昨年（二〇〇〇年）三月から電力自由化が始まった。既存の十電力会社が地域独占していた電力小売（配電）が、電圧二万ボルト・電力二〇〇〇キロワット以上を使用する「特別高圧」（すなわち大口）需要家向けに関し、新規参入業者や他地域の電力会社に開放された。昨年十月一日には、電力会社が一斉に電力料金を値下げし、今後、自由化が中小の需要家や個人へ段階的に拡大されて行くにつれ、競争はますます激しくなる。

「電力会社が我々のマージンをユーザーに付け回しして、みんなハッピー、ハッピーでカラオケ唄ってる時代もいよいよ終わりか」

二人は苦笑いした。

「それにしても、アングロ・ダッチのいいかたはまずいよなあ」

部長代理は困った顔になり、金沢も頷く。

サハリンBのLNGは、アングロ・ダッチ石油が主体でマーケティングし、五井商事と東洋物産が側面支援している。

食事のとき、電力会社の燃料部長が、

「アングロ・ダッチさん、売り方がちょっと下手ですねえ」

といった。

五井商事の三人が事情を訊くと、本社から乗り込んできたイギリス人が、「サハリンは日本に近いから輸送コストも安くてすむ。他と比べてみれば一目瞭然じゃないか。だからおたくはサハリンBのLNGを買うべきだ」と、かなり高飛車な調子でやったという。

「それは誠に失礼いたしました」

三人は膳を前に頭を下げた。

「私どものほうで、至急きちんとした形で提案させていただきます。どうか今回は大目に見てやって下さい」

「まあ、外人さんですからなあ」

燃料部長は鷹揚に頷いた。

日本の商社は、顧客に対してきめ細かな営業活動をしている。LNGの買付であれば、顧客がどこからどれだけ購入し、契約期限はいつまでかを常に把握している。「貴社の既存の調達だと、この時期とこの時期にこれだけギャップ（調達不足）があります。これを埋める供給力があるプロジェクト（売り手）は、インドネシアのこのプロジェクトとオーストラリアのこのプロジェクトがありますが、経済性を考えると、インドネシアの方が有利ではないでしょうか」と、痒いところに手が届く売り方をする。たとえば、東北電力はインドネシアの「アルン2」プロジェクトの契約（年間八三万トン）が二〇〇九年に切れるので「是非サハリンBのLNGを」と、五井商事と東洋物産が売り込んでいる。

「いずれにせよ、日本の客はあまり供給ギャップがないから、状況は引き続き厳しいな」

「そうですね」

外堀通りに出ると、二人はタクシー待ちの列に並んだ。

広い通りはハイヤーやタクシーのヘッドライトと赤いテールランプで溢れ、コート姿の人々が横断歩道を行き交っていた。

「ところで、アフガンの次はイラクだなあ」

ブッシュ大統領は「対テロ戦争はアフガニスタンにとどまらない」と述べ、ライス大統領補佐官（国家安全保障担当）も「サダム・フセインが危険な人物であることは、9・11テロへの関与を示すまでもない」と発言している。米下院外交委員会は去る十二月十二日に、イラクに対して国連の大量破壊兵器査察受入を求める決議を圧倒的多数で採択した。『USA TODAY』紙やAP通信は、国防総省が大規模な空爆作戦の立案に取りかかったと報じている。

「やっぱりアメリカはイラクに侵攻しますか？」

金沢が訊いた。

「こないだワシントンに行って確信したね」

「ワシントンで？」

「あそこに行くと、アーリントン地区のロスリン（Rosslyn）っていう地下鉄駅の周辺とかKストリートに、ノースロップ・グラマンとかロッキードとかの軍事関連メーカーや、軍事関係のコンサルタントやロビイストのビルやオフィスが山ほどある。なるほどこれだけの連中が国防予算で食ってるのかって肌で実感できるよ」

「軍産複合体ですか」

国防議員、軍需産業、軍事技術シンクタンクなどの人的・資金的結び付きを意味する言葉だ。ホワイトハウスや議会に対して強大な影響力を行使するグループで、かつてアイゼンハワー大統領は一九六一年一月の離任演説で「民主主義は新しく、巨大で陰険な勢力から脅威を受ける。それは軍産複合体と呼ぶべき脅威である」と述べた。

「東西冷戦終結で、国防予算が大幅に削られてるから、連中の危機感は凄いよ」

一九八七年に四千二百七十九億ドルだった米国の国防予算は、以後一本調子で減らされ、同時多発テロ発生前は三千七十八億ドルと、約七割になった。

「ジョゼフ・リーバーマン（民主党の上院議員）とか有力議員十人が、イラクを攻撃しろとブッシュに書簡を出したらしいけど、彼らは絶対軍産複合体ロビーに背中を押されてるね」

「あとは、イスラエル・ロビーですか」

「うん。この機会に、イラクを叩きつぶしてしまえって考えてるんだろう」

「テロに、戦争に、不景気……。暗い年末ですねえ」

日経平均株価は一万円割れ寸前だった。

3

大晦日——

東京は朝から快晴で、寒さの中にも明るさのある年の瀬となった。

資源エネルギー庁の十文字は、霞が関に近い料理屋の一室で、床の間を背にあぐらをかいていた。

目の前にデザートのイチゴと杏《あんず》の小皿が置かれていた。

「……まあ、調査費用は年間二十億円くらいってとこかな」

ワイシャツ姿の十文字は、得意げな顔でタバコをふかした。

銀縁眼鏡をかけた小さな両目の下に、くっきりと隈ができていた。仕事納めは二十八日だったが、十文字はおかまいなしに働き、部下をどやしつけて出勤させていた。

「生産開始はいつ頃になりますか？」

縦長のメモ帳を手にした若い新聞記者が訊く。

年齢は三十代そこそこで紺色のスーツにネクタイ姿である。

「目処は五年後だ」

「生産量は？」

「二〇〇万BD《ビーディー》（日量二〇〇万バレル）」

十文字は傍若無人に煙を吐く。

「二〇〇万ＢＤ！　……すごい量ですねえ」

「埋蔵量七〇〇億バレルの巨大油田だからな」

若い新聞記者は大きく頷きながら、熱心にメモを取る。

「日本の油はさ、中東依存度が高すぎるんだよな」

顔を上向け気味にして、相手を見下したように喋る。「順調に商業生産に漕ぎつけられれば、日本の全自主開発原油に匹敵する量になるよ」

新聞記者がメモから顔を上げた。

「ただ、今回獲得できるのは、開発調査権であって、必ずしも採掘権獲得が約束されたものではないと思うんですが、この点はどうなんでしょうか？」

「それはねえ、地面のことを知らない人の言葉だな」

十文字が口調を荒らげた。

「自分の心臓を手術した医者は外せないだろ？」

「はあ……まあ、そうですね」

「それと同じだ」

灰皿でタバコをもみ消す。「地面の中のことを知った人は外せないんだよ」

記者は頷いて、メモを取る。

「日本のオイルマンを育てるにも、これはいいプロジェクトになるよ」

十文字は、目の前のイチゴに小さなフォークを突き立てる。

「石油公団にも大きな仕事ができて、経産省の上の人たちも、十文字さんには感謝するでしょうね」

記者がおもねるようにいった。

去る十二月十八日、政府は、ずさんな投融資で税金を食いつぶしてきた石油公団の廃止を閣議決定した。保有する油田・ガス田開発資産の民間企業への売却手続も始まり、開発リスクマネー供給、研究開発、国家備蓄管理の三業務は金属鉱業事業団と統合され、新たな独立行政法人となる。それに伴って、かなりの数の職員が、国際石油開発など経済産業省の息のかかった石油会社に移る予定だ。経産省は、天下り先確保のためにも、これら石油会社の規模を維持・拡大しようと目論んでいる。

「上の人たちも、まあ、感謝してくれるかもな」

十文字は満更でもない表情で、イチゴを口に入れる。

「でも、その点は記事に書くんじゃねえぞ」

イチゴを頬張ったままドスの利いた声を出した。

年が明けた元旦——

読売新聞の朝刊第一面左最上段に大きな見出しが躍った。

『巨大メキシコ油田の開発調査権日本に、総輸入量の一五％確保も』

十文字の話した内容を裏取りせず、そのまま載せた七段の記事だった。日本の新聞は元旦の一面に特ダネを載せるのを恒例にしているが、適当なニュースがなかったので、記者もデスクも焦っていた。

「政府筋は三十一日、世界最大級の埋蔵量を持つメキシコの『チコンテペック油田群』の開発調査権を日本が単独で獲得したことを明らかにした。一月中にも発表する。油田開発では、原油探査などの開発調査権を取得したところが採掘権を獲得するケースが多く、少なくとも全体の三割の採掘権を日本が得る可能性が高い。そうなれば、日本の原油総輸入量の約一五パーセントにあたる日量七〇万バレル程度が確保できることになる。日本にとって過去最大の石油開発プロジェクトとなり……」

十五面にも『中東依存脱却狙う』という見出しで、日本の原油輸入先を示す世界地図と、六段の大きな扱いの解説記事が掲載されていた。

（……なんだ、この記事は？）

シンガポールの自宅書斎のパソコンで、ニュースをチェックしていた秋月修二は怪訝な表情になった。

秋月は年末でJPモリソンを退職した。まもなくロンドンに引越し、東洋物産のエネルギー・デリバティブ子会社を立ち上げる。高級住宅街であるサウス・ケンジントンにフラットも契約した。

（メキシコはいつ方針転換したんだ？）

メキシコはイラン、サウジアラビアと並んで、石油・ガスの利権を外資に与えない国であることは、業界の常識だ。

秋月はキーボードを叩き、最近のメキシコに関するニュースをチェックする。

『Fierce Opposition in Mexico to Plan to Pay for Gas Development（メキシコで、ガス開発のための支払い計画に対して激しい反対）』

前日に出されたばかりのプラッツ（Platts）のニュースが目に留まった。

記事は、ガスの開発方式を巡る大統領と野党の対立を報じていた。

昨年メキシコ大統領に就任したビセンテ・フォックスは、ガス開発に外国の資金を活用すべく、ペメックスとともに「サービス契約」を考案した。外国企業にガス田の開発計画の策定や資金調達から開発・生産に至る作業を請け負わせ、一定の探鉱・開発リスクを負担させようというものだ。石油・天然ガス上流事業のペメックス独占を定めた憲法二十七条に違反しないよう、外国企業は生産されたガスに対する所有権はなく、報酬も生産量と連動しないこととした。イランが日本と交渉中の巨大油田開発の契約形態に類似しているが、「サービス契約」は、①報酬はガスではなく、現金でしか支払われない、②外国企業が負担する探鉱・開発リスクの度合いが小さい、③期間が最長二十年という長期、といった点が異なっている。

「サービス契約」の概要は、去る十二月に発表された。

途端に国内で反対の声が上がった。特に野党のPRI（Partido Revolucionario Institucional＝制度的革命党）が、「契約期間が二十年もあり、利権と同じで憲法違反」と猛反発した。同党は、下院（定数五百）で二百十一議席、上院（同百二十八）で六十議席と、それぞれ最大勢力を占め、大統領が率いる与党PAN（Partido Accion Nacional＝国民行動党）の議席数を上回っている。

プラッツの記事は、「サービス契約」が議会で承認されるかどうか、予断を許さない状況であるとしていた。

（いったい、どういうことだ……？）

読売新聞とプラッツの記事は、真っ向から矛盾している。

秋月は、シンガポールや日本の同業者三人に電話をしたが、誰も事の真相を知らず、一様に不思議がっていた。

翌日、米国のAP通信が、ペメックスがプレスリリースを出し、日本の石油公団が読売新聞の報道を否定したと報じた。

「……Pemex said the National Oil Corporation is among companies that it has contracted for services related to an ongoing study of the Chicontepec deposits.（石油公団は、チコンテペック油田群の調査のために契約した複数の会社の一つにすぎないとペメックスは述べた）」

一月三日には、ロイター通信も「ペメックスは、メキシコの法律により、開発調査権は国家に帰属するとして、日本がメキシコ東部の油田の開発調査権を獲得するとの報道を否定した」と報じた。

一方で、北海道新聞や神戸新聞が、読売新聞に追随して『メキシコ油田群　埋蔵量世界最大級　日本に開発調査権』といった見出しの記事を掲載した。

その日、自宅にいた十文字に突然電話がかかってきた。

上司である資源エネルギー庁の資源・エネルギー部長からだった。

「……駐日メキシコ大使館から外務省に、読売新聞の記事が間違っていると猛烈な抗議があったそうだぞ」

受話器を耳にあてた十文字の顔が青ざめた。

「おそらく本国政府やペメックスに事実関係を問い合わせた上でいってきたんだろう。外務省では外交問題になるかもしれないと、上のほうまで巻き込んで大騒ぎになってるそうだ。……いったい、事実関係はどうなってるのかね？」

日頃十文字は、エネ庁の長官や部長の頭越しに、経済産業大臣と直接話してことを進め、長官や部長には事後報告だった。

「いや……」

十文字は、一瞬言葉に詰まる。

「記者には、今、石油公団がやっているチコンテペックに関する共同調査のことを話しただけです」

石油公団が技術協力案件として、一九九九年以来、チコンテペック油田群の共同研究をやってきたのは事実だ。公団は千葉県の幕張に石油開発技術センターを持ち、将来の権益獲得や相手国との提携強化を目的に、中国、ミャンマー、インドネシアといった産油国に無償で技術協力を行なっている。

「じゃあ、どうして採掘権獲得の話まで書くのかね？」

「さあ、読売の記者が飛ばした（事実を確認しないで記事にした）んじゃないんですか。元旦なんてのは、記事ネタが少ないですからねえ」

「そんなことあるのかねえ」

部長はまったく信じていない口調。

「いずれにせよ、明日出勤したら、長官に申し開きするんだな」

日頃十文字に無視されている不快感も露にいった。

受話器を置いた十文字は苦虫を噛み潰したような表情になった。

マスコミを使って既成事実のような報道をさせて関係者に圧力をかけ、かつ自分の手柄として大きくブチ上げるという、いつもの手口が完全に裏目に出た。

翌一月四日金曜日、仕事初めで出勤した十文字は、霞が関一丁目にある資源エネルギー庁四階の長官室に呼ばれ、尋問調で経緯を訊かれ、善後策を講じるよう命じられた。

「……だから、あの記事は、間違いだったって記事を出せよ！」

エネ庁近くのビルのロビーの片隅で、十文字は懸命になって読売新聞の記者に携帯で電話をした。オフィスでは恥ずかしくてとても話せない内容だった。

「え、無理？　なんで無理なんだ？　間違ってたら訂正出すのは当たり前だろうが！　俺は採掘権を獲得できるなんて一言もいってないよな。ええっ、いってないよな⁉」

面長の顔に焦燥感が滲んでいた。

「だから、ストレートな訂正じゃなくていいから」

口調が苛立つ。

「たとえば……そうだな、石油公団は、今後も技術協力を続けて行く予定だとかなんとかそういう記事を出せよ。お前のとこだって、誤報のままじゃみっともないだろ？」

しばらく押し問答が続いたが、結局埒が明かなかった。

「てめえ、経産省に出入りできなくなってもいいのか！」

捨て台詞を吐いて、携帯を切った。

紅潮した顔で長めの頭髪をかき上げ、再び携帯電話をかける。

相手は別の社の記者であった。

「あー、エネ庁の十文字だ。どうもどうも、明けましておめでとう。……いやー、新年そうそう勇ましい記事が出ちゃってねえ。お宅でちょっとフォローの記事書いてくれないかなあ?」

その日、十文字は、新聞社に電話をかけまくり、エネ庁や外務省の関係者に釈明し、石油公団と善後策を講じることに一日を費やした。

メキシコでは、ペメックスが国会で、躍起になって日本での報道内容を否定した。

「サービス契約」が国会で、ペメックスが外国企業に実質的に権益を売り渡すものと激しい批判を浴びている最中に、こうした話が飛び出すのは実にまずい事態だった。

翌週、石油公団はメキシコを管轄しているヒューストン事務所長内村泰三を急遽メキシコシティに派遣し、ペメックスに釈明するとともに、ホテルで記者会見を開いた。

「Falsas, versiones de que se dieron derechos de exploracion a japoneses, afirma Pemex
(ペメックスは、日本企業に採掘権を与えたとする報道は誤りと指摘)」

「JNOC denies exploration contract (石油公団は開発権取得を否定)」

4

三月――
インターネットサイトや地元紙などに一斉に記事が出た。

秋月修二は、ギリシア人と一緒に、オーチャード・ロードを車で走っていた。シンガポール随一の目抜き通りで、十九世紀まで付近にナツメグなどの果樹園（オーチャード）があった。通りに沿って燃えるような赤い花をつけた火焔樹が植えられ、歩道の生垣では、ツツジに似たヒメノウゼンカズラがオレンジ色の花を咲かせている。大型ホテル、ショッピングセンター、カメラ・家電品店、インド人テーラーなどが軒を連ねる五車線の広い通りは、マリーナやサンテック・シティの方向に流れる一方通行である。

「……なんだこりゃ。デリバティブの投機的取引をやってると、堂々と書いてあるじゃないか！」

タクシーのリアシートで秋月修二が苦笑した。

車の窓から赤道直下の明るい日差しが差し込んでいた。

「ほんとですか？」

隣りにすわった三十歳のギリシア人が訊く。去年の9・11テロ事件のときに、秋月がシンガポールのホテルで会っていた若いインド人と一緒に、ロンドンの米銀から引き抜いたトレーダーだ。

秋月はロンドンに東洋物産のエネルギー・デリバティブ子会社を設立し、CEOに就任した。トレーダーとセールスマンが八人、アシスタントと秘書が四人、秋月を含め総勢十三人で船出した。

今回のシンガポール訪問は出張である。

「見てみろよ」

秋月が手にした書類を差し出した。

昨年十二月六日に、株式の二五パーセントをシンガポール取引所（ＳＧＸ）で売り出したＣＡＯ（中国航油料）の上場目論見書《プロスペクタス》だった。

「ほんとだ！　信じられねえ！」

目論見書の五十一ページに会社の業務内容として「Besides hedging, we also engage in opportunistic trading by taking open positions in derivatives instruments.（ヘッジ取引以外に、我々はデリバティブ商品のヘッジなしポジションを持つことで、投機的取引をしている）」と書かれていた。

「こんなの、ＣＳＲＣに見つかったらどうするつもりなのかねえ……」

鼻の下に髭をたくわえたギリシア人は、ページを繰り、しげしげと目論見書の記述を眺める。

ＣＳＲＣは中国の証券監督管理委員会で、国営企業に対してヘッジ目的でしかデリバティブ取引を認めていない。

「ほお、『投機的取引はマネージング・ディレクターの許可により行うことができる』、か」

五十五ページにあるリスク管理体制に関する記述であった。

「警官と泥棒が同一人物ってやつだ。……嬉しくて涙が出るな」

「末はニックかペレグリンか、って感じですね」

ベアリング・ブラザーズを倒産させた「ごろつきトレーダー」ニック・リーソンや、アジア通貨危機で一九九八年に破綻した香港の地場証券会社ペレグリンでは、営業部門がリスク管理をしていた。

CAOのオフィスは「サンテック・シティ」にあった。

オーチャード・ロードの南側で、マラッカ海峡に面したマリーナに近い新宿新都心のような地区である。高さ一四メートルの「富の噴水」を囲んで、十くらいの高層ビルが建ち並ぶオフィス&ショッピング街になっている。

サンテック・シティ三号棟は、薄茶色の外壁の高層ビルだった。ビルの前に、サンテック社の社旗と、紅白二色に五つ星と三日月が入ったシンガポール国旗が翻っていた。ビル内のエレベーターは行先階によって、四〜十一階、十二〜二十七階、二十八〜四十三階&ペントハウスの三つに分かれている。CAOは三十一階にある。

三十五人の社員が働くCAOのオフィスには、風水を取り入れた大きな鯉の水槽があった。

数ヵ月ぶりに会ったチェン・ジウリン（陳久霖）は、ますます傲慢な顔つきになっていた。

「……おかげさまで、上場は八倍以上のオーバーサブスクリプション（応募額超過）になったよ」

社長室のソファーにすわった四十一歳の中国人は、一段と肉付きがよくなり、白いワイシャツがはちきれそうだった。

広い窓からは、チャンギ国際空港方面に広がる森や湿地帯と、それらの間に建つ近代的な高層ビル群やオレンジ色の屋根の住宅群を見下ろすことができる。地平線は青く霞んでいる。

「親会社の資産や信用に頼らず、海外で上場した中国企業は我々がパイオニアだ」

「パープル・チップの誕生に、心からお祝いを申し上げます」

小柄な秋月は、微笑してみせる。

CAOの上場は昨年、シンガポールにおける最大の上場だった。市場は、中国企業《レッド・チップ》と一流企業《ブルー・チップ》をかけ合わせ、「パープル（紫）・チップ」の誕生ともて囃した。

「我々の目標はさらなる成長だ。近々、スペインのカンパニア・ロジスティカの株式も五パーセント取得する」

Compañía Logística de Hidrocarburos SA はスペインの石油輸送会社である。多くの株式アナリストが、この買収計画を、将来の収益に貢献するものと評価する一方、「なぜわざわざスペインに？」と疑問視する声も少なくない。

「いずれ本社をウォール街に移さなきゃならなくなるかもしれんな」

傲岸不遜に笑うチェンは、見るからに高級なスーツを着ていた。

ＣＡＯの社内規定を自分の権限で変え、自らの報酬を収益連動型にして、昨年は百万ドル（約一億三千万円）以上の金を手にした。中国にいた頃の年収四万六千元（約六十四万円）から見ると天文学的な額だ。

「ただ、ここのところ、北京の親会社がうるさくなってな」

禿げ上がった丸顔の濃い眉毛をひそめた。

ＣＡＯの親会社は、北京に本社を置く国営企業・中国対外貿易運輸公司で、ＣＡＯの上場後も株式の七五パーセントを握っている。

「というと？」

「財務状況に関する報告書を出せだの、ポジションに関する説明をしろだの、色々いってくる」

チェンは苦々しげな表情。

「急成長ぶりに本社も驚いてるんじゃないんですか」

三年前にやっと一億ドルに達した売上げは、昨年は五億六千八百万ドルと五倍以上になった。急増の理由は、デリバティブ取引だ。

「我々だけで十分管理できると何度もいったが、どうしても納得してくれん。仕方がないから、ファイナンシャル・コントローラー（経理財務管理者）だけは受け入れることにした。まあ、二、三週間のうちに、ロジスティックス（運輸・倉庫）部門にでも配置換えするつもりだがね。人事権を持ってるのは俺だからな」

チェンは不敵な笑みを浮かべた。

「ところで、今日は提案書をお持ちしました」

秋月がリング・バインダーで製本した横A4判のピッチ・ブックを差し出した。

表紙に『Proposal for Energy Assets Optimization（エネルギー資産を最大限に活用するための提案書）』と書かれていた。

チェンは手に取り、ぱらぱらとページをめくる。

「なるほど……。要はオプションをやれということか」

ろくに読みもせず、傍らのオーストラリア人の男に提案書を渡す。

フランケンシュタインのような大男はトレーディング部の副部長で燃料担当トレーダーだ。

「御社は、まだスワップとフューチャーズ（先物）しかやっていません。そろそろオプションを手がけられてもいいんじゃないでしょうか？」

「で、ミスター秋月は油価は上がると思うかね、下がると思うかね？」

年初十八ドル台で低迷した原油価格（WTI）は、二月以降多少持ち直し、二十四ドル台まで回復していた。

「上がる方向でしょう」

秋月は相手の目を見据えていった。

「自信ありげだな。理由は、中東情勢か？」

去る一月二十九日に、米国のブッシュ大統領が、上下両院合同委員会で行なった一般教書演説で、イラクや北朝鮮などのテロ支援国家が大量破壊兵器で米国を脅《おびや》かす心配があるとして、持続的で執拗な「反テロ戦争」を続けると述べた。

「中東情勢の緊迫化もありますが、それ以外に、投機資金を含む大量の金が商品市場に向かいつつあります」

「ほう……」

「米国でITバブルが崩壊し、政策金利が昨年一年間だけで六パーセント台から一パーセント台まで引き下げられました。株式や債券市場から逃げ出した資金が商品市場へと移動しつつあります」

「NYMEXの『ノン・コマーシャル』のボリュームは変わらないと思うが」

オーストラリア人のトレーダーがいった。

ノン・コマーシャルとは、実需を伴わないトレーダーによる取引、すなわち投機資金のことである。ここ数年、NYMEXのWTI先物の取引残高は八万枚（一枚は千バレル）程度で推移している。

「連中は今、どの商品が儲かるか物色中だ。原油に向かうのは時間の問題だろう」

口髭のギリシア人がいった。

「投機資金が入ってくれれば、ボラティリティが高まるから、儲けのチャンスが飛躍的に増大します」と秋月。

オプションは、将来のある時点で（または、ある期間中に）原油や石油製品を予め取り決めた価格で売ったり買ったりできる権利である。権利の対価であるオプション料は、市場のボラティリティ（変動幅）が大きくなればなるほど高くなる。

「どれくらい儲かるんだ？」

「ちょっとパソコンをお借りしてよろしいですか？」

秋月が立ち上がり、後方の執務机に歩み寄る。

キーボードを叩き、ブルームバーグの「Online Option Pricer」のページを開いた。

オプション料の簡易計算ができるページだ。

秋月は、数字を入力してゆく。

ボラティリティ・三〇パーセント、原資産価格・二十三ドル、行使価格・三十ドル、配当・ゼロ、金利・二・八九パーセント、期間・一年、種別・プット、タイプ・ヨーロピアン。

計算結果をプリントし、チェンに差し出した。

「オプション料が七ドル九セント……？」

「このプットオプションを売れば、一バレルあたり七ドル九セントの手数料が入ってくるということです」

ボラティリティを三〇パーセント（すなわち変動幅は上下に約七ドル）にしたので、現在二十三ドルの原油価格が、今後十六ドルから三十ドルの間で推移するという前提での計算だ。行使価格三十ドルのプットオプションを売るということは、オプションの買い手は、一年後に原油をCAOにバレルあたり三十ドルで売る権利を持つ。したがって、ほとんど外れることのない(イン・ザ・マネーの)当たりクジを売るようなもので、オプション料は高くなる。逆にコールオプションであれば、ほとんど外れ(アウト・オブ・ザ・マネー)のオプションなので、オプション料は〇・九五ドルにしかならない。

秋月がわざとイン・ザ・マネーにしたことを、相手は見抜けなかった。

「バレルあたり七ドル九セントなら、一〇万バレルやると七十万九千ドルか……」

チェンの両目が欲望でぬめりと輝いた。

「ミスター秋月とは気が合いそうだよ」

若禿げの中国人は、愉快そうに笑った。

間もなく、CAOから秋月のもとにオプションの引き合いがきた。

三月二十日には、最初のオプション取引が成立。

将来一定量のケロシンを引取ることができるコールオプションの買いだった。CAOの本来の業務は中国で使用するジェット燃料の輸入なので、実需の裏づけがある取引といえる。

その八日後、再び引き合いがきた。

今度は実需の裏づけがない、純粋な投機的オプション取引だった。

第八章　ユダヤ人ロビイスト

1

（二〇〇二年）三月も押し迫ったある日——

丸の内二丁目にある五井商事東京本社は、ランチタイムだった。

社員食堂は地下一階の、窓がない講堂のような空間である。入り口近くの壁際に、食事受け渡しのカウンターとレジが並んでいる。

無数の社員たちが、トレーに載せた食事を運んだり、社員カードで支払いをしたり、見渡す限りに並んだテーブルで食事をしたりしていた。

「……昨日、社長のところに十文字から電話がかかってきたそうだ」

ネームプレートをワイシャツの首から下げたサハリン・プロジェクト部長が、月見蕎麦に七味をふりかける。

「おたくの常務じゃ話にならん、ですか……」

向かい側にすわった金沢は、呆れた表情でラーメンをすすり始める。なるとと支那竹が載った和風ラーメンである。

「パーティーなんかで知り合った各社トップとのコネを利用して『おたくの常務じゃ話にならないから担当を替えてくれ』とねじ込んでくるのは奴の常套手段だからな」

「確かに、産油国の大使主催のレセプションや石油会社のパーティーでは、よく十文字を見かけますね」

「学閥も閨閥もない男が必死で突っ張ってるのかと思うと、多少哀れな気もするよ」

オールバックの頭髪の部長は箸を割って、蕎麦をすすり始める。

「で、社長は何と答えたんです？」

「わが社としては、現状ではイランの油田開発に投資する考えはない、とはっきり答えたそうだ」

十文字が五井商事の社長に電話してきたのは、優先交渉権を獲得したイランの巨大油田開発に、五井商事を引っぱり込もうとしてのことだった。

「十文字は何と？」

「そんな風に政府の政策に非協力的じゃあ、今後おたくの開発案件にＪＢＩＣ《ジェービック》や（石油）公団の金はつけられませんなあ、と捨てゼリフを吐いたそうだ」

「政府の政策に、じゃなくて、俺の出世に、でしょうね」

二人は苦笑する。

「しかし、十文字・亀岡のコンビは、他社を引っぱり込もうと必死のようですね。こないだも十文字がテヘランで各商社の所長を個別に呼び出して『お前のところはイラン・

ビジネスをやる気がないのか⁉』と恫喝したらしいですよ」

「まあ、インペックス（国際石油開発）がやるにせよ、石油資源開発がやるにせよ、彼らとトーニチだけじゃ無理だろう」

国際石油開発も石油資源開発も、経済産業大臣が筆頭株主で、経産省OBがトップを務める同省の「植民地」だが、規模も力量も欧米メジャーに遠く及ばない。

「新聞に、トタールが入るとか、ペトロナスが興味を示してるとか出てますけど？」

「ほとんどガセだろう」

部長はにべもない。

「トタールなんか、『地層データの分析評価とか、日本側を手伝う程度のことは最低限の礼儀としてやるかもしれないが、出資して参加するなんてことはまったく考えていない』と、取締役会の席でトップがはっきりいってるそうだ」

「機器売り同然の『バイバック』じゃ、誰も元気はでませんよね」

金沢の言葉に部長が頷き、蕎麦をすする。

「ところで、トーニチはますますヤバそうですね」

「うん。兼松に完全に逆転されたよなあ」

総合商社最下位の兼松は、二年前から三回に分けて総額千五百五十億円の債権放棄を受け、本社の従業員を三分の一に減らし、不良資産の七割をバルクセールで直接償却するといった苛烈なリストラを行なって、経営再建に目処をつけた。一方、トーニチは二千百九十億円の債権放棄を受けながら、リストラが進まず、いまだ経営不振に喘いでいる。株価も、兼松百九十円、トーニチ九十八円と、完全に明暗を分けた。

「トーニチは金融庁から睨まれてるUFJがメインだから、ヤバイよなあ」

UFJ銀行は国有化回避に躍起で、取引先を支援する余裕はもはやない。金融庁の検査を担当する副頭取の指示で、書類を隠したりするところまで追い込まれている。

「亀岡吾郎もイランなんかやってる場合じゃないでしょうね。財務も担当してるらしいですから」

「まあ、うちも株価が九百九十円台だから、大きなことはいえないけど」

部長が苦笑いした。

総合商社は、五井商事、東洋物産、住之江商事の上位三社が「勝ち組」だが、全般的に株価は低迷している。

「うちのプロジェクトが前進すれば、ちょっとは好影響を与えるんでしょうけど」

「日本のユーザーは『赤いガス』が嫌いなんだよなあ」

旧ソ連のガスは「赤いガス」と呼ばれ、安定供給を重視する日本の電力会社などからは嫌われていた。

「ロシアが市場経済になったんで、少しは見方も変わるかと思ってたんですが……」

サハリンBのLNGは、相変わらず販売の目処が立っていない。

同じ頃、トーニチの亀岡吾郎は、丸の内三丁目にある東京本社の執務室のソファーで、財務部の幹部社員二人と向き合っていた。

亀岡は去る四月に専務に栄進した。引き続き特命でイラン巨大油田など中東のエネルギー・ビジネスに関わりつつ、辣腕ぶりを買われ、会社にとって目下最重要課題である財務をはじめとする管理部門（投融資、審査、法務、経理、運輸）を管掌している。

「……まったく、あれ出せ、これ出せと、次から次へ、よういってくるもんだな」

ワイシャツに鮮やかな青のエルメスのネクタイをした亀岡がぼやく。

「こっちは日々の資金繰りで、銀行さんの資料作りに付き合ってるどころじゃないのに」

その日、メインバンクであるＵＦＪ銀行から、資産査定に関する追加資料提出の要請があった。

「審査五部になってから、ＵＦＪも血眼です」

スーツ姿の中年の財務部長がいった。傍らに財務部の資金担当課長が控えていた。

ＵＦＪ銀行におけるトーニチの担当部署は、従来の東京営業本部第五部から、問題先を担当する審査第五部に替わっていた。

「今度は何の資料だ？」

「商業用不動産の詳細です」

金融庁による融資先の健全性査定は、資産内容と収益性（事業計画の妥当性）の二本柱で行なわれる。きちんと説明できないと、資産性や収益性はゼロとみなされ、全損扱いしなくてはならない。そうなると融資している銀行のほうも不良債権が増え、国有化へ一歩近づく。

「添付資料は何が要るんだ？」

「各物件の地図、登記書類、抵当権設定状況、キャッシュフロー、鑑定書、その他一切合財です」

亀岡はうんざりした顔になる。

トーニチは今月に入ってからも、インドネシアのプロジェクト、航空機リース業務、化学品部門の子会社の資産と収益性について詳細な資料を提出していた。提出すると、今度は銀行の担当者から収益見通しや鑑定が正しいかどうか、あるいはキャッシュフローを資本コストで割り引いた現在価値と簿価に乖離《かいり》がないかなどを根掘り葉掘り訊かれる。

「期限までに用意できるか？」

「はい、何とか」

三人とも疲れ切った表情だった。

亀岡にいたっては、過去一年間で出勤しなかったのは、元旦の一日だけだ。それほどトーニチは危機的な状況にあった。

「それで、資金繰りは五月までは大丈夫なんだな？」

「はい。そこまでは何とか乗り切れます。証券化できるものはすべて証券化しましたから」

トーニチ財務部は、本社ビルや売掛金から自動車の金型に至るまで、証券化できるものはすべて証券化して、手元流動性に投じていた。

「オリックスにはずいぶん助けてもらったな」

「まったく『ゴッド・ハンド』（神の手）です」

トーニチの資産を証券化したのは、もっぱらオリックスだった。

メリルリンチやゴールドマン・サックス、あるいは野村證券や大和証券といった証券会社（投資銀行）の場合、市場で販売する前提で資産を証券化するため、格付けを取れないような資産は証券化できない。これに対してオリックスは、証券を自社で保有する実質的な「セール・アンド・リースバック」なので、証券化できる資産の範囲が広く、手続も速い。

「ただ、六月から先は……」

財務部長がいい淀み、亀岡の表情が曇る。

証券化できるものはすべて証券化してしまった。今後、突発的に資金ショートしたりすると、手の打ちようがない。

「やはり、トミタ自動車の追加支援を得るしかないか……」

亀岡が独りごちる。

トーニチは、二年前の債務免除の際、トミタ自動車グループの専門商社・トミタ通商から一一・五パーセントの出資を受けた。両社は歴史的に縁が深く、トーニチ創業者はトミタ自動車の初代社長と兄弟である。

「ご苦労さんだが、ここは正念場と思ってひとつ頑張ってくれ」

亀岡が締めくくるようにいった。

「それから、専務……」

ソファーから立ち上がった財務部長がいった。

「実は、わたくし、三月末で退職させていただくことになりました」

「なに？　そうなのか？」

亀岡は驚いた表情。

「はい。早期退職制度で」

トーニチは社員を減らすため、割り増し退職金をつけて、退職者を募っている。

かつては約五十人いた財務部も、資金運用業務の停止による他部署・子会社への配置転換や早期退職であっという間に人が減り、今では二十人余りしかいない。若い人間は慶應大学のＭＢＡコースに入学したり、別の会社で職を見つけ、年配者は子会社に雇われたり、自分で事業を興したりしている。

「コンピューター関係の会社で経理と財務を見てほしいという誘いがありまして……。敵前逃亡のようで心苦しいのですが」

財務部長は伏目がちにいった。

「そうか……。ご苦労さんだったな」

亀岡は、ねぎらいの言葉をかけるのがやっとだった。

「商社は人なり」といわれるが、その「人」がどんどん失われつつあった。

2

サハリンBプロジェクトは、LNG販売の目処が立たないまま、第二フェーズの資機材やサービスの入札が始まった。LNGの液化プラントや総延長一六〇〇キロメートルを超える二本の陸上パイプラインをはじめ、ルンスコエ鉱区のガス生産プラットフォーム、ピルトン・アストフスコエ鉱区の第二石油生産プラットフォーム、陸上処理施設、廃棄物用井戸、原油貯蔵施設、アニワ湾内海底パイプライン、LNG出荷桟橋、原油タンカー積込施設、通信設備、作業員宿舎、メンテナンス用機材集積場、各種機材とサービスの供給など、何百という入札に関する入札要領《インビテーション》が、入札見込み企業に送られた。秋から来春にかけて落札者が決まり、来年前半に正式契約になる運びだ。ただし、来年（二〇〇三年）五月までにスポンサー三社が第二フェーズを実施しないと決定する可能性もあるので、入札はすべてキャンセル条項付きだ。

一方、十文字と亀岡のコンビが主導するイラン巨大油田の開発は、外資を含む大手石油会社や日本の商社に対して参加を働きかける一方、石油公団が中心となってイラン側から提供された地質データを分析し、開発計画の策定が進められた。また、鉱区に埋まっている地雷の除去作業やバイバックの条件に関し、イラン側と話し合いが続けられた。

八月二十九日木曜日——

秋月修二は、朝の早い時刻に東洋エナジー・リスク・マネジメント、略称ＴＥＲＭ《ターム》のオフィスに出勤した。金融街シティの西寄りの一角、最近新しく開発されたオフィス街にあるビルである。付近にはスターバックス・コーヒーや洒落たレストランが多い。

ガラスをふんだんに使ったモダンなオフィスには、すでに何人かのセールスマンやトレーダーが出勤し、ノーネクタイのカジュアルな服装で、スクリーンを睨んだり、顧客に電話したりしている。オフィスは約三〇〇平米で、スペースには余裕がある。

壁に、東京、シンガポール、ロンドン、ニューヨークの時刻を示す四つの丸い時計がかけられ、二つの大きなテレビスクリーンが、鮮やかな色でブルームバーグとＣＮＢＣを映し出している。大きなガラス窓の向こうには、セント・ポール寺院の灰色の大伽藍が間近に聳えている。

小柄な秋月は、社員たちに声をかけながら、オフィスの奥にあるガラス張りの個室に入った。

曇りガラスの天板の上のパソコンを立ち上げ、スターバックスのコーヒーを飲みながら、じっとスクリーンを凝視する。

丸い眼鏡の下の鋭い視線で、シンガポールの市況を追って行く。

（重油が少し強いな……。何か材料があるのか？）

机上の電話が鳴った。

「秋月スピーキング」

「秋月さん、おはよう。東京の……」

秋月を採用した東洋物産の商品市場部長だった。腎臓疾患を押して車椅子通勤をしながら、モルガン・スタンレーやゴールドマン・サックスに伍していける金融市場本部を作るという執念で仕事を続けている。

「何かありましたか？」

秋月は単刀直入に訊いた。

「東京電力が重油を大量に買い付けるという噂が流れています」

秋月の目が強い光を帯びる。

「いくつかの筋にあたってみましたが、原発で何かあったようです」

トレーディングのベテランらしく、きっちり裏取りした様子。

「事故ですか？」

「おそらくは」

秋月は無言で頷く。

「よろしくお願いしますよ。……エネルギーはあなたに任せる約束ですからね」

東京の部長は微笑している口調でいった。

秋月は移籍にあたって、東洋物産のエネルギー・デリバティブ・ビジネスは全面的にTERMが取り扱うという一文を契約書に入れていた。

「わかりました。情報、感謝します」

秋月は短くいって電話を切る。

「おい、ちょっと来てくれ」

個室のガラス扉を開け、主任トレーダーを呼んだ。

ロックフェラー銀行出身の三十代半ばのイギリス人であった。

「RIM《リム》を買え」

秋月は金髪のイギリス人にいった。

RIMとは、石油製品市場の情報サービスを提供しているリム情報開発株式会社（本社・東京都中央区新川）が発表している国内の石油製品価格の指標である。RIMを買えというのは、RIMの指標をベースにしたスワップを買い持ち（他の原油、石油製品、指数等を売り持ち）することだ。RIM（すなわち国内の石油製品価格）が上昇した段階で、反対売買して利益を上げる。

「何かあったんですか？」

「TEPCO《テプコ》（東京電力）が原発事故を起こしたらしい」

「ほう……」

イギリス人は舌なめずりするような表情。

「たぶん、一時間かそこらのうちに何かニュースが出るはずだ。それまでに、ＲＩＭを買って、買って、買い占めろ」

「了解！」

主任トレーダーは、踵を返し、急ぎ足で自分の席に戻る。アシスタントを呼んで、手短かに指示を出すと、電話にかじりついた。

その様子をガラス壁越しに見ながら秋月は微笑した。

東京電力が事故で原発を停止しなくてはならなくなると、代替の火力発電所を動かさなくてはならない。ＬＮＧは長期契約が原則で急に動かせないので、当面は石油焚き発電所が中心になる。燃料はＣ重油と、インドネシアのスマトラライトやベトナムの硫黄留分が少ない、いわゆる「ローサル重質油」だ。電力の安定供給を錦の御旗にする東京電力は、なりふりかまわぬ高値でこれらを買い付け、国内流通価格を上昇させることが予想される。その他の石油製品の国内価格も連れ高になる可能性がある。

再び電話が鳴った。

「ハイ、シュウ。ハブ・ユー・ハード・テプコ……（東京電力の話、聞いたか？）」

東京にいる米系投資銀行の米国人トレーダーだった。

「いや。……何か起きたのか？」

秋月は空とぼけた。

「原発の事故を隠してたらしい」

「ほう……。大規模な事故？」

「全部で十基以上って話だ。一九八〇年代後半から九〇年代前半にかけての自主点検記録を改ざんして、ひび割れや部品損傷を隠してたらしい」

かなり具体的な情報だ。

（東電の内部情報のようだな……）

「なあ、これってマーケットにどんな影響を与えるんだ？」

無邪気な質問に秋月は苦笑した。相手は、日本の発電事情を知らない様子。一方、秋月の頭の中には、東京電力の発電所の場所や燃料、出力など、一通りの情報が入っている。

（ギブ・アンド・テークでちょっとは教えてやるか）

秋月は、C重油とローサル重油が今後二、三ヵ月間は上昇するだろうと教えてやった。

「サンキュー、シュウ」

米国人は嬉しそうに電話を切った。

（十基以上か……。相当な規模だな）

秋月はしばらく考えを巡らせてから、黒い革張りの椅子から立ち上がった。

ガラスのドアを開け、イギリス人主任トレーダーの傍らにいく。

「ガソリンは売りだ。先物で売って、重油を買え」

「なぜ？」

イギリス人は、黒い革張りの椅子にすわったまま、秋月を見上げる。

「ＴＥＰＣＯ（東京電力）の事故は、原発十基以上の大規模なものらしい」

秋月の言葉に、イギリス人は、ほう、という顔で片方の眉を上げる。

「かなりの数の原発が稼動停止になる。代替燃料の重油を確保するのに、東電は石油会社に圧力をかけて重油を増産させるだろう。そうすると日本国内でガソリンがだぶつく」

「なるほど……」

原油を精製する過程で、軽油や灯油をＣ重油生産に振替えることは容易だが、ガソリンからＣ重油に転換することはほぼ不可能だ。したがって、Ｃ重油を増産すれば連産品のガソリンの供給が膨らみ、価格が下落する。重油の買いを組み合わせるのは、ポジションが相場全体の動きに影響されないよう、裁定取引にするためだ。

「明日で大丈夫ですか？」

イギリス人が訊いた。

日本国内のガソリンの先物は、東京工業品取引所と名古屋にある中部商品取引所に上場されているが、それぞれ日本時間の午後三時半に取引が終了している。

「明日でいい。朝一番で、商品市場部に売れるだけ売ってもらえ」

ＴＥＲＭは東京工業品取引所の会員ではないので、会員である東洋物産本社に取引を代行してもらい、自分たちのポジションとして管理する。一方、重油の先物は取引所に上場されていないため、市場で相対《あいたい》で売るか、似たような動きをする商品を売る。

「それから、石油会社かどっかと組んで、ＲＩＭを吊り上げろ」

金髪のイギリス人は不敵な笑みを浮かべて頷いた。

3

翌八月三十日金曜日の新聞は、東京電力の原発事故隠し報道一色となった。
『東電、原発トラブル隠す　八〇～九〇年代に二十九件、点検記録に虚偽』（朝日新聞）
『東電が点検虚偽記載　福島県副知事、原子力政策に協力できない』（日本経済新聞）
『東京電力・原発トラブル隠し　二見常夫・東電常務ら平謝り　新潟県などを訪問、謝罪』（毎日新聞）
『東電トラブル隠し、来週にも立ち入り調査　経産省保安院、九電力に総点検指示』（産経新聞）
九月二日、東京電力は、荒木浩会長、南直哉社長、平岩外四相談役、那須翔相談役の

歴代トップ四人の総退陣を発表。九月中旬には、全十七基の原発のうち柏崎刈羽一号機（新潟県）や福島第二原発二号機（福島県）など、合計六基（出力約六百万キロワット）の運転を停止した。

株式市場では東京電力の株が連日売られ、石油市場ではC重油や、生焚き発電に使われるインドネシア産スマトラライトの価格が急騰。新日本石油などはスマトラライトの輸入拡大と同時に、同じ「ローサル重質油」であるスーダン原油の物色を始め、五井商事は西アフリカのガボン産原油「ラビミディアム」の確保に動き出した。原油タンカーの傭船《ようせん》料やLNG価格も上昇し始めた。

「……なるべく早い時期に、全部の原発を停止して点検しなくてはならないというのが企画部の考えだ」

ワイシャツ姿の小太りの燃料部長が、応接セットにすわったグループマネージャー（課長）たちの顔を見回していった。

年齢は五十代半ば。目は細く、七・三分けの頭髪は白髪まじりである。

東京電力社内で燃料の調達を担う燃料部は、千代田区内幸町一丁目の新幸橋《しんさいわいばし》ビルに入居している。国会通りを隔てて、本社と向き合う二十二階建ての新しいビルだ。

燃料部は十四階にあり、部長室は、南側のエレベーターホールに近い一角を仕切って作られている。後方のキャビネットの上には、LNG購入記念に贈られた中近東の装飾剣やマレーシアの錫《ピューター》の置物などが並んでいる。

「夏場の電力需要が低迷して石油の在庫が多かったんで、在庫の切り崩しと今年度の契約量で何とか対応できると思ってたが、全面停止となると容易ならざる事態になる」

グループマネージャーたちが疲れた表情で頷く。原発事故発覚以来、早朝から深夜まで働き続けている。

東京電力の総出力約六千万キロワットのうち、四割が原子力だ。これをすべて火力に転換すると、一年間あたり石油換算で二〇万トン級のVLCC（very large crude carrier＝超大型原油タンカー）およそ百六十隻分の燃料を新たに確保しなくてはならない。

「すでに鹿島の五号機を緊急起動したが、三号機と四号機も立ち上げる。それから横須賀の七号機と八号機……」

グループマネージャーたちが手元資料に視線を落とす。企画部と火力部が協議して決めた代替用火力発電所の稼動計画書だった。

茨城県にある鹿島発電所の五号機は出力一〇〇万キロワット。一九七四年に造られた火力発電所だが、老朽化で発電効率が低化し、今年度から稼動を停止していた。横須賀の七号機と八号機はそれぞれ三五万キロワット。いずれも主燃料は石油系だ。

「品川と富津も前倒しするんですね？」

LNGの調達を担当するLNGグループのマネージャーが訊いた。

品川火力発電所一号系列第三軸、富津（千葉県）火力発電所三号系列第一軸と第二軸は、LNG焚きの新鋭発電所だ。いずれもほぼ完成しており、発電機には窒素を、蒸気タービンには乾燥空気を注入して保管している状態だ。

「品川1と富津3－2は来年二月、富津3－1は来年五月に点火する」

部長がいった。

点火後、試運転を経て徐々に出力を高め、本格稼動するのは半年後になる。

「LNGの調達はどうだ？」

「オマーンからスポットで買って、DQTを撤回すれば、何とかしのげると思います」

「DQT」は downward quantity tolerance の略。支払いなしで契約量の一部の引取りを将来に繰延べする権利だ。

「スポットはどれくらいの期間でまとめられる？」

スポット調達の交渉は、LNG船の配船なども絡んでくるため、通常二、三ヵ月を要する。

「今回は緊急事態ということでアルキタニも特別な取り計らいをしてくれると思います。できれば三、四週間のうちにまとめたいと思います」

アルキタニはオマーンLNG社の副社長で、東京電力の商談窓口である。

「DQTはどれくらいの量だ？」

「一二〇万トンです」

東京電力は例年約一六〇〇万トンのＬＮＧを購入している。しかし今年度は、不況で電力需要が低迷しているため、ＤＱＴの権利を行使し、例年より一二〇万トン少ない量の受入れに止《とど》めていた。

「撤回できるか？」

「交渉します」

「東ガス、関電、九電あたりにも、融通を打診しなけりゃならんな」

ＬＮＧグループマネージャーが頷く。

「油のほうはどうだ？」

「玉《ぎょく》は確保できると思いますが、内航船がボトルネックです」

石油・燃料管理グループのマネージャーがいった。

「やっぱり、内航船か……」

燃料部長が渋い表情になる。

内航船とは、日本の領海内を航行する輸送船のことである。石油や石油製品は、外航船（外洋を航行する船）で日本国内の石油基地まで運ばれ、そこから内航船で各発電所に輸送される。

石油内航船のユーザーは電力会社と石油会社だが、二度のオイルショック以降、電力会社が原子力発電やＬＮＧ焚き発電を増やし、石油への依存度を下げたため、内航船の数は大きく減り、政府も、交付金を与えて内航船業者の廃業を進めてきた。

「エネルギー供給はチェーンなのに、内航船のところでそれが切れてちゃしょうがないよな」

重油の国内輸送に主として使われる五〇〇〇キロリットル級タンカーは、八年前は全国に四十二隻あったが、今では二十七隻しかない。冬季など石油の需要期は、ユーザー同士で取り合いになる。

「経産省もサハリンだとか中東依存度の引き下げとか、大それたことという前に、足元のことをしっかりやってほしいよ……といいたいところだが、うちの不正が原因だから、大きな声ではいえないし」

小太りの燃料部長は情けなさそうな顔。

「とにかく、業者に土日返上でピストン輸送してくれるよう頼むしかないと思います」

石油・燃料管理グループのマネージャーがいった。

「A重油用タンカーをC重油用に振り替えるのは可能なんじゃないの？」

別のマネージャーが訊いた。

「それも頼んでみます」

「灯油用の船は使えないのか？」

「それは……」

石油・燃料管理グループのマネージャーは難しい表情。

「これから冬場の灯油需要期に向かいますし、各地の灯油在庫も少ないですから、業者にそこまでやる余裕はないと思います」

「そうだろうなあ……」

燃料部長は悩ましげな表情。

「とにかく、かき集められるだけ、かき集めてくれ」


会議は一時間ほどで終わった。

マネージャーたちは、部長室からぞろぞろと退出する。

燃料部のフロアーは、五十人ほどの部員がグループごとに島を作っている。

東側の広い窓からは、汐留のビル街や、その先の東京湾やベイブリッジが見える。

「……まったく、原子力部落のおかげで、大迷惑だぜ」

マネージャーの一人が、吐き捨てるようにいった。


その頃、五井商事の金沢は、丸の内二丁目のオフィスで、部長と話していた。

「……東電の事務屋さんたちは怒ってるよなあ」

席にすわったサハリン・プロジェクト部長がいった。

「企画部出身の南社長が辞めることになりましたからねえ」

と、部長席の前に立った金沢。

東京電力社内では、企画部、燃料部、営業部などが事務系、原子力本部、火力部、技術部（送電部門）などが技術系だ。

「原子力本部は、国策遂行のエリート意識が強くて、社内でも問題視されてました」

「俺も事務屋さんたちから『原子力の連中は、いくら金を使ってもいいと思ってるし、どんなわがままも通ると思ってる』ってよく聞かされるよ」

「辞めた副社長もかなり権力をふるってたらしいですね」

歴代トップの四人とともに、原子力本部長を務めていた副社長も今回の事件の責任をとって退任した。

「東大原子力工学科卒の『天皇』だろ？　しょっちゅう怒鳴るから、下が相当萎縮してたらしい。だから悪い報告が上がらなくなったんだろう」

金沢が頷く。

「まあ、うちにとっちゃ、幸いだったけどな」

オールバックの頭髪でやや小柄な部長が苦笑した。

東京電力の事件で、LNGに対する風向きが変わりつつあった。

「東北電力や中部電力でも国に報告してない原発トラブルがあったようですし、今後数年間は原発は駄目でしょうね」

「いよいよ『赤いガス』の出番だな」

4

米国は、イラク攻撃の準備を着々と進めた。

米軍と同盟軍は、すでにイラクの領土の一五パーセントを制圧している。八月五日には、イラク南西部の防空の要であるヌカイブを、九月六日には、イラク西部ルトバに近い空軍基地をそれぞれ空爆し、防空体制をほぼ完全に無力化した。クウェートとの国境付近には、米英軍の大規模な装甲部隊が臨戦態勢で待機し、イラク西部の国境には七千人規模の米軍とヨルダン軍が集結している。

ブッシュ大統領は、九月六日に、中・露・仏の三ヵ国首脳に電話して、米国の立場を説明。翌日には、英国のブレア首相をキャンプ・デービッドに招き、緊密な協力ぶりをアピールした。ラムズフェルド国防長官も上下両院の有力者と個別会談し、イラクが核兵器を開発している「証拠」を示して、早急に軍事行動を承認してほしいと訴えた。

エネルギー市場では、米軍がイラク攻撃のためにジェット燃料を大量調達するであろうとの観測から、ジェット燃料の主成分であるケロシンの価格がじりじりと上昇した。年初来一～三ドルで推移していたドバイ原油との価格差《スプレッド》が、八月二十八日に五ドル十五セントまで開き、九月十六日には七ドル台に乗せた。一方で、イラク攻撃が始まれば、旅客が減少して航空会社の経営に悪影響が出ると予想されることから、秋月らエネルギー市場関係者は、航空会社の信用状況《クレジット》の見直しに着手した。

九月下旬——

トーニチ専務の亀岡吾郎は、米国メリーランド州のゴルフ場にいた。

ワシントンDCからポトマック川と平行して延びる道を北西の方角に車で二十分ほど走った場所であった。途中の道は、高さが二〇メートルくらいある鬱蒼とした森が続き、黄色いスクールバスやジョギングをする人々が行きかう。

十八ホール、パー七十一、全長七〇〇五ヤードのゴルフ場に続くゲートを車で入ると、右手はなだらかな緑の丘になっている。柵の向こうで、カナダグース(雁)がよちよち歩き、馬がのんびりと草を食んでいる。

スーツ姿の亀岡は、トーニチのワシントン事務所長と一緒に、クラブハウスのテラスで人待ちをしていた。ゴルフ場の緑の丘の中腹に、高々と星条旗が翻り、近くの練習用グリーンでは、色とりどりのウェアーの白人や日本人たちが、秋の明るい午後の日差しの中で、パットの練習をしている。

「これ、いかがですか?」

中年のワシントン事務所長が亀岡にダイエット・コークの瓶を差し出した。白髪混じりで銀縁眼鏡をかけ、チャコール・グレーのスーツをきちんと着た堅実そうなサラリーマンだった。

「それは好きじゃないんだ」

亀岡は顔をしかめた。

「は？　……失礼しました」

ワシントン事務所長が畏まる。

「我々世代の人間には、サッカリンの味は、昭和二十一、二年頃の食うや食わずの時代を思い出させる」

白髪をオールバックにした亀岡は、遠くを見る眼差しになった。

終戦直後の東京の街が瞼《まぶた》に蘇る。当時、亀岡は小学校の低学年だった。

焼け野原の東京は、江戸時代に戻ったようにだだっ広く、食糧不足のために、日比谷、日本橋、上野といった都心にも畑が出現し、人糞が撒かれていた。上野駅や東京駅には浮浪児が溢れ、警察が浮浪児狩りをして、施設に収容した。道や駅のホームで米兵がタバコの吸殻を捨てると、大人たちがわっと集まって取り合いになった。

（暗い時代だった……）

亀岡の実家は比較的裕福で、父親は解体された旧財閥系企業に勤めていた。おかげで、飢えに直面することはなかったが、砂糖が口に入ることは稀だった。食料不足を補うため、家の裏庭では、かぼちゃやトマトを作っていた。

初めて米国に来たのは、昭和三十年代の初めだった。

横浜港から貨物船に乗って太平洋を渡った。船員は約三十人で、乗客は大学生の亀岡一人だけだった。サンフランシスコに着いて、日本人の船員たちに食事をご馳走してもらった後、グレイハウンド・バスを乗り継いでニューヨークに向かった。

初めての米国旅行で亀岡は、マンハッタンの摩天楼の高さとアメリカの広さと豊かさに圧倒された。資源のない日本は貿易で立国するしかないと思って、卒業後、東日綿花《とうにちめんか》に入社。同社は一九七〇年に、総合商社として相応しい名前、トーニチへと社名変更した。

「ハイ、ゴロー。ソーリー・トゥ・ハブ・ケプテュー・ウェイティング（吾郎、待たせたな）」

テラスの出入り口のほうから大きな声がした。

濃紺のポロシャツに白いベスト、チャコールグレーのスラックスというゴルフウェア姿の男が近づいてきた。短く刈った白髪に灰色の太い眉の顔は、戦後日本の政財界に隠然たる影響を与えた右翼の黒幕、児玉誉士夫を思わせる。

「ハイ、ピーター」

亀岡が立ち上がって、親しげに握手した。

男の名は、ピーター・ゼルドマン（Peter Zeldman）。

一九八三年に国防長官だったキャスパー・ワインバーガーの反対を押し切って米国・イスラエル間の戦略的協力関係の合意を結ばせるなど、辣腕を発揮してきたユダヤ人ロビイストだ。年齢は五十代前半。「ロビイングは夜の花。闇の中で咲き誇り、陽の光で死ぬ（A lobby is a night flower; it thrives in the dark and dies in the sun）」が口癖である。

「手土産だ」

亀岡がＪＡＬの紙袋を差し出す。機内で買った高級ネクタイであった。

亀岡は、親愛の情を確実に伝えるため、必ず手土産を持参する。中東総支配人時代には、ロンドンからフォートナム＆メイソンの紅茶を大量に送らせ、客先への土産にしていた。出張に随行する社員は、ふうふういいながら、手提げ袋やダンボール箱に一杯の土産品を運ぶのが仕事になる。

「ゴローは俺にいつもＪＡＬのネクタイをくれるなあ」

ゼルドマンはにやりと笑ってテーブルにすわり、ウェイターを呼んだ。

「今日のプレーはどうだった？」

亀岡が訊いた。

「珍しく九番ホールで一発でグリーンに乗ったんだが……」

ここの九番ホールは、グリーンに向かって打ち下ろす難しいホールだ。

間もなくサンドイッチとコーヒーが運ばれてきた。

ユダヤ教では、エビ、カニ、タコなどは戒律で食べるのを禁じられている。しかし、「リフォームド・ジュー（改革派ユダヤ人＝戒律を部分的に守るユダヤ人）」のゼルドマンは、小エビの入っているサンドイッチを平気で食べ始めた。

「で、今日はイランの話か？」

サンドイッチを頬張って、ゼルドマンが訊いた。

「察しのとおりだ」

「頭が痛いな」

ゼルドマンが顔をしかめる。

七月頃から、にわかにイランの核問題が持ち上がっていた。

イランはパーレビ王朝時代の一九七四年に、ペルシャ湾岸のブシェールに同国初の原子力発電所の建設を始めた。一九七九年のイスラム革命と一九八八年まで続いたイラン・イラク戦争で中断したが、一九九五年にロシアと協力することで合意し、建設が続けられた。イランを年初の一般教書演説で「悪の枢軸」として名指しした米国のブッシュ政権は、五月の米露首脳会談でこの問題に関し突っ込んだ協議を行なった。しかし、七月にロシア政府が、二〇一二年までにイランで計六基の原発を建設すると発表し、寝耳に水のホワイトハウスは怒り心頭に発した。七月三十一日から訪露したエーブラハム米エネルギー長官がロシア政府にイランの核開発への協力中止を要請したのを皮切りに、目下、あらゆる外交手段を通じて、イランの核開発を阻止しようとしている。

「五月の米露首脳会談でこの問題を取り上げるようホワイトハウスに働きかけたのも、俺たちなんだよな」

ゼルドマンは困ったような顔で、白い磁器のカップのコーヒーを口に運ぶ。

ゼルドマンは副業でトーニチに対してアドバイスを行なっているが、本業は米国屈指のイスラエル・ロビー団体の外国政策部長である。イスラエルの安全保障のために、周辺アラブ諸国やイランを弱体化するのが仕事だ。

「ゴロー、9・11の同時多発テロ以来、アメリカは本気で核テロを心配しているんだ」

「…………」

「誰もがかなりの確率で核テロがあると考えている。そういう文脈で考えないと、アメリカの外交政策を見誤ることになる」

亀岡が頷く。

「イランの油田開発はどうしてもやるのか？」

「あのプロジェクトは、やりたい」

亀岡ははっきりいった。

「ふむ……」

ゼルドマンは思案顔になる。

「アメリカはイランを攻撃するのか？」

亀岡が訊いた。

「今はやらない」

ゼルドマンは首を振った。「今は、イラクだけで手一杯だ。イラク作戦のためには、隣国のイランの中立を確保しておく必要がある。それに、チェイニー（副大統領）はイランの資源ビジネスに興味を持っている」

ディック・チェイニーは副大統領になる以前、石油・ガス関連サービス大手であるハリバートン社のCEOを務め、中近東産油国でのビジネス経験も豊富だ。

「日本が油田開発を進めると、アメリカ政府はどう出てくる？」

亀岡の問いに、ゼルドマンはしばらく考えた後、ズボンのポケットから携帯電話を取り出した。

「NSC（国家安全保障会議）の事務局スタッフに訊いてやるよ」

NSCはホワイトハウス内に設けられた米国の最高意思決定機関の一つだ。大統領、副大統領、国務長官、国防長官がメンバーで、安全保障政策について大統領に助言し、政策立案、関係省庁との調整などを行う。

ゼルドマンは携帯電話で目指す人物の番号を捜し、プッシュした。

「オゥ、ハイ。ディス・イズ・ピーター・スピーキング。……イヤー、アイム・ファイン……」

ゼルドマンは親しげに話し始めた。

「……ところで、一つ教えてほしいんだが、日本がやろうとしてる例のイランの油田開発な、あれはどう対応するんだ？　……いや、ちょっと人に訊かれたんだ」

ゼルドマンは相槌を打ちながら、相手の声に耳を澄ます。

「……イエス。……なるほど……」

時おり、「イラク」、「ILSA《イルサ》（イラン・リビア制裁法）」、「サポート」といった語が会話に混じる。

「……オーケー、分かった。サンキュー」

話を終え、スイッチを切った。

亀岡とワシントン事務所長は相手の言葉を待つ表情でその様子を見守る。

「ゴロー、あんたのプロジェクトは当面安泰のようだ」

ゼルドマンは、携帯電話をズボンのポケットにしまいながらいった。

「今、アメリカの最優先課題は、イラク攻撃に関する国際的支援を取り付けることだ。だが、ロシアも中国もフランスも一筋縄ではいかん。そんなタイミングで、ILSAにもとづく制裁を発動するのは無理だ」

フランスのトタールやロシアのガスプロムは一九九七年以来、イランでガス田開発を行なっている。もし、日本企業に対して制裁を発動すれば、トタールやガスプロムに対しても発動せざるを得なくなる。

「議会の強硬派は前々からILSAにもとづいて制裁を科せと主張してるが、法律上、制裁を発動するかどうかは大統領の権限だ」

かつてEUは、ILSAの域外適用に猛反発し、WTOに提訴する構えを示したこともある。クリントンもブッシュも、そうした対外関係を慮《おもんぱか》って制裁発動を控えてきた。

「日本政府がアメリカの対イラク攻撃を強く支持すれば、ブッシュは見返りに、イランの油田開発は当面ルック・アナザー・ウェイ（見て見ぬふり）するだろう、ということだ」

トーニチの二人は安堵した表情。

「ただ、いずれは難しくなるかもしれんぞ」

「というと？」

「また9・11みたいなことがあって、メディアがイランはテロ支援国家だと騒いで、世論や議員がいきり立つと押さえられなくなる。この際、日本企業を徹底的に叩いてやれという勢力なんかも加担するだろう」

かつて、東芝機械のココム（対共産圏輸出統制）違反事件が起きたとき、伊藤忠商事に対する制裁法案が出されそうになった。

「普通であれば、トーニチの件が議会のコマース・コミッティ（商務委員会）で取り上げられそうになったら、阻止するよう働きかけることはできるが……」

ゼルドマンは日頃、レストランでナプキンをかざし、「俺はこのナプキンの上に、二十四時間以内に七十人の上院議員のサインを集めることができる」と豪語している。

「……イラン絡みのように大きな文脈の中での話になると、そう簡単にはいかん」

亀岡が難しい顔で頷く。

「いずれにせよ、ホワイトハウスや議会で何か動きがあれば、すぐに連絡するさ」

そういって、太い指でサンドイッチをつまみ、美味そうにかぶりついた。

5

十一月――

金沢は、ヒースロー空港で、オランダ行きの飛行機の搭乗案内を待っていた。

夕方のエグゼクティブ・ラウンジは雑然としていて、仕事を終えたビジネスマンたちの疲れが漂っているようだ。

「あれ、delayed（遅延）になってますね」

茶色いセーターに縁《ふち》なし眼鏡の金沢がいった。

飛行機の出発状況を示すスクリーンが、金沢たちが乗る予定の便が遅延すると表示していた。

「エンジン・トラブルか何かかな？」

鋼管輸出部の部長代理の高塚がスクリーンを見上げる。均整の取れた大柄な身体に、紺色のジャケットを着ていた。

そばのソファーで、ボストン・タイプの眼鏡をかけた白人女性が、村上春樹の『Sputnik Sweetheart（スプートニクの恋人）』のペーパーバックを読んでいた。英国五井商事金属部に勤務するフランス人女性だ。

「まあ、最悪、今晩じゅうに現地に着けばいいから、心配することはないだろ」

高塚がソファーから立ち上がり、壁際のテーブルに歩み寄る。

「今回は金沢君がいてくれて助かったよ」

白い小皿にキュウリのピクルスやプレッツェルを載せて戻ってきた高塚がいった。

「ほんと、偶然でしたね」

薄オレンジ色のファイナンシャル・タイムズを膝の上で開いた金沢がいった。

高塚とフランス人女性は、サハリンBのパイプ（鋼管）の入札書類を持参するために、金沢は、サハリンBの財務委員会に出席するために、オランダのハーグに向かうところだった。

三人はそれぞれ大きな鞄を傍らに置いていた。金沢のはナイキのマークが入った、大型のスポーツバッグである。三人の鞄の中には、ダンボール三箱分のパイプの入札書類が入っている。大切な書類なので、預け荷物にせず、手荷物としてキャビン内に持ち込む。

今回は技術入札（アンプライスト・ビッド）で、取引条件（general terms and conditions）、施主（サハリン・リソーシズ社）に求められた技術面の質問に対する回答、納期など、価格以外の事項に関する入札である。

「価格の入札はいつなんですか？」

金沢が訊いた。

「二月にやるそうだ。オンライン・ビディング（オンライン入札）だってさ」

高塚が面白くなさそうにいった。

オンライン入札は、パソコンで入札用のサイトにアクセスして、そこに入札価格を入れる。

「細かい話をする前にそういうことやられると、値段だけが固まって、バイヤーに一方的に有利になるから嫌なんだよなあ」

「今は、買い手市場ですからねえ」

鉄や原油など一次産品価格は相変わらず低迷している。ドバイ原油（スポット）は二十二、三ドル、WTIは二十六ドル前後である。

「まあ、今度はオランダだから、ナイジェリアみたいに滅茶苦茶なことにはならないだろうけど」

オンライン入札は、バイヤーの所在国の時間帯で行われる。高塚らは、最近、ナイジェリアの案件に参加したが、日本時間の夜七時から入札が始まり、途中何度も現地で停電が起きて中断し、終わったのは日本時間の翌朝だった。

「獲る自信ありますか？」

「結構あるよ。ロシア・コンテンツを増やせるように、コーティング（鋼管の表面加工）をロシア国内でやるっていう提案にしたから」

石油やガスのパイプは、腐蝕を防ぐために内側と外側にポリエチレンなどで加工処理を施す。

「工場はどこに作るんですか？」

「ナホトカのヴォストチヌイ港のところだ。ロシアの貿易会社との合弁工場にして、労働者も二千人くらい雇うから、ロシア・コンテンツに大きく貢献するよ。しかも、日本でやるより安くすむ」

「グッド・アイデアですね」

ロシア・コンテンツ（資機材・サービスのロシア現地調達比率）は、サハリンBにとって非常に重要な問題だ。PSA（生産物分与契約）では、サハリン・リソーシズ社は、資機材・サービスの七割をロシアで現地調達するべく最大限の努力をしなくてはならないと定められている。石油・ガス開発においては、西側先進国にしか存在しない技術や機器類も多いので、七割というのはかなり大変な数字だ。サハリン・リソーシズ社は、専任のロシア・コンテンツ・マネージャーを置いて、目標達成のための努力を続けている。

「ところで、LNGのマーケティング、上手く行きはじめたみたいじゃない」

「そうなんですよ。東電の原発事故隠しが引き金になりました」

「でも、焚き口（発電所）の数は急に増えたりしないだろ？」

「当面は既存の火力発電所の稼働率を上げたりですけど、それだけでもかなりの量が捌けると思います。価格の割安感も出てきてますし、安全性の観点からも、今後LNG焚きが中心になりそうですね」

「一時はどうなるかと思ったけどなあ」

「ただ、まだリーガル・スタビライゼーションの問題がありますから、来年五月までに事業化宣言できるかどうかは、予断を許さない状況です」

「何とか、ツー・トレインでやって、たくさんパイプを買ってほしいね」

高塚が笑った。

「ところで、ボーディング（搭乗）はいつになるのかな？」

高塚が再び頭上のスクリーンを見上げた。

スクリーンの表示はdelayedのままだった。

しばらく待って、当初の出発予定時刻になったとき、金沢は状況を確かめに、チェックイン・カウンターに向かった。

「目的地が暴風雨のため、今、飛行機の発着が困難です。もうしばらくお待ち下さい」

カウンターの航空会社のイギリス人男性職員がいった。

ラウンジに戻って高塚に伝えると「嫌な予感がするなあ」と呟いた。

三人は、再び新聞を読んだり、話をしたりしながら時間をつぶす。

午後六時半頃、金沢は再び頭上のスクリーンを見上げた。

「えっ、キャンセル⁉」

思わず声が漏れた。

高塚も慌ててスクリーンを見上げる。

三人が乗る予定の便のremarks（備考）の欄に、cancelledと表示されていた。

「何が起きたんだ⁉」

「話を聴いてきましょう」

二人は立ち上がり、チェックイン・カウンターへと急いだ。

「今日のフライトは全部キャンセルになりました」

「ええっ、全部⁉」

航空会社のイギリス人男性職員の言葉に、二人は仰天した。目的地の暴風雨が治まる気配がないのだという。

「おい、どうする？」

高塚が金沢の顔を見た。

「明朝のフライトを調べてもらいましょう」

制服姿の男性職員は頷いて、時刻表のページを繰る。

「朝一番の飛行機は、ブリティッシュ・ミッドランドの101便で、午前六時二五分ヒースロー発、八時五十分アムステルダム着。ロッテルダムなら、KLM1332便が午前七時五十分発、九時四十五分着」

「駄目だ、間に合わない」

高塚がうめく。

入札書類は午前十時までにハーグのアングロ・ダッチ石油に届けなくてはならない。

「ユーロスターの最終便はどうですか？」

高塚がジャケットの内ポケットから携帯電話を取り出し、英国五井商事の金属部に電話する。

「パリ行き最終便が午後七時四十三分にあるそうだ」

携帯を耳にあてたまま高塚がいった。

「ぎりぎりですね。急ぎましょう」

二人はラウンジにとって返し、フランス人女性と共に再入国した。

ユーロスターの始発駅ウォータールーは、ロンドン市街の南にある。アングロ・ダッチ石油の英国本部「アングロ・ダッチ・タワー」の近くだ。

地下鉄は遅いので、パディントン駅までヒースロー・エクスプレスで行き、そこからタクシーに乗ることにした。

三人は大きな鞄を載せたカートを押しながら、空港内の通路を乗り場へと急ぐ。

いいタイミングで列車がホームに入って来て、三人は駆け込んだ。

高塚が顔に汗を滲ませながら、携帯電話で英国五井商事の金属部に連絡し、ユーロスターが駄目だった場合の代替策を調べてほしいと連絡する。フランス人女性は、栗色の髪の乱れをしきりに手で直す。

「まさか、こんなことになるとは……俺も油断してた……」

高塚が悔いを滲ませる。

十五分後、メタリックな外観の真新しい列車はパディントン駅のホームに滑り込んだ。

三人は急いで列車を降り、改札を駆け抜け、ブラック・キャブを拾った。

「何とかスムーズに行ってくれ」

高塚が祈るような顔で、腕時計に視線を落とす。

道路が順調に流れてもぎりぎりのタイミングだ。

ベイズウォーター・ロードを東に走り、マーブル・アーチの角を右折する最初の二キロメートルは順調だった。

しかし、ハイド・パーク・コーナーあたりから道が混み始めた。

「この辺、時々混むんですよ」

ロンドン駐在経験のある金沢が顔を曇らせる。

「最悪の事態だ……」

高塚の顔が引きつる。

「五〇万トン級の案件をロスト・ビッド（失札《しっさつ》）にしたらクビが飛ぶぞ……」

第二フェーズのパイプライン建設に必要な鋼材は五〇万トン前後で、新日鉄や住友金属の一年間のパイプの生産量に匹敵するビッグ・プロジェクトだ。

狭い車内で苛々しながら渋滞を抜け、テームズ川にかかるウェストミンスター橋を渡る。

ウォータールー駅に到着したとき、辺りはとっぷりと暮れていた。

三人は重い鞄を提げ、必死の形相で広い構内を走る。

北西寄りにある階段を駆《か》け下り、ユーロスターの乗り場に駆けつけたとき、最終列車の最後尾が、ホームの彼方へと走り去って行くところだった。

6

「……行った……」

三人は呆然と立ちすくみ、ホームの彼方に消えてゆく黄色い流線型の車体を見送った。

目の前の改札と出入国審査から、一日の仕事を終えた職員たちが引きあげ始めていた。

「……どうする？」

振り向いた高塚の顔は青ざめ、汗が流れ落ちていた。

「あとは……車で行くしかないんじゃないですか？」

金沢の顔からも汗が噴き出ていた。

「車で？」

「ドーバーかフォークストーンまで行って、フェリーか車専用の貨車で海峡を渡るんです。ロンドンに駐在してたとき、夏休みに車でフランスに行ったんですけど、そのときはP&Oの船で英仏海峡を渡りました」

P&O（Peninsular and Oriental Steam Navigation Company）は、大英帝国全盛期の

一八三七年に設立された英国の大手船会社である。

「それ以外だと、ヘリコプターでもチャーターするか、どこかの港から船に乗るか、BR（英国国鉄）で行けるところまで行くか……」

「どれも若干突拍子もない感じだな」

高塚が、ハンカチで顔の汗を拭う。

「英五《えいご》のメタル（金属部）とも相談してみましょう」

ボストン・タイプの眼鏡をかけたフランス人女性が、訛りの少ない英語でいった。

三人は、エスカレーターで一つ上の階のウォータールー駅構内に戻り、携帯電話で英国五井商事の金属部を呼び出した。

鉄骨剝き出しの高い天井で、大きな丸い四面の時計が時を刻んでいた。列車の発着を報せるアナウンスがたえず響き渡り、コート姿の人々が足早に行き交う。構内の喫茶店やパブでは、列車を待つ人々がお喋りをしたり、新聞を読んだりしている。

「……わかった。至急車を借りる」

五分間ほどやり取りし、高塚が携帯電話のスイッチを切った。

「やっぱり、車がベストのようだな」

金沢とフランス人女性が頷く。

「この近くでレンタカーして南に向かおう。その間に、英五のメタルに船か貨車の予約をさせる」

ドーバーもフォークストーンも英国の南東端にある。

「ユーロスターの到着口を出て、道路を渡ったところに、レンタカー会社があるはずです」

金沢がいい、三人は構内を西の出入口に向かって歩き始めた。

「あ、ちょっと待って下さい。地図を買って行きましょう」

三人は、駅構内の文房具店「WH Smith」で、英国とヨーロッパの道路地図を買った。

レンタカー会社は、赤い看板のAVIS《エイビス》だった。瑠璃《るり》色のフォードの4ドア・セダンが利用可能で、料金は二日間で百三十ポンド（約二万四千円）だった。

トランクに入札書類の入った大きな三つの鞄を入れ、運転席には金沢がすわった。高塚が助手席でナビゲーターを務め、フランス人女性は後部座席にすわる。

瑠璃色のフォードは、夜のロンドン市街を南東の方角に向かって走り始めた。

繁華街はすぐに途切れ、暗い通りに入った。

「ロンドンの街って、意外に暗いな」

フロントグラスの先を眺めながら、高塚がいった。

「にぎやかなのは中心街だけで、周辺は結構地味ですよ」

と茶色いセーター姿の金沢。

信号でしばしば停められ、車はなかなか進まない。

「間に合うかなあ……」

高塚の顔に、焦燥感が滲む。

二十分ほど経ったとき、道の左側に「Dover, Channel Tunnel A2」という緑に白文字の標識が現れた。英国の道路は、頭にM（Motor Way の略）がついたものが高速道路、Aが国道、Bが準国道である。

高塚の携帯電話が鳴った。

「……なに、予約が取れた！」

携帯を耳に当て、高塚が叫ぶようにいった。

「……うん……ドーバーを十時二十五分発の……」

話しながら、地図の端にボールペンで走り書きする。

「P&Oの船が取れたそうだ」

電話を終えた高塚がいった。

「ドーバー発、十時二十五分の『プライド・オブ・バーガンディ』という船だ。カレーに着くのは、現地時間で夜中の一時半頃になるらしい」

カレー（Calais）は英仏海峡に面したフランスの港町である。

「それで間に合いますかね？」

ハンドルを握った金沢が前方を向いたままいった。

「地図で見る限り、カレーからハーグまで三四〇キロくらいだから、道を間違えたりしなけりゃ、十分間に合うよ」

「希望の灯が点りましたね」

「十時二十五分までにドーバーに着けるかな?」

「ぎりぎりですね。もう少し行けば、流れもスムーズになると思いますけど」

通りは、相変わらず車と信号が多い。ケバブ屋、パブ、フィッシュ&チップスなど、暗い道路に沿って小さな店が灯りを点している。

街が途切れ、右手に広々とした空間が現れた。暗いのでよくわからないが、公園のようだ。左手に「Dover Bexleyheath A2」の標識が見えた。

午後八時五十五分、車はA2に入った。金沢がスピードを上げる。

片側二車線の国道は、ゆるやかに起伏しながら、南の方角へ延びている。道の左右は、住宅や緑地帯だが、暗いので道路沿いの建物しか見えない。前方を、車の赤いテールランプが逃げるように走っている。

午後九時すぎ「ドーバーまで六七マイル」の標識。ケント州に入った。

「やっぱり、ぎりぎりか……」

高塚が腕時計に視線を落とし、苦い表情になる。

フランス人女性は、疲れが出たのか、後部座席でうつらうつらし始めた。日本から出張でやってきた金沢の両目は赤く充血している。日本はもう夜明けだ。

「次、右だ」

チャタム（Chatham）で、高塚の言葉に、金沢がハンドルを切る。

高速道路M2に乗った。片側三車線の広い道である。ここからファヴァーシャム（Faversham）まで行き、再びA2に戻ってドーバーを目指す。

金沢はアクセルを踏み込み、バスやトラックを追い抜いてゆく。道の左側は南に向かう車のテールランプの赤い光の列、右側の対向車線はロンドンを目指す車の白いヘッドライトの列。

午後九時四十分頃、再びA2に戻った。頭上に「Dover A2」の標識。

「このまま、まっすぐですね」

金沢が標識を見上げた。

高塚が、気を落ち着けようとするかのように、ペットボトルのミネラルウォーターを一口飲む。

午後十時すぎ、左手に明るく照明されたマクドナルドのドライブスルーが姿を現した。

続いて「5 Hotels and B&B」「10 Hotels and B&B」という茶色い看板。

ドーバーに近づいたようだ。

突然視界が開けた。

「おお、ドーバーだ！」

高塚が感嘆の声を上げた。

目の前の暗い空間に、眩《まばゆ》い光に包まれた建造物群が現れた。光は、九つの桟橋と、停泊している大型船からのものだった。まるで惑星の地平線から忽然と現れた巨大宇宙基地だ。港のそばの白い崖が、闇の中で幻想的に浮かび上がっている。

車は広々とした波止場に入る。前後を大型のトレーラーやトラックが続く。車体に書かれた社名やホームページのURLで、欧州各地から来ているのがわかる。

すでに十時十五分になっていた。

（間に合うか……？）

眠気は、完全に吹っ飛んでいた。

敷地内を時計回りに進むと「The Port of Dover Travel Centre」という文字のある大きな建物が現れた。建物の左横から、トレーラーやトラックが数珠つなぎで入ってゆく。

金沢たちのフォードは、係員の誘導に従い、灰色の鋼鉄製の建物の中へと進む。

突き当たりで停車すると、右手に入国審査の部屋があった。

入ると、前に十人ほどが並んでいた。

「これじゃ、間に合わないぞ」

高塚が、入国審査をしているフランス警察の係官のところに行って、十時二十五分の船に乗らなくてはならないので先に審査してほしいとかけ合う。しかし、「大丈夫だから、並んでいろ」と取り合ってもらえなかった。

高塚は落胆顔で列に戻ってきた。

「船は一時間に一、二隻出てるらしいですから、駄目だったら次のをトライするしかないでしょう」と金沢。

二人のフランス人係官は、短髪で引き締まった身体つき。制服の上から「POLICE」と大書された黄色い防弾チョッキを着ていた。その先に、英国ケント州の警官二人が立っていて、パスポートに押されたフランスの入国スタンプを検《あらた》めている。

車に戻ったとき、時刻は十時半になっていた。船の出発時刻はすでに五分過ぎた。

「The Port of Dover Travel Centre」の建物を背に進むと、日本の高速道路の料金所のようなP&Oの乗船受付事務所が、鏡の間のようにずらりと並んでいた。

「十時二十五分発の『プライド・オブ・バーガンディ』を予約してたんですが……」

高塚が車を降り、箱型の事務所の小さな窓口に申し出る。

「支払いは現金？　それとも、クレジットカード？」

窓口の中年男性が訊いた。

「えっ、まだ間に合うの!?」

高塚はビザのゴールドカードを差し出した。

料金は日本円換算で一万円強だった。

「おい、まだ船が出てないみたいだぞ！　百七十四番レーンに行けって」

高塚が興奮した顔で車のほうを振り返った。

車両乗船用レーンは、二百四十三番まであった。

百七十四番レーンに行くと、前方に大きな船が停泊していた。白い船体にP&Oの文字と、赤、黄、白、青の二等辺三角形を組み合わせた旗のマークが描かれている。赤は英国、黄色はスペイン、白と青はポルトガルを表わし、創業当初、英国とスペイン、ポルトガル間の輸送を行っていたことに因《ちな》んでいる。

「プライド・オブ・バーガンディ」号は、ドイツ製で一九九三年の就航。全長一七九・七メートル、全幅二八・三メートル、総トン数（グロス・トン）二万八一三八トン。船体は九層（デッキ）から成り、一番上の九番デッキが甲板、その下の八番と七番がレストラン街、六番デッキから下が車両用である。

五井商事の三人は、車両用デッキに車を停め、階段で八番デッキに上がった。

ざっと見て数百人の乗客がいた。大半が学生である。残りは、人種や年齢も様々な貧乏旅行者と、英国、北欧、ドイツ、スイス、イタリア、トルコなど、欧州各国のトラック・ドライバーたち。学生たちはにぎやかにお喋りし、ドライバーたちはソファーで死んだように眠っている。

「Channel（海峡）」という免税店風の売店、両替所、英国風パブ、ビデオゲーム・コーナー、フレンチ・ブラッセリー、カフェ・レストランなどがあった。

「とりあえず腹ごしらえするか」

三人はレストランの一つに入り、テーブル席に腰を下ろした。

船は岸壁を離れ、心臓の鼓動のような低いエンジン音を床下から響かせながら、暗い海を進み始めていた。

「なんとか乗れたなあ」

高塚が、マッシュポテト添えソーセージにナイフを入れ、安堵の表情を見せた。

「でも、カレーからが長いですから、道を間違えないように気をつけないと」

金沢の目の前の皿は、フィッシュ＆チップス。

フランス人女性は、サラダを口に運びながら、熱心に道路地図を見てルートの予習をしている。カレーからは彼女がナビゲーターを務める。

道順は、まずＡ16ハイウェーに乗って東北東に一四四キロ走り、ベルギーのブリュージュ郊外でＡ14に転じる。そこから南東方向に五一キロ走ってゲントに到達。ゲント郊外からＡ14で北東のアントワープへ。その後、ゆるやかに弧を描くＡ１でオランダに入国し、四八キロ北のブレダへ。ブレダから再びＡ16に乗って、北のロッテルダムへ。最後はＡ13を北北西に進み、ハーグまでゆく。フランス、ベルギー、オランダの三ヵ国をまたぐ三三八キロの行程である。

食事をしながら、金沢は再び眠気に襲われた。日本時間はすでに朝の八時すぎだ。

「金沢君、辛そうだな」

高塚のほうは、入札準備で一週間ロンドンにいたので、体内時計は欧州時間になっている。

目の縁を赤くした金沢が苦笑いする。

「悪いな、つき合わせて」

高塚が申しわけなさそうにいった。

英国時間で夜中の十二時十五分頃、降船準備の船内放送があった。

三人は腕時計の針を一時間進める。

欧州大陸時間午前一時四十分、「プライド・オブ・バーガンディ」号は、フランス・カレー港に接岸した。

カレーからは高塚がハンドルを握った。金沢は後部座席で休息をとる。

港の周辺は照明が少なく、ゴーストタウンのようだった。

フランス人女性が、フランス語の標識を見ながら、高塚にハイウェーまでの道を示す。

間もなく車は、A16に乗った。片側三車線の広々とした高速道路だ。英国を走っていたときに比べ、自動車の数は少ない。暗い道の彼方に、四、五台の赤いテールランプがちらちら動いているだけだ。右側通行なので、対向車線のヘッドライトは左側に変わった。

間もなく、金沢は眠りに落ちた。

路面に小さな凸凹があり、車は小刻みに揺れ続けた。

再び目覚めたとき、時刻は午前三時四十分になっていた。

瑠璃色のフォードは、アントワープの少し手前に差しかかっていた。

アントワープは、ベルギー第二の都市。人口約四十六万人で、海港、ダイヤモンド取引、フランドル美術などで知られる。車の左手の遠くに、高い塔が見えた。高さ一二三メートルのノートルダム寺院の尖塔だ。高層ビルや、夜空に炎を赤々と燃やしている煙突も見える。

「高塚さん、大丈夫ですか？」

「うん」

金沢は後部座席から身を乗り出した。

高塚が、前方を向いたまま返事する。

「次のパーキング・エリアで交代しましょう」

「そうだな」

車は片側三車線の暗いハイウェーを、かなりのスピードで走っていた。

「高塚さん」

「なに？」

「イブラヒムを思い出しますね」

高塚が笑った。

五年前の八月に、イラクに一緒に出張したとき、片道一〇〇〇キロの砂漠のハイウェーを運転した「炎のヨルダン人ドライバー」である。

「あいつまだやってるんですかね？」

「やってるんじゃないの」

車はアントワープ郊外を通過し、A1に入った。

「Breda 40（ブレダまで四〇キロ）」という標識が現れた。

英国の距離の表示はマイルだが、欧州大陸ではキロメートルである。

道路脇の暗いパーキング・エリアに、大型トレーラーなど十数台が停車していた。人の動く気配はなく、運転手たちは車中で眠っている。

高塚がトレーラー脇の道端に車を停め、金沢と交代した。金沢はすぐに走り出す。

フランス人女性が引き続きナビゲーターで、高塚は後部座席に移った。

雨が降り始めた。

フロントグラスが雨滴で曇り、金沢はワイパーを動かす。前方の灰色の路面が濡れて、あっという間に黒に変色し、街灯の光を照り返す。

「まだ暴風雨の影響が残ってるのかなあ」

後ろの高塚が独りごちた。

まもなく車はオランダに入った。EU内に国境の検問はないので、そのまま走り続ける。

「ところで、環境団体とはどうなの？　色々いってきてるんだろ？」

「一応、サハリン・リソーシズの広報部門が窓口になって対応してます」

ハンドルを握ったまま金沢が答える。

「コククジラ以外は、何が問題だって？」

「オオワシ、油流出事故、パイプライン敷設による鮭・鱒が産卵する河川への影響、海洋投棄、先住民への影響といったところですね」

「先住民って？」

「サハリン島にいるニブヒとかウィルタとか、漁業やトナカイを飼って暮らしてる連中です」

「そんなのがいるんだ？」

「アジア系なんで、第二次大戦中は日本軍に徴用されて、最前線で兵隊や道案内をさせられたそうです。戦争が終わったらソ連に捕まえられて、拷問受けてシベリア送りにされ、しかも、日本国籍がないので恩給も貰えないそうです」

「悲劇だね……。日本は悪いことやってたんだなあ」

「いずれにせよ、第二フェーズに入るとなると、環境団体とは相当激しい論争があると思います。ぼちぼち話し合いを始めてますけど、まったくの平行線ですから」

「そうだろうな」

「向こうは今、JBIC《ジェービック》（国際協力銀行）の総裁とか、電力会社やガス会社に、融資するなとか、ガスを買うなとか、要望書をガンガンぶつけてきています。世界中の環境団体が、MOF（財務省）やJBICや銀行に一斉にEメールを送りつけてきてますから、彼らの主張を無視できない状況ですね」

それをやっているのが、金沢の妹である。

「TEOC《テオック》(Technical and Economic Substantiation of Construction＝建設用技術経済検証書)はもう出したの?」

TEOCは、第二フェーズの建設を始めるにあたって必要な書類である。工事の内容のほか、廃棄物処理方法、環境保護対策、社会・経済への影響、非常時対応方法などを詳述したもので、全部で七巻からなる。

「二ヵ月前に出しました。今、ロシア側でレビュー中です」

TEOCは、ロシアの学者、専門家、関係官庁など約五十の人と組織によって審査される。問題がなければ、ロシア連邦政府が承認する。

「たぶん、来年第1四半期くらいに承認されると思います」

「そのあとは?」

「建設工事許可の取得ですね。これは一ヵ月半くらいで取れると思います。もちろん、その前に、FID(final investment decision＝最終投資決定)するかどうかが最大の山場ですが」

株主が各社内でFIDをした(すなわち、社内の承認手続を終えた)後、開発宣言(事業化宣言ともいう)をして、建設工事に着手する。

高塚が頷き、後部座席のシートに背中をあずけた。

午前四時すぎ、瑠璃色のフォードは「Breda 18」の標識の下を通過した。

道路脇に、赤と黄色の派手なガソリンスタンドがあった。アングロ・ダッチ石油のガソリンスタンドだ。

人口約十七万人のブレダは、かつて神聖ローマ帝国の直轄領で、十六世紀にスペイン、第二次大戦中はドイツに占領された。現在は、食品製造業や貿易などが主要産業で、オランダの士官学校がある。

ブレダでA16に乗り、車は一路北へ走り続ける。中央分離帯とハイウェーの両側の空中で三列になって続くオレンジ色の街灯の光が雨滴で滲む。

午前四時半、頭上に「Rotterdam 15, Den Haag 44」という標識が現れた。初めてのハーグの名前がある標識だ。

（あと四四キロ……）

入札締め切り時刻には十分間に合う。あとは事故を起こさないよう慎重に走るだけだ。

雨は徐々に小降りになってきていた。

ロッテルダムの手前で、北海に通じる入り江を渡った。暗い水面が、付近の街灯やネオンの光を、あでやかな青やオレンジ色に映し出していた。

まもなく高層ビルが林立する街の灯が左手に見えてきた。ライン川、マース川、スヘルト川が北海に注ぐデルタ地帯に発達したオランダ第二の都市ロッテルダムだ。人口は約五十九万人。欧州最大の貿易港を擁し、原油や石油製品のスポット取引市場としては世界最大である。

ロッテルダムからはA13ハイウェー。

午前四時五十五分、「ハーグまで一一キロ、アムステルダムまで五六キロ」の標識が現われた。

「はー、なんとか無事に来たなあ」

後部座席で高塚が安堵のため息を漏らす。

十分後、三人の乗ったフォードは、目的地ハーグに到着した。

ハーグはオランダの行政の中心地で、人口は約四十七万人。いくつもの運河が街の中を流れている。街路樹は栃の木、ナイムツリー、スズカケノ木など。四、五階建ての煉瓦造りの建物が多い。

通りは、まだ真っ暗だった。

金沢はほっとした思いで、車を進める。助手席のフランス人女性は、安堵と疲労が入りまじった表情で、シートにぐったり凭《もた》れている。

「アングロ・ダッチ石油に行きますか?」

金沢が訊いた。

アングロ・ダッチ石油のオランダ本部は、ハーグ駅から西へ車で三分ほど行った場所にある。五階建てくらいの建物が集まった大学の研究施設のような一角で、威圧的に聳えるロンドンの「アングロ・ダッチ・タワー」とは対照的な落ち着いた佇まいである。

金沢はロンドン駐在時代も含めて二十回以上訪れており、目をつぶっても行ける。

「いや、ホテルに行こう」

後部座席の高塚がいった。

「こんな朝っぱらから入札書類持ち込んだらみっともない。ホテルで一休みして、九時すぎぐらいに持ってくよ」

「大丈夫ですか？　ここまで来て寝坊したら、目も当てられませんよ」

「目覚ましかけて、モーニング・コールも頼むよ」

高塚が疲れた顔に笑みを浮かべる。

「しかし、これだけ慌てたのは、何年か前のトタールの入札以来だなあ」

「何があったんです？」

「入札書類を紙の袋に入れて、蠟《ろう》で封印しろってなってたんだけどね」

「古風ですね」

「ロンドンで蠟付けの道具を買って封をしたんだけど、パリのトタール本社に着いて袋を出したら、全部剝がれてたんだ」

金沢が笑う。

「蠟付けの道具は持ってきてないし、焦ったよ。締め切り三十分前だったし」

「それで、どうしたんです？」

「近くにコンビニもないし、しょうがないから、その辺を歩いてた人に『ライター持ってませんか？』って訊いて、ライター借りて、蠟を溶かしてくっ付けたよ。警備のおっさんには、お前らいったい何やってるんだって訊かれるし」

高塚が苦笑いする。

「ミャンマーのガス・プロジェクトの一四万トンの案件だったんだけど、まあ、結果的には、落札できたからよかったけど」

「これもきっと獲《と》れますよ。これだけ苦労したんですから」

暗い通りの人影はまばらで、自転車が一台走っていた。


三人は、ハーグ駅の裏手にあるソフィテル・デン・ハーグにチェックインした。五つ星で、部屋数は百四十三室。昨晩の予約は、そのままになっていた。

部屋は清潔で、フランス系らしいシックな内装だった。ベッドの枕側の壁には、真っ赤な薔薇の絵が掛かっていた。

金沢は一眠りする前に、ラップトップＰＣをネットに繋ぎ、メールをチェックする。

百通近い新規のメールが入っていた。

「Re: Rejection of CFR（ＣＦＲの不受理について）」

英文の表題のメールが目に留まった。

発信者はイアン・ジョンストンだった。プロジェクト・ファイナンスを担当しているアングロ・ダッチ石油のイギリス人だ。

ＣＦＲは、Construction Feasibility Study の略で、建設工事許可の申請前に提出する書類である。建設工事の内容を詳述し、天然資源省の承認を得なくてはならない。

ロシアの行政機構や法律は複雑で、プロジェクト遂行のためには、無数の許可や承認を取らなくてはならない。サハリン・リソーシズ社は、許可取得専門の部署「許可部(Approvals Department)」を設け、アングロ・ダッチ石油のエンジニア出身の部長の下《もと》、モスクワに十二人、ユジノサハリンスクに十二人、総勢二十四人の職員を配し、各種の許可取得に遺漏なきを期している。

ジョンストンのメールによると、天然資源省の国家環境監査局のロシア人局長が、LNGや石油の積出施設建設にあたってアニワ湾内に土砂を投棄する工事は認められないとして、CFRの受け取りを拒否したという。

金沢は、ライティング・デスクの受話器を取り上げ、本社の電話番号をプッシュした。

「金沢です。無事ハーグに着きました」

「おー、ご苦労さん。大変だったらしいな」

時差八時間先にいるサハリン・プロジェクト部長がいった。東京は午後一時半である。

「財務委員会は午前十時からなんで、これから一休みします。……ところで、CFRが不受理になったそうですね」

「そうなんだよ」

部長は悩ましげな声。

「アニワ湾が、『最上級漁業水域』に分類されたらしい」

サハリン州の河川と海は、漁業資源の重要度によって、最上級、一級、二級の三つに分けられている。一級と二級の水域では、一定のルールに従って土砂や処理ずみの排水を流すことができるが、最上級水域では一切認められない。

「困りましたね」

「サハリン・リソーシズの方で、土砂を投棄しても環境には悪影響を与えないと、来月天然資源省に説明に行くそうだ。こっちからも、ファルフトディノフに何とかしてくれるよう頼んでみる」

サハリン州知事、イーゴリ・パヴロビッチ・ファルフトディノフは、サハリンBプロジェクトを強力に後押ししている。

「わかりました。今回も知事の豪腕に期待ですね」

「中央政府とのパイプも太いから、何とかしてくれるだろう」

第九章　雪の紫禁城

1

（二〇〇二年）十二月、ＣＡＯ（China Aviation Oil＝中国航油料）の社長、チェン・ジウリン（陳久霖）は、北京にいた。

地方からの流入者を含め千九百万人が暮らす巨大都市は、近代的なビルの上に瓦屋根の楼閣を載せた独特の建築物が建ち並び、周囲に一九八〇年代以前の古びたビルや団地、商店などが広がっている。街路の槐《えんじゅ》、柳、白楊はすっかり葉を落とし、街は茶色と灰色に冬枯れている。

空はどんより垂れ込め、空気中に煤煙《ばいえん》の臭いがする。エネルギーの六八パーセントを石炭に依存しているため、大気汚染や酸性雨が深刻で、二酸化炭素の排出量では米国に次ぎ世界第二位である。

ＣＡＯの親会社のオフィスは海淀区にあった。天安門広場や紫禁城がある中心街からは、北西の方角に一〇キロメートルほど行ったところである。オフィス、商店、住宅、学校などが入り混じった雑多な一角で、付近には、食べ物の匂いが漂っている。ビルは緑色のガラスをふんだんに使ったモダンなものだが、よく見ると安っぽい造りである。高さは十八階建てで、正面と屋上に「中国航空油」の大きな赤い文字の看板がある。

「……本当に投機的取引じゃないんだな？」

白髪混じりの初老の中国人が北京語で訊いた。親会社でCAOの管理を担当している人物で、CAOの役員を兼務している。

「リスク管理は、今年三月にアーンスト&ヤング（Ernst&Young）のアドバイスも受けて、役員会でも認められた手続に従ってきちんとやってますよ」

執務机の向かいに置かれたソファーにすわったチェン・ジウリンが微笑した。肉付きのいい身体をイタリア製の高級スーツで包んでいた。

かたわらに、大柄なオーストラリア人のトレーディング部副部長兼燃料担当トレーダーが控えていた。中国語の会話がまったくわからないので、黙然とすわっているだけだった。

「このケロシンのオプションもあくまでヘッジ目的なんだな？」

執務机にすわった初老の中国人が、CAOの財務報告書の一箇所を指し示す。

「そうです」

チェンは自信たっぷりで頷いた。「ケロシンのコールオプション（一定の価格でケロシンを買う権利）を顧客に売ったものです」

ストライク・プライス（行使価格）は三十八ドルに設定されていた。ケロシンの価格は現在バレル当たり三十四ドル前後である。

「我々はケロシンの在庫を持っています。それがアンダーライング・アセット（原資産）です。ペーパーだけの投機的取引ではありません」

巧みないい逃れだった。オプションを行使されても、手持ちのケロシンを引き渡す（または市場で売却して差金決済する）ので、リスクは限定されているという理屈だ。しかし、実際は手数料稼ぎが目的で、手持ちの在庫ではカバーしきれない量のオプションを売っていた。

しかし、年輩の中国人は「アンダーライング・アセット」といわれて何のことか理解できず、半信半疑の表情をするばかりだった。

そもそも、リスク管理手続を役員会で承認したときも、理解している役員は一人もいなかった。また、同手続は、オプション取引を想定しておらず、CAO社内ではオプションの取引限度額が設けられていなかった。

「このコンパウンド・オプションというのは何だね？」

白髪まじりの中国人は、疑わしげな視線を向ける。

「期間を延長できるオプションのことです」

オプションの買い手に期間延長権があるリスクの高い取引だ。その分、オプション料も高額になる。

「これもヘッジ目的なんだな？」

「そうです」

頭頂部まで禿げ上がった丸顔のチェンが頷く。相手のくたびれた灰色のスーツを内心で嘲《あざけ》っていた。

「ずいぶんご心配されるんですな」

「当たり前だ。また自己批判書を出すような事態になったら、我々の監督責任も問われるじゃないか」

一年ほど前、CAOは、CSRC（中国証券監督管理委員会）の抜き打ち検査を受け、投機的なスワップや先物取引をやっているとして厳しい指摘を受けた。検査が入ったきっかけは、CSRCの担当者がCAOのホームページをたまたまネットで閲覧し、掲載されていた上場目論見書を読んで、投機的取引をしているという記述を発見したことだった。その結果、CAOは親会社に対して自己批判書を提出させられた。親会社はそれをCSRCに提出し、今般の不始末に関し子会社を処分したと説明し、何とか責任を免れた。

「前回は自己批判書ですんだが、今度何かあれば、厳罰だぞ」

自己批判書は一種の始末書で、事件は内々に処理される。しかし、再度同じことをやると、罰金、業務停止、刑事告発など、見せしめ的な懲罰が科される。

事件後、CAOはCSRCにヘッジ目的に限ってデリバティブ取引を行う許可を正式申請し、それについては認められた。

「また自己批判書提出なんてことになったら、きみには辞めてもらうからな」

「ご安心ください。きちんとやってますから」

チェンは悪びれずに微笑した。


その晩、チェン・ジウリンは市内の四川料理店で夕食した。

紫禁城から北へ一キロほど行った、東城区交道口南大街に近い場所であった。胡同《フートン》と呼ばれる清代にまで遡る路地の建物を改装したレストランだった。

「……へっ、CSRCが怖くて、オイルのトレーディングなんかやってられるか！」

チェンは、高級紹興酒を惜しげもなく呷《あお》る。

目の前には、蝦《えび》の青赤唐辛子炒めや、白身魚を四川味噌で蒸し焼きにした料理が並べられていた。

天井の高い室内は間接照明の淡い光が満ち、格子窓の向こうには、胡同独特の中庭が見える。客は、欧米人たちが数組いた。

「大丈夫なんですか？　また検査が入ったりすると……」

オーストラリア人の燃料担当トレーダーが不安げな顔をする。元はCALTEX《カルテックス》（シェブロンテキサコの石油精製・販売部門）のトレーダー兼リスク・マネージャーで、欧米流リスク管理の基本は一応知っている。

「バレなきゃいいんだ、バレなきゃ」

叱責や自己批判書にもかかわらず、CAOは様々な投機的取引にのめり込んでいた。本社から送り込まれたファイナンシャル・コントローラー（経理財務管理者）はロジスティックス（運輸・倉庫）部門に配置換えし、意のままになる経理財務マネージャーを採用した。

「俺が相場を見誤ったことがあるか、ええ？」

「いえ……」

CAOは今年も増収増益であった。売上げ見通しは、前年比六一パーセント増の十六億九千万シンガポールドル、純利益は同一九パーセント増の四千八百二十万シンガポールドル（約三十三億円）である。チェン個人は、四百九十万シンガポールドル（約三億四千万円）の報酬を懐《ふところ》にした。

「今度CSRCが何かいってきたら、これだけ儲けて何が悪いんですかといってやるさ」

酒で顔を赤らめた中国人はいい放った。

「ところで今日のケロ（ケロシン）のプライスはいくらだ？」

オーストラリア人トレーダーが「ブラックベリー」を取り出し、画面を見る。ロイターのサービスで、石油関係の相場が自動的に送られてくるようになっていた。

「三十四ドル十五セントですね」

「またちょっと上がったな」

前日比、四十三セントの上昇だ。

「イラク戦争に備えて、米軍がジェット燃料を買い付けてるようです」

湾岸地域に展開する米軍は六万人に膨れ上がり、周辺諸国との共同演習を実施していた。

サダム・フセイン政権は、フランス、ロシア、中国、マレーシアなどに石油開発利権を与え、必死で巻き返しを図っている。去る十一月八日に、イラクに大量破壊兵器の放棄を要求する安保理決議に賛成したロシアに対しては、ルークオイルに与えた西クルナ油田の開発契約を解消すると通告して揺さぶった。

イラクに対してミラージュ戦闘機やエクゾセ対艦ミサイルなど大量の武器を輸出し、去る五月の大統領選挙で北アフリカ出身のアラブ系住民の得票獲得に腐心したフランスのシラク政権は、大量破壊兵器に関するイラクの申告書の内容に「疑念がある」としながらも、なお査察活動の動向を見守るべきだと、ぎりぎりまで軍事行動の回避を目指す構えだ。

一方で、市場関係者たちは戦争は不可避と見ており、WTI（来年二月渡し）は、二年一ヵ月ぶりの高値となる三十二ドル四十九セントを付けた。欧米各国では、早くもフセイン政権崩壊後の復興ビジネスのパイ争いが水面下で始まっている。

「まあ、戦争はやるんだろうな」

チェンがいった。

「ケロはもう少し上がるだろう。だが、戦争が終われば、また下がるよ」

自信ありげに顎をしゃくった。

「トレーディングなんてものはな、イージーなゲームなんだ」

茶色がかった頭髪で鈍重そうな面長のオーストラリア人トレーダーは曖昧に頷いた。

「ところで、ここは、なかなかいいレストランですね」

オーストラリア人がテーブルの周囲を見回す。

木をふんだんに使った古い中国様式の室内は、時の流れが止まったようだった。書棚や詩を書いた屏風が置かれ、シックで落ち着いた雰囲気を醸し出していた。

「オーナーは、フランスに住んでいる四川省出身の中国人らしい。……ちょっと酔い覚ましに、中庭でも見てみるか」

立ち上がって、中国人ウェイトレスに案内させ、中庭に出た。

中庭は、東西南北を四つの棟に囲まれた、中国独特の四合院《しごういん》と呼ばれる建築様式である。それぞれの棟の格子窓の向こうの、淡い照明の個室の中で、欧米人グループが楽しげに食事をしていた。

庭の隅に、梅と沈丁花の古木が植えられていた。

「寒いですね……」

大柄なオーストラリア人は身震いした。外気は骨の髄まで凍るような寒さだった。

「今、零下七度くらいだろう」

紹興酒のグラスを手にしたチェンが夜空を見上げた。

夜の空気は真空のように澄んでいた。

「明日は、雪かもしれんな……」

翌日――
北京は一面の雪模様になった。灰色の空からいつ果てるとも知らぬ粉雪が舞い降り、冬枯れの街路樹は、枝の上面を白く縁取りされた。道路は、雪と泥で茶色いシャーベット状態になった。屋根が真っ白になった紫禁城は、壁の赤ワイン色がくっきりと引き立ち、人民大会堂の周囲では、モスグリーンの制服・制帽に金ボタンの人民解放軍の若い兵士たちが、黙々と雪かきに精を出している。

「……日本人は歴史を勉強しないのか？」

北京首都新国際空港から秋月修二を乗せたタクシーの運転手は、ブロークンな英語で執拗に繰り返した。

「いや。学校では歴史を教えている」

リアシートにすわった秋月は軽蔑の入り混じった冷淡さで応じた。

「日本人が中国で何をしたか、日本の学校では教えているのか？」

「イエス、オフ・コース」

「どうしてコイズミは靖国神社に参拝するんだ？」

「さあ……俺は小泉純一郎には会ったこともないし、心の中までは分からんな」

分厚いコート姿の運転手は、面白くなさそうに舌打ちした。

首都に向かう高架のハイウェーのそばには、建設中の高層マンションが林立していた。昨今の不動産ブームで、どれも竣工前に完売するという。

「日本人は中国人に謝罪する気持ちはないのか？」

秋月は車外の風景を眺めながら、相手の言葉を無視した。

「シャオリーペン（小日本）……！」

運転手は忌々しげに呟いた。

空港から市内までは、四十分ほどだった。

宿泊先の北京飯店は、市内随一の大通り、東長安街三十三号に位置する。地上十九階、地下一階、総部屋数六百五十二の大型ホテルだ。開業は一九〇〇年で、清の西太后が列強に宣戦布告し、逆に八ヵ国連合軍に北京を占領された年である。正面玄関上には、「北京飯店」の大きな赤い文字があり、最上階には、紫禁城を見下ろすことができるバーラウンジ「观景台（Forbidden Terrace）」がある。

部屋は広々としていたが、ベッドサイドの電灯のコントロールパネルは故障しており、部屋のすぐそばのエレベーターも休止中だった。

腕時計を見ると、正午を三十分ほどすぎたところだった。

秋月は、ピンクのシャツの上に紺色のジャケットを羽織り、地下の中華レストラン「安華城大酒樓」に向かった。ロビーから階段を降りたところが、白、薄茶、茶、海老茶、濃緑色の大理石を敷き詰めた受付エリアになっており、真紅のチャイナドレスの女性が秋月を迎えた。

奥の個室エリアドアの一つを開けると、小さな控えの間があり、その先から眩い光がこぼれていた。十畳余りの広さの個室は、壁に漢字と植物模様をモチーフにした金色の浮き彫りが施され、シャンデリアの光が降り注いでいた。磨き上げられたワイングラスや食器が所狭しと並べられた円卓を、十人ほどの日本人の男たちが囲んでいた。全員がビジネス・カジュアルの服装で、油断のないエネルギッシュな顔つきをしていた。

「やあ、秋月さん。遠路はるばるご苦労さま」

円卓の一番奥にすわった男がいった。

東洋物産の商品市場部長だった。腎臓病で顔が黒ずみ、車椅子にすわっていた。

「遅くなりまして」

丸いフレームの眼鏡の秋月は一礼して、部長から三人ほど離れた席にすわった。

テーブルを囲んだ男たちは、商品市場部長によって採用された、金利や為替、非鉄金属、それらのデリバティブなどのトレーダーたちであった。出身は外資系の金融機関やコモディティ・トレーディング会社、他の日系総合商社など。報酬は出来高払いで、東洋物産の給与体系に合わないため、いったん子会社で採用され、本社や米国、香港の拠点に出向する形をとっている。

半年に一度、世界各地を開催地にして開かれている、東洋物産商品市場部門のグローバル幹部会であった。

「秋月さんがうちに入ってくれて、本当によかった」

部長が嬉しそうにいった。

「入った早々しっかり儲けてくれて、僕も鼻高々だよ」

去る八月の終わりに発覚した東京電力の原発事故隠し後の混乱する市場で、秋月は、ガソリンの先物のショート（売り持ち）と重油のロング（買い持ち）、RIM（国内の石油製品価格指標）のロングとその他の指標のショートをそれぞれ組み合わせた裁定取引（アービトラージ）で、かなりの収益を上げた。

「TERM《ターム》（東洋エナジー・リスク・マネジメント＝秋月がトップを務めるロンドンのエネルギー・デリバティブ会社）の順調な滑り出しを祝して、乾杯しよう」

部長がビールのグラスを掲げ、男たちが倣《なら》った。

トレーダーたちは微笑をたたえながらも、値踏みするような視線を秋月に投げかけていた。

2

翌年（二〇〇三年）二月上旬——

夕暮れのモスクワは零下十度に凍り付いていた。

モスクワ川を挟んでクレムリン宮殿の対岸にある、バルチュグ通り一番地のケンペンスキー・ホテル前に、一台の黒塗りのリムジンが到着した。

後部座席のドアを開け、凍った道に降り立ったのは、五十代後半のイギリス人だった。肉付きがよく、頭頂部は禿げ上がり、金縁の眼鏡をかけていた。落ち着いた物腰は、医学部の教授とでもいった風格である。革の手袋をした手に黒いアタッシェケースを提げていた。

反対側のドアから、カシミヤのコートを着た長身のオランダ人が降りた。アングロ・ダッチ石油のロシアにおける探鉱・開発部門の責任者だった。

茶色い石造り、七階建てのネオ・ロシア様式のホテルは、帝政ロシア時代の一八九八年に建てられたものだ。ソ連時代は「ブカレスト・ホテル」と呼ばれていたが、一九九八九年から八千五百万ドルを投じて全面改装された。

「ウェルカム、サー」

磨き上げられたロビーのアーチ型レセプション・カウンターで、黒い制服のロシア人女性が二人を迎えた。

「クレムリン・スイートに二泊でございますね？」

クレムリン宮殿の聖ワシリー寺院が目の前に見える特上の部屋だ。

壮年のイギリス人はうなずき、宿泊票に記入する。

「ファックスが届いております」

ロシア人女性が一通の封筒を差し出した。

イギリス人はペンを置き、中の書類を検《あらた》める。

「ファー・イースト（極東）から朗報だ」

微笑を浮かべ、傍らのオランダ人にファックスを手渡した。

「おお、東京ガスがついに……！」

銀髪で長身のオランダ人の顔が上気した。

東京ガスが、サハリン・リソーシズ社のＬＮＧ購入に基本合意したという報せだった。

二〇〇七年からの二十年契約で、引取り量は当初年六・五万トン、その後、徐々に増量し、二〇一四年以降は毎年一〇〇万トンを購入する。

「チューブ・エレクトリック（中部電力）やＴＥＰＣＯ（東京電力）とも近々基本合意できるようだな」

オランダ人が頷く。

「明日の話し合いも、順調に行けばいいが」

イギリス人の男は宿泊票の記入を終え、カード式のルームキーを受け取った。

オランダ人が、イギリス人をエレベーターホールへと案内する。

「会長、こちらです」

男は、アングロ・ダッチ石油会長、フィリップ・ウォード卿（Sir Philip Ward）であった。英国のシェフィールド大学で地球物理学を修め、入社後は、地震探査専門家として十四年間働いた。その後、ナイジェリア現地法人の社長や企画広報部門のディレクター、探鉱・生産部門の総責任者を経て、二年前に会長に就任した。


翌日の午後――

フィリップ・ウォード卿は、アングロ・ダッチ石油やサハリン・リソーシズ社のモスクワ駐在スタッフら三人と一緒に二台の車に分乗し、ロシア連邦政府首相府に向かった。

首都の道路は雪と泥で、まだら模様に凍りついていた。

モスクワの街は、無骨なソ連風建築、真新しいガラス張りのビル、尖塔を持つスターリン建築、朽ちかけたスラブ風の商店や民家が混在し、国情を表わすかのような無秩序な巨大都市だ。

首相府の「ホワイト・ハウス・オブ・ロシア」は、市街西寄りのモスクワ川河畔に聳えていた。

正面屋上に金色の双頭の鷲が輝き、白、青、赤のロシア国旗が翻っていた。竣工は東西冷戦時代の一九七九年である。以前は国会議事堂で、一九九三年十月に、大統領と対立した国会議員たちが立てこもったが、エリツィン大統領を支持する軍のタンクによって砲弾を打ち込まれ、力で屈服させられた。以後、エリツィンは「シロヴィキ（СИЛОВИКЙ＝治安機関、軍、内務省などの武力省庁勢力）」への依存を強め、後継者にもシロヴィキのプーチンを抜擢した。

二台の黒塗りのリムジンは、壮大な白いビルの車寄せへと進んだ。

一行は、受付でパスポートを提示し、赤絨毯が敷かれた大理石張りのロビーにあるクロークでコートを預け、エレベーターで会議室に案内された。

会議室は、見上げるような高い天井の部屋だった。シャンデリアの柔らかい光の下に、二十人程度が着席できるマホガニー製テーブルが置かれていた。テーブルの上には、一定間隔でミネラルウォーターの瓶やガラスのコップが並んでいる。テーブルの向こう側には、大きなロシア国旗がスタンドに掲げられ、床には柔らかい赤絨毯が敷き詰められていた。

間もなく、七、八人のロシア人が姿を現した。

ロシア連邦首相ミハイル・カシヤノフ、副首相ビクトル・フリステンコ、経済貿易開発相ゲルマン・グレフと彼らの配下の役人や通訳たちだった。カシヤノフとフリステンコは、ともに一九五七年生まれの四十五歳、グレフはまだ三十九歳である。外国企業とのPSA（生産物分与契約）は首相府の管轄で、フリステンコが二十二人からなるPS

A委員会の委員長、グレフが副委員長を務めている。

「おかげさまで、プロジェクトは順調に進んでいます」

握手のあと、金縁眼鏡をかけたウォード卿が微笑を浮かべて切り出した。

サハリン・リソーシズ社のモスクワ事務所代表を務めているロシア人女性が、ウォードのクイーンズ・イングリッシュをロシア語に通訳する。

「昨日、東京ガスがLNGの購入に基本合意しました」

「エタ・オーチン・ハラショ（それは大変結構）」

ロシア人たちは満足そうな表情。

「コントラクター（請負業者）もほぼ決まりつつあります。LNGプラントは千代田化工建設と東洋エンジニアリング、プラットフォームは、上物《うわもの》が韓国、土台はロシア企業を予定しています。パイプラインの入札も近々行います」

「ロシア・コンテンツの達成はどうですか？」

フリステンコが訊き、傍らのロシア人女性が英語に通訳する。

PSAでは、「プロジェクトの全期間を通じて、資機材・サービスの七割をロシアで現地調達するべく最大限の努力をしなくてはならない」と規定されている。西側でしか調達できない機器やサービスが高価であることが予想されるため、七割という目標の達成度は金額ではなく、労働人員×日数（man-hours）と資機材の量（volume）を基準にして計算される。

「これまで約四千件、金額で八億ドル以上の契約をロシア企業と結びました。マン・アワーズは八〇パーセント以上、ボリュームでは、ほぼ七〇パーセントといったところです」

茶色がかった金髪をオールバックにしたフリステンコが頷く。

「第二フェーズは、二トレイン（二系列）を前提に、総額で八十五億ドルを投じる予定です」

ウォード卿がいった。

「JBIC（国際協力銀行）やEBRD（欧州復興開発銀行）からも前向きの感触を得ており、近々PIM《ピム》（project information memorandum）を送付する手はずになっています」

PIMは、金融機関にプロジェクトを事前検討してもらうための説明用の冊子である。

「二〇〇七年にLNGの生産を開始するためには、今年前半に着工し、夏場を最大限に活用して工事を迅速に進めなくてはなりません。したがって、開発宣言は、当初計画通り、五月を予定しています」

白、青、赤のロシア国旗を背にしたロシア人たちが頷く。

「ただ、開発宣言をするためには、二つの問題を片付けなくてはなりません」

ウォード卿がカシヤノフらをひたと見据えた。

「一つは、VATの問題、もう一つは、リーガル・スタビライゼーションです」

ロシア人たちはウォードの言葉を予期していた表情で頷く。

PSAでは、「サハリンB」がプロジェクト遂行のために購入する資機材や原油の輸出に関し、ロシアのVAT（消費税、二〇パーセント）が免除される取り決めになっている。しかし、サハリン州税務当局が課税を続け、その額が数十億円相当に達している。

また、プロジェクトの根幹となるPSA（生産物分与契約）に矛盾するロシアの法律が多数あり、それら法律の改正が必要である。

「簡単なほうから話しましょう」

茶色い頭髪をきちんと撫でつけ、ダークスーツを隙なく着込んだ、米国人ビジネスマンのようなカシヤノフ首相が、四角い顔に微笑をたたえた。

「VATの問題だが、我々としても、サハリン州税務当局に対して、徴収したVATを速やかに還付するよう指導している。指導は引き続き行なってゆく」

従前と同じ答えであった。

ロシアの法律や行政機構は複雑で、中央の指示が末端に行き届かないことは日常茶飯事だ。さらに、PSAにもとづいてロシア側に支払われるロイヤルティの配分について、連邦政府とサハリン州政府が激しい綱引きを演じている。

「還付を申請するにしても、夥《おびただ》しい書類を集めて申請書を提出しなくてはならず、また、実際に還付されるのが非常に遅いため、金利負担が生じています」

ロシアでの探鉱・開発の責任者を務めるオランダ人がいった。一七八センチの長身で銀髪。オランダ最古で最大の工科大学であるデルフト工科大学の卒業生である。

ロシアの税法では、VATは申請後三ヵ月以内に還付すべしと規定されているが、全く守られていなかった。しかも、税務当局がVATの還付をなかなか認めないため、裁判で決着をつけなくてはならないケースが頻発している。

「これはサハリンBだけの問題ではなく、ロシアに投資している外国企業すべてにとっての問題です。早急に解決していただきたいと思います」

昨年十月にも、ABB、コカコーラ、ドイツ銀行、ルノー、エクソンモービル、伊藤忠商事などからなる「外国投資家評議会」は、VAT問題の改善をカシヤノフに申し入れていた。

「我々としてもVATの問題は十分認識している」

フリステンコがいった。「現在、税法改正の準備をしているが、VATの還付申請後一週間以内に、税務当局は還付を認めるかどうか決定しなくてはならないという規定を盛り込む予定だ」

ウォード卿らは無言で頷いたが、納得していないことは、表情から明らかだった。

「二番目の、リーガル・スタビライゼーションの問題だが……」

カシヤノフがいった。

「確かに、現在国会で審議されている法案では、外資はパイプラインを所有できないという規定がある。しかし、こうした問題については既存のPSAの規定が優先する

(grandfathered) と、PSA法に書いてあるからそれで十分ではないですか?」

ロシアのPSA法は一九九五年十二月に成立した。当時、PSA法に対する賛成派と反対派の間で激しい議論が交わされたが、エリツィン大統領は、「悪い法律でもないよりはまし」と、独特の大雑把さで署名に踏み切った。

「しかし、PSA法の規定通りに行政が執行される保証はありません。しかも、グランドファーザーリング(既存の契約を優先させる)条項があるのは、PSA法など一部の法律に限られています。それ以外の法律とPSAの規定が矛盾した場合、どちらを適用するかを巡って紛糾する可能性があります」

ウォード卿がいった。

「たとえば、VATの問題にしても、PSAの補助契約書では、VATは五日以内に還付し、LIBORプラス四パーセントの金利も払われることになっています。しかし、サハリン州税務当局は、自分たちはロシアの税法に従って仕事することを義務付けられているとして、PSAを無視しています」

ロシア人たちが渋い表情になる。

「独占禁止法は、民間企業の石油・ガス施設を、政府が定めた価格(料金)で第三者に使用させる権限を政府に与え、ガス供給法は、政府が定めた価格(料金)で民間のガスパイプライン会社が輸送するガスを、第三者に強制的に売る権限を政府に与えています。こうした権限を政府が行使すると、プロジェクトの採算性に悪影響を与えます」

「我々はサハリンBに関して、そうしたことをやろうとは考えていない」

経済貿易開発相ゲルマン・グレフがいった。茶色がかった長髪、細いフレームの黒縁眼鏡に口髭。その名のとおり、カザフスタン生まれのドイツ系だ。風貌は完璧なヨーロッパ人だが、口から出てくる言葉は、淀みないロシア語である。

「是非それを、法律の形にして、我々を安心させてほしいのです」

オランダ人が畳みかけた。

「聴いてくれ、ミハイル」

ウォード卿は、カシヤノフにファーストネームで呼びかけた。足繁くロシアを訪れており、二人は旧知の間柄だ。

「我々は、あなたがたに新たな負担や義務を求めているわけではない」

カシヤノフの目を見据えていった。

「我々は、ロシア政府がすでに約束したことを、きちんと実行してもらいたい。そのために、相互矛盾する法律規定を整理してほしい。ただそれだけだ」

カシヤノフは、難しい表情で口を開いた。

「あなたのいうことはわかる。……だが、国内情勢を考えると、非常に難しいのだ」

ロシア国内では、PSAへの反発が徐々に大きくなっていた。ソ連崩壊後、貧富の差が拡大し、不満が外国企業に対する敵意となって表れてきたためだ。国内屈指の石油会社ユコス（YUKOS）社長でオリガルヒ（新興財閥）の一人であるミハイル・ホドルコフスキーは、「PSAによってロシアの領土が侵されている！」と声高に主張していた。

「彼らは、PSAは外資に特権を与え、ロシアの石油・ガス企業を不利な立場に立たせていると主張している」

グレフがいった。

「こうした情勢下で、外資の特権を確認するような法案を、しかも特定の外国企業のために提案するというのは、非現実的だ」

室内に重苦しい沈黙が流れた。

ウォード卿は思案顔で、グラスにミネラルウォーターを注ぎ、口に運ぶ。

「この問題は我々だけでなく、プロジェクトに融資する金融機関も不安に思っていることです」

アングロ・ダッチ石油のロシアにおける探鉱・開発部門の責任者を務める銀髪のオランダ人が食い下がる。

「リーガル・スタビライゼーションがなされなければ、融資を受けられず、第二フェーズに進むことができません。善処していただけないでしょうか」

再び重苦しい沈黙が室内を支配する。

窓の外では、凍りついたモスクワ川が蛇行し、地平線の彼方まで不ぞろいな建築物群が灰色の冬空の下にどこまでも広がっていた。

双方は議論を続けたが、溝は埋まらなかった。

冬の弱々しい午後の陽が傾き始めたとき、カシャノフが口を開いた。

「あなたがたのいう法律の矛盾は五十以上ある。これをあと三ヵ月以内にすべて改正するというのは不可能だ」

「…………」

「もう少し現実的な方法で、問題を解決できないだろうか？」

「現実的な方法とは？」

ウォード卿が訊いた。

「レター・オブ・コンフォート（念書）では？」

予め答えを用意していた様子で、淀みなくいった。

「なるほど……どのような内容の？」

「文案はあなたがたが考えてくれ。問題がなければ、わたしがサインする」

ウォード卿は、一瞬、考えを巡らせる表情をした。

「ミハイル、あなたの提案には感謝する」

金縁眼鏡のウォード卿がいった。

「しかし、安定的な操業を保証するリーガル・エンヴァイロメント（法的環境）なしには投資しないというのが、アングロ・ダッチ石油の社是だ」

「…………」

「残念だが、わたしは、リーガル・スタビライゼーションなしで、開発宣言に署名するつもりはない」

断固とした口調でいった。

一行がミーティングを終えて車に戻ったとき、戸外では粉雪がちらついていた。

黒塗りのリムジンは、灰色に凍りついたモスクワ川を右手に走りだした。

あたりには夕闇が迫っていた。

「……最悪、レター・オブ・コンフォートで行くしかないかもしれないな」

後部座席にすわったウォード卿が、車内の暖かい空気で曇った金縁眼鏡を外し、レンズをハンカチで拭いた。

隣りにすわった銀髪のオランダ人が頷く。

「ただ、こちらからそれをいいだすことはない。ぎりぎりまで交渉するんだ」

ウォードの表情に、世界の産油国を相手に交渉してきたしたたかさが漂う。

「法改正にしても、五十全部改正するのは確かに難しいだろう。しかし、PSAの規定はすべての法律に優先するという一本の法案を出すという手もあるんじゃないか？　それでも我々にとっては、レター・オブ・コンフォートよりはずっとましだ」

ウォード卿は金縁眼鏡をかけ直した。

フロントグラスでワイパーが盛んに動き、降りかかる粉雪を払っていた。

「そういう法案が無理か、きみのほうから、フリステンコに非公式に打診してみてくれ」

「わかりました」

「交渉は、五月の開発宣言のぎりぎり直前まで続ける。最終的に、レター・オブ・コンフォートで行くにしても、今度は、レターの文言の交渉があるからな」

オランダ人が頷く。

「ロシア人たちが、レター・オブ・コンフォートで問題を処理できるなら、文言に関しては妥協する気持ちになるよう、連中をぎりぎりまで不安な状況に置いておくのだ。……彼らとて、いつプーチンにクビを切られるかわからない立場だから」

カシヤノフとフリステンコはもともと経済官僚、グレフは法律家で、プーチンと血が繋がった「シロヴィキ」ではない。また、カシヤノフはオリガルヒに近く、来年の大統領選挙では、プーチンの対抗馬になるかもしれないと噂されている。

「サハリン州知事のファルフトディノフはプーチンに近いし、中央に対する発言力もある。必要に応じて彼を利用することだ」

「サハリンBは、彼の最大の政治目標ですからね」

スポンサー三社は、第二フェーズに進まないという「切り札」を持っている。もし、リーガル・スタビライゼーション問題でそうなった場合、ファルフトディノフは中央に対して猛抗議するはずだ。

「それからVAT問題だが、あれは確かロシア側に払うロイヤルティと相殺できるはずだったな？」

「PSAの補助契約書で、LIBORプラス四パーセントの金利を含め、相殺できることになっています。現在も、VATと金利相当額のロイヤルティ支払いを差し止めています」

「それでいい」

壮年のイギリス人は、満足そうにいった。

リムジンは凍った道に摩擦音を立てながら、沈みゆく陽を背に走り続けた。

市内有数の繁華街ノーヴィー・アルバート通りを右折し、ズナーメンカ通りに入ると、白と黒のモノトーンに凍りついた道に外国製やロシア製の車が溢れ、喘ぐように青白い排気ガスを吐き出していた。

3

「……you know, what was in the heart of this play, like other plays of Shakespeare, was the rhythm, the heart beat（……いいですか。この劇の核心にあるものは、他のシェークスピアの作品同様、リズムです。心臓の鼓動です）」

四十歳くらいの白人男性を二十人ほどの人々が取り囲み、熱心な視線を注いでいた。

男性は、両手を広げ、拳で胸を叩き、突然虚空を指差し、独楽《こま》のように回転しながら、よく通るイギリス英語で話す。まるで舞台演出家だ。

「セリフの多くは、弱い音と強い音を五回繰り返す英語独特のリズムでできています。このリズムを、まず身体で覚えましょう」

周囲にいるのは、年齢も国籍も人種も様々な人々だった。若いイギリス人女性、中年の日本人男性、太ったオランダ人男性、口髭をたくわえた長身のイギリス人男性……。皆、セーターにジーパン、トレーナーにコーデュロイのパンツといった軽装である。

「『ジュリアス・シーザー』の第三幕に、こういうセリフがあります。Not that I loved Caesar less, but that I loved Rome more（シーザーを愛していなかったわけじゃない。それ以上にローマを愛していたんだ）」

シーザー暗殺の理由を、群集に説明するブルータスのセリフだ。

白人男性は、手で周囲の人々に唱和するように促す。

「Not that I loved Caesar less, but that I loved Rome more」

一語一語強弱をつけ、右手で自分の左胸を叩きながら大きな声で繰り返す。

「Not that I loved Caesar less, but that I loved Rome more」

周囲の人々が男性に唱和する。

ある者は左の胸を叩き、ある者は片腕を回してリズムを取る。

「Not that I loved Caesar less, but that I loved Rome more」

「Not that I loved Caesar less, but that……」

人々が身体を叩く音や、木の床を踏み鳴らす音が、室内にこだまする。

そこは、サハリン・リソーシズ社の社員や家族約四百人が住む「アメリカ村」の中心に建つスポーツジムだった。場所は、ユジノサハリンスク市街から車で十二、三分行ったところである。

劇の練習をしているのは、サハリン・リソーシズ社の社員と家族の有志で、いわば「サハリン・リソーシズ演劇同好会」だ。

ちょっとした体育館ほどの建物の窓の外は、とっぷりと暮れている。

「いやー、結構本格的だねえ」

目の前の練習を眺めながら、セーター姿のサハリン・プロジェクト部長が感心した口調でいった。紺色のセーターの襟元から、ピンク色の長袖シャツがのぞいていた。

「マイケルは、アングロ・ダッチ石油に入る前は、プロの役者を目指してたらしいですからね」

傍らに立った三十代後半の日本人男性がいった。五井商事燃料本部からサハリン・リソーシズ社に出向している駐在員だった。

演劇の指導をしているイギリス人の名はマイケル。サハリン・リソーシズ社でコントラクティング（工事や資材の発注・契約業務）のマネージャーをやっている。

「去年のクリスマス・パーティーでやった劇が好評だったんで、今度は、シェークスピアに挑戦するんだそうです」

「シェークスピアの劇って、結構難しいんだよね？」

金沢が訊いた。

「セリフが中世の英語ですからね。youがthou《ザゥ》とか。でも、ハムレットやマクベスは、ストーリーは有名だから、観てだいたいわかりますけど」

「えっ、俺、マクベスの粗筋知らないぞ」

部長が頭を掻き、皆が笑った。

「いつやるの？」

「夏のビール・パーティーのときです」

「へー、ずいぶん前から練習するんだなあ」

「まあ、娯楽が少ない場所ですからね」

「確かにこんなところに駐在したら、娯楽がないから大変だよなあ」

部長の言葉に、別の駐在員が頷く。やはり燃料本部からの出向者で、年齢は三十代前半である。

「でも、アングロ・ダッチは、さすがに途上国に長期滞在するノウハウは豊富ですね。ロックンロール・ナイトやカラオケ・ナイト、サンデー・ブランチ（朝食兼昼食会）、子供向けの催し物、近場への旅行、夏場であれば、バーベキュー・パーティーやクリケットと、週に二、三回は何らかのイベントをやってますよ」

「イギリスのヴィクトリー・デイ（第二次大戦々勝記念日＝対独は五月八日、対日は八月十五日）のバーベキュー・パーティーだけは、さすがに行きづらかったですけどね」

駐在員の一人がいい、一同が笑った。

四人は、アメリカ村の中にある五井商事の社員の家で夕食をとったところだった。

十分ほど練習を見学して、部長と金沢は、ホテルに帰るため、スポーツジムを後にした。

戸外に一歩出ると一面の雪景色だった。まつ毛と鼻毛が音を立てて凍りつく。二月中旬のユジノサハリンスクの夜は、零下二十度にもなる。

頭上の真空のように澄み切った夜空で、無数の星が瞬《またた》いていた。

翌日──

金沢はサハリン・プロジェクト部長と一緒に、ユジノサハリンスク市の中心部、共産党大通りにある州政府のオフィスを訪れた。

「……なるほど、東京電力が一五〇万トン、東京ガスが一〇〇万トン、アングロ・ダッチ・イースタン・トレーディングが一六〇万トン、KOGAS（韓国ガス公社）が一五〇万トンか……」

執務室のソファーにすわったサハリン州知事、イーゴリ・パヴロビッチ・ファルフトディノフが、ぎょろりとした目で資料に視線を落としていた。

ニトレイン、年産九六〇万トンのLNGの販売見通しの表であった。日本の電力・ガス会社八社とアングロ・ダッチ・イースタン・トレーディング（シンガポールにあるアングロ・ダッチ石油のエネルギー・トレーディング会社）、韓国ガス公社を合わせ、年間八五〇万トン、増量オプションを入れると九二〇万トンの成約の見通しが立っていた。

「日本の電力会社とガス会社の大半は、この二月、三月で、覚書を調印できると思います」

サハリン・プロジェクト部長がいった。

知事室の窓の外では、粉雪が強風で舞っていた。

「結構だな」

知事は、広い額の四角い顔に、精気溢れる微笑を浮かべた。「州内でも、第二フェーズ実現への期待が高まっているから、住民にとっては朗報だ」

年明け前後から、地元の新聞や雑誌に「サハリンBいよいよ第二フェーズへ」「三社コンソーシアム、八十五億ドルを投資へ」といった記事が頻繁に出るようになった。知事自身も東京ガスや東京電力との交渉経過を機会あるごとに発表し、地元の期待はいやが上にも盛り上がってきている。

「それから、CFRの件は、有難うございました」

サハリン・プロジェクト部長がいった。

「あんなのは、何でもないさ」

知事は鷹揚な微笑を浮かべた。

昨年十一月に、ロシア天然資源省国家環境監査局のロシア人局長によって受け取りが拒否されたCFR（Construction Feasibility Study）は、その後、突如として国家環境監査局長が更迭され、新局長によって今年一月に承認された。いったんは「最上級漁業水域」に分類されたアニワ湾は、その下の「一級漁業水域」に格下げされ、LNGや石油の積出施設建設に当たって、一定のルールに従えば土砂や処理ずみの排水を廃棄できるようになった。金沢たちは、国家環境監査局長交代の背景に、知事の「豪腕」があったと考えている。

「サハリンBプロジェクトは、我々にとって最重要プロジェクトだ。第二フェーズ実現のためには、どんな助力も惜しまない。今後も何か問題があったら遠慮なく報せてくれ」

知事の大きな造作の顔に、自信と決意が漲る。

「『開発宣言』は、五月にはできるんだろうな？」

「そのつもりです」

「きみらはまだリーガル・スタビライゼーションのことをごちゃごちゃいってるらしいが、ウラジミーロビッチ（プーチン大統領）は、PSA（生産物分与契約）は必ず守るといっている。この点はわたしも保証するから、あまり心配するな」

「恐れ入ります」

部長は議論を避け、さらりとかわした。

知事もこの問題は、アングロ・ダッチ石油とカシヤノフ首相の交渉に委ねており、議論に深入りしてこなかった。

「ところで、ファイナンスのほうは、大丈夫なのか？」

「ＪＢＩＣ（国際協力銀行）やＥＢＲＤ（欧州復興開発銀行）からは、概ね融資の同意を得ています。開発宣言を行い次第、正式要請します」

「環境団体が色々いってきてるらしいな」

知事の言葉に、部長が頷く。

第二フェーズの現実性が高まるのに歩調を合わせ、アース・ウィンズ・ジャパン、グリーンピース、ＷＷＦ（世界自然保護基金）といった環境保護団体が、プロジェクト反対の声を強めていた。金沢の妹がいるアース・ウィンズ・ジャパンは、国際協力銀行に対する融資自粛要請、電力・ガス会社に対するＬＮＧ購入自粛要請、日本政府に対するサハリン石油・ガス開発における環境保護や市民参加プロセスの確保を求める要望書などを、矢継ぎ早に突きつけている。

「我々三社は株式市場で一般投資家から資金を集めていますし、ＪＢＩＣやＥＢＲＤは公的機関です。そういう意味で、環境団体の声は無視できません。第二フェーズの実施に当たっては、環境団体対策もしっかりやっていく覚悟です」

「まあ、環境団体の連中は何もできんよ」

知事の微笑に、余裕と自信が漂う。

「所詮は蟷螂《とうろう》の斧《おの》だ」

その頃、トミタ自動車東京本社では、会長の奥井博が、数人の社員たちから報告を受けていた。

東京本社は、水道橋の東京ドームのそばに聳える、艶やかな茶色い壁と、磨き上げられた緑色のガラス窓を持つ高層ビルである。ビルの中から小石川後楽園の緑を見下ろすことができ、都心とは思えない潤いが漂っている。

奥井は、経営会議などの際は愛知県にあるトミタ自動車本社に出向くが、経団連会長や小泉政権の経済財政諮問会議議員、各種の政策審議会の会長を務めているため、東京にいることが多い。

「……寺西は、千七百億円全額を呑んだんだな？」

高級ダークスーツを着た奥井が、眼鏡の下の視線を光らせた。柔道六段の大柄な身体に、七十歳とは思えぬ精気が漲《みなぎ》っていた。

寺西とは、UFJ銀行の寺西正司頭取のことである。

「はい。債権放棄で千百億円、優先株引受で六百億円ということで、確約を得ています」

スーツ姿の年輩の男がいった。トミタ自動車の企画部門の役員で、トーニチ救済タスクフォースの責任者であった。

「結構だ」

奥井が満足そうに頷く。

「これで含み損はかなり処理できるな」

ソファーにすわった男たちが頷く。

トーニチはここ数年、農薬、発電、ITなどの有力子会社を売却して得た「投資有価証券売却益」と、不良債権処理を進める日本の金融機関が市場で叩き売りした自社の債務を買い戻してひねり出す「債務買戻益」で赤字転落を回避してきた。しかし、昨年十一月、ついに自主再建を断念し、トミタ自動車に全面支援を依頼した。

引き金を引いたのは、中央青山監査法人だった。

背景には、監査人の責任を厳しく問う世界的趨勢《すうせい》があった。日本でも、瑞穂監査法人が、二〇〇一年に破綻した大手運送会社フットワークエクスプレスの粉飾決算を知りながら監査証明を出したとして、金融庁から一年間の業務停止命令を受けた。

トーニチに対して、中央青山監査法人は、含み損を処理しなければ、二〇〇二年九月期の中間決算を承認できないと申し渡した。四十九億円の自己資本しかないトーニチが、二千五百億円にも上る含み損を処理すると、債務超過を白日の下に晒すことになる。

窮地に陥ったトーニチは、UFJ銀行に追加支援を要請した。しかし、大京、日商岩井、ダイエーの「御三家」のほか、藤和不動産やACリアルエステート（旧フジタ）、アプラスなど、多くの問題先を抱えるＵＦＪは、株価が百円割れし（額面五十円換算）、「月刊現代」に「ＵＦＪ国有化・解体、三月期末までの時限爆弾」と書かれるような状態だった。

ＵＦＪ銀行に泣き付かれたトミタ自動車は、救済に応じる条件として、ＵＦＪに総額千七百億円の金融支援を求め、寺西正司頭取は言い値を呑んだ。

「トーニチには、不動産ビジネスや営業関連の不良債権二千億円の処理、上場株式五百億円の処理、有利子負債の六千五百億円削減、社員の四千人削減、百二十億円の経費削減を約束させました」

「結構だな。その程度の鉈《なた》は振るってもらわんと、あの会社は引き受けられんよ」

タスクフォースの男たちが頷く。

「吸収合併については、どうだ？」

奥井会長が訊いた。

トミタ自動車の役員がいった。

「まだ、先方は持株会社による経営統合にこだわっています」

トミタ自動車側が、グループの専門商社であるトミタ通商による吸収合併を主張しているのに対し、トーニチ側は持株会社のもとでの経営統合にしたいといっていた。

「きみらの考えはどうなんだ？」

「吸収合併を急ぐ必要はないと思います」

タスクフォースのメンバーであるトミタ通商の役員がいった。「あまり急激な形でやると、人材の流出に拍車をかけ、商社としての力が失われます」

「今回の増資引き受けでトミタ自動車グループが株の三割を握り、トーニチはもはやトミタ自動車グループ傘下の企業になります」

と、トミタ自動車の役員。「看板をかけ替えるのは、二、三年経って、社内が落ち着いてからでも遅くないと思います」

「わかった。それでよかろう」

奥井が頷く。「何事も合理性ありきだ」

合理性を追求するのがトミタイズムだ。

今回のトーニチ救済も、トミタ自動車グループにとってメリットがある。トミタ通商は、自動車や金属、非鉄関連事業に強いが、繊維や食糧といった生活関連産業やＩＴ分野には弱い。後者に強いトーニチとは、補完関係が成り立つ。

「統合の時期はどうするんだ？」

「今年九月頃を予定しています。先方には、トーニチがリストラをきちんと実施したことを確認するまでは増資に応じないと伝えています」

二〇〇〇年春に、トーニチが銀行団から総額二千百九十億円に上る債務免除を受けた際、トミタ通商は一一・五パーセントを出資して筆頭株主になった。その際、全事業を対象に事業統合を検討するという取り決めが結ばれ、鉄鋼や非鉄金属、機械などの事業がトミタ通商に移管された。しかし、それ以外の分野では、トーニチが、競争力のある事業は自社にとどめ、採算の悪化している事業だけをトミタ通商に売りつけようとしたため、「こんなことばかりでは、提携自体を見直す」と、奥井会長がトーニチの社長を叱責した。

「トーニチの社長はどうするんだ?」

「UFJから出してもらう予定です。六月の株主総会で交代してもらいます。会長はトミタ通商から出します」

「わかった。……大筋は、そんなところでいいだろう」

と奥井。「それ以外に、何か俺が知っておくべきことはあるか?」

「一つだけお耳に入れておきたいことがございます」

トミタ自動車の役員がいった。

「トーニチは、イランでかなりのビジネスをやっています」

「イランで?」

「五井商事や東洋物産より多い九人の日本人駐在員と二十人余りのイラン人社員を現地事務所に置いて、石油、自動車、通信、化学品、インフラ、プラントなど、ありとあらゆる分野で活発に商売をやっています」

「そういえば、油田開発プロジェクトの話を聞いたことがあるな……」

二〇〇〇年秋にハタミ大統領が来日した際、首相官邸内大ホールで開かれた森喜朗首相主催の晩餐会には、経団連会長の奥井も出席した。

「経産省も関与している日の丸プロジェクトです」

と、トミタ通商の役員。「総投資額が二十億ドル（約二千三百五十億円）で、七五パーセントを日本、二五パーセントをイラン側が負担する予定になっています」

「今、どういう状況になってるんだ？」

「国際協力銀行の三十億ドルの融資を餌に、日本側が開発の優先交渉権を取り、正式な契約に向けてイラン側と交渉中です」

「ずいぶん時間がかかってるんだな」

「地層的に難しいとか、色々問題があって、参加企業を募るのに苦労しているようです」

奥井が頷く。

「イランはトーニチにとって大きな商権ですが、アメリカに悪の枢軸と名指しされている国ですから、扱いには注意したほうがいいと思います」

トミタ自動車にとって、北米は日本に匹敵する重要市場だ。今年（二〇〇三年）三月期の予想営業利益は一兆二千七百億円だが、その二三パーセントが北米事業である。さらにこの数字に、日本からの輸出分が加わる。また、今年の北米での販売予定台数は、二百万台突破を見込んでおり、初めて日本での販売台数を上回る予定だ。

「トーニチでは、誰がイランをやってるんだ？」

　奥井が訊いた。

「亀岡吾郎という専務です」

　と、トミタ通商の役員。「イラン・ビジネスは、亀岡氏が若い頃から築いてきた、いわば彼の城みたいなもんです」

「亀岡吾郎か……」

　奥井博は厳しい顔つきで、その名を記憶に焼き付けた。


　同じ日の晩——

　亀岡吾郎と十文字一《ともんじはじめ》は、来日中のイラン石油省とＮＩＯＣ（イラン国営石油会社）の幹部たち四人を、汐留の高層ビルにあるレストランでもてなしていた。経産省系石油開発会社の社長と、亀岡の腹心であるトーニチの法務部長も一緒だった。

　イラン人は、独特の知性と孤独感を放つ人々だ。四人は、いずれも黒っぽいスーツに白や灰色のワイシャツ姿で、西洋の習慣であるネクタイは身につけず、全員が口髭をたくわえていた。眼窩《がんか》が窪んだ人が多く、目には知性の光が宿っている。

「……ミスター亀岡、今年の六月には、あなたがたに与えた優先交渉権の期限がくる」

　神戸牛のポワレにナイフを入れながら、イラン石油省の高官がいった。眼鏡をかけた年輩の男性で、米国か英国の大学教授のように威厳がある。

「我々としては、今日のようなマスター・デベロップメント・プラン（基本開発計画）

では、到底納得できない」

「アイ・アンダースタンド（わかっとります）」

オールバックの白髪の亀岡が答える。「もうちょっと短期間で生産開始できる計画をお望みということですな？　ご趣旨に沿って計画を作り直しましょう」

早口のだみ声で、相手の要求に極力応えようとするいつもの前垂れぶりだ。

年輩のイラン人が頷き、牛肉を口に運ぶ。

テーブル席は二十四階の窓際であった。広い窓の向こうに、光に包まれた東京タワーや虎ノ門、六本木方面の高層ビル群など、宝石をちりばめたような夜景が広がり、眼下の線路を、明りを点した新幹線、山手線、京浜東北線などの電車が海底を移動する光の帯のように行き交っていた。

その日、亀岡らは、イラン巨大油田に関するマスター・デベロップメント・プランを提示した。日本や欧米の有力パートナーが見つかっていないため、開発には時間がかかるとする保守的な計画だった。そのため、イラン側に、こんなに遅いのでは話にならないと一蹴された。

「パートナー選びのほうは、どうなんですか？」

ＮＩＯＣの幹部が訊いた。彫りの深い細面に眼鏡をかけ、頬の髯の剃り跡が青々としており、陰影のある微笑は俳優のように見える。

「アングロ・ダッチやトタールに話しています。感触は上々です」

経産省系の石油開発会社の社長がいった。額の広い痩せた老人である。通産官僚時代から部下に仕事を任せないことで有名で、アングロ・ダッチやトタールとの交渉も自らやっている。

しかし、交渉が上々というのは出まかせだった。①埋蔵されている石油が重質であること、②油田の地層が複雑で、かつ、イラクのマジュヌーン油田と繋がっている可能性があること、③バイバックという妙味の薄い契約方式になること、④イランと米国の関係が悪化し、カントリーリスクが高まっていること、などから興味を示す外国の石油会社はほとんどない。

「それにしても、交渉に時間がかかりすぎてるんじゃないのかね」

大学教授風のイラン人がいった。

「日本側には、トーニチ、JNOC（石油公団）、それにおたくの会社という三つの立派な会社が揃っているんだから、パートナーなんかなくてもやれるでしょう」

そういって、グラスのミネラルウォーターを口に運んだ。

テーブルの上に、アルコール類は一切ない。また、イラン人はエビは食べるが、タコやイカは、吸盤を気味悪がって食べないので、亀岡が事前にレストランに連絡して、食材に細かい注文を付けていた。

「もちろん三社だけでやれないことはないのですが……」

元通産官僚は一瞬言葉を探す。「このプロジェクトは、イランにとっても、日本にとってもらえれば重要なプロジェクトですから、できれば国際的なコンソーシアムを組んで、世界的なバックアップ体制で進めたいと考えている次第です」

実際は、三社の技術力や資金力では到底手に負えないため、何とか外国の大手石油会社を引っ張り込もうとしているのが本当のところだった。マスター・デベロップメント・プランで、生産開始までの期間を長めにしたのも、外国のパートナーを参加させるまでの時間稼ぎだった。

「我々がいつまでも待っていられないのはおわかりでしょうな？」

俳優のようなＮＩＯＣの幹部がいった。「中国やロシアも、是非やらせてくれといってきてますからね」

「中国やロシア？　いやいやいや、それはご勘弁下さい」

亀岡がだみ声を出した。

「せっかくここまで漕ぎ付けたんですから、是非とも我々にやらせて下さい。ここで取り上げられたんでは、立つ瀬がありません」

テーブルに両手をついて、大げさに白髪の頭を下げる。

「いずれにせよ、三月末には、きちんとしたマスター・デベロップメント・プランを提出してください」

「わかりました。努力します」

元通産官僚の社長が神妙な顔つきでいった。

「さあさあさあ、今日はカラオケでも行って、ぱーっとやりましょう」

ビルの下のタクシー乗り場で、宿泊先の帝国ホテルに帰る四人のイラン人を見送ると、亀岡吾郎がいった。食事中の沈んだ空気を一掃しようと考えていた。

「さあさあ、十文字さんも乗って乗って」

亀岡は十文字をタクシーに押し込み、隣りにすわった。

十文字はいつになく元気がなく、食事の間、ほとんど話をしなかった。

四人は二台のタクシーに分乗し、銀座に向かった。車は、新橋駅付近のネオン街を抜け、高架の高速道路の下をくぐり、中央通りに入る。

「中国やロシアがやりたがってるっていうのは、どの程度本当なのかなあ?」

十文字がぽつりといった。

「ああ、あれははったりです。揺さぶりですよ」

亀岡が迷いのない口調で答える。

「中国やロシアが本当にやるっていうなら、とっくの昔にやらせてますよ」

「ふーん、そうなのかねえ……」

「彼らは今んところ、ほかにカードはありません。もちろんイランの人たちのことですから、色々な相手と話はしてるでしょう。しかし、一筋縄じゃいかん油田ですからな」

十文字の頬がぴくりと動いた。

「その一筋縄じゃいかない油田開発に、亀岡さんが俺たちを引っ張りこんだってわけか」

「何をおっしゃいますか。あれはいいプロジェクトです。ちょっと難しいだけです」

「亀岡さんは商社マンだから、商売ができれば何でもいいかもしれないけどね」

「十文字さん、今日はちょっとお疲れじゃないスか？　まあ、今日は疲れる話でしたからな。酒でも飲んで、女の子とカラオケ唄って、ぱーっと気分転換しようじゃないスか」

しかし、十文字は相変わらず浮かない顔つきである。

「ところで、おたくの会社、産業再生機構送りは何とか免れたらしいじゃない」

「面目ないことです。皆さんにはご心配をおかけしとります」

「新社長はＵＦＪから来るんだって？」

「そのようですな」

「これで亀岡さんの社長の目はなくなったのかねえ」

「いやいや、社長だなどとんでもない。専務にしてもらっただけで十分です」

「ふーん……ほんとにそう？」

十文字が、亀岡の横顔に意地の悪そうな視線を注いだ。

やがてタクシーは、銀座六丁目の交詢社通りに建つビルの前に停まった。

「見よ東海のぉ空あけてぇ　旭日《きょくじつ》高く輝けばぁ　天地の正気《せいき》はーつらつ（溌剌）とぉ希望は躍る、大八洲《おおやしま》　おーおー、せーいーろー（晴朗）のあぁさぁーぐぅもぉ（朝雲）にぃー……」

恰幅のよい亀岡が、力強いリズムで歌う。

目の前のスクリーンに、白波を蹴立てて進む帝国海軍の軍艦と、風にはためく旭日旗が大映しになっていた。

「……いま幾たびかぁわが上にぃ　試練の嵐哮《たけ》るともぉ　断乎と守れ、そーの正義ぃ進まん道はひーとつのみ　あーあー、ゆうえーん（悠遠）のかぁみーよ（神代）よりぃ……」

二十三歳の森川幸雄が作詞し、元海軍軍楽隊長で七十歳の瀬戸口藤吉が曲を付けた「愛国行進曲」は、昭和十三年一月に発売され、空前のミリオンセラーとなった。前年七月、盧溝橋事件を発端に日華事変が勃発し、同十二月には日本軍が、当時の中国の首都・南京を攻め落とした。日本がまだ戦勝国だった頃の勇壮な歌である。

亀岡は、ことあるごとにこの歌を愛唱し、自分を奮い立たせ、弱小商社にいるハンデを気力で撥ね返してきた。

「……大行進のぉ行く彼方ぁー　こぅこーく（皇国）つねにー、さぁかーえ（栄え）あぁれー」

亀岡が唄い終わると同時に、ママやホステスが拍手する。

着物を着たママは女相撲の関取のようだが、ホステスたちは粒が揃っている。

三十坪ほどの比較的小さなナイトクラブであった。ソファー席がいくつかあり、カウンターでは、客を待っているホステスが、グラスを磨くバーテンと話している。それなりの高級感は備えており、客は年輩のビジネスマンが多い。

「では、次はわたくしが」

亀岡の腹心の法務部長がマイクを受け取る。腰の低い関西人で、亀岡同様の商売人である。

ホステスが曲を入力し、前奏が始まった。再び「愛国行進曲」だ。

「見よ東条のぉ禿げ頭ぁー……」

ママやホステスたちがどっと沸く。

東条英機首相の禿げ頭をからかった、戦時中の替え歌であった。

「……おーおーテカテーカのはぇげーあーたーまー　聳《そび》ゆる富士もぉ眩しがりぃ　あの禿げどけろとくぅやし（悔し）泣きぃ……」

元通産官僚の石油開発会社の社長と十文字は苦笑している。

「……見よぶっ欠けのぉ皿あけてぇ　まだ食い足ぁりぬ芋の粥ぅ……」

やがて法務部長は歌い終わり、別のグループの客がマイクを手にした。

「ところで、十文字さん……」

亀岡が十文字のそばににじり寄った。

「アメリカは三月中旬にやるらしいですな」

イラク攻撃のことであった。ブッシュ大統領は、新たに二万八千人の兵力投入を決め、三月上旬には、ペルシャ湾岸地区に展開する米軍は二十万人に膨れ上がる。現在、開戦に向けて、トルコ政府と基地の使用について協議し、砂漠で実戦さながらの演習をしている。イラクに対しては、大量破壊兵器の「完全かつ検証可能で、不可逆的な廃棄（complete,verifiable,irreversible dismantlement）」を求め、兵器を作れる学者の頭の中に知識が残っていても「不可逆的」ではないとし、イラクがどんなに努力しても、大量破壊兵器の破棄が達成されない状況に追い込んだ。

「へえ、三月中旬なのか。相変わらずCIA並みだねえ」

「めっそうもない。ワシントン・タイムズの記事ですわ」

亀岡は苦笑しながら片手を振った。

「戦争はすぐ片付くでしょうな」

「ハイテク対ローテクだから、一瞬だろう」

「実は、ご相談があるんですけどな」

水割りのグラスを手にした十文字が、片方の眉毛を上げる。

「日本のイラク向け債権を、オイル・スキームで回収できませんかな？」

「イラク債権をオイル・スキームで？」

亀岡は頷いた。

「日本がイラクに対して持っている債権は、公的債権が八千七百億円、民間債権が三千五百億円、総額で一兆二千二百億円になります」

公的債権のうち約九割を、日本貿易保険（略称NEXI《ネクシ》）が、残り約一割を国際協力銀行が保有している。前者は元々経済産業省の貿易保険部門だったが、二〇〇一年四月に分離独立して独立行政法人になった。一方、民間債権は、四分の三が商社、残りはゼネコン、エンジニアリング会社、メーカーなどが持っている。

「イラクは世界第二位の埋蔵量を持つ石油大国です。戦争が終われば、石油の増産が始まります。その石油で、日本の債権を回収するんです」

既存の債権を融資に切り替え、原油の輸入代金を返済にあてるオイル・スキームは亀岡吾郎の十八番だ。

「油田の権益も獲って、日の丸原油で回収することにしたら、いかあっすか？」

数日後の夕方――

サハリンから戻った金沢は、丸の内二丁目にある五井商事本社の財務部で打ち合わせをしていた。

財務部は、広いフロアーの東京駅寄りの部分を使っている。企画グループ、円資金グループ、プロジェクト・ファイナンス・グループの三つの島に分かれ、部員は百名ほどである。壁際に、低い衝立で仕切られたブースが並び、部員たちが他部の社員と打ち合わせをしたり、一人でこもって分厚い契約書を読んだりしている。

「……為替リスクを取るんですか？　うーん……なんか嫌ですねえ」

財務部で「サハリンB」を担当している若手が思案顔になった。横長の黒縁眼鏡をかけ、すらりとした身体に黒っぽいスーツを着ていた。

「ロシアに機器を運び込むときのVATの軽減のほうは、サハリン・リソーシズを通じて税務当局と交渉中で、こっちは何とかなりそうなんだ。それと、ロシア人労働者の件は、半分は使うということで、ほぼ決着した」

縁なし眼鏡の金沢がいった。

二人は、「サハリンB」のLNGプラントを落札した千代田化工建設と東洋エンジニアリングとの契約交渉について話し合っているところだった。約三千億円という大型契約である。

両社は、契約の条件として、ロシアに機器を運び込むときのVATの軽減を求めていた。また、ピーク時で六千人に達する労働者については、サハリン・リソーシズ社が、ロシア・コンテンツ達成のために、すべてロシア人労働者にしてほしいと希望したのに対し、コストを引き下げるため、フィリピン、台湾、インドなどの労働者を使いたいと申し入れてきた。

「為替リスクについては、千代田とTEC《テック》（東洋エンジニアリング）は、こっちが取らないなら、受注できなくても仕方がないって覚悟でいってきてるらしい」

「そうですか……。うーん……」

財務部の若手は考え込む。

「LNGプラントは千代田か日揮しかないですからねえ……」

LNGプラント建設は、千代田化工建設と日揮の二社が世界シェアの七〜八割を握っている。その背景には、日本が世界最大のLNG消費国（昨年末で世界全体の四八パーセント）であることと、両社の高い技術力がある。

LNGは、天然ガスをマイナス百六十二度に冷却し、体積を六百分の一に圧縮して作る。それには超低温と超高圧の環境を作り出す生産設備が必要だが、「サハリンB」プロジェクトではさらに、零下二十度という極寒の地で設備を稼動・維持しなくてはならない。そのため、配管の継ぎ目溶接のバリ（はみ出し）でさえ削り取るような精緻な作業が求められる。

今回の入札では、千代田化工・東洋エンジニアリングのグループと、日揮・KBR（ケロッグ・ブラウン&ルート＝米国の大手エンジニアリング・建設会社）グループの一騎打ちになり、前者に軍配が上がった。

「まあ、為替リスクについては、しょうがないとしますか」

財務部の若手が諦め顔でいった。

「契約は五月ですか？」

「開発宣言をやり次第、調印するそうだ」

金沢が紙カップの冷めたコーヒーをすする。

時刻は午後六時をすぎ、社員たちが帰宅を始めていた。

二人の打ち合わせも一通り終わりである。

「ところで、金沢さん……」

財務部の若手が手元のファイルを閉じていった。

「トーニチの亀岡専務が、イラクでオイル・スキームをやろうと動き回ってるらしいですよ」

「えっ、イランじゃなくて？」

「イラクです、イラク。日本のイラク向け債権を原油で回収しようと、下位の商社を焚きつけて、経産省や外務省に陳情を始めてるらしいです」

「本当に!?」

「ゼネコンやエンジニアリング会社も抱き込もうと、接待攻めにしてるらしいですよ」

「それは、まずい」

金沢の体内でアドレナリンが流れ、心臓の鼓動が早まる。

亀岡の狙いは、五井商事の牙城であるイラク原油の商権に手をつけることだ。

五井商事がおっとり構えている隙に、とんでもないことが起きようとしている。

「さっき業務部とも話しましたけど、業務部のほうでも外務省筋から情報を摑んで、エネルギー本部と共同で対応するっていってました」

業務部は、社内の部門間の調整をやる部で、他の商社や官庁との窓口にもなっている。

「イラク向け債権の問題は、従来から日本貿易会の市場委員会で話し合われてますからね。そのルートで民間債権者の意向を取りまとめるのが筋で、勝手な動きをするのはルール違反ですよ」

日本貿易会は昭和二十二年に設立された輸出入業者の業界団体である。約百六十の企業と団体が加盟し、事務局は浜松町の世界貿易センタービルの六階に置かれている。会長職は大手総合商社の持ち回りで、現在は住之江商事の会長が務めている。

「明日にでもトーニチに申し入れるそうです」

その言葉に、金沢は多少安心した。

「まあ、トーニチだけなら何とでもなりますけど、エネ庁の十文字あたりと手を組まれたら、厄介ですからねえ」

財務部の若手がいった。

「その十文字だけど……役所を辞めるって噂があるよ」

「えっ、ほんとに⁉」

「最近、何かのパーティーでうちの部長が会ったとき、自分も経産省で見るべきものは見たし、そろそろ転身しようかと考えてるっていってたそうだ」

「へーえ……」

「見た目も元気がなくて、何となく影が薄かったらしい」

「何かあったんですかねえ？」

「例のメキシコの一件じゃないか？　省内でかなり叩かれたらしいから」

「メキシコの……？　ああ、あのチコンテペック油田群の開発権を獲れるかもしれないって、読売新聞がぶっ飛ばして書いた記事ですか？」

「うん」

「でも……」

財務部の若手は考えを巡らせる表情。

「経産省じゃ、あの程度の騒ぎはしょっちゅうですよね。霞が関でも一番勇ましい役所ですから、新聞記者に勝手にリークして、間違った記事が出まくるなんて、日常茶飯事じゃないですか」

「そういえば、そうだなあ」

二人は笑った。

「ただ、奴の場合、部長とか長官をすっ飛ばして、大臣と直《ちょく》で案件を進めてたから、すっ飛ばされてた人たちは、そりゃあ、面白くないと思ってただろう。そういう恨みや憎しみが鬱積した状況で、何か失敗したら、一気に叩かれるのが世の常じゃないか？」

「そういえば、外務省でも似たようなことがありましたね」

鈴木宗男との親密な関係を背景に力をふるっていた「外務省のラスプーチン」こと佐藤優（当時主任分析官）は、昨年（二〇〇二年）、鈴木宗男が失脚すると同時に、背任と偽計業務妨害の容疑で逮捕、起訴された。

「おっと、そろそろ六時半か……」

金沢が腕時計に視線を落とした。

「何かあるんですか？」

「鋼管輸出部でサハリンBのパイプ（鋼管）の入札があるんだ。オンライン・ビディングだから、後学のために覗きにいかないか？」

「へえ、珍しいですね」

二人は立ち上がった。


別の階にある鋼管輸出部に行くと、フロアーの一角に人だかりができていた。

パソコンを置いたデスクの前に若い男性社員がすわり、隣りに、膝の上にファイルを開いた別の社員がすわっていた。

周囲で、椅子にすわったり、立ったりしている二十人ほどの人々が、言葉を交わしたり、パソコンの画面に視線をやったりしている。来客用の入館証を胸に付けたスーツ姿の人々は、鋼管を供給する製鉄メーカーの社員たちのようだ。鋼管輸出部の部長や高塚たちが、親しげに話していた。

「やあ、金沢さん」

スーツ姿のずんぐりむっくりの男が声をかけてきた。

かつて一緒にバグダッドに出張した鋼管輸出部の課長代理だった。金沢より三年次下で、今は課長になっている。

「もう始まってるんですか？」

「オランダ時間の午前十時に始まりました」

帰国子女で英語が上手い課長は、微笑を浮かべた。

日本時間では午後六時に始まったということだ。

「どんな具合です？」

「大きいのは、まだこれからです」

入札は、いくつもの細かいパッケージ（区間）に分けて行われていた。サハリン島北東沖合いのピルトン・アストフスコエ鉱区からＯＰＦ（onshore processing facility＝陸上処理施設）までの海底と陸上に敷設される口径二〇インチ・長さ一七二キロメートルの石油とガスのパイプラインが各一本、ルンスコエ鉱区からＯＰＦまで口径三〇インチ・長さ七キロメートルの石油・ガス混合用パイプラインが二本、ＯＰＦからアニワ湾までの口径二四インチ・長さ六三七キロメートルの石油用陸上パイプラインが一本、同じ区間の口径四八インチのガスパイプラインが一本、といった具合である。

「コンペティター（競争相手）は、どこなんです？」

「ユーロパイプ（イタリア、ドイツ、フランスの共同販売会社）、コーラス（英国）、インド勢、アメリカ、ロシア、それに東洋物産ですね」

五井商事は、UO大径鋼管（厚板を最初U形に、次にO形にプレス加工して作る肉厚大径の鋼管）は新日鉄、JFE、住友金属から、電縫鋼管《でんほうこうかん》（熱延コイルを成形ロールで連続的に管状にし、継ぎ目を電気抵抗溶接した鋼管）は新日鉄とJFEから、シームレス鋼管（圧延で製造された継ぎ目のない鋼管）はJFEと住友金属から、それぞれ供給を受ける。

パソコンのスクリーンには、アングロ・ダッチ石油のオンライン入札用のサイトが開かれていた。同社のシンボル・カラーの赤と黄色を基調とした画面だった。

若い男性社員がキーボードを叩いて数字を入力し、隣りにすわった社員がファイルを見ながら指示を出している。

「あのファイルは？」

金沢が、指示を出している社員を目で示す。

「パッケージごとに、どこまで値引きするかとか、こういう場合はこうするとか、色んなケースを想定して、エクセルのスプレッドシートで作った価格表です。……あれを作るのに、ここ三日間くらい半徹夜状態でしたよ」

苦笑する課長の目が充血していた。

オンライン入札と、従来の書面による入札（sealed bid）の違いは、オンライン入札では制限時間内であれば何度でも入札価格を変更できることだ。

二人が話していると、周囲で「買うな、買うな」という声が上がり始めた。

人々が、スクリーンを見詰めたり、両手を組み合わせて祈る格好をしている。「買うな」というのは、競争相手に対していっている言葉だ。

「今、うちが一位になってますね」

課長がパソコンのスクリーンに視線をやる。

スクリーンに、自分が入れた値段が全体で何番かが示されていた。一番が誰で、いくらで入札しているかはわからない。

「うーん、獲れるかなあ……」

課長が腕組みする。

スクリーン右上の、残り時間を示すデジタル数字が、一分を切った。

「こないだやったナイジェリアの案件は、残り時間が一分を切ると、数字が赤に変わったんですよね」

「ウルトラマンみたいですね」

財務部の若手が笑った。

「あと二十秒！　頑張れ！」

「よし行けっ！」

次の瞬間、「あああーっ！」という落胆の声。

二番に落ちたようだ。誰が一番になったかはわからない。

「十五分延長です」と課長。

各パッケージの入札は、各社一斉に入札価格を入力し、十五分間の戦いが始まる。残り五分をすぎて一位が入れ替わると、そこからさらに十五分間延長される。

若い社員が、隣りにすわった社員の指示を受け、新たな数字を入力する。

五井商事は、新たな札《ふだ》（価格）を入れたが、二位のまま時間切れを迎えた。

「残念ですねえ」

金沢がいうと、課長は、

「次のパッケージはうちが獲れますよ」

と、自信ありげ。

「今、獲ったのは、たぶんユーロパイプですけど、あそこの供給能力からいって、次のパッケージは札を入れてこないでしょう。次のやつは、うちとユーロパイプの一騎打ちだと思ってたんで、たぶん、うちの楽勝です」

果たして次のパッケージは、課長の予想通り、五井商事が落とした。

「獲れましたね」と金沢。

「何か呆気ない感じですけど」

課長が苦笑いする。

「そうですか？」

「やっぱり、ファックスとかPDFファイルで発注書が送られてくるほうが、ドキドキ感がありますよ」

「なるほど」

金沢も笑う。

「ところで、一番札になっても、即受注じゃないんですよね？」

「この後、受注交渉があります。でも、よほどのことがない限り、大丈夫でしょう」

次のパッケージでは、五井商事はずっと三位のままだった。

突然、十五分延長になった。

「一位と二位が、切りあってますね」

と課長。やがて、そのパッケージの入札が終了。

「今の、誰が獲ったかわかりますか？」

「何となくは想像できますけど……」

その後も、入札は淡々と進んでいった。

財務部の若手は途中で引き上げたが、金沢は辛抱強く付き合った。ハーグまで徹夜で入札書類を運んだ案件の行方を、しっかり見届けたいという気持ちだった。

午後七時半すぎ、長さ六三七キロメートルのガスパイプラインの入札が始まった。

「サハリンB」のパイプライン中、最大のパッケージだ。

五井商事は二位でスタートし、すぐ一位に上がった。

「行け、行けっ！」「もうちょっと！」「あと三十秒！」

人々の絶叫の中、スクリーンの残り時間が刻々と減る。

「よぉーし！」「来た、来た！」

残り時間がゼロになった瞬間、大きな拍手が沸き起こった。

人々は拳を握り締め、握手を交わし、肩を叩きあう。

「ひゃあー、よかったー！」

鋼管輸出部の課長は心底ほっとした表情。

「おめでとうございます」

金沢と課長はがっちりと握手を交わした。

午後八時すぎ、ピルトン・アストフスコエ鉱区からＯＰＦまでの一七二キロメートルのガスパイプラインも獲れた。

これで大きなパッケージの入札はほぼ終了だ。

安堵感と疲労感が入りまじった空気が漂う。

窓の外は真っ暗で、近くのビルの蛍光灯が闇の中に浮かび上がっていた。

「じゃあ、そろそろ行きますか」

高塚が部長やメーカーの人たちに声をかけた。

大勢《たいせい》が見えたので、メーカーの人たちを銀座に連れて行くようだ。

「後はよろしくな」

パソコンの前の二人の社員に声をかけ、一行はエレベーターホールに向かった。

4

サハリンBのパイプ入札から約一ヵ月後の三月十九日、米国のブッシュ大統領は、イラクに対する開戦を宣言した。高性能の武器で効率的に特定の拠点を攻撃する戦術で、投入される兵力は、米軍二十一万四千、英軍四万五千、オーストラリア軍二千、ポーランド軍二千四百の合計約二十六万三千人。一九九一年の湾岸戦争の六十六万人に比べ、格段に少ない。

翌二十日、米軍がバグダッド近郊を空爆。ピンポイント爆撃や巡航ミサイルでイラク軍の指揮命令系統を瞬く間に破壊した。同時に、クウェート北部に展開していた十五万人の米英地上部隊が「ハムシーン」と呼ばれる猛烈な砂嵐の中、北上を開始。南部のバスラやナシリヤ、中部のナジャフでイラク軍の抵抗に遭ったが、予想以上の速さで首都バグダッドに迫った。

バグダッドでは、イラク最強の共和国防衛隊が待ち伏せしていたが、彼らの戦車が攻撃のために市内を出たところで、米軍が空爆し、壊滅させた。四月四日に米軍がサダム国際空港を制圧、七日、大統領宮殿二ヵ所を占拠、九日、バグダッド全域が陥落し、フセイン政権は崩壊した。市内のフィルドーシー広場に立つ、右手を高く挙げたサダム・フセイン像に縄がかけられ、米軍車両と市民の手で引き倒されたのは、同日の午後六時五十分のことだった。

イラク戦争を材料に、昨年末からじりじりと上昇していた原油価格は、戦争が短期で終結すると予想したファンドなどが売りに転じ、開戦の二、三日前から下げを開始。その後、一本調子で下げ、WTIは、三月十三日に付けた年初来の高値三十七ドル八十三セントから、四月末には二十五ドル八十セントまで、十ドル以上も下落した。

この時期、イラク戦争と並んで石油市場に大きな影響を与えたのが、SARS（新型肺炎）の流行だった。高熱、筋肉痛、咳などを訴えたあと急速に重篤化し、呼吸困難で死亡する原因不明の肺炎である。三月中旬に入って中国広東省、香港、ベトナム、カナダなどで広がり、日本でも感染が疑われる騒ぎになった。アジアへの旅行客が激減し、イラク戦争による航空機利用客の減少に拍車がかかった。そのためジェット燃料の主成分であるケロシンの価格が急落し、三月十日に十一ドル四十七セントだったドバイ原油とのスプレッド（価格差、ケロシンのほうが高い）は、四月三日には三ドル九十四セントまで縮まった。

これに気をよくしたCAO（中国航油料）のチェン・ジウリンは、ケロシンのコールオプションをさらに売った。一方、TERM（東洋エナジー・リスク・マネジメント）の秋月修二は、売上げ減で財務内容が悪化する航空会社を顧客《カウンターパート》としていたため、各社の信用力を再チェックするとともに、ケロシンの期近《きぢか》物が期先《きさき》物に比して割安になったため、前者を買って後者を売る「マンスリー・スプレッド（限月間スプレッド）」取引で利益を上げた。

第十章　ガスプロムの影

1

リーガル・スタビライゼーションを巡るサハリンBのプロジェクト・スポンサー三社とロシア政府の交渉が進展しないまま、開発宣言の期限がじりじりと迫っていた。

スポンサー三社は、もはやレター・オブ・コンフォート（念書）でゆくしかないという腹を固め、四月の終わりに、アングロ・ダッチ石油会長のフィリップ・ウォード卿が、カシヤノフ首相に手紙を書いた。

「……我々は、サハリンBのPSA（生産物分与契約）とロシアの法律の矛盾点をなくし、法的環境を安定的なものにするリーガル・スタビライゼーションを望んできました。しかし、これがなされないのであれば、少なくとも、ロシア政府がPSAの規定を遵守するという、何らかの正式な確約を首相府からいただきたいと思っています。曖昧さから生じる将来の紛争を避けるため、こうした確約をお願いするのは、きわめて筋の通ったことではないでしょうか。我々は、これ以上のことは求めません。しかしながら、来月には第二フェーズの建設を始めるため、開発宣言の日取りを決めなくてはなりません。

ですから、それ以前に、首相府からの確約をいただきたいと思います。……」

二〇〇三年五月十五日、木曜日——

モスクワは雲間からの日射しが眩しい初夏らしい陽気で、気温は二十三度に達した。

フィリップ・ウォード卿は、モスクワのホテルの一室で、レター・オブ・コンフォートの到着を待っていた。

ホテルの名前は、「プレジデント・ホテル」。クレムリンから南に三キロメートルほど行ったモスクワ河畔に建つ、十四階建て二百八室の四つ星ホテルである。一九八三年にソ連共産党中央委員会の命令で建てられ、現在もロシア政府が所有している。外国政府要人の宿泊が多く、茶色い外壁の建物の周囲は高い塀で囲まれ、通行者は入り口の詰め所で身分証を提示しなくてはならない。

「……レターがこなければ、開発宣言は見送るしかないだろう」

ワイシャツにネクタイ姿のウォード卿は、柔らかなソファーにすわり、重苦しい口調でいった。頭頂部が禿げ上がり、肉付きのよい、病院長のような風貌で、金縁の眼鏡をかけていた。

そばにすわった東洋物産の社長と五井商事のエネルギー部門担当副社長が頷く。二人ともワイシャツにネクタイ姿であった。保守的な五井商事は、カシヤノフのレターが手に入らなければ、開発宣言ができないとして、社長はやってこなかった。

時刻は午後一時すぎ。

スイート・ルームは、広さ一〇九平方メートルで、茶色と薄いピンクを基調にした、温かみのあるインテリアである。塵一つない木製の丸テーブルの上に、ピンクと赤の薔薇が生けられ、広い窓にはレースのカーテンが引かれていた。

隣りにある別のスイート・ルームに、スポンサー三社の部長級の人間たちが詰め、電話とファックスでロシア政府と交渉を続けていた。

三人のトップは時おり言葉を交わし、辛抱強く待つ。

午後二時に近づいたとき、ウォード卿《じ》が腕時計に視線を落とした。

「こないかもしれんな……。それとも、焦らそうという作戦か……」

ドアをノックする音がした。

「カム・イン」

とウォード卿。

ドアが開き、銀髪で一七八センチという長身の中年の白人が入ってきた。アングロ・ダッチ石油のロシアにおける探鉱・開発部門の責任者を務めるオランダ人だった。

一枚のファックスを手にしていた。

「来たのか？」

オランダ人が頷き、ファックスを差し出した。

ロシアの経済貿易開発省の中にあるＰＳＡ局から送られてきたレター・オブ・コンフ

ォート（念書）の文言だった。

ロシア語でタイプされていたので、オランダ人と一緒に入ってきたロシア人女性が英語に訳す。サハリン・リソーシズ社のモスクワ代表を務める女性である。

「これでは駄目だ」

ウォードが首を振った。

「PSAの履行に関するセンテンス（文言）が曖昧だし、パイプラインの使用権についても言及されていない」

前日の五月十四日、ロシア連邦下院が税法のPSAに関する条文を採択したが、審議の過程で、サハリンBのPSAを独占禁止法の適用外とする条文案を否決していた。

ロシアの独占禁止法は、民間企業の石油・ガス施設を、政府が定めた価格（料金）で第三者に使用させる権限を政府に与えている。この場合、第三者というのは、世界最大の天然ガス会社ガスプロム以外にありえない。

スポンサー三社は、ガスプロムの影から逃れるため、サハリンBのパイプラインは、サハリン・リソーシズ社が所有し、運営することを、カシヤノフにレターの中で確認してほしいと求めていた。

「もう一度交渉します」

銀髪のオランダ人は、踵《きびす》を返した。

ウォード卿は深く一呼吸し、ソファーに沈みこむ。

東洋物産の社長が立ち上がり、窓際に歩み寄った。眼鏡をかけた温厚そうな面立ちの人物で、発電プラント部門の出身である。

カーテンを引くと、広い窓の先に、灰青色の水をなみなみと湛《たた》えたモスクワ川が流れていた。川の中州に、ロシアの彫刻家ツェレテーリの手になる、高さ九四メートルのピョートル一世像が聳え立っていた。

エネルギー部門を担当している五井商事の副社長は、ウォード卿とイラクの石油情勢などについて話す。

「五井商事は、日本向けイラク原油の最大の買い手だったので、原油輸出が再開されたら是非買いたいと思っています」

「六月頃には、欧州向けの輸出が、トルコ経由のパイプラインで始まりそうだな」

「そういえば、イラク石油省の顧問団の代表に、アングロ・ダッチの元米国法人の社長が就任したそうですな」

「そのようだね。彼は……」

時間は刻々とすぎていった。

夕方までに、開発宣言できなければ、第二フェーズには進めない。

三人がルームサービスで頼んだ紅茶を飲んでいると、ドアがノックされた。

先ほどの銀髪のオランダ人とロシア人女性だった。

オランダ人が、別のファックスをウォードに示し、ロシア人女性が英語に訳す。

ウォード卿の顔が曇る。

「これでも駄目だ」

金縁眼鏡のイギリス人は首を振った。

「実は、この前にも一通改訂版を送ってきたのですが、わたしたちの判断で突き返しました」

と中年のオランダ人。

「もう時間がないな……」

ウォード卿が腕時計に視線を落とすと、時刻は午後三時を回っていた。

「仕方がない。わたしが話そう」

イギリス人は立ち上がった。


隣りの部屋では、五井商事のサハリン・プロジェクト部長と、東洋物産のサハリンB担当部長が、何枚かの書類を手に、話をしていた。

東洋物産の部長は、世界各地でエネルギー・プロジェクトを手がけてきた人物で、海坊主のようなてかてか頭に太った身体。酒に滅法強く、ウィスキーを軽く一本空ける。

部屋の隅のライティング・デスクの上には、ファックス機が置かれていた。

オランダ人と一緒にウォード卿が姿を現すと、二人は電話を置いた丸テーブルそばのソファーを勧めた。

電話が鳴った。

ロシア人女性が受話器を取る。

ロシア語のやり取りが始まった。

ウォードらには「ダー（イエス）」とか「イショー（まだ）」とか「ピィスモ（レター）」といった、断片的な単語しかわからない。

「ファルフトディノフ知事です」

ロシア人女性が受話器を手で押さえていった。

「レターはまだこないのかと訊いています」

サハリン州知事イーゴリ・ファルフトディノフが、ホテルの別の部屋で、先刻からじりじりと朗報を待っていた。

「もう少し待ってくれと伝えてくれ」

ウォード卿の言葉に、女性は頷き、精密機械のような響きのロシア語で受話器に話しかける。

再び話を中断し、受話器を手で押さえた。

「知事が、プーチン大統領かカシヤノフ首相に話そうかとおっしゃってますが」

「そうだな……。電話を一本入れてもらえると有難いと伝えてくれ」

ロシア人女性は頷き、手短かにロシア語で話してから受話器を置いた。

「フリステンコにつないでくれ」

ウォード卿がいい、ロシア人女性が電話の番号ボタンをプッシュする。

フリステンコ副首相を呼び出し、ウォードに受話器を渡した。

スポンサー三社の交渉相手であるPSA局は、フリステンコ副首相の直轄下にある。

「アングロ・ダッチのフィリップ・ウォードだ」

受話器に向かってクイーンズ・イングリッシュでいった。

サハリン・プロジェクト部長らは、固唾を呑んで様子を見守る。

「あなたがたは、我々が何を望んでいるのか、十分わかっているはずだ」

一語一語ゆっくり明瞭に発音する。

「ゲームをやっている時間はない。夕方までに我々にとって納得がいくレターが出てこなければ、開発宣言を中止し、帰国する」

強い口調であった。

相手が何やら訊いている様子で、ウォードは受話器の声に耳を傾ける。

「……イエス。すでに何度も……ザッツ・ライト……」

ウォードは最後に、ではファイナル・ドラフト（最終版）をお待ちする、といって受話器を置いた。

「これからドラフトの最終版を送ってくるそうだ」

四人が頷く。

「きたら連絡してくれ」

ウォードは自分たちの部屋に引き上げた。

午後三時四十五分——

三社の代表者がいるスイート・ルームの部屋のドアがノックされた。

ドアが開き、隣りの部屋の四人全員が入ってきた。

ソファーにすわったウォードが、銀髪のオランダ人が差し出したファックスを受け取る。

ロシア人女性が英語に訳す。

ウォードが頷く。

レターの文言には、スポンサー三社の要求がきちんと反映されていた。

ウォードは、使われている単語のニュアンスなど、いくつか質問した。

東洋物産の社長と五井商事の副社長も質問し、ロシア人女性が答える。

「これでいいと思うかね？」

ウォードが訊き、七人はしばらく話し合った。

「カシヤノフの署名が入った現物はいつもらえるんだ？」

五井商事の副社長が訊いた。

「記者会見のときに、フリステンコ副首相が持ってくるそうです」

中年オランダ人が答え、三人の代表者が頷く。

「では、このレターで行くことにしよう」

ウォード卿が、やや上気した顔で、宣言するようにいった。

「いよいよ第二フェーズの始まりだ」

誰からともなく握手が始まり、七人はそれぞれ固く手を握りあった。


午後六時すぎ――

プレジデント・ホテル内の会議場で、記者会見が開かれた。

カーペット、カーテン、椅子の背凭れは淡いモスグリーン、壁やテーブルは茶色い木製という、二色で統一された天井の高い空間であった。八つのシャンデリアが煌《きら》めき、百五十人収容の室内に、ロシアや世界各国の新聞記者たちが詰めかけていた。

マイクが並べられた正面のテーブルで、フィリップ・ウォード卿とフリステンコ副首相が立ち上がり、カシヤノフ首相のサインがあるレター・オブ・コンフォートと開発宣言書を交換した。

盛大な拍手とカメラのフラッシュを浴びながら、二人は握手を交わす。

開発宣言は、PSAにもとづいて第二フェーズの開発着手を宣言するという趣旨の文言が書かれた一枚の紙で、スポンサー三社の代表者と、スーパーバイザリー・ボードを代表するファルフトディノフ・サハリン州知事らのサインがしてある。

「第二フェーズは、ロシアの石油とガスをアジア市場に向けて輸出するという、大きなビジョンの幕開けだ」

「プロジェクトは、新たな日露関係を築く」

「日本のエネルギーの中東依存度が下がり、エネルギー供給を安定的なものにする」

スポンサー三社の代表が、喜びと抱負を述べた。

そばで、がっしりした身体のファルフトディノフ知事が、満足そうな笑みを浮べていた。

続いて、フリステンコが挨拶した。四十五歳のロシア連邦副首相は細面で、茶色がかった金髪をオールバックにしていた。

「ロシア政府は、サハリンBのPSAにサインした時点で、一定の義務を負っており、この義務に従って、PSAの規定を確実に履行するつもりである。また、ロシア政府は昨年、シベリア東部と極東ロシア地域の天然ガス輸出について、ガスプロムを、輸出先や価格の交渉・決定を統一的に行うコーディネーターと定めたが、サハリンBはこの影響を受けない」

2

六月上旬――
初夏のロンドンは、爽やかな風に街路樹のスズカケノ木の若葉がそよいでいた。

金沢は、ルート二四二番のバスに揺られていた。赤い二階建てバスで、乗客は英国系、東欧系、インド系、アラブ系、日本人など様々。ロンドンは、欧州で最もコスモポリタンな街だ。

バンク駅付近からは、通りの両側に、ポートランド石（英国南西部のポートランド島産の石灰岩）で造られた重厚なビルが建ち並び、その間に、洒落たデザインの真新しいビルが建っている。

ホルボーン・サークルをすぎると、通りは急ににぎやかになる。十三世紀から法律家たちが住んでいる法曹街には、古めかしいパブ、洋服店、葉巻屋、ワインショップ、スターバックスなどと一緒に、弁護士事務所、法律専門書店、裁判官用の鬘《かつら》屋などが並んでいる。

（そろそろだな……）

金沢は席を立った。一階の床から二階の天井まで伸びたポールにつかまりながら、車両後方の階段を降りる。腰に集金用のバッグと、くすんだ銀色の切符発券機を持った黒人の車掌が立っていた。

バスは後方にドアがない「ルートマスター」と呼ばれる古い型だった。バス停には停まるが、バスが信号待ちをしていたりすると、人々はかまわず乗り降りする。乗降口に立つと、足元の数十センチ下で、舗装道路の灰色の表面が後方に流れてゆく。

バスのスピードが鈍ったとき、金沢は、えいやっ、と飛び降りた。

若干緊張したが、無事着地。うしろのほうからブラックキャブが迫ってきたので、慌てて歩道へ逃げた。

英国五井商事は、一年前にシティと歓楽街ウェストエンドの中間に位置するホルボーンに引っ越した。黒い鉄骨とガラスのモダンな九階建てのビルである。一階は広い受付ホールで、地下鉄の改札口のような銀色のゲートが四つあり、その先がエレベーターホールになっている。

サハリンBの財務委員会が、七階にある大会議室で開かれていた。

「……ECGD（英国輸出信用保証局）と米輸銀の額は、当然のことですが、両国の業者との契約額から自動的に決まってくるものです」

会議用長テーブルの端に立った若いイギリス人の男がいった。サハリンBのファイナンシャル・アドバイザーを務める投資銀行CSFA（CSファースト・アトランティック）のアソシエイトでオックスフォード大学出らしい坊ちゃん顔に、プライドの高さをうっすらと漂わせていた。

壁のスクリーンに、第二フェーズのファイナンス内訳表が映し出されていた。

プロジェクト・コストの見直しが行われ、総額は当初見込みより十五億ドル多い、百億ドル（約一兆二千億円）になった。

資金調達は、国際協力銀行から三十億ドル、民間銀行から十億ドル、EBRD（欧州復興開発銀行）から四億ドル、ＥＣＧＤの保険付民間銀行融資で六億五千万ドル、米輸銀保証付民間銀行融資で二億五千万ドル、スポンサー三社からの出資が四十七億ドルの予定である。デット・エクイティ・レシオ（債務と出資の比率）は、ほぼ一対一で、金融機関が、ロシアというカントリーリスクの高い国に融資しやすいよう、クッションになるスポンサー出資部分を多くしてある。なお、資金計画は今後の交渉などで、多少変化することもありうる。

「ＥＢＲＤは四億ドルか……」

アングロ・ダッチ石油のイアン・ジョンストンが呟く。いつも人を食ったような顔をした長身のイギリス人である。

「彼らはＪＢＩＣ《ジェービック》（国際協力銀行）に、相当感謝してるだろうね」

隣りにすわった金沢がいった。

サハリンＢは超大型案件で、スポンサー三社も一流企業という、格（プレスティージ）の高いプロジェクトである。参加金融機関にとって大きな実績になる。

「アメリカン（米輸銀）も入ったから、政治力は十分なんだけどなあ」

ジョンストンはやれやれといった表情。

アングロ・ダッチ石油は、第一フェーズのときに、ＥＢＲＤの融資は金利が高く、融資できる金額も少なく、ローン契約作成にあたって理屈ばっかり捏ねるので、借りる必要はないと主張した。

しかし、最大の融資機関である国際協力銀行が、何かあったとき自分たちだけではロシア政府と交渉するのが大変なので、是非EBRDを入れてくれといってきた。同行の現・理事の一人が当時、サハリンBを担当する資源金融部長を務めており、わざわざロンドンまで出向いて、アングロ・ダッチ石油の幹部に申し入れたりもした。

「EBRDじゃ、このプロジェクトで、クビがつながった連中も結構多いだろうな」

「そうだろうね」と金沢。

一九九〇年に、旧ソ連・東欧地域の近代化と市場経済化を促進するための投融資機関として設立されたEBRD（本部・ロンドン）は、東欧諸国がEUに加盟して発展途上国を卒業し、投融資の対象から外れてゆくにつれ、存在意義を問われる状況になっていた。二年前（二〇〇一年）の四月に開かれた年次総会では、支援の重点を東欧諸国からロシア、アゼルバイジャン、カザフスタン、ウクライナなど、旧ソ連諸国に移す五カ年計画を採択。東欧を担当していた職員を旧ソ連地域の担当に異動させ、案件発掘に躍起になっている。

「……ということで、来週、各金融機関に正式に融資要請をします」

CSFAの坊ちゃん顔のイギリス人がいい、会議用テーブルを囲んだ財務委員会のメンバーたち二十人余りが頷く。

「えー、それでは次に、パブリック・コンサルテーションについて、ご報告します」

サハリン・リソーシズ社で広報を担当している日本人男性が立ち上がった。三十代後半で、やや太目の体形をした東洋物産からの出向者である。

テーブルを囲んだ人々が、手元資料のページを繰る。

パブリック・コンサルテーションは、地域の住民やNGOなどから意見や要望を聞く公聴会で、希望すれば誰でも参加できる。一九八〇年代くらいから環境問題が社会的関心を集めたことにともなって、大型プロジェクトでは、必須のステップになった。

「これまでサハリン島内では、二〇〇一年十一月以来、各地でパブリック・コンサルテーションを実施しました」

資料には、それぞれの会合の場所や話し合われた内容が記されていた。これまでサハリン島内の百九十の市町村ならびに集落を対象に会合が開かれ、のべ千二百十五人が参加していた。

「今後もサハリン島でのパブリック・コンサルテーションを継続していきます。それに加えて、第二フェーズの建設が始まると、外国の環境保護団体との話し合いも多くなってくると思います。JBICやEBRDもそれぞれパブリック・コンサルテーションの手続を定めていますので、彼らとも調整しながら、進めていきたいと思います」

広報担当の男性は汗かきらしく、ハンカチでしきりに顔を拭《ぬぐ》う。

「ちなみに日本におきましては、昨年十二月に、アース・ウィンズ・ジャパンの事務所で、NGOとの会合を行いました」

その会合には、金沢も出席した。

アース・ウィンズ・ジャパンの事務所は、京浜急行線沿いの路地にあった。古い木造家屋で、入り口の扉にサハリンのオオワシの保護を訴える丸いステッカーが貼ってあった。いくつかのNGOが共同で使っているらしく、扉の脇に「環境教育研究会」「地球市民フォーラム」「カネミ油症被害支援連絡会」といった名前があった。

一階の会議室に入ると、窓の外から、電車が鉄路を踏み鳴らす音とカン、カン、カンという遮断機の警報音が聞こえていた。

時刻は夜の六時半で、あたりはすっかり暗かった。

NGO側からは十四人が出席した。六人がアース・ウィンズ・ジャパンの理事、スタッフ、ボランティアで、残りが「財団法人海洋生物環境研究所」「イルカ&クジラ・アクション・ネットワーク」「日本野鳥の会」「海洋工学研究所」「気候ネットワーク」といった団体や、大学の地球環境学部の教授だった。

金沢とし子は、兄の姿を見ると驚いた顔をし、金沢は無言で頷くしかなかった。

話し合いは三時間におよび、終わったのは夜九時半だった。

「……会合で表明されたNGO側の関心は、パイプライン建設の河川や原生林への影響、油流出対策、プロジェクトのコククジラやオオワシへの影響、EIAなど関係書類の早期公開、といったことでした」

広報担当の男性が説明を続ける。

EIAは「Environmental Impact Assessment（環境影響評価書）」の略で、ロシア政

府から建設許認可を得るにあたって必要な、工事による環境への影響を詳述した書類である。

「このうち、かなり強い懸念表明があったのが、コククジラへの影響です」

ヒゲクジラ亜目コククジラ科に属する体長一二～一四メートルの小型の鯨である。夏の間はサハリン島北東海域で餌を食べ、冬は中国近海で子供を産むといわれる。北大西洋では十八世紀頃絶滅し、現在の個体数は百頭程度しかいない。

サハリン・リソーシズ社では、第一フェーズでも、鯨の餌場付近での作業を制限し、モリクパックに近づく支援船やタンカーが航行できない海域を設け、泳いでいる鯨が見えた場合は、ヘリコプターが接近しないよう配慮してきた。

「NGO側によると、掘削の振動で、最近鯨が痩せてきたという報告があるそうで、もし絶滅したら、サハリンBはコククジラを絶滅させたプロジェクトとして、歴史に名を留めることになるそうです」

テーブル周囲の人々が苦笑いする。

会合でその発言をしたのは金沢の妹だった。とし子はまた、「サハリン・リソーシズ社は、タンカーがFSO（floating storage and offloading vessel＝浮体式洋上石油貯蔵積出船、すなわち、モリクパックで生産された原油の貯蔵施設として使われている韓国製大型タンカー『オハ号』）を離れたら、あとはタンカーが座礁しても買主と船会社の責任だとおっしゃっていますが、世界のトップ企業の企業倫理としては、いかがなものでしょうか」と、鋭く迫ってきた。しかし、顔立ちや声が、元々仏様のように穏やかで、性格も優しいので、迫力はなかった。金沢は発言するとし子を見ながら「環境保護団体など所詮は蟷螂《とうろう》の斧《おの》」というファルフトディノフ知事の言葉を思い出した。

「……以上が、パブリック・コンサルテーションについて、おおよそのところのご説明です」

と、太目の広報担当の男性。

「それから、先月、日本の国会で、サハリンBに関する質問主意書が出されました」

農林漁業に関心を持つ、栃木県選出の民主党議員からの主意書であった。内容は、NGO側が従来から求めている、情報開示、自然環境保護、油防除対策などを網羅するもので、アース・ウィンズが提供した情報を積極的に活用していた。「サハリン北東部におけるオオワシの現在の生息状況について、モスクワ大学と北海道野生生物保護公社の共同調査では、同時期に行われたサハリンB第二フェーズのための『環境影響評価（EIA）』における基礎データ調査より、けた違いに多いつがい数が確認されている。日露渡り鳥条約を遵守するためには、オオワシなどサハリンを重要な営巣地としている日露渡り鳥条約保護指定鳥類の保護対策を進める必要があるのではないか。また、こうした対策を進めるには、まず、ロシア環境省が作成したマニュアル『猛禽類保護の進め方』に準じ、少なくとも二営巣期にわたる基礎データ調査を、第二フェーズの工事開始以前に日露共同で行うべきではないか」といった、きわめて専門的な内容を含む質問主意書だった。

「……プロジェクトの政府側の担当機関はＪＢＩＣですので、彼らが主管庁のＭＯＦ（財務省）と相談しながら内閣の答弁書を作ります。我々のほうも、ＪＢＩＣの求めに応じて、必要な情報を提供していきます」

「……鯨が痩せてきたって、本当なのかねえ？」

休憩時間に、白い磁器のコーヒー・カップを手にした金沢がいった。

周囲では、財務委員会のメンバーたちが、三々五々集まって話したり、席で書類に目を通したり、ブラックベリー（携帯用情報端末）のメッセージをチェックしたりしている。

「ホエール・ウォッチングとかやって、触ったりしてるから痩せるんじゃないですか」

横長の黒縁眼鏡をかけた財務部の若手が冗談をいった。三十二歳になり、去る四月に、課長代理に昇格していた。

広々とした窓の向こうには、晴れ渡った青空の下にロンドンの街が広がっている。レンガや石造りの古めかしい建物が多く、あちらこちらに教会の塔が見える。

「しかし、環境問題ってのは、厄介ですね」

「プロジェクトやれば、大なり小なり環境を損ねるからなあ」

「東洋物産のサハリンＢの担当部長なんか、環境破壊なんか当たり前だって豪語してるらしいですよ」

「あの海坊主みたいな人？」

「昔、インドネシアで珊瑚礁の上にリファイナリー（製油所）造ったそうですからね」

「珊瑚礁の上に⁉　……さすがは、東洋物産」

同じ旧財閥系大手総合商社でも、五井商事の社員が紳士だが役人的といわれるのに対し、東洋物産の社員は桁外れの豪傑が多い。斬新なアイデアや大胆な行動力は素晴らしいが、入札談合で逮捕者を出したり、ODAがらみで外国政府高官への贈賄疑惑を持たれたりしている。

「環境団体が抗議にやってきたとき、インドネシアの軍艦が彼らを取り囲んで、中に入れないようにしたから、全然大丈夫だった、とかいってるらしいですよ」

「それで、珊瑚礁はどうなったわけ？」

「そりゃ、もちろんぶっ壊されましたよ。リファイナリーの地面が真っ白で、土が珊瑚でできてるんだそうです」

財務部の若手は肩をすくめた。

「国と地元が一致してプロジェクトを推進したら、よっぽどのことが起きない限り、環境団体なんて、ブルドーザーで押しつぶされちゃうよなあ」

金沢は、とし子の顔を思い浮かべ、少し胸が痛んだ。

「ところで、お帰りはトルコ経由なんですか？」

「明日、イスタンブール経由でトルコのアダナまでいくんだ」

と金沢。

アダナはシリアとの国境に近いトルコ南東部の都市である。ロンドンからイスタンブールまでは飛行機で三時間強。そこからアダナまでは、トルコの国内線で一時間半かかる。

「アダナで何かあるんですか?」

「ジェイハンで、イラク原油の輸出再開式典があるんだ」

ジェイハンはアダナの東四三キロメートルの地中海沿岸の町である。

イラク北部の原油生産地であるキルクークから、シリアを迂回し、ジェイハンまで、総延長一〇〇〇キロメートル近くの原油パイプラインが延びている。一九九〇年八月にイラク軍がクウェートに侵攻した第一次湾岸紛争の勃発以来、原油の輸送が停止していたが、フセイン政権が崩壊し、いよいよ輸出が再開される。

「そういえば、ここんところ、イラク原油の輸出再開の記事が新聞をにぎわしてますね」

「復興の象徴だからなあ」

去る六月十日に、フセイン政権崩壊後初の原油の入札が行われた。落札者は、トルコの国営石油精製会社トゥプラシュ、スペインの石油会社レプソルと精油所のセプサ、トタール(仏)、ENI(伊)、シェブロンテキサコ(米)などで、落札総量は約一〇〇〇万バレルだった。

「うちは買わないんですか？」

「海外原油部が入札したけど、駄目だった」

イラク原油は、他の中東産原油と同様、各産油国政府が独自に決めるOSP（official selling price＝公式販売価格）で一律に販売される。したがって、価格に関する競争はなく、どれだけの量を買いたいかの札《ふだ》を入れる。売り手はSOMO《ソモ》（イラク石油輸出公社）である。

「SOMOに、どこに売るんだと訊かれて、スイスあたりのトレーダーに売るしか手がなかったんで、欧州に売るといったら、日本の商社が欧州に売るなんてナンセンスだ、と一蹴されたそうだ」

金沢が苦笑した。

入札されたのは「キルクーク」という油種だった。主として欧州や米国向けの原油で、五井商事は販路を持っていない。SOMOは、長期安定的な販売先の確保を目指しており、トレーダーを極力排除し、最終需要家と直接取引するのを基本にしている。今回落札したのも、すべて自社で使う買い手だった。

「でも、近々、『バスラ・ライト』の入札があるはずだから、『バスラ・ライト』ならうちは絶対に買えると、SOMOの偉いさんたちに訴えにいくんだ」

「バスラ・ライト」は、「キルクーク」より若干重質だが、中東の代表的良質油種の一ってある。ナフサ、灯油、軽油、残油の各留分とも石油製品製造上の問題はない。

五井商事は、一九九七年に日本が突然敵性国家に指定されるまで、長年「バスラ・ライト」の日本向け輸出で、圧倒的なシェアを誇ってきた。

「再開式典に、SOMOの偉いさんたちがくるわけですか?」

「まず間違いなく、総裁がくる」

「うちも呼ばれてるんですか?」

「いやいや。押しかけていくんだよ」

金沢は笑った。

「でも、何でサハリン・プロジェクト部の金沢さんが?」

「英五《えいご》の部長がSOMOの人を知らないから、顔つなぎだ」

英国五井商事のエネルギー部長は、ロンドンに来る前は、ニードルコークス(原油精製過程で生じる石油コークスを原料に作られる黒鉛電極の原料)、コールタール、カーボンブラック原油料などを扱う炭素材部の部長だった。

翌日——

金沢は英国五井商事のエネルギー部長と一緒に、ヒースロー空港を英国航空六七六便で発ち、イスタンブールでトルコの国内線に乗り換えた。

「……トルコの東のほうにくると、中近東っぽい景色なんだなあ」

エネルギー部長が、ボーイング737型機の窓から地上を見下ろしていった。

トルコ航空四六八便は、東部アナトリアの高原地帯を飛んでいた。

眼下は、見渡す限りの乾いた大地である。茶、焦げ茶、赤紫、灰色などが地上で混ざり合い、まだら模様を作っている。樹木らしいものは見えない。遠くに視線を転じると、ごつごつした茶色の山々が連なっていた。低空の空は茶色に煙り、地平線と見分けがつかない。荒々しい風景を茜色の夕陽が色鮮やかに照らし、どこかこの世のものとは思えない光景である。

「明日は、とにかく、売ってくださいと頼めばいいんだよな？」

五十代前半の部長が、隣りの金沢のほうを向く。

キャビン内は、機体が風を切る音と、エンジンの低い騒音で満たされていた。

「はい。バスラ・ライトならうちは絶対買えますと強調してください」

後ろの席では、イスタンブールから合流した現地社員のトルコ人男性が機内誌を読んでいた。トルコ航空の機内誌「スカイライフ」は、写真をふんだんに使った美しい冊子である。

「競争相手はどのへんになりそうなの？」

「伊藤忠や丸紅も狙ってるようです。ただ、需要家を押さえているという点ではうちが圧倒的に強いです」

「誰が買ってくれる？」

「新日本、出光、ジャパンエナジーあたりですね。コスモなんかも条件次第といってるようです」

「海外原油部はSOMOとは連絡を取ってるのかな？」

「電話がほとんど通じないので、ファックスでやってるようです。現地に行ければ一番いいんですが、今は治安が悪くて無理ですから」

部長が頷き、機内サービスで配られたヘーゼルナッツを口に運ぶ。トルコの黒海沿岸は、ヘーゼルナッツの一大産地である。

「ところで、金沢は、ジェイハンに行ったことあるの？」

「ずいぶん前ですけど、一度だけあります」

「どんなところ？」

「田舎の小さな町ですね。住民の三分の一はクルド人だそうです。地中海に面した港があって、タンカーが横付けできるようになってます。砂漠の彼方からずーっとパイプラインが延びてるのを見ると、ああ、ここが中東原油の地中海への出口なんだなあって感じがしますね」

コバルトブルーに燦《きら》めく地中海と、海のそばの銀色の石油貯蔵タンクの風景が脳裏に蘇る。

「輸出再開式典って、どんなことやるのかな？」

「偉いひとがコンピューターのマウスをクリックして、バルブ開いて通油《つうゆ》を始めて、みんなで港にいるタンカーを眺めて、それから来賓のスピーチを聞くって感じじゃないですか」

「あっさりしたもんだな」

「ファースト・オイルもサンプル取りの蛇口からビーカーに落とす時代ですから」

「頭からかぶるのは、ジェームズ・ディーンの頃までか」

一九五六年の映画『ジャイアンツ』の中に、石油を掘り当てて億万長者になる男を演じたジェームズ・ディーンが、ファースト・オイル（油田から最初に噴出した原油）を頭からかぶって狂喜するシーンがある。

間もなくボーイング737型機は、銀色の翼に夕陽を反射させ、茶色の大地に向かって高度を下げ始めた。

3

翌月——

「お前、それでもトーニチの常務か！」

四十代半ばのスーツ姿の男が、胴間声で怒鳴った。

役員会議室の空気が凍りつく。

「そんなことも知らないで、よく本部長が務まるもんだな！　日本の商社ってのは、この程度のレベルなのか？」

会議用テーブルを取り囲んだ十数人の男のうちの一人が、無言でうなだれていた。機械本部長を務める六十代半ばの常務だった。

「とにかく、こんな調査じゃ話にならん。もう一度きちんと調べて、最初から申請し直してくれ」

中年の男は、書類を放り投げた。建設機械部が出していた、取引先に対する与信の継続申請書だった。

ばさりと音がして、書類がテーブルの上に落ち、常務の胸元に当たった。

何人かが両目を怒りでたぎらせ、何人かは悔しげな顔をし、何人かは能面のように無表情だった。

白髪をオールバックにした亀岡吾郎は、腕を組み、瞑想しているような顔をしていた。

「とにかく、あなたがたは、ツメが甘いんだよ」

黒々とした頭髪をオールバックにし、四角い顔に眼鏡をかけた男は顎をしゃくる。

「銀行から莫大な額の債務免除を受けて、これで会社は安泰だなんて思われたら困るんだよな」

男は、債権銀行から送りこまれた経営企画室長だった。

「リストラはトミタ自動車グループや銀行団と合意したことなんだから、死ぬ覚悟でやってくれ」

トーニチでは、六月二十七日の株主総会で、会長がトミタ通商出身者、社長がＵＦＪ銀行出身者に交替した。同時に、債権銀行から五人の「外人部隊」が経営企画室に送り込まれ、リストラの大鉈をふるい始めた。陣頭指揮を執るのが、銀行でエリート街道を驀進してきた野心家の男だった。目つきの鋭い強面タイプで、胴間声が特徴である。

会議は、経営企画部主催の「本部長連絡会議」であった。実態は、経営企画室が各本部に一方的に施策や決定を申し渡す場である。

「えー、それから……」

経営企画室長は、手元資料のページを繰る。

「繊維第一部から申請されていたパソコンソフト購入の件は却下する」

十万円のパソコンソフトの申請だった。

「すでに購入したのであれば、返品するか、個人の自己負担にすること」

繊維本部長の常務が、むっとしたが、結局押し黙った。

新経営企画室長がきて以来、物件費は一円たりともすべて経営企画室の承認が必要になった。交際費、出張旅費、タクシー代にいたってはすべて事前申請である。また、接待費の申請書には、接待先との過去五年間の取引の収益額を記し、その接待でどういう効果が得られるかを説明しなくてはならない。当然のことながら、社内接待は一切禁止だ。

「次。業務部が社員の送別会に交際費を無断使用した件は、人事部とも検討した結果、業務部長は戒告処分とし、三ヵ月間一〇パーセントの減給。業務本部長は、一ヵ月一〇パーセントの減給」

会議室は声もない。トーニチでは、社員の送別会や社内接待に交際費を充てることはごく普通に行なわれてきた。

「それから、人員削減計画が出ていない部がある」

室長は資料から視線を上げる。

「二年以内に社員を九千人から五千人に減らさなきゃならないんだろ？　あんたたち、わかってるのか？」

鋭い視線でテーブルの役員たちを睨みつけた。

「今週末までに必ず人員削減計画を提出すること。提出がない場合は、経営企画室一任とみなし、指名解雇する。えー、それから……」

強面の銀行員は、判決を申し渡す裁判長のように、手元資料のページを繰った。

4

「本部長連絡会議」に出席したあと、亀岡は、自分の執務室で書類に目を通し始めた。

部屋は、二十畳ほどの広さである。ブラインドが開けられたガラス窓の外には、丸の内三丁目のビル街が見える。ときおり、地上のクラクションの音や、近くにある邦銀の本店に押しかけてくる街宣車のがなり声が聞こえてくる。

応接用ソファーのそばの棚には、ラフサンジャニ前イラン大統領やハタミ現大統領と並んだ自分の写真や、プロジェクトの完成記念に贈られた「牡牛の柱頭」を模したブロンズの置物、イランの国営企業から贈られた感謝状などが飾られていた。

亀岡は老眼鏡をかけ、背中をやや丸めてイラン巨大油田の開発権契約草案の英文を追う。

イラン巨大油田は、再度提出したマスター・デベロップメント・プランが承認されないまま、先月（二〇〇三年六月）、日本側の優先交渉権が失効した。イラン側は、ロシアや中国とも交渉を始めるとしながら、日本側とも話し合いを続けていた。亀岡は、イラン側の手に、中国カードもロシアカードもないことを見抜いていた。

UFJ銀行からきた新社長は、当初「仲介取引事業を中心に収益を安定させる。投資負担の大きいプロジェクトは抑制する」とし、「イランの油田開発については、資金を使わずに果たせる役割を考えたい」と述べた。しかし亀岡が、「本件は日本・イラン両国にとって国策プロジェクトである」と、従来どおりの方針で進めると押し切った。強面の経営企画室長も、実力者の亀岡を自分たちの側に引き込むことを目論み、あえて異を唱えなかった。

しかし、別のところから、暗雲が立ち込めてきていた。

それは昨年七月頃から持ち上がったイランの核開発問題の深刻化だった。先月、米国のライス大統領補佐官が加藤良三駐米大使に「イランが核兵器を開発している疑惑を払拭できない現状では、日本の企業連合がイランの油田開発を早期に契約することは見合わせるべきだ」と述べた。これに対して、加藤大使は「イランの油田開発は、日本がエネルギー供給の安定化のために進めているものである。油田開発を重視するあまり、イランの核疑惑への対応をおろそかにするつもりはない」と説明した。六月三十日には、米国務省のバウチャー報道官が「イランの核開発計画が発覚し、IAEA（国際原子力機関）がその脅威に対処しようとしているとき、大規模な石油・天然ガス計画を進めるのは極めて不適切だ」と述べ、反対の立場を鮮明にした。

さらに七月に入って、日米首脳電話会談で、ブッシュ大統領が小泉首相に「イラン問題の懸念」を伝え、福田官房長官は記者会見で「日本が北朝鮮の核開発疑惑に正面から対峙し、国際社会で核開発疑惑が大きな課題になっている時期に、それを無視して原油計画ということにはならないと思う」と述べた。日本政府は、イランに対する抜き打ち査察を認めるIAEA理事会の追加議定書決議案にも名前を連ねた。

官邸サイドが中止に傾きつつある一方で、経済産業省は相変わらず「独自の経済外交」とプロジェクトを推進する構えを崩していない。

「専務、法務部長がお見えになってます」

オープンボイスにした電話機から秘書の声がした。

「通してくれ」

ドアをノックする音がして、法務部長が入ってきた。

亀岡は書類を閉じ、立ち上がる。真っ白なワイシャツの左腕に、紺色の糸でGKのイニシャルが入っていた。

「やっぱり、法案を出すようですわ」

見た目はソフトな関西人の法務部長は、応接用のソファーに腰を下ろした。

「誰が出すんだ？」

亀岡もソファーにすわった。

「ロス＝レーティネンです」

「やはり、そうか」

去る六月二十五日、米議会下院のイラン・リビア制裁法（ILSA）に関する公聴会で、下院の中東・中央アジア小委員会委員長を務めるフロリダ州選出の女性議員イリアナ・ロス＝レーティネンが、「イランとリビアへの外国投資が増えている。テロリストの資金源を断つため、投資に制限を加えるべきだ」と発言した。そして、その具体的方法として、ILSAにもとづく制裁発動に関する大統領の権限に制限を加えることを示唆した。

一九九六年八月に発効したILSAは、イランおよびリビアに関し、年間二千万ドル以上の投資を行い、それが「石油資源開発に著しくかつ直接貢献した」と大統領が判断する者に対し、制裁を科すことになっている。しかし、クリントンもブッシュも、対外関係を慮《おもんぱか》って、制裁発動を控えてきた。

「アメリカの議会は、厄介だな」

亀岡がいった。

ロス＝レーティネンは、幼い頃キューバから移住してきたスペイン系米国人だ。母親がユダヤ人で、年齢は五十一歳。フロリダ州議会議員を経て、一九八八年に下院議員に当選した。反カストロの急先鋒であると同時に、イスラエルを積極的に支持している。

ロス＝レーティネンに限らず、米議会には親イスラエル議員が多い。大きな理由の一つが、選挙におけるイスラエル・ロビーの力である。その機動力と執拗さは創価学会の比ではない。たとえば、一九七五年に、当時のフォード大統領が、中東和平交渉におけるイスラエルの非妥協的な態度に業を煮やし、イスラエル支持一辺倒だった政策を転換する可能性を示唆したところ、三週間足らずの内に、定員百人の上院のうち七十六人の議員から連名で「断固としたイスラエル支持と軍事援助の継続」を訴える書簡が届けられ、大統領は政策転換を撤回せざるをえなくなった。これに対して、イスラエル非難の独自の抗議文を大統領に突きつけたチャールズ・パーシー上院議員（共和党、イリノイ州選出）の事務所には、親イスラエル選挙民からたちまち四千通の抗議文と二千通の抗議電報が送りつけられた。さらに、選挙区各地でパーシー議員追い落としの集会が開かれ、ついに一九八四年の選挙で落選を余儀なくされた。

「法案が提出されるとすれば、いつ頃になる？」

亀岡が訊いた。

「ワシントン事務所によると、今年秋頃だろうということです」

トーニチは他の日本企業同様、ワシントンに事務所を置いて、米議会やロビー団体の動向について情報を収集している。

「ただ、現状、アメリカ政府は、イラク復興に日本や欧米諸国の協力を得たいと思ってますから、簡単に法案が通ることはないだろうということです」

「そうだろうな」

「それから、一つ気になる話があるんですが……」

「何だ？」

「ロス＝レーティネンは、ＩＬＳＡに違反している企業のブラックリストを作ろうと考えているようです」

「何？」

「単なる脅しじゃないかと思いますが」

亀岡は、一瞬考えを巡らせる表情をした。

「たぶん脅しだろう。アメリカの議員はよくそういうことをやるからな」

法務部長は頷く。

「一度、ゼルドマンに会って、ワシントンの風向きを確かめておこう」

ピーター・ゼルドマンは、米国屈指のイスラエル・ロビー団体の外国政策部長を務めるユダヤ人で、トーニチに対するアドバイザーをやっている。

「そのゼルドマンなんですが……」

法務部長が眉間に皺を寄せた。「どうもFBI（米連邦捜査局）にマークされてるようなんです」

「FBIだと？」

亀岡は驚いた表情をした。

法務部長は真面目な顔で頷いた。

「先月の終わりに、ワシントン事務所長がゼルドマンと『チボリ』で昼食をしたとき、捜査官らしい人物が奴の様子を窺っていたそうです。不審に思って、何人かの知り合いに聞いたら、ゼルドマンがマークされているという噂があるそうです」

アーリントン地区の国防総省近くにある「チボリ」は、ゼルドマン行きつけのイタリアン・レストランだ。

「ゼルドマンがFBIに……」

亀岡が考え込む。

「何の容疑だ？」

「それがまだわからないそうです。専務は、何か心当たりがございますか？」

「いや……」

亀岡は、驚きが醒めやらない顔で首を振った。

5

七月下旬――

金沢は、大手町一丁目にあるメガバンクのオフィスでミーティングをしていた。

「……それで、『エクエーター原則』によって、ファイナンスの手続がどう変わるかといいますと、従来、プロジェクトに関する金融機関向け説明書はインフォメーション・メモランダムとテクニカル・レポート（技術評価書）の二つでしたが、これらに加えて、環境レビューが必要になってきます」

メガバンクのプロジェクト・ファイナンス部の参事役がいった。四十代前半の眼鏡をかけた男性で、思慮深そうな風貌をしていた。

「それはどんな風に作るんです？」

五井商事の財務部の若手が訊いた。

「プロジェクト・スポンサーが作ったＥＩＡ（環境影響評価書）をもとに、専門のコンサルタントを使って、環境問題担当銀行《エンバイロメンタル・バンク》が、『エクエーター原則』に沿った形でレビューを実施し、文書にします」

金沢は頷きながら、メモを取る。

五井商事の二人は、最近にわかに耳にするようになった「エクエーター原則」について教わるため、サハリンBへの融資に興味を示している邦銀を訪れたのだった。

「エクエーター原則」は、総コスト五千万ドル以上のプロジェクト・ファイナンスを、自然環境や社会に与える影響を十分に考慮して実施するための枠組みで、民間金融機関を対象にしている。二〇〇三年後半からABNアムロ（蘭）、シティグループ（米）、バークレイズ（英）、WestLB（独）の四行が、世界銀行グループの対民間投融資機関であるIFC（国際金融公社）の助言を得て作ったものだ。世界で十の金融機関が採択しており、この邦銀も、今秋採択する予定だという。「エクエーター（赤道）」という名前の由来は、南北にバランスの取れた開発のための世界標準を目指すという意味を込めて付けられている。

「それから、ドキュメンテーション（融資契約書作成）においても、スポンサーと銀行団が合意したEMP（Environmental Management Plan＝環境管理計画）の遵守を定め、遵守状況の定期的報告を義務付ける規定が盛り込まれます」

「エクエーター原則」は、住民、動植物の生息環境、文化遺産・自然遺産などへの影響度の多寡によって、プロジェクトを三つのカテゴリーに分け、EIAやEMPの作成や開示を義務付け、プロジェクトの全期間を通じて、EMPの遵守を中心とする環境対策を行うことを定めている。

EIAにおいて評価・報告される主な内容は、環境問題に関するプロジェクト実施国の法制度、関連国際条約、人権および共同体の健康と安全の保護、文化遺産・遺跡の保護、絶滅危惧種や影響を受けやすい生態系などを含む生物多様性の保護、社会経済的影響、先住民族や社会的弱者グループへの影響、エネルギーの効率的な生産・分配・利用、汚染防止と廃棄物の最小化、といった十九項目である。EMPは、各種影響の負担軽減策、行動計画、モニタリングとリスク管理の方法、スケジュールなどについて定める。

「こういうものができた背景っていうのは、やっぱり、環境問題における金融機関の責任に対する世界的注目の高まりっていうことなんですか？」

財務部の若手が訊いた。

「もうちょっと有り体《てい》にいえば、金融機関が環境NGOにがんがんやられて、こりゃもうかなわんということで結んだ休戦協定ですね」

参事役は苦笑した。

「一番やられたのはシティグループでしょうか。……『レインフォレスト・アクション・ネットワーク』というNGOのことはご存知ですか？」

「いえ……」

「一九八五年にサンフランシスコで設立された森林保護を目指す団体です。年間三百万ドルくらいしか予算を持ってないんですが、ボランティアを動員して、攻撃的なキャンペーンをやるので有名です。いわば『環境アクティビスト』ですね」

レインフォレスト・アクション・ネットワーク（略称RAN）が、シティグループに対し、森林資源を破壊し、地球温暖化を助長するプロジェクトへの投融資を止めるよう求めて働きかけを開始したのは、三年前のことである。シティグループがRANの申し入れを拒絶したため、RANは、大学キャンパスにおけるシティグループ・クレジットカードの破棄やシティグループの採用活動ボイコット・キャンペーンを開始。シティバンク支店前でのデモ、気球による全米各地でのキャンペーン、ニューヨーク・タイムズの全面広告、シティバンクの支店のロックアップ、本部や支店への継続的なデモ、本部前の横断幕キャンペーン、シティグループCEOサンディ・ワイルが母校コーネル大学を訪問した際の学生たちによる抗議、と活動をエスカレートさせ、今年四月からはスーザン・サランドン、ダリル・ハンナ、アリ・マックグローといった有名女優たちが「シティグループ・クレジット・カードを鋏で切って」と訴えるテレビCMを流し始めた。

ここに至って、RAN側の申し入れを拒絶してきたシティグループもついに音を上げて休戦を申し入れ、善意の証《あかし》として、ペルーの天然ガス・パイプライン・プロジェクトへの融資を撤回した。

「……ということで、シティは、この六月にエクエーター原則の採択行になりました。ただ、RANとの話し合いはまだ続いていますし、RANは、エクエーター原則にはまだ抜け道があるといってます。ですから今後、シティがさらに譲歩し、エクエーター原則のほうも、もう一段厳格なものになると思います」

「NGOも結構やるもんですね」

「シティだけじゃなく、WestLB（ウェスト・ドイチェ・ランデスバンク）も、今、エクアドルのパイプライン・プロジェクトに関してNGOに叩かれてます。……それから、民間金融機関の監視をやる『バンクトラック』というNGOがオランダにあります」

参事役は手元から資料を抜き出し、金沢に差し出した。

ホームページのプリントアウトであった。

青を基調とした質素なデザインで、ページを繰ると「about BankTrack（バンクトラックについて）」「Our vision（わたしたちの考え）」「support for NGOs（NGOへの支援）」といった項目があった。「BankTrack members（加盟団体一覧）」には、RANやWWF（世界自然保護基金）と並んで、米国のアース・ウィンズの名前があり、「BankTrack partners（提携団体一覧）」には、アース・ウィンズ・ジャパンが名前を連ねていた。

（こんなところにも……）

金沢は心の中でうなった。

「ところで、第二フェーズはもう着工されたんですね？」

話が一通り終わったところで、参事役が訊いた。

「はい。もう始まっています」

金沢が答える。

サハリンBの第二フェーズは、五月に開発宣言をしたあと、コントラクターとの契約を一斉に正式なものにした。六月には、ＴＥＯＣ（建設用技術経済検証書）がロシア政府に承認され、建設工事が始まった。

「ＬＮＧ基地が建設されるプリゴロドノエは、日露戦争の古戦場跡だそうですね？」

「今は何もない海辺の原野ですが、『遠征軍上陸記念碑　陸軍中将正四位勲二等……』なんて古い石碑が転がったりしてます」

「面白いですね」

「島の中部のポロナイスク近辺で、パイプラインの敷設ルートを調査していたとき、旧日本軍の不発弾と地雷が出てきたこともあります」

ポロナイスクは日本占領時代「敷香《しすか》」と呼ばれ、王子製紙の工場があった。昭和十三年一月、新劇女優・岡田嘉子と恋人の演出家・杉本良吉が、雪の国境を徒歩で越えてソ連に亡命する二日前に滞在した町である。

「不発弾や地雷が出てきたときは、どうするんです？」

「これに関しては、ロシア側が軍、日本側が厚生労働省の管轄になっていますので、まずロシアの軍に連絡して、必要に応じて軍が厚生労働省に連絡を取る仕組みになっています。それ以外にも、旧日本兵の遺骨が出てきたりすることがありまして、これは遺骨の収集をやっているＮＧＯが日本にあるので、そちらに連絡します」

「そんなＮＧＯがあるんですか……。まだ、戦争は終わってないんですねぇ」

ミーティングを終え、五井商事の二人は、徒歩で会社に戻る。

丸の内は昼食どきで、食事にいく会社員たちで賑わっていた。歩道のあちらこちらに、弁当屋が出ていた。

本社ビルまで戻ったとき、通用口から一人の社員が出てきた。

「あっ、金沢さん」

海外原油部でイラクなど中近東諸国を担当している課長だった。

「獲れました！」

笑顔で右手の拳を突き上げた。

「えっ、獲れたって……イラク原油⁉」

「そうです！」

「おおーっ！」

金沢は思わず拳を握り締めて万歳した。

「いつ決まったの？」

「きのうの夕方、ファックスでSOMOから連絡がありました。今年八月から十二月まで、四万バレルのターム（長期）契約です」

日量四万バレルなので、五ヵ月間だと六〇〇万バレルになる。

「四万バレル……ちょっと懐かしい数字だね」

金沢が笑った。

一九九七年八月に、SOMOから原油の引渡しを打ち切ると一方的に通告されたとき、五井商事が輸入していた量だ。金沢がバグダッドに留まって、SOMOとすったもんだの交渉をした結果、三ヵ月間だけ延長させることができた。

「入札？」

「いえ。随契《ずいけい》（随意契約）です。引き合いが来たときは、心底ほっとしました」

引き合いは、そちらに売ってもよいので、どれくらい買いたいか申し出よ、とSOMOからファックスで来たという。

三週間ほど前に、フセイン政権崩壊後初のバスラ・ライトのスポット売りの入札《テンダー》が行われ、五井商事も応札したが落とせなかった。獲ったのは、BP（英）、シェブロンテキサコ（米）、ペトロブラス（ブラジル）などだった。

「日系で買えたのはうちだけ？」

「うちだけです。後は、BP、アングロ・ダッチ、シェブロンテキサコ、バレロ（米）、トタール（仏）、シノケム（中国中化集団公司）あたりらしいです」

「SOMOはうちの努力をちゃんと評価してくれたんだなあ」

一九九七年八月以降も、五井商事は欧州のトレーダーからイラク原油を買って、日本の元売りに販売してきた。儲けはほとんどなかったが、「うちはイラク原油の販路確保にこれだけ貢献しています」と、SOMOにアピールするのが目的だった。

「イラク原油の商権は守られたか……」

金沢は安堵感を嚙み締める。

イラク原油は昔から五井商事の牙城である。これによって五井というブランドがイラクで認知され、プラントや自動車など、多くのビジネスに繫がってきた。

「現地に行かなくて商売が獲れるのかって、懐疑的なことをいう人も社内にいて、結構辛かったですけど……」

「しかし、今は、ちょっと行けないよなあ」

イラクは治安回復の目処が立たず、米兵も毎日平均二人が死んでいる。また、北部の油田地帯キルクークでは、パイプライン破壊工作が頻発している。

「今晩、よかったら祝杯上げようよ」

「いいですね」

二人は、飲みに行く約束をして別れた。

第十一章　遭難

1

（二〇〇三年）八月二十日水曜日

東京の天気は曇り、最高気温は二十七・三度だった。海水温度が上がらないのでマグロが激減し、日照不足で野菜の生育に支障が生じている冷夏であった。

甲子園球場では、夏の全国高校野球の三回戦が行われ、東北高校（宮城）の二年生投手・ダルビッシュ有《ゆう》が、延長十一回・百五十四球を投げきって平安高校（京都）を完封。十八年ぶりに夏のベストエイト進出を決めた。

一方イラクでは、前日、バグダッドの国連本部で爆弾テロが発生。少なくとも死者二十四人、負傷者は百人以上という大惨事になった。セルジオ・デメロ国連代表（ブラジル人）が巻き込まれて死亡し、治安悪化に歯止めがかからない状況である。

「金沢さん、今、聞いたんですけど……」

夕方、オフィスで仕事をしていた金沢に、財務部の若手（課長代理）から電話がかかってきた。

「サハリン州知事の乗ったヘリコプターが、行方不明になってるらしいです」

「えっ、何⁉」

金沢は、一瞬頭が混乱した。

「知事の乗ったヘリコプターが、行方不明？」

相手が冗談でもいっているのかと思う。

「それ、本当？　……どこからの情報？」

「為替部からです。ダウ・ジョーンズのニュース速報らしいです」

財務部の隣りに為替部があり、金融機関同様のディーリングを行なっている。情報の入手は社内で最も早い。

「カムチャッカ半島から千島列島方面に飛行中に、消息を絶ったそうです」

「本当かよ……」

金沢は言葉が出ない。

「何かの間違いであればいいんですけど……」

財務部の若手は、不安げな声でいった。

受話器を置き、金沢は立ち上がった。

「部長、今、財務部から連絡があったんですが、ファルフトディノフ知事の乗ったヘリコプターが、千島列島方面で行方不明になったというニュースがあるそうです」

「ええっ、ほんとか!?」

窓を背にすわったサハリン・プロジェクト部長は愕然とした。

金沢が話の内容を伝えると、部長はすぐにユジノサハリンスクのサハリン・リソーシズ社に電話を入れた。相手は、東洋物産から出向している広報担当の太目の日本人男性である。ロシア語に堪能で、地元の新聞やテレビの情報をよく収集している。

「ああ、どうも。五井商事の……」

部長は名乗って、話を始めた。

「今、ちょっとこっちで聞いたんだけど、ファルフトディノフの乗った……うん、そう。……なるほど……うん。それはカムチャッカの……うん、うん……」

部長は相槌を打ちながら、メモを取る。

金沢は部長の席の前に立ったまま、その様子を眺める。

席にすわった部員たちは、心配そうな顔で二人の様子を窺っている。

「ああ、今日の昼すぎなの。何しに行ったわけ？　……うん。テロとか？　違う？　……なるほどね。……オーケー、了解。じゃあ、何かわかったら、知らせて下さい」

部長は受話器を置いた。

「今日の昼すぎに、ペトロパブロフスク・カムチャツキーから、サハリン州政府のメンバーと一緒にヘリコプターで千島列島方面に飛んだらしい」

ペトロパブロフスク・カムチャツキーは、カムチャッカ半島の南東岸にあるカムチャッカ州の州都である。

「気象条件が悪かったのに、無理して飛んだらしい」

金沢が頷く。

「離陸してから一時間くらいで、管制塔がヘリコプターを見失ったそうだ」

「事故ですか？」

「まだわからない。もしかしたら、どこかに不時着してるかもしれないし」

「そうであればいいですね。……しかし、何の目的で、そんな無理して飛んだんです？」

「州の建設部長や開発部長なんかを連れて行ったらしいから、経済プロジェクトの可能性でも探りに行ったんじゃないのか」

千島列島はサハリン州の管轄である。

「あの知事はワーカホリックで、こうといったら聞かないからなあ」

部長は嘆息した。

イーゴリ・ファルフトディノフはユジノサハリンスク市長を経て一九九五年からサハリン州知事を務めている。市長に就任した一九九一年以来ほとんど働きづめで、未消化の有給休暇は四百八十五日に達しているという。

「今、第一副知事のマラホフが救援チームの長になって、軍が総出で捜索してるらしい」

軍が総出で、という言葉が、事態の重大さを物語っていた。

「我々にできることは何もないから、とにかく次の報せを待つしかないだろう」

ファルフトディノフ一行の捜索は、プーチン大統領の指示の下、ロシア非常事態省と国防省が中心になって進められた。百以上の船舶と五十以上の飛行機・ヘリコプターを動員した大規模なもので、熟練ダイバーや救助員がモスクワから派遣された。また、FSB（ロシア連邦保安庁、旧KGB）が、犯罪の可能性も視野に入れて捜査を開始した。

翌、八月二十一日には、状況が次第に明らかになってきた。

ファルフトディノフ知事は、州政府の幹部やビジネスマン十数人と一緒に、ペトロパブロフスク・カムチャツキーから千島列島の北端に近いパラムシル（日本名・幌筵《ほろむしろ》）島のセベロ・クリリスク市に向かった。目的は、島における冬場の暖房用燃料供給状況と、九日前の台風による被害状況の視察だったという。

搭乗していたヘリコプターは、サハリン・リソーシズ社がモリクパックへの人員輸送に使用しているのと同じ「Mi－8型」。全長二五・二メートル、全高五・六五メートル、輸送人員二十四人のロシア製大型軍用ヘリコプターである。知事の強い意向と特権による飛行だったらしく、要職者を輸送するに際して必要な大統領の許可を得ておらず、乗客・乗員名簿すら提出しないまま離陸し、カムチャッカ半島南部のトルマチェフカ川上空を飛行中に連絡があったのを最後に、管制塔との交信が途絶えたという。

ロシアの国営通信社であるイタル・タス通信は、ヘリコプターがどこかに緊急着陸し、カムチャッカ半島の高山に遮られて電波が届かない場所にいる可能性もあるとしていた。他方、海上に不時着ないしは墜落した可能性もあり、その場合、周辺海域は夏場でも水温が十度程度しかないため、人間は一時間くらいしか生存できないという。

捜索は、赤外線スコープを使って夜間も続けられたが、カムチャッカ半島周辺の天候が悪化し、オホーツク海方面から暴風雨が接近してきたため、困難を極めていた。

八月二十二日には、サハリン州政府が搭乗者の名前を公表した。知事のほか、知事補佐官、州政府の建設部長、運輸通信部長、保健部長、住宅・公共サービス部長、クリル諸島（千島列島）開発部長、総務部長、エネルギー・燃料部長代行、教育部第一副部長、水産部副部長、主任衛生医務官、報道官とその部下、財政部主任専門官、民間企業の幹部二人。十七人全員が働き盛りの男性だった。そのほか、ヘリコプターの乗組員が三人。彼らの妻や親族がサハリン州政府の庁舎に集まってきて、現地に行かせてくれと懇願しているという。

その日の夕方、サハリン・リソーシズ社の広報担当の日本人から「サハリンB」の関係者にメールが入った。それによると、ロシアの民間通信社であるインタファクス通信が、カムチャッカ半島南部で油漏れの跡を発見したという捜索関係者の談話を報じたが、知事のヘリコプターとの関係は明らかでないという。また、搭乗者の一人が持っていた携帯電話にかけると呼び出し音が鳴り、ヘリコプターは海中ではなく地上に不時着ないしは墜落した可能性があるということだった。

「……海に落ちたんじゃないらしいのは、不幸中の幸いだけどなあ」

席にすわったサハリン・プロジェクト部長がいった。

「呼び出し音が鳴るっていうのは、ヘリコプターが燃えていないってことですかね？」

金沢が席から立ち上がり、部長席に歩み寄る。

「しかし、返事がないっていうのは、応答できるような状態じゃないってことだろうなあ」

部長が顔を曇らせた。

「そうですね……。もし、現場を離れるとしても、こういう状況なら携帯電話は必ず持って行くでしょうから」


八月二十三日、土曜日——

東京は、最高気温が三十四・一度に達する真夏日だった。

金沢は、妻と中学三年生の娘が新宿に買い物に行くのに付き合った。父親の役割は、もっぱらドライバーと財布代わりだ。半日、丸井や伊勢丹、ルミネなどを巡り、デパート地下の惣菜売り場で買い物をした。

夕方帰宅し、やれやれと思いながら、ビールの栓を抜いた。

テレビを点けると、ＮＨＫのニュースをやっていた。

「……サハリン州の知事らを乗せたヘリコプターが行方不明になっていましたが、今日、墜落している機体の一部が見つかり、知事は死亡したことが確認されました」

口の周りに泡を付けたまま、視線が画面に釘付けになった。

「……ロシア非常事態省などが捜索を続けていたところ、今日、ペトロパブロフスク・カムチャツキーから南西におよそ一一五キロの山中で、ヘリコプターの機体の一部が見つかり、ファルフトディノフ知事らの遺体も確認されたということです。知事は五十三歳で……」

（やはり駄目だったのか……！）

立ち上がり、自分の部屋に向かう。

パソコンを立ち上げ、インターネットで英文のニュースをチェックする。

インタファクス通信や英国のBBCなどが知事の死亡を報じていた。機体の残骸が発見されたのは、現地時間で今日の午後三時四十分。場所は、北緯五十二度三十五分、東経百五十七度十分。カムチャッカ半島の南部である。

金沢は、サハリン・プロジェクト部長の自宅に電話した。

「俺も、今さっき知ったところだ。サハリン・リソーシズから連絡があった」

部長は、呻《うめ》くようにいった。

「二十人、全員死亡だそうだ」

十七人がサハリン州関係者、三人が乗組員である。

「どういう状況だったんです？」

「山の斜面の林の中に落ちたらしい。機体は燃えてなくて、遺体が周囲六、七〇メートルの範囲に散らばってたそうだ。……墜落したときまだ生きてて、這い出したのかもしれんな」

「知事は？」

「知事の遺体は、ヘリの中に残ってたそうだ」

「そうですか……」

「今日は、もう暗いんで、明日、遺体をペトロパブロまで移送するらしい。数日以内にユジノで葬儀をやるだろうから、フライトを三人分押さえといてくれ」

「わかりました」

サハリン・リソーシズ社は、サハリン航空のアントノフ24型機を定期チャーターし、函館・ユジノサハリンスク間で、社員や家族の移動に使っている。

「知事が死んで、プロジェクトに何か影響が出ますかね？」

「大きくは出ないだろう。サハリン州知事でこのプロジェクトに反対する人間はいないからな」

「そうでしょうね」

「ただ、ファルフトディノフほどの実力者はそういないから、地元の税関や、環境NGOに対して、今までみたいに押さえが利かなくなるかもなあ」

「そうかもしれませんね」

「それにしてもなあ……」

部長がやるせない声を出した。「気象条件の悪いときに、無理して飛んだりするから……まったく……ワーカホリックすぎたんだよ」

2

四日後の午前中——

金沢は、五井商事の常務、サハリン・プロジェクト部長と一緒に、ユジノサハリンスクを訪れていた。

八月下旬にしては、蒸し暑く、陽射しが強い日だった。

街路樹の白樺やポプラの梢を、教会の弔鐘《ちょうしょう》が鳴り渡っていた。

知事らの遺体は、市内を東西に走る目抜き通り「共産党大通り（カムニスティーチェスキー・プロスペクト）」と、「共産主義青年同盟通り（ウーリッツァ・カムサモーリスカヤ）」が交差する角に建つロシア正教会内に安置されていた。

教会は、コバルトブルーの屋根に金色のドームと十字架を頂いていた。正面の、黒と灰色のまだら模様の石段を上がると、観音開きの扉があり、扉の上の壁に金色のモザイクで聖母マリアが描かれている。

黒いネクタイに黒いスーツ姿の五井商事の一行は、人々と一緒に入り口を入った。

内部は、むせ返るような香の匂いと、蠟《ろう》が焦げる匂いが立ち込めていた。大小八つのシャンデリアが輝く下で、人々の足音、すすり泣き、囁《ささや》き、祈りの呟き、洟《はな》をかむ音などが、くぐもったように反響し合っていた。

遺体は棺に納められ、床に安置されていた。

知事の遺体は、怪我を負った頭部に白い包帯が巻かれ、白い布で覆われていた。顔と胸以外は、赤や黄色のカーネーションの中に埋《うず》まっている。頭のところに、箱型の燭台が置かれ、磔《はりつけ》になったキリスト像の下で数十本の蠟燭が赤々と燃えていた。

黒い服を着た弔問客たちが、それぞれ二本、あるいは四本、あるいは六本のカーネーションを遺体の上に供えていた。ロシアでは、奇数は幸運、偶数は不幸とされる。

「このたびは、ご心痛のことと存じます」

五井商事の常務が知事の未亡人に話しかけた。燃料本部からサハリン・リソーシズ社に出向している若い社員が、ロシア語に通訳する。

知事の未亡人は、憔悴した顔を黒いレースのベールで覆っていた。そばに、黒一色の服装をした二十代半ばと思しい息子が、寄り添うように立っていた。

「また是非日本でお会いしましょうと、知事と話し合っていたんですが……もはや叶わぬこととなってしまいました」

サハリン・プロジェクト部長が沈痛な表情でいうと、未亡人が肩を震わせた。

弔問客は、途切れることなく教会内に入ってきていた。カーネーションや蠟燭を捧げ、遺族たちと抱擁し、言葉を交わす。黒い帽子に法衣の僧たちは、祈りの言葉を唱え、手提香炉をヨーヨーのように振っていた。

午前十一時半頃、入り口付近がざわめいた。

人垣が割れ、細長い蠟燭の束を手にした、ダークスーツ姿の小柄なロシア人が姿を現した。

ロシア連邦大統領ウラジミール・プーチンであった。

きれいに撫でつけられた頭髪、白いワイシャツにネクタイ、黒いスーツ。顎を引き、いつもの感情を抑えたような表情である。

大統領は、金沢らの目の前を通りすぎ、知事の頭のところに置かれた燭台で、死者と同じ数の蠟燭に火をつけた。知事の棺に四本の赤いカーネーションを捧げ、未亡人に言葉をかける。政治家らしく相手の目をしっかり見据えながら話す姿が印象的だ。

「あれ、何ていってるの？」

部長が、若い社員に訊いた。

「知事とは、わたしが大統領になる以前からの知り合いです。その当時から、知事はサハリン州のことをよく考えていた。えー……知事は、勤勉なチームを作って、ロシアの一番難しい地方を上手く治めていた。残されたあなたがたのために、連邦政府はできる限りのことをするつもりだ」

「なるほど……。ファルフトディノフは首相になるかもしれないといわれてたから、死んでも存在感があるなあ」

大統領は、知事の未亡人と抱擁を交わした。

別の棺のところに行き、四本のカーネーションを捧げ、遺族と言葉を交わす。

三十分ほどかけて、すべての棺を回り終えると、大統領は教会を後にした。すぐそばのサハリン州政府の庁舎で、第一副知事やユジノサハリンスク市長ら、州の幹部たちと緊急対策会議をするようだ。

葬儀は、午後、「サヒンセンター（САХИНЦЕНТР）」前の広場で執り行われた。「サヒンセンター」は、「サハリン・インターナショナル・センター」の略称で「共産党大通り」の中ほどにある、クリーム色のどっしりしたビルである。屋上にパラボラアンテナが三つ備え付けられ、アメックス、アーンスト&ヤング（会計事務所）、アシアナ航空、北海道新聞、ロシア外務省などが入居している。

ビルの正面に、ロシア国旗とサハリン州旗が、半旗で掲げられていた。入り口の階段前には、たくさんの花輪が並べられている。

午後一時になると、再び教会の弔鐘が鳴り渡った。五〇〇メートルほど離れた教会から、花輪を持った二人を先頭に、死者たちの棺が運ばれてきた。棺は、サハリン島や千島列島を白く染め抜いたピーコックブルーの州旗で覆われている。棺を担ぐのは六～八人の喪服姿の男たちで、その後ろに、遺族や友人たちが続いていた。

十四の棺は、ひびの入った灰色のアスファルトの広場に並べられた。

制服姿の軍人たちが一斉に敬礼する。

州の関係者で亡くなったのは十七人だが、三人は地方出身者か何かで、別の場所で葬儀をするようだ。

広場を警備の警官たちがぐるりと取り囲んでいた。

「すごい人出だな」

人ごみの中で、サハリン・プロジェクト部長がいった。

ざっと見て、数千人の市民が詰めかけていた。大人、子供、男、女、スーツ姿の人、普段着の主婦、軍服姿の老人……。人々の服装は、概して質素である。

ロシアの上下両院の副議長、セルゲイ・ショイグ非常事態相、極東各州の知事、モスクワ駐在の各国大使館関係者のほか、北海道庁、稚内市役所、アングロ・ダッチ石油、エクソンモービル、東洋物産などからも参列者がきていた。

「スリがいますから、気をつけて下さい」

サハリン・リソーシズ社に出向している若い社員がいった。

男の子が泣き始めた。迷子らしい。警官が手を引いて連れて行く。

教会は弔鐘を打ち鳴らし、人々は列になって、棺に花を捧げる。

「しっかし、暑いなあ」

サハリン・プロジェクト部長が顔をしかめた。「これじゃ日焼けしちゃうよ」

「日なただと、二十七度くらいありそうですね」

金沢が頭上を見上げた。

建物が低いため、空が広い。見渡す限り、真っ青な空である。東の方角に、街のすぐそばにあるチェーホフ山（一〇四五メートル）の緑色の山影が見える。知事がよくクロスカントリー・スキーをしていた山だ。

常務はホテルに引き上げたが、金沢たちは、辛抱強く葬儀に付き合った。長年、手に手を取ってプロジェクトを進めてきた知事を、最後まで見送りたいという気持ちだった。

午後三時頃、十四発の礼砲が撃ち鳴らされ、葬儀が終わった。

十四の棺は再び男たちの肩に担がれ、教会のほうへと戻っていく。

「……終わったな」

サハリン・プロジェクト部長が、金沢たちのほうを振り返った。

「腹減ったな。メシでも食べに行くか？」

三人は「共産党大通り」を駅の方角へと歩いて行った。

街は、相変わらず埃《ほこり》っぽかった。ソ連時代に建てられた灰色の団地が建ち並び、窓に洗濯物が干してあったり、植木鉢やがらくたがベランダに置かれたりしている。年輩者の顔には深い皺が刻み込まれ、辺境の地の生活の厳しさを窺わせる。若い男たちは丸坊主が多い。商店やキオスクでは、もの凄い種類のウォッカ、ビール、ブランデーなどが売られており、酒が人々にとって生きがいであることがわかる。

「まだ貧しいロシア極東の町って感じだなあ」

頭髪をオールバックにした、やや小柄なサハリン・プロジェクト部長が風景を見ながら呟いた。

「ただ、発展しそうな予兆は孕《はら》んでいる感じですね」

金沢がいった。

「うん、雰囲気がなあ。一九九〇年頃の、ブーム直前のアジアに空気が似てるよ」

「第二フェーズが始まって、相当な金が地元に落ち始めましたから、あと三、四年もすれば、街の様子はがらっと変わるでしょうね」

若い社員の言葉に、部長と金沢が頷いた。

「……ん、何だあれは？」

部長が、歩道の電信柱を見ていった。

「サハリン・リソーシズの社章に似てますね」

三人が近寄って見ると、小さなポスターだった。

ポスターの真ん中に、青地の円の中に、黄色でサハリン島を象《かたど》った、サハリン・リソーシズ社の社章そっくりのマークが描かれていた。本当の社章では、円を取り囲むように、英語とロシア語で、「SAKHALIN RESOURCES」と書かれているが、ポスターでは、Sの文字が「$《ドル》」に、Eの文字が「€《ユーロ》」になっていた。その周りに、枯れた森林、錆びた石油のドラム缶の山、白煙を上げながらゴミをすくい上げるブルドーザーなどの写真が配されていた。見るからに殺伐とした感じのポスターであった。

「これ、何て書いてあるんだ？」

部長が、ポスターの太いキリル文字を指差した。

赤と緑で、「МЫ ВАМ НЕФТЬ! А ВЫ НАМ МЁРТВУЮ ПРИРОДУ! ВРЕМЕНЩИКИ, ГОУ ХОУМ НАХ!」と書かれていた。

「我々はあなたがたに石油を与え、あなたがたは我々に、自然破壊を与える。成り上がり者たちよ、島から出て行け、って意味ですね」

若い社員がいった。

「環境保護団体の仕業か」

部長は忌々しげにポスターをべりべりと引き剝がす。

ポスターを作成した団体名はなかった。

（とし子たちと連携している『サハリン環境ウォッチ』あたりか……）

「環境団体には参るよなあ」

部長がぼやく。

「最近は、サハリンでも、かなり活動を活発化させてますね」

若い社員がいった。「こないだなんか、うちの社屋の前の道路に、でっかい抗議文や絵を描いてくれましたからね」

「どんな絵？」

「石油が出て、環境が破壊されて、外国人だけが金儲けして肥え太るっていう感じの絵です」

「そりゃあ……地元の人たちには、わかりやすいメッセージだろうなあ」

　三人は、中央郵便局の裏手にある「カフェ・カラボーク」というレストランに入った。カラボーク（колобок）は、飛行機の機内食で出るような丸パンのことである。

　真新しく、こざっぱりした外観の建物で、入るとすぐ注文カウンターがあった。背後の壁には、緑の板に白い文字で書いたロシア語のメニューが張ってある。

「お、ここにも置いてあるねえ」

　部長が笑顔で、カウンターの卓上カレンダーを指差した。サハリン・リソーシズ社が地元に無料で配っているものだった。ヘルメットをかぶった白人やロシア人労働者たち、オオワシやコククジラ、鮭などのカラー写真が使われている。プロジェクトが、地元の雇用や自然保護を重視しているというメッセージを伝えるためのものだ。

　金沢たちは、ボルシチ、ミートボール、ピロシキ、「コートを着たニシン」、イクラ、黒パン、杏ジュースなどを注文した。あっという間に、カウンターの背後にあるキッチンから料理が出てきて、代金を払う。一人百五十ルーブル（約五百八十円）ほどだった。

三人は、料理が載ったプラスチック盆を手に、テーブル席に移動した。

中途半端な時間帯だが、客は結構入っていた。学生など若い人たちが多い。窓が大きくとってあり、外光がふんだんに差し込んできていた。ウェイトレスたちは、揃いの白いブラウスに黒いスカート、緑色のエプロン。

「こりゃあ、ロシア料理のマクドナルドですね」

金沢が店内を見回していった。

「ユジノにも、こんな店ができるようになったんだなあ」

部長は感慨深げ。

「昔は、ほんと、何もないところだったからなあ」

部長は一九九〇年代前半から「サハリンB」に関っており、「当時のホテルの暗さを思い出すとぞっとする」とよく話している。

金沢はボルシチをスプーンで口に運ぶ。細く刻んだ赤ビート（砂糖大根に似た野菜）、キャベツ、タマネギ、ニンジン、ジャガイモ、トマトなどが入った赤いこってりしたスープである。白いサワークリームが真ん中に載っていて、混ぜながら食べる。

「コートを着たニシン（селёдка под шубой、シリョードゥカ・パド・シューバイ）」は、見た目は「紫色のムサカ」である。塩漬けニシン、刻んで茹でたジャガイモ、赤ビート、茹で玉子、マヨネーズ、生のニシンなどをパイ状に積み上げ、それをギリシアのムサカのように四角く切り取り、茹でた玉子の黄身を粉状にしてまぶしてある。

「ところで、墜落の原因は結局何だったんだ?」

部長が訊いた。

「どうも知事が無理に進路変更を命じたためらしいです。ブラックボックスが回収されたんで、これから分析するそうです」

若い社員がいった。

「知事選は十四日以内に告示されるんだよな。次は、誰がなりそうだ?」

「第一副知事のマラホフか、ユジノサハリンスク市長のシドレンコでしょう。いずれにせよ、『サハリンB』に大きな影響はないと思います」

部長は頷き、杏ジュースを口に運ぶ。

黄色味がかったジュースの底に、杏の実が三つ沈んでいた。

若い社員が隣りの席のロシア人に話しかけられ、「ダー(そうです)」とか「シチャース、ナチャロシ・ストライテリストヴォ(今、建設が始まったところで)」などと答える。

相手は、中年のロシア人女性だった。金髪で背が高く、そこそこ教養がありそうな顔つきである。徐々に表情が険しくなり、口調が強くなってきた。

「おい、どうした?」

部長が怪訝そうな表情で訊いた。

「いや……あなたがたは、サハリンで石油の開発をしている人たちかと訊かれたんで、そうだと答えたら……」

女性は、PSA（生産物分与契約）は外国企業に有利にできていて、プロジェクトで潤っているのは外国人だけだ、「サハリンA」も「サハリンB」も、ロシア人労働者を雇わないで、トルコ人とかアラブ人ばかり雇っている、といっているという。

「それは、ひどい誤解だなあ」

部長は心外そうにいった。

「PSAに、七割の『ロシア・コンテンツ』の規定があって、それを達成するために我々はもの凄い努力してるって教えてあげろよ」

若い社員は再びロシア語で女性に話しかける。

女性は首を振り、険しい表情で反論する。

「もう石油も出ているのに、地元はちっとも豊かにならない。外国人が利益をみんな持っていってるからだ、といってます」

「しかし、そんなこといったって……」

「サハリンB」の石油は、まだ夏場だけの生産で、量も日量七万バレルという微々たるものだ。PSAでは、石油とガスの売上げの六パーセントがロイヤルティ（地下資源使用料）としてロシア政府に支払われる取り決めになっている。それ以外は、投資金額が全額回収され、かつ、スポンサー三社が年率一七・五パーセントのIRR（内部収益率）を達成した後ではじめて、ロシア政府とスポンサー三社に利益が配分される。

一方で、これまで二億ドル以上の金がロシア側に支払われた。内訳は、サイン・ボーナス（第一フェーズで三千万ドル、第二フェーズの開発宣言時に二千万ドル）、サハリン開発ファンドへの拠出（一億ドル）、ロシア政府がPSAの調印前に投じた探鉱費用の払い戻し（六千万ドル）、ロイヤルティなどである。

また、第一フェーズだけで八億ドルを超える建設・資材・サービス購入契約がロシア企業に与えられている。

「パスマトリティ！（見ろ！）」

女性は右の掌《てのひら》を開いて振り回し、何やら強く訴え始めた。

「ええと……外国がロシアを搾取している何よりの証拠が、あの豪勢なアメリカ村とサハリン・リソーシズの本社だといってます」

「そんなアホな……！」

金沢が絶句する。

両方とも地元の水準からかけ離れた立派な建築物だが、スポンサー三社の出資金で建てたものだ。

女性は立ち上がり、五井商事の三人に激しい言葉を投げつけながら、レストランから出て行った。

「……やれやれ」

部長がため息をついた。「今は、産みの苦しみの時期だな」

3

フランス人技師ピエール・シャルル・ランファンによって設計された公園都市ワシントンDCは、若々しく、整然とした街である。ホワイトハウスを中心に、国会議事堂があるキャピトル・ヒルは街の東寄り、「スミソニアン協会」に属する十八の博物館や美術館は南寄り、IMFや世界銀行などがあるダウンタウンと住宅街は北寄り、そして西側のポトマック川を渡った対岸にはアーリントン国立墓地と国防総省がある。

ロビイストたちがオフィスを構えるのは、ダウンタウンを東西に貫く「Kストリート」である。東方向に四車線、西方向に二車線、計六車線の広い通りだ。十〜十三階建てのビルがずらりと並び、あちらこちらの屋上に星条旗が翻《ひるがえ》っている。

十一月——

トーニチ専務の亀岡吾郎は、「Kストリート」にある、ユダヤ人ロビイスト、ピーター・ゼルドマンのオフィスを訪れていた。

部屋の窓の外から、地上の車の排気音が聞こえてきていた。

「……たぶん法案は、審議未了で廃案だろう」

会議室のテーブルで、ゼルドマンがいった。

短く刈った白髪に灰色の太い眉。昭和の「フィクサー」児玉誉士夫を思わせる図太そうな風貌である。

「俺にとっては不幸なことだがな」

老獪《ろうかい》なユダヤ人は、にやりと嗤った。

去る十月二十日に、下院の中東・中央アジア小委員会委員長を務めるフロリダ州選出の女性議員イリアナ・ロス＝レーティネンが、「ＩＬＳＡ－ＥＣＡ」（Iran-Libya Sanctions Act Enhancement and Compliance Act＝イラン・リビア制裁法強化・遵守法）の法案を提出していた。

法案は、ＩＬＳＡの強化を目的とするもので、①大統領が制裁の発動を免除するには、免除が米国の国益にとって重要で、かつ、イランとリビアによる大量破壊兵器の入手・開発を防ぐための実効ある手立てを米国政府が講じていなくてはならない、②制裁の対象を、イランやリビアに投資した者だけでなく、資金調達に関わった金融機関にも拡大する、③ＳＥＣ（証券取引委員会）の中に、グローバル安全保障リスク室を設け、テロ支援国家に投資している会社の活動を監視させる、④二〇〇六年までの時限立法であるＩＬＳＡを無期限とする、といったことが骨子になっていた。

「廃案になるのは、ブッシュ政権がイラクへの自衛隊派遣を望んでいることが理由か？」

亀岡が訊いた。

左右に、トーニチのワシントン事務所長と、ゼルドマンと親しいテルアビブ事務所のイスラエル人社員が控えていた。

「それもある。それから、米国内のビジネス団体からの反対が大きい。『USAエンゲージ』が、法案提出の三日後に、反対声明を出した」

「USAエンゲージ」は、約六百八十の企業や農業団体が加盟するロビー団体で、米国の外交政策が企業活動に不利にならないようにするための活動をしている。

「連中のトップは、ビル・レインシュだからな」

ビル・レインシュは共和党の上院議員。約五百の企業が加盟する別の有力ロビー団体である米国外国貿易会議（The National Foreign Trade Council）の共同会長も務めている、筋金入りの企業利益擁護主義者だ。

「下院で法案が通っても、上院は反対派のほうが優っている。上院を通すのは簡単じゃない」

ゼルドマンはプラスチック・カップのコーヒーをすすった。米国のオフィスでよく見かける、取っ手がついた紺色の台座に、白い逆円錐形の器をはめたものだった。

「まあ、俺としても、今回は法案が出ただけマシという感じだよ」

ゼルドマンの本業は、米国屈指のイスラエル・ロビー団体の外国政策部長。イスラエルの安全保障のために、イランやシリアなど周辺諸国を弱体化させる米国の政策を後押しするのが仕事である。

「なるほど……」

亀岡は頷き、視線を窓のほうに向ける。

三階にある窓には、赤く色づき始めた街路樹のアメリカガシワの細い葉が、触れそうなほどの近さにあった。下の歩道を行く人々は、スーツ姿のビジネスマンや学生が多い。

「ところで、油田の交渉のほうはどうなんだ？」

ゼルドマンが訊いた。

「あと二、三ヵ月でまとまるだろう」

亀岡がいった。「一番の問題点は、開発の期間だ。イラン側が六年、日本側が十五年から二十年を主張している」

亀岡は、日本側の優先交渉権が失効した後もイラン側と交渉を続け、巨大油田の開発を実現しようとしていた。

「それ以外の点はどうなんだ？」

「大きな問題はない。総投資額は二十億ドル、投資の負担は日本が四分の三で、イラン側が四分の一、生産は二段階に分け、最終的に日量二六万バレルを目指す」

「なるほど……。ヒトシ・タナカがアミンザーデに脅かされたらしいが、大丈夫なのか？」

「地獄耳だな、ピーター」

去る十一月上旬、田中均外務審議官がテヘランを訪問し、アミンザーデ外務次官と面会した際に、油田開発には欧州勢や中国も名乗りを上げているので、もたもたしていると日本はバスに乗り遅れると忠告されていた。

「欧州勢、ロシア、中国というのは、連中のいつもの脅しだ。我々は気にしていない」

「そうか。……まあ、また何かあったら、相談に乗らせてもらおう」

ゼルドマンは立ち上がり、トーニチの三人をオフィスの出入り口まで見送る。

出入り口のドアの手前に大きな書棚があり、外交や中東関係の英語やヘブライ語の書物、ワシントンの電話帳、ロビイスト名鑑、辞書などでぎっしりと埋まっていた。『MITSUI』、『THE HOUSE OF NOMURA』など、日本関係の本もあった。


数時間後――

東京では新たな一日が始まっていた。

水道橋の東京ドームのそばに聳えるトミタ自動車東京本社は、晩秋の明るい日差しを浴びていた。

会長の奥井博は、ソファーにすわり、険しい顔つきで北米地区を担当する役員と部長の説明に耳を傾けていた。

「……トーニチがブラックリストに載っただと⁉」

ワイシャツ姿の、柔道六段の大柄な奥井が目をむいた。

「理由は何だ？　例のイランの油田開発プロジェクトか？」

「おっしゃるとおりです。……これがコピーです」

グレーのスーツを着た北米担当役員がA4サイズの書類を差し出した。

トタール（仏）、ENI（伊）、LG（韓）、GVAコンサルタンツ（スイス）といった企業名がずらりと並んでいた。ILSA違反、ないしはその可能性がある企業のリストだった。

ページを繰ると、二ページ目にTonichi Corporationの名前があった。

「これは誰が作ったんだ？」

奥井がリストから視線を上げた。

「イリアナ・ロス＝レーティネンという共和党の議員のスタッフです。親イスラエル派の下院議員で、今、ILSA強化法案を議会に提出しています」

「リストを作った目的は何だ？」

「これだけの企業がILSAに違反しているので、ILSAは今のままでは実効性がない、だからILSA強化法が必要だと主張するためと思われます」

「これも議会に出てるのか？」

奥井が手にしたリストをかざす。

「まだ国防総省にある段階です。ロス＝レーティネンのスタッフが、持ち込んだようです」

コピーは、トミタ自動車のワシントン事務所が、国防総省のスタッフから入手したものだった。

「そうか。……こんなものが表沙汰になったら、大変なことになるぞ」

奥井が険しい表情でいった。

「ココム違反事件のとき、東芝や伊藤忠がどうなったか、きみらも憶えてるだろ？」

一九八七年に、東芝機械がココム（対共産圏輸出統制委員会）の規制に違反して、原子力潜水艦のスクリュー掘削に使われる機械をソ連に輸出した事実が発覚した。米国では、東芝製品の不買運動が起こり、輸出を仲介した伊藤忠商事に対する制裁法案が議会に提出される寸前まで行った。

「しかも、イスラエル・ロビーが絡んでいるんだろう？　相手が悪すぎるぞ」

トミタ自動車は、他の日本企業同様、イスラエル・ロビーに叩かれてきた。「アラブ・ボイコット」（アラブ連盟によるイスラエルとの取引禁止）に与《くみ》しているとして、一九九一年に、東芝、新日鉄、日立製作所など十数社と一緒に、「世界ユダヤ人会議」(The World Jewish Congress、本部・ニューヨーク）から名指しで非難され、年間五千台程度の対イスラエル自動車輸出を開始すると表明せざるを得なくなった。

「そんな馬鹿げたプロジェクト、即刻止めさせろ」

奥井が厳しい口調でいった。

「は、それが……」

北米担当役員は、いいづらそうな表情。「本件をやっているのが亀岡というトーニチ生え抜きの実力者でして、説得するのがなかなか難しく……」

「専務の亀岡吾郎か？」

「はい」

「わかった。俺が電話する」

北米担当役員らが退出して行くと、奥井は自分の執務机に戻った。

「トーニチの亀岡専務に繋いでくれ」

オープンボイス式にした机上の電話に向っていった。

「かしこまりました」

と女性秘書の声。

奥井は一つため息をついて、椅子に沈み込んだ。

（まったく……わけのわからんイランの石油プロジェクトで、うちの北米事業に影響が出るなど、とんでもない話だ！）

北米事業は、トミタ自動車が手塩にかけて育ててきた汗と苦労の結晶である。

昨年（二〇〇二年）の実績では、トミタ自動車の全世界の販売台数五百五十二万台のうち、最大が北米で三四・六パーセント、次が日本で三〇・五パーセント。しかも、北米は利幅が大きく、利益では全体の七割近くを占めている。これに対して、日本市場は長引く不況で需要も頭打ちで、他社との熾烈なパイ争いを余儀なくされている。トミタ自動車は「北米依存の一本足打法」と揶揄されるほどだ。

北米ビジネスが本格化したのは、一九七〇年代に入って、日本車の北米への輸出が急増したときからだ。その背景には、二度のオイルショックで、米国の消費者が燃費のよい小型車を求めたことがあった。トミタ自動車の北米での販売台数は、瞬く間に二十五万台を突破し、一九七〇年代後半には五十万台の壁を突き破った。これに対し、不況にあえぐ米国の自動車業界が猛反発し、UAW（全米自動車労組）やフォードが、日本の輸出が米国の自動車産業に被害を与えていると、相次いで米国国際貿易委員会（ITC）に提訴する騒ぎに発展した。

日本側は、一九八一年に、日本からの乗用車の年間輸出の上限を百六十八万台とする対米輸出自主規制を発表し、一九九四年三月まで順次延長した。この間、日本の自動車各社は、貿易摩擦と為替リスクを回避するため、現地生産に踏み切った。トミタ自動車は、一九八四年にGMとの合弁工場をカリフォルニア州で立ち上げ、八八年にケンタッキー州とカナダ、九八年にインディアナ州でも工場を稼動させ、現在、北米では四工場体制で生産している。

この間、日米自動車摩擦は断続的に勃発し、一九九五年には、米国が日本製高級車に一〇〇パーセントの関税を課そうとしてきた。当時の通産大臣は鼻っ柱の強い橋本龍太郎で、通産省の交渉担当者も強硬派ぞろいだったため、米国の一方的制裁をWTO（世界貿易機関）に提訴し、一触即発の情勢になった。それを回避させたのがトミタ自動車だった。当時副社長だった奥井が米国の通商代表部のシャピロ法律顧問に電話を入れ、米国が求めていた米国製部品購入の自主計画を提示し、日米両国の拳を下ろさせた。

品質で優るトミタの車は北米で広く受け入れられ、一九八五年には年間販売台数が百万台を突破。その後も、経営不振にあえぐ「ビッグスリー」を尻目に、毎年売上げを伸ばし、今年は二百万台を超える勢いである。去る八月には、米国における販売台数で日本メーカーとして初めてダイムラー・クライスラーのクライスラー部門を抜き「ビッグスリー」の一角を切り崩した。また、世界販売台数では、今年、フォードを抜いて、GMに次ぐ第二位に躍り出る見込みである。それだけに貿易摩擦の再燃が懸念され、トミタ自動車は機会あるごとに「現地生産の拡大で米国経済に大きな貢献をしている」と宣伝に努めている。

（よりによって、来年、大統領選挙が予定されていて、ただでさえ外国企業が叩かれやすい時期に……）

奥井は、苦虫を嚙み潰したような表情だった。

「会長、トーニチに問い合わせましたら、亀岡専務は、現在出張でワシントンにおられるそうです」

電話機から、女性秘書の声がいった。

「ワシントンに？　……ワシントンでもどこでもいい。とにかく、今すぐ連絡をつけろ」

奥井は苛立ちを滲ませていった。

時差十四時間遅れのワシントンは、夜の九時になるところだった。

亀岡吾郎は、トーニチのワシントン事務所長と、ウィラード・インターコンチネンタル・ホテル一階のバー「ザ・ラウンド・ロビン・バー」でウィスキーの水割りを傾けていた。

十四丁目とペンシルベニア通りの角に建つ十二階建て、バロック様式のホテルは開業一八五〇年。万延《まんえん》元年三月（一八六〇年五月）に、日米修好通商条約の批准書交換のためワシントンを訪れた福沢諭吉、勝海舟ら七十七人の日本人が宿泊した由緒あるホテルである。ただし、現在の建物は、一九〇一年に建てられたものだ。

「……ＩＬＳＡ強化法が廃案になりそうで、ひとまず安心ですね」

グラスを手にしたワシントン事務所長がいった。白髪混じりで銀縁眼鏡をかけ、チャコール・グレーのスーツを着た堅実そうなサラリーマンである。

「何か問題が起きたら、アーミテージあたりに火消しを頼めばいいんじゃないか」

と亀岡吾郎。

国務副長官リチャード・アーミテージは、レーガン政権の国防次官補代理のとき東アジアと太平洋地域を担当していた知日派で、石原慎太郎、岡本行夫をはじめ、日本の政治家や官僚に知己が多い。

「ところで、最近、ゼルドマンはどうなんだ？　例のＦＢＩの話は？」

亀岡は、四ヵ月ほど前に法務部長から、ゼルドマンがＦＢＩにマークされているという噂があると聞いた。

「わかりません」

ワシントン事務所長は首を振った。「わたしも注意してはいるんですが、最近は特に変わった動きはありません。ただ、水面下で捜査が進んでいるというようなことはあり得ると思います」

「何の嫌疑なのかは、わからないのか？」

「残念ながら皆目。……外交絡みじゃないかとは思いますが」

「まあ、注意するに越したことはないな。万一巻き込まれたりしたら、かなわんからな」

いつものだみ声の早口でいった。

ワシントン事務所長が頷き、小さな銀色の丸い器に入ったかきもちを口に入れる。

バーは比較的狭い空間だった。中央に艶やかな木製の丸いカウンターがあり、黒人バーテンダー二人が働いていた。床や壁は落ち着いたモスグリーンである。亀岡たちの隣りのテーブルは、地方からきたらしい中年男女四人組で、ワインを飲みながら、巻き舌のアメリカ英語で楽しげにお喋りしていた。

「ところで、本社のほうは相当締め付けが厳しくなってるようですね」

ワシントン事務所長がいった。

「外人部隊がきたからな」

亀岡は面白くなさそうな表情。

債権銀行から派遣されてきた経営企画室長らのことを指していた。

「合併前に少しでも身ぎれいにさせようって腹だろう」

トーニチは、去る九月に、トミタ通商とトミタ自動車を引受先とする第三者割当増資を行い、トミタ通商が筆頭株主（持株比率一九・四パーセント）、トミタ自動車が第二位（同一〇・八パーセント）になった。三〜五位の株主は、UFJ銀行や損害保険会社などで、持株比率はそれぞれ三〜四パーセントである。

「合併は、いつ頃になりそうなんです？」

「まだ二年ぐらい先だ。それまでに不良資産を処分しなきゃならん」

亀岡は専務として、その陣頭指揮に立っている。ここ半年で、韓国の現地法人や自動車輸入の子会社、鉄鋼関係の子会社などを解散ないしは売却した。また、中国での鰻蒲焼事業の失敗で生じた約十七億円の不良債権の処理も任されている。

「二年後には、トーニチの名前も消えるわけですか」

ワシントン事務所長が寂しげな顔をした。

「残念だが、しょうがない。会社がこんな状態になってはな。……ただ、エレクトロニクスとか繊維とか、あるいはイランとか、トーニチ・ブランドが浸透している分野では、しばらく残るだろう」

ワシントン事務所長が頷く。

「さて、そろそろ行くか」

亀岡が、ウェイターに伝票を持ってくるよう、右手でサインをする身振りをした。


バーを出たところは、豪華なホテルのロビーになっている。

コリント式大理石の列柱に支えられた天井は二階まで吹き抜けで、全米各州の紋章が描かれている。床は、薄茶、白、赤茶、うぐいす色の大理石のモザイク。中国製陶器の鉢の観葉植物が配置され、金色の刺繍が施されたソファーがある一角には絹の絨毯が敷かれている。「ロビイスト」という言葉は、このロビーから発祥した。第十八代大統領ユリシーズ・S・グラント（在任一八六九年三月〜一八七七年三月）が、仕事の後、このロビーで葉巻とブランデーを楽しむことが多かったため、彼に働きかけようとする人々がやってくるようになり、大統領はそうした人々を「ロビイスト」と呼んだ。

金色の光で満ちた空間には、ジャズを演奏するピアノの音が流れていた。

「それでは、こちらで失礼します」

ワシントン事務所長が頭を下げ、亀岡はロビー右奥にあるエレベーターへと向かった。


亀岡の部屋は、薄茶色で統一された落ち着いた空間だった。

キングサイズのベッドがあり、その向かい側にテレビ収納棚と箪笥が一緒になった大きな木製家具が置かれていた。窓の彼方には、白くライトアップされたオベリスク（ワシントン記念塔）が夜の闇の中に浮かび上っていた。

背広の上着を脱ぎ、ハンガーにかけようとしたとき、電話が鳴った。

「ハロゥ」

亀岡は、ライティングデスクに歩み寄り、受話器を取った。

「亀岡さんか？　トミタ自動車の奥井だ」

（トミタ自動車の奥井会長？）

何事かと訝った。

「亀岡さん、例のイランのプロジェクトだが、あれはやめてくれ」

相手はずばりといった。

亀岡にとって青天の霹靂《へきれき》だった。

どう反応すべきか一瞬戸惑った。

「理由は、何でしょうか？」

七歳年長の財界の重鎮に対し、丁重に訊いた。

「理由はＩＬＳＡだ。トーニチがＩＬＳＡに違反しているということになれば、親会社である我々も重大な影響を受ける」

「いや、しかし……その点については、ＩＬＳＡにもとづく制裁は過去に発動されたことがありませんし……」

だみ声の早口で反論しようとする。

「そういう細かい話は結構だ」

奥井が遮る。「とにかく、あのプロジェクトはやめてくれ」

有無をいわせぬ口調であった。

「奥井さん……」

一瞬のあと、亀岡が口を開いた。

「それは依頼ですか、それとも命令ですか？」

練達の商社マンらしく、態勢を立て直した。

トーニチは、トミタ自動車の傘下に入ったとはいえ、トミタ自動車グループの持株比率はまだ三割にすぎない。経営権は、トーニチ役員会にある。

しかし、受話器の向こうから返ってきた答えは、亀岡の世界を根底から覆した。

「命令だ！」

経団連会長は、吼えるようにいった。

（命令……）

亀岡はいうべき言葉を完全に失った。

わかりました、と答え、受話器を置くのがやっとだった。

4

十二月六日土曜日――

東京は、いまにも降り出しそうなどんよりした寒空だった。

青山霊園内の外苑東通り沿いにある青山葬儀所には、長い列ができていた。一週間前、北部イラク支援会議に出席するため、四輪駆動の軽防弾車でイラク北部のティクリートに向う途中、銃撃されて死亡した外務省の奥克彦参事官（死亡後大使に昇進）と井ノ上正盛三等書記官（同・一等書記官に昇進）の両家と外務省による合同葬儀が執《と》り行なわれていた。

低い屋根の葬儀所前には、大型テントの記帳所が設けられ、記帳と献花の順番を待つコート姿の人々の列が延びていた。記帳所のモニターテレビには、白い花で埋まった祭壇に飾られた二人の遺影と、献花をする喪服の人々が映し出されている。

「やあ、亀岡さんじゃないか」

記帳を終えて立ち去ろうとしていた亀岡に、列の中から呼びかける声がした。

資源エネルギー庁の十文字一であった。長身を黒っぽいコートで包んでいた。

「いや、これはこれは」

ベージュのコート姿の亀岡が歩み寄り、腹心の法務部長が後に続く。

「亀岡さんも来てたのか。さすがは人脈が広いねえ」

銀縁眼鏡の目が、興味深げな光を湛えていた。

「まあ、奥大使とは、浅からぬ縁がありましたからなあ」

奥克彦は、一九九〇年八月からイランの日本大使館の書記官として勤務し、現地で「Japan's real ambassador」と異名を取る亀岡と、ゴルフをするなどの交流があった。

「ところで、イランの油田開発の件は、残念なことになったねえ」

列から歩み出た十文字がいった。

「しょうがないことですわ」

亀岡は、だみ声の早口で応じる。

「トミタ自動車さんは、アメリカに脅されたらすぐ引きますからな。……うちは傘下に入りましたから、方針に従うしかありません。情けない話ですがね」

亀岡は面白くなさそうな表情。

「まあ、トミタの奥井さんは、日本じゃ天皇陛下の次に偉い人だからな」

十文字は冗談とも皮肉ともつかない口調でいった。

「実は、俺も……」

長めの前髪をかき上げる。

「もう聞いてるかもしれないけど、今月一杯で役所を辞めることになってね」

「お聞きしとります」

亀岡は数日前に、エネルギー部門からの報告で聞いていた。

「新しい大臣は、春暁《しゅんぎょう》に関心持ってるみたいだし、俺も、そろそろ次のステップに進む潮時かなと」

去る九月二十二日に、中川昭一が新しい経済産業大臣に就任した。対中強硬派の中川は、日中間で揉めている東シナ海の春暁ガス田周辺の資源探査を進める方針だが、十文字は同プロジェクトにあまり力を注いで来なかった。

「来年夏の参議院選に出ることにしたよ。今、どこの選挙区がいいか、関係者と相談してるところだ」

「それは楽しみですな」

亀岡のお世辞に、十文字は満更でもない表情。

「場合によっては、比例区に回るかもな」

「ご健闘をお祈りしとります」

「亀岡さんには色々世話になったねえ。まあ、これからもご縁があることでしょう」

「そうですな」

「しかし、俺たち二人が抜けたら、イランの油田開発はどうなるのかねえ」

寒空の下に、十文字の空虚な笑い声が響いた。

亀岡と法務部長は、黒塗りのハイヤーで、丸の内三丁目にあるトーニチ本社に戻る。

車はハイヤー会社からのレンタルだった。役員専用車は廃止され、総務部に申請して使うシステムに変わっていた。

「……十文字が経産省を辞めるのは、例のメキシコの一件が理由ですかね？」

リアシートで亀岡の隣りにすわった法務部長が訊いた。

「確かに、省内で相当叩かれてたようだな」

「前の大臣はイランにかなりテコ入れしてましたから、ある程度十文字は守られてたってのはあるんでしょう？」

「だろうな」

「大臣が替わって、誰も守ってくれる人がいなくなったってわけですか」

「ただ……それだけじゃないだろう」

「といいますと？」

「十文字は、石油会社や商社へのタカリが凄かったからな」

「そうですね」

「だいたい、あの男が人に叩かれたぐらいで辞めると思うか？」

十文字は、二浪して東大文学部に入り、必死で勉強して経済産業省に入省し、部下を酷使してのし上がった。打たれ強さと粘り強さは、人並み外れている。

「後任の石天《せきてん》課長は同期入省の男だそうだ。東大法学部出の」

「そうなんですか」

「同期が後任になること自体異例だし、しかもエリートの東大法学部卒が文学部卒の後任だ」

「普通じゃないですね」

「十文字のやったことを、同期のライバルに徹底的に調べさせようってことじゃないのかな」

「なるほど」

「まあ、これ以上詮索するのは止めておこう」

亀岡は口調を変えた。

法務部長が頷く。「それにしても参院選に出るとは、奴も抜け目がないですね」

「武士の情けですね」

「保身術には長けてるからな。前の大臣にでも頼んだんじゃないか」

十文字は前任の経産相とは親密だった。

車は、左右に高層ビル群を見ながら、赤坂見附から霞が関方面に向っていた。

「ところで、専務。イランはやっぱりもう駄目なんですか？」

「うむ……」

亀岡は重苦しい表情になった。「正式参加でなくとも、アドバイザー的な役割でもできんかと考えてみたが……奥井さんの剣幕を考えるとな」

亀岡は無念の表情。

「やはり、ここは、引くしかなかろう……実に残念なことだが」

車内に重苦しい沈黙が垂れ込めた。

遠からぬうちに退任する可能性がある亀岡にとって、イランの巨大油田プロジェクトは最後の花道になるはずだった。

「だが、イランが駄目でもイラクがある」

亀岡が自分にいい聞かせるようにいった。

「オイル・スキームは五井商事の反対で潰されたが、油田の権益取得ならやりようがある」

「なるほど」

「イランもいったんは退くが、時機を見て、機器売りや、原油の引取りをやらせてもらおう。……諦めずに食らいつかんとな」

白髪をオールバックにした商社マンは、遠くを見る眼差していった。

第十二章　コールオプション

1

二〇〇四年一月——

常夏のシンガポールでは、強い日差しが高層ビル群や海に照りつけていた。

チェン・ジウリン（陳久霖）は、マラッカ海峡に近いオフィス＆ショッピング街「サンテック・シティ」にあるCAO（中国航油料）の会議室で、トレーダーたちとテーブルを囲んでいた。

「……ミスター・チェン、やはりここは損切りしたほうがいいんじゃないだろうか」

大柄なオーストラリア人の燃料担当トレーダーが、遠慮がちにいった。

「ふん……」

テーブルの中央にすわったチェンが、片方の眉をぴくりと動かす。

手元の資料に視線を落とし、ページを繰る。CAOが保有している現物とデリバティブのポートフォリオであった。

手持ちの現物でカバーできないケロシン（ジェット燃料の主原料）のコールオプショ

ンが問題になっていた。

昨年三月二十日のイラク戦争開戦直前に四十二ドル三十五セントの高値を付けたケロシンは、開戦二、三日前から一本調子で下げ、四月七日には二十六ドル十三セントまで下落した。その後、五、六月は二十七、八ドルで推移したが、七月中旬頃から逆にじりじりと上げ始め、十月には三十五ドルに到達。年が明けると間もなく四十一ドル台を付け、開戦前の水準に戻った。

そのため、CAOが売ったケロシンのコールオプションが「イン・ザ・マネー」（オプションを行使すれば利益が出る状態）になり、約三百万ドルの損失が発生していた。

「相場の見通しはどうなんだ？」

禿げ上がった丸顔のチェンが、顎をしゃくった。

「は……おそらく、この高値はしばらく続くのではないかと思います」

オーストラリア人トレーダーが答えた。

テーブルを囲んだ八人のトレーダーが、二人のやり取りを見守っていた。

「しばらくというのは、どれくらいの期間だ？」

「まあ、二、三ヵ月かと……」

「へっ！」

太い眉をした丸顔の中国人は馬鹿にしたように顔を歪めた。

「そんなことは誰でもいえるよ。俺が聞きたいのはそんな月並みなコメントじゃない」

「…………」

「いいか、俺の見たところ、この相場の上げには理由がない」

テーブルを囲んだトレーダーたちを見回す。

「だから、いずれ下がる。それが二ヵ月後になるか、三ヵ月後になるかはわからん。しかし、一年も続くことはない」

チェンの顔は、一度も相場の見通しを外したことがないという自信と傲慢さに溢れていた。

「みんなは、どう思うんだ？」

チェンが訊いた。

「わたしも、相場は近いうちに下がると思います」

中国系の男がいった。

「わたしも同じ意見です」

とインド人の男。

「我々の見解は一致したようだな」

チェンは、満足そうな笑みを浮かべた。

「では、ケロのオプションは、損切りしないで処理する。やりかたを考えて、一両日中に俺に報告してくれ」

二日後――

「……なるほど、別のコールを売るわけか」

社長室のソファーで、チェンが目の前の資料に視線を落とした。

「買戻し代金と、コールを売ったオプション料を同額にすれば、損を出さずに処理できます」

大男のオーストラリア人トレーダーがいった。

テーブルのガラスの天板の上に、Jアロン（J Aron & Co.＝ゴールドマン・サックスの商品取引会社）の提案書が開かれていた。

CAOが問題となっているポートフォリオをJアロンに開示してアイデアを求めたところ、Jアロンは、損が出ているオプションをCAOがすべて買い戻すという提案をしてきた。買戻し資金は、新たにケロシンのコールオプションを売り、そのオプション料でまかなう「益出し」と呼ばれる投機的な手法である。

「新たに売るコールの期日は、今年のQ2《キューツー》（第2四半期）から来年のQ1（第1四半期）か……」

チェンが提案書に視線を落とす。

オプションの行使日が決まっているヨーロピアン・タイプを売るという内容になっていた。

「一部、来年（二〇〇五年）のQ4まで延長できるコンパウンド・オプションがあります」

オプションの買い手に延長権がある売り手にとってリスクの高いオプションだ。その分、オプション料も高額になる。

「よし、これでよかろう。早速やってくれ」

「わかりました」

オーストラリア人トレーダーが頷く。

「ああ、それからな、買い戻しで生じたロス（損失）をいちいちP／L（損益計算書）に計上するなと、財務部長にいっておけ」

「わかりました」

「トレーディングのことを何も知らん親会社の連中から、いちいち詮索されると面倒でしょうがないからな」

大男のトレーダーは頷いて立ち上がった。

「ところで、前から疑問に思ってたんだが……」

ソファーにすわったままチェンがいった。

「いつでも行使できるオプションがアメリカンで、行使日まで待たなきゃならないオプションをヨーロピアンと呼ぶ理由は何なんだ？」

相手は、にやりと笑った。

「アメリカ人はせっかちだから、いつでも好きなときに行使できるやつが好みなんですよ、こんな風にね」

そういって、親指と人差し指をぱちんぱちんと弾いた。

「なるほど、これか」

チェンも指を弾き、愉快そうに笑った。

2

二月のテヘランは冬の真っ只中である。朝方の気温は零下六、七度まで下がり、雪が街を真っ白に染める日も少なくない。

二〇〇四年二月十八日水曜日——

夜、テヘラン市内にあるNIOC（イラン国営石油会社）の迎賓館の一室に、スーツ姿のイラン人と日本人が集まっていた。

シャンデリアの光と報道関係者のカメラのフラッシュを浴びながら、イラン・日本両国の小旗と色とりどりの花々が賑々《にぎにぎ》しく飾られたテーブルで、イラン石油省次官でNIOC総裁を務めるセイエド・メフディ・ミルモエジと、老眼鏡をかけた経済産業省系石油開発会社の日本人社長が並んで、厚さ三センチほどの契約書に署名していた。背後に立った、ザンガネ石油相やアリ・マジェディ駐日イラン大使らがその様子を見守り、彼らの後ろの壁には、ホメイニ師、モンタゼリ師、ハメネイ師の写真が金色の額縁に飾られていた。

日本が優先交渉権を獲得して以来、三年余りのマラソン交渉が続いてきた巨大油田の開発契約がようやく調印された。

一昨年（二〇〇二年）十二月に交渉期限を半年間延長し、昨年六月には優先交渉権を失って、イラン側に「ロシアや中国も興味を示している」と脅されながら話し合いを続けてきた末の合意だった。

総投資額は二十億ドル（約二千二百億円）。経産省系石油開発会社がオペレーターとなり、七五パーセントの費用を日本側が、二五パーセントをＮＩＯＣが負担する。

開発作業は調印日から二年半以内に着手しなければならず、二段階に分けて行われる。第一ステージは調印日から五十二ヵ月で生産量を日量一五万バレル、第二ステージは同八年で同二六万バレルまで引き上げる。契約は「バイバック」と呼ばれる形態で、経産省系石油開発会社は、生産開始後の一定期間（第一ステージは六年半、第二ステージはその後の六年間）で、①開発作業に投下した資金、②資金の金利、③一定率の投資利潤を、生産された原油で回収する。

原油生産が目標に達しない場合はペナルティが課せられ、コストオーバーランも認められない厳しい契約であった。回収が終わるか回収期間が終了すると、日本側の役割は終わり、油田の操業はＮＩＯＣの手に委ねられる。経済産業省は「日の丸油田」と呼ぶが、実態は開発作業請負契約にすぎない。

調印が終わると、鼻の下と顎に髭《ひげ》をたくわえた大柄なミルモエジNIOC総裁と、石油開発会社の日本人社長が立ち上がり、拍手の中で契約書を交換した。

「よくここまで来たという思いです。同時に、開発を成功させなくてはと、改めて気を引き締めています」

調印後の会見で経産省系石油開発会社の社長が、詰めかけた新聞記者たちを前に、感慨深い表情をした。

同社はトップが経済産業省からの天下りであるだけでなく、来年四月に廃止される石油公団から大量の技術者や社員を受け入れることになっている。会場には、日下一正資源エネルギー庁長官の姿もあった。

日本の新聞記者が質問の手を挙げた。

「油田の規模や技術の面からいって、日本側一社では開発するのは難しいのではないかと思いますが、外資のパートナーを入れることは考えておられないのでしょうか？」

油田は推定埋蔵量が二六〇億バレルという超大型だが、地層が上下数層に分れ、細かく入り乱れている。そのため、油井一本当たりの生産量は小さく、コストは嵩《かさ》む。一方、開発にあたる経産省系石油開発会社は、連結売上げ高約二千二百億円、同純利益三百五十億円、従業員数は三百人余りにすぎず、全世界に十万人を超える従業員を擁し、一兆円前後の純利益を出しているBPやアングロ・ダッチ石油に比べれば、吹けば飛ぶような存在だ。

「外資のパートナーを入れることは考えています。今、メジャー五社から照会を受けています」

マイクを前にした元通産官僚の社長がいった。

「トタール、スタットオイル、ペトロナスあたりでしょうか？」

「企業名は明かせませんが、二、三ヵ月のうちには朗報をお届けできると思います」

鶴のような痩身の老人は自信満々の表情でいった。

「アングロ・ダッチ石油が不参加を表明しましたが」

パートナー候補の一社だったアングロ・ダッチ石油は、最近、本件には参加しないと表明していた。

「残念なことですが、アングロ・ダッチ石油の社内的な事情からの決定だと理解しています。埋蔵量修正の問題で、新規事業どころではないのではないでしょうか」

去る一月、アングロ・ダッチ石油は保有している天然ガスと原油の確認埋蔵量を二〇パーセント水増ししていたことを認めた。アナリストや投資家から非難の嵐を受け、SEC（米証券取引委員会）から調査が入り、会長であるフィリップ・ウォード卿の去就が取りざたされている。

「トーニチが離脱しましたが、今後はまったく関係なくなるのでしょうか？」

「資本参加は見送りましたが、資材の調達など間接的な面での支援をいただくことになると思います」

日本人記者が頷いてメモをとる。

会見の最後に、何か一言と求められ、老人は締めくくるように高らかにいった。

「日本の自主開発油田では、アラビア石油以来の大型プロジェクトです」


その頃、テヘラン市街北東寄りの高級住宅地にあるトーニチのゲストハウスで、専務の亀岡吾郎が夕食をとっていた。

頭上で豪華なシャンデリアが燦めく室内の中央に、二十四時間日本の衛星放送を観ることができる畳一枚大の巨大なフラットスクリーンのテレビが置かれ、三方の壁には、トーニチが納めた製鉄所の全景や、イラン大統領や政府高官とトーニチ幹部が一緒に写っている写真パネル数十枚がずらりと飾られている。

「……まったく、酒でも飲まないとやってられんな」

亀岡は珍しく荒れていた。

日本人の板前の手になる刺身や天麩羅、イクラおろしを前に、ウィスキーの水割りのグラスを傾けていた。

イランは禁酒国だが、酒は闇でいくらでも手に入る。事務所のイラン人運転手が密売ルートを知っており、欧米の小売価格の二倍程度の値段で仕入れてくる。イラクのクルド人地帯やトルコを経由して入ってきたものである。

「用済みとなれば、調印式にも呼びやせん」

亀岡は先月、十文字の後任の石油・天然ガス課長に電話をしたが、けんもほろろに扱われた。相手はいきなり「何の用ですか？」と訊き、「トーニチさんはイランの油田の件は、もう関係ないんでしょ？　口出しは困るね」といって電話を切った。

「まったく、誰があの話を持ち込んだと思ってるんだ」

憤懣《ふんまん》やるかたない表情で、天麩羅を次々に口に入れる。油こい食べ物が好物である。

「美味しいと思えば三顧の礼で迎えて、話が軌道に乗り始めると相手を追い出し、ヤバくなれば逃げ出すのが日本の役人だ」

一緒にテーブルを囲んだトーニチのテヘラン駐在員九人が気遣わしげな表情で亀岡を見ていた。

「今度の石天課長も豪腕らしいですね」

亀岡のグラスに、テヘラン事務所長がジョニ黒を注ぐ。

ワイシャツにネクタイのテヘラン事務所長は大柄なファイト溢れる商社マンで、年齢は五十歳をすぎているが、見た目はかなり若い。

「癖のある奴だからな。気をつけろよ」

亀岡が酔いが回ってきた目で相手を見る。

テヘラン事務所長は近々経産省系石油開発会社に出向し、イラン巨大油田の開発に携わることになっている。それは亀岡が打った苦肉の策で、狙いは油田開発用資機材の納入と生産された原油の買い付けだ。

「経産省は自信家ぞろいだから困ったもんだ」

早口のだみ声でいい、ウィスキーを呷る。

「あのプロジェクトもそう簡単には進まんのだがな」

「地雷ですか？」

テヘラン事務所長の言葉に、亀岡が頷く。

巨大油田は、イラン・イラク戦争の最前線だった場所で、地雷が多数埋まっている。

「開発契約では、イラン側に地雷撤去の責任があるが、果たしてちゃんとやるかどうか……」

思案顔でグラスを傾ける。

「さあ、カラオケでも唄うか」

亀岡が気分を変えるようにいうと、社員たちがほっとした表情を見せた。

若い社員がリモコンで最新型のカラオケ機を操作する。

高らかで勇ましい前奏が始まり、亀岡がマイクを握って立ち上がった。

「見よ東海のぉ空あけてえ　旭日《きょくじつ》高く輝けばぁ……」

憂さを晴らそうとするかのように「愛国行進曲」を熱唱し始めた。

翌日――
全国紙や地方紙が「巨大油田開発、日本、イランと合意」「埋蔵量世界第二位の巨大油田」「イランとの友好関係推進に期待～経産省次官が歓迎」といった大見出しで契約締結を報じた。

東証では、中東関連資源株が軒並み買われ、アラビア石油の親会社であるAOCHDや石油資源開発が高騰し、トーニチまでストップ高になった。

小泉純一郎首相は首相官邸で記者団の質問に答え、「日本とイランとの関係を考えると歓迎すべきことですね」と話した。

一方、米国国務省のバウチャー報道官は定例記者会見で「米国政府の立場はこれまでと同じで、イランの石油部門への投資には反対する。今回の取引を深刻に懸念しており、取引が進められたことに失望している。日本政府も米政府の立場は理解していると思う」と述べた。不快感は示したが、撤回は求めない姿勢を示した格好である。

また、マクラレン大統領報道官は「イランが核拡散防止条約（NPT）や国際原子力機関（IAEA）の義務を守らなければ、プロジェクトや両国関係に影響が出るというのが日本政府の理解だと認識している」と述べ、イランの行動次第では、契約破棄もあり得ると示唆した。

これに対し、中川昭一経産相は「米国の立場は頭に入れている。イランが粛々と核疑惑の払拭に取り組めば、国際社会の理解を得られると確信している」と述べた。

同じ日――

テヘラン市街中心部を東西に走るアヤトラ・タレガニ通りに聳えるイラン石油省のビルの一室で、三人の男たちが低いテーブルを囲んで茶《チャーイ》を飲んでいた。

全員がノーネクタイ、ジャケット姿だった。

「ゴロー（亀岡吾郎）には気の毒だったな」

顎鬚をたくわえた男がいった。駐日イラン大使で商務官（コマーシャル・アタッシエ）を務めているイラン人だった。

部屋は石油省の幹部のオフィスで、応接セットの背後に執務机や書棚があり、壁に故ホメイニ師とハメネイ師（最高指導者）の写真が飾ってあった。

「日本との契約ができて、我々にとっては一安心だが」

巨大油田の開発に日本を入れたのは、イラン側の政治的思惑が大きく作用していた。イスラム革命が上手く行っていないため、不満を持っている国民に対して、現在の体制が日本からも支持されているということをアピールし、国際的には、核問題で米国から批判される盾に日本を使おうという狙いであった。

「今回は、ウィン・ウィン（双方とも勝者）だろう」

頬がこけた口髭の男がいった。石油省の幹部だった。「METI《メティ》（経済産業省）もJNOC（石油公団）が解散になるから、クビにしなきゃならない職員の食い扶持を見つけなきゃならなかったようだし」

ピスタチオを口に入れ、殻をゴミ箱の中にチャリッと放り込む。かりっとローストされ、軽く塩を振った大粒のピスタチオだった。

「おかげで、ずいぶん条件は譲歩してくれた」

ＮＩＯＣで交渉を担当した男がにやりと笑った。

日本側への報酬は、開発投資に要した費用に対して、金利を含むＩＲＲ（内部収益率）で一〇パーセント程度と定められている。色々な前提条件で報酬額は変わるが、一番低いケースだとＩＲＲが七・七パーセント程度まで下がる。ちなみに二〇〇二年十二月に発行されたイランのユーロ建て債券（総額三億七千五百万ユーロ、期間五年）の利回りは七・七五パーセントだった。今回の油田開発で日本側は、コストオーバーランが認められず、各種のペナルティが課されるリスクまで負って、何もせずに同様のリターンが得られるユーロ債と大差ない条件を受け入れたのだ。

「まあ、あんな油田に手を出してくれるのは、日本ぐらいだろう。地層的に難しいし、バイバックだから」

「我々もそろそろバイバックの条件を多少緩和しないといけないかもしれんな。今のまま じゃ外資が入ってこない」

石油省の幹部がいった。

「中国はどうなんだ？　アフリカやアジアで油田を買い漁っているが」

商務官が訊いた。

「色々難しい問題がある」

ＮＩＯＣの男が太く毛深い指で小さなガラスの器をつまみ、茶をすする。

目の前の低い木製のテーブルには「ガラム・カール」と呼ばれる木綿のペルシャ更紗がかけられていた。ベージュや赤茶色の唐草模様が木版でプリントされ、素朴だが独特な味わいを醸し出している。

「中国の製油所は、ヘビー・サワー（重質・高硫黄の原油）への対応が遅れているんだ。元々、国産の大慶《たいけい》原油などに対応する装置構成になっているからな」

大慶原油は中質・低硫黄である。

「無論、世界的に埋蔵量が多いヘビー・サワーへの対応能力を引き上げようという計画は彼らも持っている。その一方で、国内で急激なモータリゼーションが進んで、航空輸送も増大しているから、ガソリンやジェット燃料といった白油《はくゆ》（軽質・高価格の石油製品）への需要が高まっている。ほしいのはどちらかというと軽質の原油だ」

「しかし、スーダンなんかは重質油だろう？」

中国は、スーダンで大規模な油田開発を行っている。

「中国がアフリカで生産している原油は、すべて中国に輸出されているわけじゃない。距離があるからな。原油スワップで、もっと近い場所からの輸入に取り替えたりしている」

ＮＩＯＣの男は、結局、中国がこの案件に本気で乗り出してこないのは、原油の性質、開発の難しさ、バイバック契約の妙味のなさ、米国との関係などを総合的に勘案してのことだろうといった。

「やはり買えるのは、日本ということか」

中東原油を多く扱ってきた日本の製油所は、重質・高硫黄原油の処理能力が高い。

「ところで十文字は今何をやってるんだ？　ＭＥＴＩを辞めたらしいが」

ＮＩＯＣの男が訊いた。

「あいつは、故郷に帰って、セネター（参議院議員）の選挙に出る準備をしているらしい」

商務官が答えた。

「ほう、セネターの」

「まあ、我々との接点は当面ないだろう」

「後任はどういう男なんだ？」

「東大法学部卒で同期入省の男だ」

「やる気のある男なのか？」

「この油田開発は連中の『省益』プロジェクトだから、一応頑張りはするだろう。だが、十文字が始めた案件で自分の手柄にならないから、力が入らないことは確かだろうな。本音は潰せる理由があれば潰したいってとこだろう」

「そういうものなのか？」

「ＭＥＴＩでは、『新任者は、前任者の全否定から仕事を始める』といわれているそうだ」

「なるほど」

ＮＩＯＣの男は苦笑した。

「後任の男は、東シベリア・パイプラインを自分の手柄にしようとしているようだ」

ロシアの東シベリアにある油田を開発し、パイプラインで輸出するプロジェクトだ。日本・韓国を主な輸出先とする「太平洋ルート」（アンガルスク〜ナホトカ間の約三九〇〇キロメートル、想定輸出量年五〇〇〇万トン＝日量約一〇〇万バレル）と、中国黒竜江省の大慶に通じる「中国ルート」（アンガルスク〜大慶の約二四〇〇キロメートル、想定輸出量年三〇〇〇万トン）のどちらを先行着工するかで、二年ほど前から日本と中国が激しいつばぜり合いを演じている。

「今度の男は、十文字よりは英語はマシなんだろうな？」

ＮＩＯＣの男の言葉に一同が笑った。

十文字は、「スリー・ビリオン」（三十億ドル）の国際協力銀行の融資額を「サーティー・ビリオン」（三百億ドル）といい間違えて、大慌てしたことがあった。

「英語は一応できるが、嫌味ったらしい感じのキャリア官僚だな。人が何かいうといちいち反論する小生意気な奴で、脂ぎった顔に欲望が滲み出ている」

顎鬚の商務官の顔に嫌悪感が浮かぶ。

「ただ、東大法学部出のエリートだから、エネルギー庁の長官ぐらいにはなるかもしれん。長い目で付き合わざるを得んな」

「次官にはなれないのか？」

「官房三課長のどれか一つをやらないと次官にはなれんそうだ」

官房三課長とは、秘書課長、総務課長、会計課長。

「年次的にいって官房三課長の目はないらしい」

「色々複雑だな……。ところで、日本側は開発資金をどうやって調達するんだ？　あの程度の規模の会社で十五億ドルは結構な額だと思うが」

石油省の幹部が訊いた。

「ＪＢＩＣ（国際協力銀行）の融資だ」

と商務官。

「やはりそうか」

「総裁のシノザワ（篠沢恭助）が、『日本企業グループから融資要請があった場合、日本政府と協議しながら対応を検討する』と早速やる気のあるところを見せている。彼らも行革で存亡の危機だから、大型案件はやりたいんだろう」

二人が頷く。

「まあ、アメリカがとりあえず静観の構えで助かったよ」

ＮＩＯＣの男がいった。「途中で横槍が入らないかとひやひやしていたが」

「一応ＩＡＥＡの議定書にサインしたからな」

商務官がガラスの器の茶をすすった。

昨年十二月十八日、イラン政府は国際原子力機関（IAEA）との間で、申告外の核施設への抜き打ち査察を認める追加議定書をウィーンのIAEA本部で調印した。その二ヵ月前に、英仏独の三ヵ国外相とウラン濃縮計画の一時停止などで合意していたが、その後、イランが長年にわたって未申告でウラン濃縮計画やプルトニウム抽出実験を進めていた事実が発覚。追加議定書の調印は、核兵器開発疑惑を払拭し、平和目的であることをアピールするための措置だった。

「だいたい、今になって核開発が駄目だなどというのは、アメリカの横暴だ」

石油省の幹部が憤懣やるかたない表情でいった。

イランの核開発は、元々米国がシャーの時代の一九五七年にイランと「核協力合意（Nuclear Cooperation Agreement）」に調印して始まったものだ。

「我々はこれまでNPT（核不拡散条約）の枠組みに従って、IAEAの立ち入り調査もきちんと受けてきた。我々に核の平和利用を認めないで、NPTに加盟していないインドやパキスタンやイスラエルに核兵器の保有を認めるのは、ダブルスタンダードだ」

「アメリカンは何をやるかわからん。あいつらこそ悪魔の国だ」

「このピスタチオにしてもな」

顎鬚の商務官はピスタチオをつまみ上げた。

「これは大丈夫なやつか？」

商務官のおどけた顔に二人が笑った。

以前、イラン産ピスタチオに発ガン性物質が含まれているという噂が流れたことがあり、イランの人々はピスタチオを売れなくするためのCIAの謀略だと話し合っていた。

「まあ、今回は、アメリカが日本政府の面子を立てたってことだな」

商務官がいった。

「自衛隊のイラク派兵への見返りか？」

「それとBSE（牛海綿状脳症）だ」

米国でBSE感染牛の発生が確認されたため、昨年十二月二十四日以降、日本は米国産牛肉の輸入停止措置を講じている。

「恩を売って、米国産牛肉の対日輸出を一日でも早く再開したいってことだろう」

「我らが油田は牛に救われたわけか」

「豚よりマシだ」

一同が笑った。豚は、イスラム社会で最も忌み嫌われる動物だ。

「ところで、ゴロー（亀岡）はこれからどうなるんだ？」

「いずれトーニチを辞めることになるだろう。会社がトミタ自動車の傘下に入ったからな」

と商務官。

「もう奴は使えないということか？　せっかくイラン親派に育てたっていうのに」

イラン側は、情報やビジネスなど、陰に陽に亀岡とトーニチに便宜を与えてきた。それは単なる好意ではなく、日本におけるイラン・ロビイストとして亀岡を使うためであった。

「いや、まだ日本イラン友好協会の役員も務めているし、我々の役に立つ局面も出てくるだろう」

石油省とNIOCの二人が頷く。

「ゴローの不幸も一瞬、アメリカとの争いも一瞬のことだ」

商務官は琥珀色の茶を口に運ぶ。

「いずれ歴史は変わる」

イラン人の祖先は、紀元前二千年頃南ロシアのステップ地帯からイラン高原に移住してきたといわれる。世界で初めて言論の自由など「自由のルール」を作ったのはアケメネス朝（紀元前五五〇～前三三〇年）だと彼らは自負しており、正倉院には白瑠璃碗《はくるりのわん》などササン朝ペルシャ（二二六～六五一年）の美術工芸品が納められている。悠久の地球の歴史の流れの中で物事を捉えるのが彼らの流儀だ。

3

五月——

TERM（東洋エナジー・リスク・マネジメント）CEOの秋月修二は、オフサイト・ミーティングでイタリアのシチリア島を訪れていた。

オフサイト・ミーティングは、一九九〇年前後から米国の投資銀行が始めた行事で、社内の関係者が週末、ホテルやリゾートに集まり、仕事に関する情報の共有化や数値目標の確認、最新の業界事情の紹介、意見交換などを行う。同時に、サッカーやテニス、食事会、飲み会などを催し、チームの結束を強める。秋月は、かつてオーストラリアのフィブロ（ソロモン・ブラザーズ傘下の商品取引業者）やロンドンのメリルリンチに勤務し、様々なオフサイト・ミーティングに参加した。部門の業績が悪い時は会社の近くのホテルなどで行なわれたが、業績がよいときはハワイに出かけてゴルフをしたりした。

今回はTERMの主催で、TERMの社員二十人余りと、欧州と中近東に駐在している東洋物産のエネルギー（石油、ガス、石炭）部門の社員約二十人を招待した。

二〇〇二年の初めに発足して以来、TERMは順調に業績を伸ばし、昨年は約三十億円の純利益を上げた。今回はジェット機をチャーターし、金曜日の午後に参加者をロンドンからシチリア島まで運んだ。

シチリア自治州の州都パレルモは、紀元前八世紀にフェニキア人により建設された都市である。その後、カルタゴ、ローマ、ヴァンダル、ランゴバルド、ビザンチンと支配権が移り、八三一年には北アフリカからやってきたアラブ人、一〇七二年にはノルマン人によって征服された。さらに、ドイツ、フランス、スペインの王家が支配し、イタリアに帰属したのは一八六〇年である。

「世界で最も美しいイスラムの都市」とゲーテが讃えたパレルモの街は、海に面し、三方を低い山で囲まれている。人口は約六十八万人である。石畳の通りが多く、壮麗で複雑な彫刻が施されたバロック建築や、幾何学模様のアラベスクが施された教会、全戸にベランダと木製の鎧戸がある地中海風アパートなど、多くの文明や民族の足跡を窺わせる街並みだ。

地中海は紺碧に輝き、抜けるような青空から強い陽射しが降り注いでいた。

街はカブール（Cavour）通りを挟んで、東の旧市街と西の新市街に分れている。旧市街は、通りが迷路のように入り組み、北アフリカから来たアラブ人たちが住み着いている。煤《すす》けたアパートのベランダには、色とりどりの洗濯物が満艦飾で翻《ひるがえ》る。新市街は、南仏のリゾートのような高級マンションが建ち並び、ブティックや靴屋、カフェ、レストランなどが軒を連ねている。二十世紀初頭に米国へ向けて大量の移民が旅立った港には、大型客船や貨物船が停泊している。

「……まあ、我々が今やってるヘッジなんて、初歩的なものだからねえ」

秋月の隣りで、英国東洋物産のエネルギー部長がグラスの赤ワインを傾ける。五十歳すぎの恰幅のよい男性である。

東洋物産のＬＮＧ部門でやっているヘッジ取引は、例えば数ヵ月先の受け渡しでＬＮ

Gをスポット購入し、その価格が「受け渡し月のヘンリー・ハブ価格（米国で使用されるガスの先物価格）×〇・八」というふうになっていた場合、購入代金を確定するため、NYMEXで先物を買うといった類《たぐい》のものだ。

「ただ、LNGのスポット取引は増えてるから、今後色々なヘッジのニーズは出てくるだろうね」

「LNGマーケットの原油市場化ですか」

紺色のジャケットを着た秋月がグラスのワインを傾ける。豊富な日照を受けて育ったブドウで作られたシチリアの赤ワインは、温暖な気候や海に近いことからミネラルが多く、濃厚で香り高い。

オフサイト・ミーティング二日目の晩、TERMの一行は「ラ・メディーナ（アラビア語で「都市」）」というレストランで夕食会を催した。

港に近い一角のチュニジア料理の店であった。高い天井はモスク（イスラム教寺院）のようにアーチに支えられ、アラベスクが穿《うが》たれた白壁には、青、緑、黄色などのタイルで植物模様が施されている。素焼きを透かし彫りして、掌《てのひら》や花を象《かたど》ったランプが幻想的な光と影を投げかけていた。

土曜の晩ということもあり、店内はほぼ満席である。イタリア語や英語がにぎやかに飛び交い、食器が触れ合う音がし、クスクスの肉汁や焼いた魚の匂いが漂っている。

「やはり、中国の存在が大きいね、市場の変化の要因としては」

英国東洋物産のエネルギー部長がいった。

「そのようですね」

丸いフレームの眼鏡をかけた秋月が頷く。

世界のLNG市場における最大の買い手は歴史的に日本の電力会社やガス会社で、現在でも輸入の約四三パーセントが日本向けである。しかし、国内の石炭や原油だけでは増大するエネルギー需要を賄えなくなった中国が、一九九〇年代末に沿海部でLNGを利用する方針を打ち出した。

日本のユーザーは従来、二十年から二十五年の超長期にわたって必ず一定量を引き取る（引き取らない場合でも代金を払う）「テイク・オア・ペイ」という条件でLNGを購入してきた。巨額の初期投資を必要とするLNGプロジェクトを立ち上げるために考え出された契約形態で、世界のLNG契約の標準になっている。税制に守られた日本の電力会社やガス会社は、割高なLNG代金を払っても小売価格に転嫁できるので、プロジェクト・リスクを一手に引受けるような購入条件を受け入れることが可能だった。

ところが、新たに市場に参入した中国は少しでも安く調達するために、「テイク・オア・ペイ」を大幅に弱め、スポット調達を組み合わせる契約を要求した。これが日本に逆流し、日本のユーザーも柔軟な契約を求めるようになってきた。マレーシアからのLNG調達に関して昨年四月から十五年間の契約を更改した東京電力は、年間契約量四八〇万トンのうち七〇万トン分を短期数量とし、四年ごとに七〇万トンを上限として各年度の引取り量を任意に決める権利を契約で認めさせ、サハリンBとの契約でも、基本数量の他に年間八〇万トンまで引き取れる権利を獲得した。

「無論、中国だけでなく、アメリカや韓国の影響もある」

米国や韓国もLNG輸入を増加させており、やはり柔軟な契約条件を求めている。

「中国は、S字カーブも変えてきているようですね」

日本のユーザーが作り上げた伝統的なLNGの価格決定フォーミュラは「十四・八五（原油とガスの価格比率）×受渡し月のJCC（Japan Crude Cocktail）＝財務省の貿易統計における原油の月間平均輸入価格）＋八〇セント」といった具合に、基本的には原油価格と連動するものの、原油が一定水準以上に下落してもLNG価格は原油ほどは下がらず、逆に原油価格が一定水準以上に上昇しても原油ほどは上がらないような仕組みになっている。これを「S字カーブ」と呼ぶ。

しかし中国は、原油価格との連動性を強め、相場変動のメリットを積極的に取る姿勢に出ていた。

「中国人ってのは、投機的だからねえ」

エネルギー部長はグラスのワインを傾ける。

「それと、LNG船の性能向上も、スポット取引の流行を後押ししてるな」

「あまり蒸発しなくなったようですね」

「そうそう、蒸発しないんだよ」

LNGは零下百六十二度の超低温で輸送するため、輸送距離が伸びると蒸発《ボイル・オフ》して、積荷量が減ってしまうという欠点があった。この輸送中の減少が原油と決定的に異なる点である。そのため、トリニダード・トバゴのLNGはもっぱら米国に、アルジェリアのLNGは欧州に、マレーシア、豪州、カタールのLNGは極東に輸出され、世界のLNG市場は、米州、欧州、極東の三極構造だった。値決め方式や取引形態も、三つの地域で異なっていた。

ところが、LNG船の性能向上でボイル・オフの問題が改善されたことにより、従来もっぱら欧州市場に仕向けられていたアルジェリアのLNGが極東市場に流れ込み、極東で消費されていたオマーンやカタールのLNGが米州に向うようになった。従来の契約ではLNGの行き先が購入者の受入基地に限定される「仕向地制限条項」が付されていたが、最近は、仕向地を変更できる「仕向地変更条項」が入れられるようになった。

こうした変化を背景に、売り手と買い手の合意の下、不要になったLNGを他市場に転売し、その利益を売り手と買い手で山分けする動きも出てきた。また、取引条件や価格も概ね同一な「グローバルLNG市場」が形成されつつある。

「まさにLNGマーケットの原油市場化というか、コモディティ化だね」

原油市場においてこの三十年間くらいで起きたことが、今、LNG市場で起きようとしている。

「我々も夏場の需要期に向けて、ヨーロッパに職員を長期出張させ、余剰LNGを日本に持ってくるビジネスをやろうと話し合ってるところです」

エネルギー部長がいった。

「なるほど」

「いずれにせよ、今後スポット取引が増えるのは間違いないから、ポジションとか価格とか、色々なヘッジニーズが出てくると思うね」

「その際は、是非TERM《ターム》のサービスを使ってください」

秋月の言葉に相手は鷹揚に頷いた。

料理が運ばれてきた。

蒸したセモリナ（硬質小麦）の黄色い粒（クスクス）と肉汁が別々の皿に入っていた。魚の脂が浮いた赤いスープは、パプリカ、唐辛子、サフランが使われ、ぶつ切りのマグロ、イカげそ、ズッキーニ、ニンジンなどが入っている。

クスクスはチュニジアなど北アフリカの伝統料理だ。シチリアは地理的にローマよりチュニスにはるかに近く、チュニジア人が経営する北アフリカ料理店が多い。

「これが本場のクスクスか」

エネルギー部長が興味深げに肉汁をかける。

「意外とさっぱりしてるね」

フォークでクスクスを口に運んでいった。

癖のない素直な味で、舌触りは煮崩したタラコに似ている。

「スープを吸って膨張しますから、量の割には満腹感がありますね」

名物料理なので、周囲のテーブルでも食べている客が多い。

店内の壁際には、水タバコの道具とシチリア産のワインが並べられ、黒い髪、浅黒い肌をしたアラブ人の男が、テーブルを回って赤いバラを売り歩いていた。


翌朝——

「……相当悪いらしいね」

「ほんと？」

「前は車椅子で会社に来てたけど、最近は休みの日も多いらしい」

「しかし……あの部長がいなくなったら、商品市場本部はがたがたになるんじゃないか？」

秋月が食堂に行くため、ホテル内の階段を下りていくと、階段を下りたところにあるエレベーターの前で、二人の日本人が話をしていた。英国東洋物産とオランダ東洋物産のエネルギー部門の社員だった。

秋月は階段の中ほどで立ち止まった。

「秋月氏のところと、東京のトレーダーたちの間で、縄張り争いがあるらしいな」

「どんな？」

背中を向けてエレベーターを待っている二人は、秋月に気付かないまま話を続ける。

「エネルギー関係のデリバティブは、すべてTERMが扱うって条件が、秋月氏とうちの会社の契約に入ってるらしい。だから、東京の客でもいちいちTERMに繋がなきゃならなくて、東京のトレーダーたちは、何でこんな契約を結んだんだってぶつぶついってるそうだ」

「そりゃちょっと不便だなあ」

「で、東京の連中がこっそりやろうとしたら、秋月氏にバレて、秋月氏が東洋物産を契約違反で訴えるとスゴんだらしい」

「訴える？　穏やかじゃないね」

「あの人は日本人の皮をかぶった外人だから」

「凄い給料もらってるらしいね」

「うちに移籍してきたときの契約金は百五十万ドルだそうだ。支払い伝票を切った本店の社員がいってたから間違いない。報酬は業績連動型だから、去年は二、三十億円もらったんじゃないか」

エレベーターがやってきて、二人の社員は箱の中に消えていった。

秋月は表情を変えずに階段を下りた。

ホテルは新市街のローマ通り三百九十八番地にある「グランド・オテル・エ・デ・パルメ（Grand Hotel Et Des Palmes）」だった。かつて貴族の屋敷だった石造りのホテルである。常盤新平の『シチリア〜地中海の風に吹かれて』には、マフィアの源流を訪ねて島にやってきた著者が、このホテルに泊まった時の様子が描かれている。

一階にある食堂は、かつての舞踏室《ボール・ルーム》で、床はフローリング、天井は二階まで吹き抜け。白と黄色の曇りガラスの屋根を通して陽の光が入ってくる。部屋の中央に豪華なシャンデリアがあり、その下に、パン、クロワッサン、梨、プラム、ハム、チーズ、ヨーグルト、オレンジジュースなどが並べられていた。

秋月は東洋物産関係者たちに目で挨拶し、TERMのギリシア人トレーダーと一緒のテーブルにすわった。ギリシア人はロンドンの米銀出身で、アジア地区の顧客を担当している。

「シュウ、面白い話を聞いたぞ」

細面に口髭をたくわえた三十歳すぎのギリシア人は、胸ポケットからホテルのメモ用紙を取り出した。

「CAO（中国航油料）がケロシンのオプションの損を隠すために『益出し』をやったらしい」

ハムにナイフを入れようとしていた秋月の眉がぴくりと動いた。

「益出し」とは、行使される可能性が高いオプションを売って、高額のオプション料をもらうことだ。

「本当か？」

「さっき俺の携帯にCAOの燃料担当トレーダーが電話してきた」

オーストラリア人の大男だ。

「ほーう、日曜日に。……相当慌ててるわけか」

秋月の目が肉食獣のような光を帯びる。

「うちにもやらないかって打診だ」

「ということは……マージンコールがかかってるんだな？」

マージンコールとは追加担保差し入れ要求のこと。相場の変化で、差し入れてある担保では足りなくなったとき、取引相手《カウンターパート》から求められる。

「どんなポジションか訊いたか？」

「ざっとこんな感じだ」

ギリシア人がメモ用紙を差し出した。CAOが売ったケロシンのコールオプションに関する情報（数量、行使時期、ストライク・プライス等）だった。

秋月が手に取って凝視する。

「……これだと、千四、五百万ドルのロスが出てるな」

秋月が視線を上げた。

「どことやったんだ？」

「Jアロンだ。連中に相談して、提案書をもらったそうだ」

J Aron & Co. は、ゴールドマン・サックスの商品取引会社である。

「オプションの買戻しも、値付けも、新規の売りも、全部Jアロンにやらせたわけか…

「…思い切り食い物にされてるな」

秋月は軽蔑もあらわにいった。

「他社にも声をかけてるんだろうな？」

「だと思う。……やるか？」

「やりだな」

「ＣＡＯのカウンターパート（信用）・リスクはどうする？」

「益出し」という麻薬に手を出した会社はいずれ破綻する。

「スタンドバイでも取るしかないだろう。連中の実態はまだ知られてないから、銀行は出すんじゃないか？」

スタンドバイＬＣは銀行が発行する一種の保証書である。

ギリシア人が頷き、エスプレッソ・コーヒーをすすった。

秋月はハムを口に運ぶ。イタリアのハムは大理石のように艶やかで弾力があった。

周囲のテーブルにはヨーロッパ人の観光客が多く、「ＳＩＺＩＬＩＥＮ」（ドイツ語）とか「ＳＩＣＩＬＩＥ」（フランス語）といったタイトルのガイドブックを広げている。「la Repubblica」という地元の新聞を読んでいる老婦人もいる。

「ところでシュウ、最近の相場をどう思う？」

ギリシア人が訊いた。

昨年夏頃から続いている原油の上げ相場は、年が明けてからピッチが速まり、五月にはWTIが一バレル四十ドルを突破。同月中旬には一九九〇年の湾岸危機の時の史上最高値（四十一ドル二セント）を四日連続で更新し、四十一ドル五十五セントを付けた。ケロシンにいたっては四十八ドル六十五セントで、五十ドル目前だ。サウジアラビアは急遽増産の方針を打ち出し、日本の経済誌が「原油相場を押し上げる真犯人」という特集を組み、G8の財務省会議は異例の増産要請の共同声明を採択した。

「上げ相場には理由がないって意見が多いみたいだが」

ほとんどのエコノミストが「三十ドルであれば納得が行く。だが、四十ドルという水準は説明がつかない」とコメントしていた。

関係者の間では、需給逼迫、イラク情勢の混迷、米国のガソリン需要の増大、米国の戦略備蓄の積み上げ、投機筋の暗躍、市場心理など、様々な理由が取り沙汰されている。

「まあ、引き金はアメリカのガソリン需要なんだろうな」

秋月がカプチーノをすする。

米国では、六月から八月のドライビング・シーズンを前に、ガソリン価格が高騰し、過去最高値である一ガロン二ドルの大台に乗った。米国では厳しい環境規制のため、過去三十年間製油所が新設されておらず、石油製品不足を引き起こしやすい土壌がある。四半世紀以上も前に松本清張が、カナダの製油所プロジェクトで躓《つまず》いて破綻した安宅産業をモデルに書いた『空の城』という小説（一九七八年）の中にも、米国では環境規制が厳しくて製油所の新設が困難であるという記述が出てくる。WTI（テキサス州周辺の原油）はガソリン留分を多く含む軽質原油であるため、ガソリンが不足すると買われやすい油種だ。

「どうも今回の上げは、今までと違うような気がするんだ」

ギリシア人がいった。

「実は、俺も同じだ」

秋月は数年前から、原油は長期にわたって上昇する可能性があるというのが持論である。一九八六年の「逆オイルショック」以来、世界的に新規油田への投資が進まず、OPECの余剰生産能力も失われる一方で、中国やインドのエネルギー需要が増大していることがその理由である。

「ロンドンに戻ったら、一度徹底的に調べてみよう」

4

翌日——

シチリア島から戻った秋月は、セント・ポール寺院に近い瀟洒《しょうしゃ》なビルのTERMの会議室で、ギリシア人トレーダー、若いインド人アナリストと一緒に議論をしていた。テーブルの上には、原油、貴金属、金利、為替などの資料がところ狭しと広げられていた。

「……WTIのボリューム（取引量）が増えてるってのは、やっぱりヘッジファンドが市場参入してきてるってことなんだろうな？」

丸い眼鏡をかけた秋月がいった。

長袖シャツにチノパンというビジネス・カジュアルだった。

「と思います」

手元に資料を開いた浅黒い肌のインド人の男がいった。

資料は、NYMEXにおけるWTI先物取引に関するデータであった。CFTC（米国商品先物取引委員会、本部・ワシントンDC）は、原油、天然ガス、ココア、小麦、トウモロコシ、大豆、米国債、為替、銅、パラジウム、株式指数など全米で取引されている先物取引のデータを毎週発表している。元々の資料はエクセルのスプレッド・シートで縦三千百項目余り、横約百三十列という膨大なものだ。アナリストであるインド人の男が、WTIに関する数字を抜き出し、折れ線グラフに加工していた。

資料によると、一九九九年頃からWTI先物の取引量が目に見えて増え、二〇〇二年頃から増加ぶりが顕著になっていた。建玉《たてぎょく》（未決済の先物契約＝オープン・インタレスト）は一九九九年が平均約七十八万枚（一枚は千バレル）だったが、今年に入って百万枚を突破していた。

「アメリカ株のクラッシュと金利の引き下げで、行き場を失った資金が、コモディティ市場に流れ込んできてるんだろう」

ギリシア人トレーダーがいった。

二〇〇〇年にナスダック（米店頭株市場）が暴落し、翌年十二月はエンロンが破綻して、一九八八年以来続いていた米国株式市場の上げ相場に終止符が打たれた。ＦＲＢは六・五パーセントだった政策金利をほぼ毎月のように引き下げ、二〇〇一年末には一・七五パーセントとした。ヘッジファンドを中心とするファンドマネージャーたちは、資金を株式市場から商品市場へと大きくシフトさせた。

「しかし、『コマーシャル』のボリュームまで増えてるってのは、いったいどういうわけなんだ？『コマーシャル』はヘッジファンドとは関係ないだろ？」

ギリシア人トレーダーが、資料を見ながらいった。

ＣＦＴＣのデータでは、先物取引の当事者を「コマーシャル」（商業取引）と「ノン・コマーシャル」（非商業取引）に分けている。前者は石油会社や電力会社など現物を必要とする実需家、後者はヘッジファンドや金融機関など現物を必要としない投資家や投機筋である。

「どうも最近『コマーシャル』に投機的な資金が混じってるようなんです」

縁《ふち》なし眼鏡をかけたインド人アナリストがいった。以前、ロンドンの米銀で働いており、思考が論理的で細部まで注意が行き届くタイプである。

「ほう、そうなのか？」

「ご存知のとおり、『コマーシャル』か『ノン・コマーシャル』かは、各社がＣＦＴＣに提出するレポートにもとづいて分けられていますが、元になっているレポートが正確でない可能性があります」

「確かに、一日に何十件もディールをやってる投資銀行のトレーダーが、これは顧客のヘッジです、これは自分の投機ですときちんと分けてるとは思えないよなあ」

「要は、全部合算でデータを見なきゃ駄目ってことか」

三人は再び資料に視線を落とす。

「しかし、去年の秋頃から一貫して買いが多いっていうのは、どういうことなんだろうな？」

秋月が資料を見詰めながらいった。

去年の秋頃から、全部の合算で、買いが売りをずっと上回っていた。

内訳を見ると、牽引役は「ノン・コマーシャル」だった。昨年十月以来目立って買いが増えており、今年に入ってからは、買いが売りを十万枚以上上回っていない週は一週しかない。

「ヘッジファンドがこんなに片張《かたば》りしてくるものか？」

片張りとは、相場の一方向にだけ賭けるやり方のこと。

「そういえば変ですね……」

ギリシア人とインド人も小首をかしげる。

ヘッジファンドの多くは、裁定取引という鞘は薄いが利益を上げられる確率が高い手法でトレーディングをしている。これは元々米国債の取引で始められたもので、何らかの理由によって相場に歪みが生じている場合、割高な商品を売って割安な商品を買い、歪みが修正されるのを待って反対売買を行い、利益を上げる。

米国債を例にとると、償還時期が同じ米国債でも最も直近に発行されたものは「オン・ザ・ラン」と呼ばれ、「オフ・ザ・ラン」（「オン・ザ・ラン」以外のすべての銘柄）より価格が高い。しかし数週間から数ヵ月のうちに「オン・ザ・ラン」も「オフ・ザ・ラン」となり、プレミアムを失う。したがって、「オン・ザ・ラン」を売って「オフ・ザ・ラン」を買い、プレミアムが消失した時点で反対売買を行えば、確実に利益を上げることができる。

具体的には、同じ償還期限の「オン・ザ・ラン」の価格が（額面一〇〇ドルに対して）九八ドル、「オフ・ザ・ラン」が九七ドルであったとする。数週間から数ヵ月経つと「オン・ザ・ラン」のプレミアムは消失し、二つとも価格が九七ドルになる。したがって、あらかじめ「オン・ザ・ラン」をカラ売りし、価格が同一になった時点で市場から九七ドルで現物を買い戻せば、差し引き一ドルの利益を得ることができる。

しかし、もしその間に金利が下落し、二つの債券とも価格が一〇〇ドルになっていた場合はどうなるか？　市場から一〇〇ドルで現物を買い戻さなくてはならないので、「オン・ザ・ラン」を売っていただけでは、二ドルの損失が出る。そこで、それを回避するため、あらかじめ「オフ・ザ・ラン」を買っておく。そうすれば、九七ドルで買った「オフ・ザ・ラン」を百ドルで売ることができ、三ドルの利益が出る。二つの取引を合わせると、二ドルの損失と三ドルの利益で、差し引き一ドルの利益になる。

逆に、金利が上昇した場合はどうなるか？　二つの債券とも仮に九四ドルになったとすれば、「オン・ザ・ラン」のカラ売りとその後の現物買戻し取引では、九八マイナス九四で、四ドルの利益。「オフ・ザ・ラン」の現物買いとその後の現物売り取引では、九四マイナス九七で、三ドルの損失。差し引きは、やはり一ドルの利益である。

実際には、国債のクーポン収入や資金調達コストなども勘案して詳細な損益計算をする必要があるが、基本的には「売り」と「買い」の組み合わせで金利変動の波を回避し、高い確率で利益を上げることができる。

裁定取引は今日《こんにち》では金融市場に限らず、ほとんどすべてのトレーディングで用いられている。エネルギー市場においては、例えば、①何らかの理由でＷＴＩがドバイ原油より割高になっていれば、ＷＴＩを売ってドバイ原油を買い、価格差が通常の水準に戻った時に反対売買する。あるいは、②ＷＴＩの六ヵ月物が三ヵ月物より割高であれば、前者を売って後者を買う。原油や穀物市場では、こうした異種商品間の価格の歪みを利用した①の取引を特に「クラック・スプレッド」取引と呼び、同一商品の時間的な価値の差を利用した②の取引は「タイム・スプレッド」取引と呼んでいる。

裁定取引は常に売りと買いを組み合わせるので、市場に対しては中立だ。ところが、ＣＦＴＣのデータは、ヘッジファンドや金融機関が一方的にＷＴＩ先物を買い続けていることを示していた。

「こんなこと、あり得ないよな？」

秋月がいった。

「あり得ないですね」

とギリシア人とインド人。

三人はしばらく議論したが、結局理由は分らなかった。

その日の午後——

「……何、年金？　そうか、年金だったのか！」

ガラス張りの執務室で秋月は思わず大声を出していた。

WTIの買いが異常に膨らんでいる理由を探し求めて、何人目かに電話をした時だった。

「てっきりヘッジファンドだと思い込んでたが……」

「どうもそういうことらしいよ、シュウ」

電話の相手は、昔メリルリンチで同僚だった米国人の男だった。現在は、ニューヨークのヘッジファンドでコモディティのトレーダーをやっている。

「運用難で困ったアメリカの年金基金が去年の秋頃からコモディティ市場に押し寄せてきている。彼らは長期投資だから、ポジションを持ちっぱなしだ」

ＷＴＩ先物は期限が来れば決済しなければならないが、年金資金は、決済と同時に新たな先物を買い、それを繰り返してポジションを持ちっぱなしにしているという。

「これは相場は下がらんな……」

秋月は呻《うめ》いた。

米国では企業年金だけでも四兆ドルを超える規模がある。それが原油市場に目を向け始めたのだ。

ある試算では、ＷＴＩの建玉が七千枚増えるごとに原油価格が一ドル上がるといわれており、年金資金はＷＴＩに強烈な上昇圧力を加えることになる。ＮＹＭＥＸの一九九九年の建玉は平均約七十八万枚で、現在は百万枚を突破しているので、三十一ドル程度の売り圧力がかかっていることになる。一九九九年のＷＴＩの平均価格は十九・三ドルだったから、今は五十ドルになってもおかしくない。

「ヘッジファンドと違って、年金は相場が下がり始めた時もすぐ反応しないしな」

元同僚はクイーンズ・イングリッシュに近い米国東部訛りの英語でいった。

「シュウ、俺は原油価格は六十ドルを超えても全然おかしくないと思ってるよ」

そういって元同僚は電話を切った。

同じ予想は、別の相手からもいわれた。英国の石油メジャーで石油製品のトレーダーをやっている英国人だった。

「……過去三回の原油高の時とは明らかに状況が違う。まったくまともじゃない」

相手の口調に、苛立ちと不安が滲んでいた。

過去三回の時とは、第一次と第二次のオイルショックと一九九〇～九一年の湾岸紛争のこと。

「みんな今年後半に現物がなくなるんじゃないかと心配している。俺もこれからどんどん買って行くつもりだ」


翌日――

秋月は、ギリシア人トレーダーと一緒に、東洋住之江銀行に出かけた。旧東洋財閥系のかえで銀行と、住之江銀行が三年前に合併してできたメガバンクだ。

東洋住之江銀行欧州本部のオフィスは、金融街シティの中心部BANK駅から西南西に延びるクイーン・ビクトリア通り沿いのビルに入居している。英国の大手保険会社が所有する十四階建ての古いビルで、二世紀の終り頃に、当時ロンドンを支配していたローマ人が作ったミトラ教寺院の遺跡が正面入り口前にある。

「……CAO（中国航油料）のお話ですね？　結構です。やらせていただきましょう」

応接室で、日系企業を担当している欧州営業第一部の部長は快諾した。

傍らに、欧州営業部の英国人次長と貿易金融を担当している日本人が控えていた。

「有難うございます。これで先方との取引を拡大することができます」

秋月が笑みを浮べていった。

CAOのカウンターパート・リスクを保全するためのスタンドバイLC発行の話であった。CAOがTERMとの契約を履行できなくなった場合、銀行に支払ってもらうための保証書である。

「国際審査部に訊きましたら、シンガポール支店で使っていない枠が三十本あるそうなので、それをTERMさんのスタンドバイLCに使わせていただくことにしました」

四十代半ばの日本人の部長は上機嫌でいった。本部の責任で案件をやれるので、気が楽な様子である。三十本は三千万ドル（約三十三億円）の意味だ。

「ところで、他行さんからもスタンドバイを取られるんですか？」

貿易金融担当の日本人が訊いた。

「いくつかの銀行にお願いしています」

と秋月。「ご存知の通り、CAOは業績順調で、業容拡大中ですから」

「トップがやり手のようですね。アジアを担う若手リーダーにも選ばれたとか」

昨年十月にシンガポールで開かれた「ワールド・エコノミック・フォーラム」（世界経営者会議）の東アジアサミットで、チェン・ジウリンは「アジアのニュー・リーダー」四十人の一人に選出された。

「いずれにしましても、東洋物産グループはわたしどもの重要なお客様ですから、お役に立てて嬉しく思います」

欧州営業第一部長がいい、一同は満足そうに笑った。

（下巻に続く）

本書は二〇〇八年九月に日経BP社より刊行され、二〇一〇年九月に講談社文庫より刊行された作品です。

エネルギー（上）

黒木《くろき》 亮《りょう》

角川文庫 17721

平成二十五年一月二十五日　初版発行

発行者―井上伸一郎

発行所―株式会社角川書店
東京都千代田区富士見二―十三―三
電話・編集（〇三）三二三八―八五五五
〒一〇二―八〇七八

発売元―株式会社角川グループパブリッシング
東京都千代田区富士見二―十三―三
電話・営業（〇三）三二三八―八五二一
〒一〇二―八一七七
http://www.kadokawa.co.jp

印刷所―旭印刷　製本所―BBC

装幀者―杉浦康平

く 22-10　ISBN978-4-04-100604-7　C0193

角川文庫発刊に際して

角川源義

第二次世界大戦の敗北は、軍事力の敗北であった以上に、私たちの若い文化力の敗退であった。私たちの文化が戦争に対して如何に無力であり、単なるあだ花に過ぎなかったかを、私たちは身を以て体験し痛感した。西洋近代文化の摂取にとって、明治以後八十年の歳月は決して短かすぎたとは言えない。にもかかわらず、近代文化の伝統を確立し、自由な批判と柔軟な良識に富む文化層として自らを形成することに私たちは失敗して来た。そしてこれは、各層への文化の普及滲透を任務とする出版人の責任でもあった。

一九四五年以来、私たちは再び振出しに戻り、第一歩から踏み出すことを余儀なくされた。これは大きな不幸ではあるが、反面、これまでの混沌・未熟・歪曲の中にあった我が国の文化に秩序と確たる基礎を齎らすためには絶好の機会でもある。角川書店は、このような祖国の文化的危機にあたり、微力をも顧みず再建の礎石たるべき抱負と決意とをもって出発したが、ここに創立以来の念願を果すべく角川文庫を発刊する。これまで刊行されたあらゆる全集叢書文庫類の長所と短所とを検討し、古今東西の不朽の典籍を、良心的編集のもとに、廉価に、そして書架にふさわしい美本として、多くのひとびとに提供しようとする。しかし私たちは徒らに百科全書的な知識のジレッタントを作ることを目的とせず、あくまで祖国の文化に秩序と再建への道を示し、この文庫を角川書店の栄ある事業として、今後永久に継続発展せしめ、学芸と教養との殿堂として大成せんことを期したい。多くの読書子の愛情ある忠言と支持とによって、この希望と抱負とを完遂せしめられんことを願う。

一九四九年五月三日